EXBRAYAT

Les Bonheurs courts

**

LE CHEMIN PERDU

Roman

Albin Michel

22, rue Huyghens, 75014 Paris

ISBN 2-226-01478-0

A la mémoire
d'Henri Pourrat
à qui je dois tant.
C. E.

PREMIÈRE PARTIE

Longtemps, l'ombre de l'aigle

1.

Parfois, du bout de sa botte de demi-solde, l'ex-lieutenant aux voltigeurs Ambroise Mantel s'amusait à faire rouler les pierres du chemin, tandis qu'avec sa canne, vigoureusement maniée par son unique main, il décapitait, au passage, les scabieuses et les orties bordant la route. Tous les matins, sans se soucier de déjeuner, Ambroise s'en allait marcher quel que fût l'état du ciel dans les environs de Tarentaize, village montagnard de la Loire où il était né. Bien que cette journée de la fin de l'été 1816 promît de beaux moments ensoleillés, Mantel semblait ne prêter aucune attention au décor. Il ne voyait rien du paysage réel, ayant pris l'habitude de vivre dans ses souvenirs et sous les horizons traversés autrefois. Après avoir suivi Bonaparte, il s'était donné corps et âme à Napoléon jusqu'à ce jour de 1806 où la mitraille russe, en lui enlevant une main, l'avait écarté de l'armée, sa vraie famille. Le petit matin lui plaisait, car il ne rencontrait pas grand monde et les paysans qu'il croisait se contentaient de porter un doigt à leur chapeau. Parfois, l'ex-lieutenant s'arrachait à ses songes pour échanger quelques mots avec un bonhomme penché sur sa charrue et qui, lui aussi, avait pris part à l'épopée impériale dont il ne lui restait plus que l'écho des batteries et des fanfares que sa mémoire entendait toujours. Il n'oubliait pas, non plus, que le mutilé à qui il parlait, avait été maire de Tarentaize sous l'Empire. Seul, le retour de Louis XVIII avait privé Ambroise de son écharpe tricolore pour la donner à Landeyrat le Vieux qui, jadis, du temps du roi guillotiné, avait été un jeune homme pétulant, jouissant de la confiance des autorités royales. Lorsque Mantel rentrait de ses promenades matinales, il s'enfermait chez lui jusqu'au lendemain.

Il arrivait que l'ex-lieutenant rencontrât Landeyrat le Vieux. En dépit de leurs opinions opposées, les deux hommes s'estimaient.

— Déjà debout, monsieur le Maire ?

— A mon âge, tu sais, on ne dort plus beaucoup. On a la tête trop pleine de souvenirs. Ça nous empêche souvent de respirer à l'aise. Mais, toi ?

— Je ne dormais bien qu'au bivouac.

— Soldat jusqu'au bout, hein ?

— Monsieur le Maire, nous ne nous reposons pas, vous et moi, parce que nous avons le sentiment d'être en sursis. Vous, votre âge devrait vous permettre de goûter le calme sans fin du cimetière et moi, si l'on ne m'avait pas mutilé, je dormirais parmi mes camarades, à Waterloo. Nous avons, tous les deux, conscience d'avoir manqué nos rendez-vous avec la mort. C'est pourquoi le sommeil nous fuit.

Landeyrat posa sa vieille main aux doigts noueux sur l'épaule de Mantel.

— Je suis d'un autre bord, Ambroise, tu le sais, mais je te comprends. Seulement, il y a les autres...

— Quels autres ?

— Ceux dont j'ai la charge en tant que maire.

— Ils ne m'intéressent pas.

— Ce sont tes frères, pourtant ! Toi et eux, êtes nés sur la même terre, dans le même pays, ils sont français comme toi !

— J'ai plus rien à voir avec eux !

— Depuis quand ?

— Depuis qu'ils ont acclamé un roi ramené par l'étranger, depuis qu'ils ont laissé assassiner Honoré par les Verdets ! Allez, adieu, monsieur le Maire.

— A te revoir, Ambroise, que Dieu te garde !

— Je n'ai plus besoin de lui.

Landeyrat le Vieux regarda s'éloigner ce vaincu qu'il

estimait, ce Mantel qui haïssait ses contemporains coupables d'avoir abandonné l'Empereur après Waterloo comme il maudissait le Ciel d'avoir permis le meurtre de son ami, Honoré Versillac, ex-dragon impérial. Cette rupture avec le Seigneur, Mantel la concrétisa en refusant d'assister à la messe du bout de l'an célébrée en mémoire d'Honoré par M. l'abbé Mauvezin, curé de Tarentaize.

Au premier rang de l'assistance, se tenaient la jeune veuve, Louise Versillac, sa fille, Armandine âgée de six ans, sa mère, Élodie Chambotte qui, quelques années plus tôt, était devenue Mme Ambroise Mantel. Landeyrat le Vieux s'était placé au côté de la famille endeuillée pour remplacer l'homme absent. Après l'office, le maire embrassa la petite fille, salua les dames et gagna la sacristie où l'abbé enlevait ses vêtements sacerdotaux.

M. Mauvezin imposait le respect par sa stature et par ses colères. Il ne lui était pas nécessaire d'appeler à l'aide les légions célestes pour triompher de son adversaire du moment. La soixantaine avait atteint le prêtre sans rien lui enlever de sa pugnacité naturelle. Quoiqu'il eût jadis refusé la Constitution civile du clergé et vécu parmi les Chouans, il n'était pas en odeur de sainteté auprès de l'évêque qui lui reprochait une certaine complaisance à l'égard de l'Empire. Les mouvements impétueux de son sang poussaient M. Mauvezin à admirer davantage les maréchaux de Napoléon que les princes revenus d'exil grâce aux vainqueurs de l'armée impériale. Son passé, ses sentiments profonds expliquaient l'amitié du prêtre pour Ambroise, bien que celui-ci se soit éloigné de Dieu.

— Monsieur le Curé, je quitte Ambroise Mantel, à l'instant... Il m'inquiète.

— Il m'inquiète aussi, monsieur le Maire.

— Il se figure que le monde entier et le Ciel se sont ligués contre lui.

— Il est malheureux, cela explique tout. Il a perdu son Empereur, il a perdu son ami. Qui pourrait le consoler ?

— Vous !

— Non, monsieur le Maire. Nos évêques ont trop subordonné l'Église au roi pour que nous ne subissions pas au moins en partie le mépris que lui vouent les survivants de l'Empire.

— Je suis surpris de vous entendre parler de la sorte. Partageriez-vous l'opinion des demi-soldes ?

— Ma foi...

— Mais voyons, monsieur le Curé, le roi n'est-il pas l'oint du Seigneur ?

— Ça, c'est le roi qui le dit. Bonjour, monsieur le Maire. Il faut que je me rende au Curtil où la mémé Espinasse s'apprête à nous quitter.

Abandonnant le prêtre, Landeyrat le Vieux gagna la mairie. Les gendarmes l'y attendaient. Le brigadier et le maire se connaissaient depuis longtemps.

— Que se passe-t-il, Chapus ?

— C'est rapport au crime commis il y a un an, sur la personne du nommé Versillac Honoré, ex-dragon dans les armées de l'Usurpateur.

— Ah ! non, brigadier ! Quand vous parlez de l'Empereur, dites l'Empereur et laissez aux imbéciles le triste soin de lui donner un autre nom !

— A vos ordres ! On a trouvé les trois cadavres des trois supposés meurtriers de Versillac Honoré.

— Où cela ?

— Dans la forêt de Saint-Sauveur-en-Rue. Ils étaient dans un foutu état, sauf votre respect.

— Des canailles !

— Des jeunes gens hautement apparentés, monsieur le Maire.

— Des canailles, tout de même ! Enfin, merci pour la bonne nouvelle. Sait-on comment ces misérables ont été abattus ?

— Pistolet... fusil... je suis chargé, avec ma brigade, de retrouver le ou les auteurs de ces crimes.

— Et vous espérez les rencontrer ici ?

— Monsieur le Maire, dans la bouche de chacun de ces malheureux, il y avait un louis.

— Tiens donc !

— D'après l'enquête menée au moment de la mort de Versillac Honoré, nous avons appris que les jeunes gens avaient laissé trois louis, un pour l'enterrement, un pour la veuve, un pour l'enfant. L'assassin n'a pas volé cet or. Il s'agissait donc d'une vengeance et d'une vengeance commise par quelqu'un qui a assisté au meurtre et qui a ramassé les pièces. C'est forcément un de vos administrés, monsieur le Maire.

— Par hasard, Chapus, au cas où vous auriez raison, vous ne comptez pas sur moi pour vous aider à le découvrir ?

— Si, monsieur le Maire.

— Alors, vous vous êtes trompé, Chapus.

* * *

Après être passé au lieu-dit les Citadelles où il avait compté trouver Camille Chastagnier, un ancien de la Grande Armée, lui aussi, et qui l'avait aidé à venger Versillac, Ambroise suivit, à travers champs, un sentier s'enfonçant dans la combe où, pour l'heure, la brume de l'aube n'était pas encore dissipée. A mi-pente, Chastagnier abattait un vieux hêtre que l'âge avait frappé à mort. L'écho de la hache se répercutait longuement sur la campagne à peine réveillée. Mantel s'arrêta un instant pour regarder travailler son copain. La façon dont il levait le fer au-dessus de son épaule gauche, la torsion du haut du corps sur le bassin, le han ! accompagnant le mouvement, emplissaient l'ex-lieutenant sans qu'il eût été capable de dire pourquoi d'une sorte de joie répandant une chaleur agréable dans tous ses membres. Il imaginait qu'à Waterloo Camille avait dû se battre de cette manière contre l'infanterie anglaise. Chastagnier, Landeyrat le Vieux et M. Mauvezin étaient les seuls avec qui Mantel acceptait de parler, les seuls qu'il ne méprisait pas.

— Oh ! Camille...

— Adieu, Ambroise...

Le bûcheron se redressa, essuyant de l'avant-bras la sueur qui mouillait son front.

— Alors, en balade... ?

Sans répondre, Ambroise pointa sa canne en direction du brouillard qui, avec lenteur, montait à l'assaut de la colline surplombant la combe.

— Tu te rappelles, Camille ?

Chastagnier haussa les épaules. Comme s'il pouvait oublier ! Brusquement silencieux, il observait ce voile impalpable grimpant vers le faîte de la hauteur boisée où, au sommet, un plateau herbeux émergeait des sapins. Un autre brouillard s'élevait dans la mémoire des deux hommes, celui qui, au pied du Bautzen où les Russes attendaient, dissimulait l'approche de l'armée impériale et préparait la victoire d'Austerlitz.

— Tu te souviens, Ambroise, de la tête des Russes quand on leur est sortis sous le nez ?

Ils se turent à nouveau, l'esprit tout entier occupé par ce lointain matin de décembre qui, pour eux, paraîtrait toujours plus beau que le plus beau jour des printemps déjà vécus. Camille soupira :

— Je revois ce sacré cosaque m'ajustant à bout portant. J'ai tout juste eu le temps de lui plonger ma baïonnette dans le ventre avant qu'il tire. Il avait l'air de pas comprendre.

— Qui comprenait ?

— Nous, puisqu'on était vainqueurs !

— On ne se sent pas tellement vainqueur quand on a laissé une main dans l'affaire.

— Excuse-moi, vieux... Dis donc, j'ai vu passer les gendarmes sur la grand-route. Ils venaient par chez nous.

— Et alors ?

— Leurs copains de Bourg-Argental ont peut-être trouvé les cadavres ?

— Admettons. En quoi ça nous regarde ?

— T'as raison, Ambroise, ça nous regarde pas plus que la mort du cosaque à Bautzen.

* * *

Ambroise ne goûtait pas le moindre plaisir à rentrer chez lui où Louise, la jeune veuve de son ami, ne savait que pleurer, gémir et se lamenter. Heureusement, Élodie, son épouse et la mère de Louise, ne ressemblait en rien à sa fille. Forte, énergique, sans faiblesse, les désespoirs sans fin de son enfant l'exaspéraient. Ambroise se serait merveilleusement entendu avec elle si seulement elle s'était intéressée à ses récits de batailles. Mais Élodie se montrait allergique aux exploits guerriers. Pour elle, comme pour la plupart des femmes ayant vécu vingt années de combats qui ne finissaient jamais et se déroulaient sous des cieux qu'elles n'imaginaient pas, la guerre se résumait en un cauchemar où même ceux qui en revenaient ne ressemblaient plus aux hommes qu'elles avaient aimés. Seule, Armandine, née de Louise et d'Honoré, trouvait grâce aux yeux d'Ambroise. Vive, alerte, ses six ans n'étaient pas effrayés par les colères du pépé. Au plus fort des emportements de l'ex-lieutenant, elle lui grimpait sur les genoux et fourrait son petit bout de nez dans le cou de Mantel, en chuchotant :

— Tu fais peur, pépé... tu fais peur...

Alors, il la serrait contre lui et se calmait.

* * *

Ils n'attendirent pas qu'on leur permît d'entrer. Ils toquèrent légèrement à la porte avant de la pousser. Tout de suite, avec leurs bicornes, leurs buffleteries blanches, leurs bottes, ils donnaient l'impression d'occuper, à eux seuls, la plus grande partie de la pièce. Élodie, penchée sur l'âtre, ne se redressa pas. Elle n'aimait pas les gendarmes qu'elle avait toujours vus au service des plus forts. Louise prit la petite dans son giron. Avant que les gens de la maréchaussée n'aient ouvert la bouche, Ambroise demanda, rogue :

— Qui êtes-vous ?

Les nouveaux venus rectifièrent la position et, le menton haut levé, Chapus annonça :

— Gendarmes du roi !

— Connais pas !

Chapus tourna des yeux ronds et le gendarme Pigeon resta, un long moment, la bouche ouverte, le cerveau bloqué : comment pouvait-on ignorer l'existence du roi de France ? Le brigadier, brave garçon, crut à une plaisanterie et, souriant, entra dans le jeu.

— A mon idée, Monsieur...

— Lieutenant ! Nom de Dieu !

— Hein ?

Ambroise se leva et, au garde-à-vous, cria :

— Ambroise, Joseph, Paul Mantel, ex-lieutenant du 33e de ligne puis à la Garde jusqu'à ce que je perde mon bras ! Pendant que je me battais, qu'est-ce que vous foutiez, vous, hein ? Vous galopiez après des chemineaux ou des maraudeurs sur les routes et les sentiers de la commune, tandis que nous, nous courions au cul des Autrichiens, des Anglais, des Espagnols, des Russes et des Prussiens, sur toutes les routes d'Europe ! C'était autre chose, non ?

Le gendarme Pigeon, d'ordinaire fort modeste, crut malin de remarquer :

— Terminus : Waterloo !

Il se fit un silence et le brigadier, apeuré par le visage d'Ambroise, prit les devants :

— Sortez, Pigeon ! Vous êtes un imbécile ! En rentrant, vous serez aux arrêts !

— Mais, chef !...

— Sortez !

Le gendarme ayant obéi, Chapus désireux de changer de conversation annonça :

— Je suis venu vous apprendre qu'on avait trouvé les restes des trois hommes soupçonnés d'avoir assassiné Versillac Honoré.

— Soupçonnés ?

— Oui, enfin disons : les coupables du crime.

— Pourquoi confier cette nouvelle à moi plutôt qu'au maire ?

— J'ai déjà averti M. Landeyrat, parce qu'il est le maire, et je viens vous voir parce que vous étiez le meilleur ami de la victime. Ce qui m'ennuie, mon lieutenant, c'est qu'on ait retrouvé, dans la bouche des morts, les trois louis dont ils avaient cru payer et donc effacer leur acte monstrueux.

— Qu'est-ce qui ne vous plaît pas, là-dedans ?

— La présence de cet or prouve qu'il s'agit d'une

vengeance et que son auteur est forcément quelqu'un qui a assisté à l'affaire, quelqu'un d'ici, mon lieutenant, et ça m'embête.

— Je n'étais pas présent.

— Je sais... sinon vous auriez été arrêté dès la découverte des corps... Si vous voulez mon avis, on ne saura jamais qui a fait le coup.

Élodie s'arrêta de manier le soufflet pour lancer :

— Manquerait plus qu'on s'amuse encore à torturer le ou les braves garçons qui nous ont débarrassés de ces trois monstres !

— La justice veut, Madame, que...

— La justice !

Comme propulsée par ce cri où vibrait une haine sans rémission, la maman de Louise se redressa, rejoignit le brigadier et, les poings sur les hanches, l'apostropha :

— Quelle justice ? J'ai connu la justice républicaine qui guillotinait n'importe qui à cause de n'importe quoi ! J'ai connu la justice impériale où l'on vous fusillait au lieu de vous couper le cou, sans que ça aille mieux pour personne ! Et voilà la justice du roi qui laisse croupir dans une demi-misère ceux qui se sont battus si longtemps afin que Sa Majesté ait encore un royaume ! Alors, foutez-nous la paix avec votre justice, brigadier !

Pour la première fois de la matinée, Ambroise sourit :

— Une sacrée femme, hein, Chapus ?

— Vous avez de la chance, dans votre malheur, mon lieutenant... A propos de cette supposée vengeance... de quelle façon s'y prendre pour dénicher un indice ? Le cabaretier interrogé affirme que, leur meurtre accompli, les Verdets sont partis, et c'est seulement bien après leur départ qu'on a transporté le corps du pauvre Versillac chez lui... chez vous, quoi... J'ai dit à mon chef que vous pouviez pas être coupable, parce que pardonnez-moi... un manchot n'aurait pu se lancer à bride abattue à la poursuite des assassins et, en admettant même qu'il les ait rejoints, comment s'y serait-il pris pour, d'une seule main et sans recevoir la moindre égratignure, tuer trois jeunes gens en pleine force et prompts à se servir de leurs pistolets ? à moins que...

— A moins que ?

— A moins de supposer la présence d'un ou plusieurs complices, mais je n'ai aucune imagination... et puis, entre nous, ces crapules n'ont eu que ce qu'elles méritaient !

— Qui étaient ces garçons ?

— Les rejetons de grosses légumes : de Romieu était le fils d'un pair, de Piladou, le cadet d'un conseiller à la Cour, et de Pinclar avait pour père un général. Ceux-là mènent grand tapage à Paris, vous vous en doutez.

— Et alors ?

— Et alors... rien. Au fond, vous avez raison, mon lieutenant. C'est eux qui ont commencé, pas vrai ?

* * *

Moins d'une semaine plus tard, le lieutenant de gendarmerie, Edgar Ressan, un bel homme, d'une trentaine d'années, fort dévoué au roi et dont la prestance faisait tourner quelques jolies têtes, appela le brigadier.

— Chapus, où en êtes-vous dans l'affaire du meurtre des trois malheureux jeunes gens dont les dépouilles ont été retrouvées près de Saint-Sauveur-en-Rue ?

— Rien, chef. On est bloqué. Ou ce triple crime a été commis par des vagabonds et on ne peut espérer leur mettre la main au collet ou il s'agit d'une vengeance exercée par un Tarentaizois et l'on ne saura jamais de qui il s'agit, personne n'acceptant de trahir.

— Bon sang ! Le maire est de notre côté, pourtant !

— Landeyrat le Vieux est le plus fervent royaliste que je connaisse.

— Dans ce cas, il doit nous aider à dénicher le ou les coupables ?

— Non.

— Parce que ?

— Parce que Landeyrat le Vieux, sans le dire à personne — mais je l'ai deviné — trouve que les

Verdets n'ont eu que ce qu'ils méritaient pour avoir assassiné bêtement, lâchement, un soldat de l'armée impériale qui ne gênait personne.

— Vous oubliez qu'il a refusé de crier « Vive le Roi ! »

— Mon lieutenant, nous avons vu que des maréchaux et des officiers supérieurs ont trahi celui qui en avait fait ce qu'ils étaient. Les soldats, les bas-officiers ne trahissent pas car ils n'ont que leur fidélité au passé pour toute fortune. C'est ce qui leur reste, mon lieutenant, de leur sanglante et glorieuse randonnée à travers l'Europe.

— Chapus, votre ton ne me plaît pas.

— Je le regrette, mon lieutenant.

— Je pourrais vous obliger à le regretter davantage.

— A vos ordres !

— Chapus, je vais aller dire deux mots au maire de Tarentaize et je vous fiche mon billet que je le contraindrai à me confier ce qu'il pense ou, du moins, ce qu'il a deviné, ce qu'il soupçonne.

* * *

Landeyrat le Vieux n'aimait rien tant que les heures matinales vécues dans le bureau de sa mairie pendant que ses ouailles travaillaient aux champs ou s'empoignaient avec les tâches ménagères. De sa fenêtre, et sans jamais se lasser, il contemplait le village, son village. Il pouvait mettre un nom sur chaque silhouette passant dans le chemin — baptisé rue — et le nom prononcé déclenchait dans la mémoire du vieil homme un processus qui l'emportait, depuis la personne qu'il observait, jusqu'aux ancêtres de celle-ci. Il suffisait d'une exclamation pour qu'aussitôt, sous le regard intemporel du maire, défilent des hommes et des femmes qui avaient été ses contemporains ou qu'il avait connus, enfant. Des gens qui avaient vu le jour sous le Grand Roi et qui, bien que ne l'ayant jamais vu, en parlaient avec respect.

Landeyrat le Vieux ne se souciait plus de son domaine. Il en avait laissé le commandement à son fils et à sa bru. Ce n'était pas qu'il eût une totale confiance en eux, mais quoi ! Il fallait dételer à un moment ou à un autre ! Et puis, il y avait son petit-fils Mathieu qui marchait sur ses dix ans. A évoquer le gamin, un sourire attendri éclairait le visage du vieillard. Il souhaitait que Dieu patientât une dizaine d'années à seule fin de lui permettre de fêter les vingt ans de Mathieu.

M. le maire, en dépit des servitudes de son âge, eût été un homme heureux de terminer paisiblement sa vie, s'il n'y avait eu cette scission profonde, irrémédiable même dans son village, entre les royalistes et les bonapartistes. Les seconds ne perdaient pas une occasion de moquer les premiers qui, à leur tour, mettaient leur zèle à humilier leurs adversaires. Depuis l'assassinat de Versillac, les tenants de l'Empereur profitaient de toutes les fêtes, de toutes les réunions pour déclencher des batailles faisant des blessés et suscitant des revanches entraînant de nouveaux pugilats. Ces maudits Verdets... Landeyrat le Vieux avait bien compris, à travers les propos de Chapus, que l'autorité (pour complaire à Paris) ferait tout ce qui serait en son pouvoir en vue de punir, sinon les auteurs du meurtre des trois jeunes gens, du moins ceux qui, par leur silence, protégeaient le ou les assassins et cela, le maire ne pouvait l'accepter. Il savait que, sur le plan juridique, Ambroise était incapable de se défendre. Il fallait donc agir pour lui. Landeyrat le Vieux attrapa une feuille de papier, plongea le bec de sa plume d'oie dans l'encrier et commença d'écrire :

— Monsieur le Procureur du Roi...

* * *

Précédant quatre de ses gendarmes chevauchant deux par deux, le lieutenant Edgar Ressan, buste droit, poing sur la hanche, se prenait pour Alexandre sur les routes persanes. Fils de boutiquiers, il avait toujours vécu en ville (du moins pendant sa jeunesse) et méprisait les campagnards qui, depuis la Révolution, s'en croyaient un peu trop. Il était temps que les gens de qualité, là où ils exerçaient leur activité, leur rabatissent le caquet, tâche dont il était disposé à se charger. Il montrerait alors, aux Messieurs du Roi, qu'on pouvait lui faire confiance afin de ramener ceux qui s'égaraient sur les chemins balisés de l'obéissance due au monarque par ses sujets.

Plus intelligent que la plupart de ses contemporains, Landeyrat avait souhaité devenir prêtre. Il avait étudié dans ce but au séminaire de Saint-Étienne. La mort prématurée de son père dont il était le fils unique avait obligé le futur maire de Tarentaize à quitter le petit collet et à retourner à la ferme familiale. De son passage chez les gens d'Église, Landeyrat gardait un certain goût pour le latin, une passion pour la lecture et une inclination à la réflexion. Il avait lu J.-J. Rousseau et mélangeait l'enseignement de celui-ci à l'Évangile. Il professait une philosophie où l'amour du prochain et l'esprit de tolérance tenaient une place essentielle. Sur les bancs du séminaire, notre homme avait encore appris à écrire avec élégance. Son écriture, où les pleins et les déliés alternaient en une sorte de guirlande, suscitait l'admiration de ses administrés qui n'en apprenaient pas à lire pour autant.

M. le maire s'appliquait à parapher d'élégante manière le placet adressé au procureur du roi, lorsqu'il entendit, montant de la rue, un piétinement de chevaux. Ressan et sa troupe arrivaient. Le bruit des bottes dans l'escalier menant à son bureau contraignit Landeyrat à glisser dans son sous-main la lettre qu'il rédigeait. Le lieutenant poussa brutalement la porte et entra dans la pièce comme en pays conquis, suivi de deux de ses gendarmes, puis s'immobilisa en un garde-à-vous impeccable. Le maire, qui ne prisait ni la suffisance ni l'arrivisme forcené de Ressan, ne se leva pas pour le recevoir.

— Pourquoi cette troupe, lieutenant ?

— Je compte procéder à une ou plusieurs arrestations.

— Dans ma commune !

— Vraisemblablement. Monsieur le Maire, ne perdons pas notre temps en faux-fuyants. Vous savez parfaitement que les jeunes gentilshommes dont on a ramené les dépouilles ont été tués en vue d'exercer une vengeance stupide et que cette vengeance ne peut être que le fait de quelqu'un ou de quelques-uns ayant assisté à l'incident, source de ces crimes. J'attends donc que vous me confiiez le nom de celui ou de ceux que vous soupçonnez être le ou les auteurs de ce massacre.

— Si je vous ai compris, lieutenant, vous parlez de massacre quand on abat trois criminels et d'incident quand on assassine un ancien soldat sans défense ?

— Ce rustre avait refusé de crier « Vive le Roi ! ».

— On ne saurait obliger n'importe qui à trahir sa foi.

— En résumé...

— En résumé, lieutenant, ces trois freluquets n'ont eu que ce qu'ils méritaient.

— Vous approuvez donc leur mort ?

— Pas en tant que catholique, mais en tant qu'homme, oui.

— Prenez garde à...

— A mon âge, on n'a plus peur de grand-chose.

— Je suis dans l'obligation d'adresser un rapport sur votre comportement.

— Faites, mon ami, faites...

Rageur, Ressan prit congé sans saluer le maire. Le retour des gendarmes ne ressembla en rien à la cavalcade triomphante de l'aller. Le lieutenant avait le sentiment que des gens qu'il ne voyait pas se moquaient de lui, dans les prés et dans les bois. Même le chant de la fauvette à tête noire ou le « tsip-tsap » du pouillot véloce semblaient au lieutenant des railleries insupportables et son cheval subissait douloureusement le contre-coup de sa mauvaise humeur.

* * *

Aldebert, Hercule, Marie le Houga de Rancier atteignait la septantaine en suivant un chemin mélancolique. Fils d'un fermier général, M. de Rancier ne se consolait pas d'avoir eu vingt ans en 1766. Intelligent, souple de caractère, croyant en Dieu et dans le roi, notre homme avait poursuivi de solides études de droit. Vers la trentaine, il comptait parmi les notables les plus importants de Lyon. La fortune léguée par son père l'avait autorisé à mener une existence confortable dont le cours paisible n'était rompu que par deux voyages annuels à Paris et Versailles. Un mariage hautement approuvé par la noblesse de la province et l'aristocratie des négociants lyonnais conforta une réputation déjà solidement établie. A quarante-trois ans, la révolution de 89 l'atteignit à son zénith. Ses convictions religieuses, sa fidélité inconditionnelle à Louis XVI le poussèrent sur les chemins de l'exil en compagnie des princes. Il ne revit la France qu'en 1815, après vingt-sept ans d'absence. Son humeur n'avait point changé malgré les heures difficiles vécues en Allemagne où sa femme était morte en maudissant l'Empereur et les républicains. Pour des raisons identiques, elle exécrait, avec autant de force, Robespierre et Napoléon. M. le Houga de Rancier ne retrouva ni sa fortune ni la totalité de son crédit. Louis XVIII lui permit de récupérer quelques bribes de ses biens et le nomma procureur à Saint-Étienne. Ses amis de jadis disparus, ne trouvant guère à son goût les théories égoïstes et aveugles qu'on professait dans l'entourage du roi podagre, le magistrat s'enfonçait, chaque jour davantage, dans une solitude que, il le savait, rien ne viendrait plus, heureusement ou malheureusement, troubler. M. le procureur était grand, maigre, un peu voûté et témoignait de son attachement au bel autrefois par une élégance surannée.

Le secrétaire particulier du procureur était presque aussi âgé que son maître. Il entra à pas feutrés dans le bureau et, respectueusement, attendit que M. de Rancier lui adressât la parole.

— Qu'est-ce qu'il y a, Panjas ?

— M. Landeyrat sollicite un entretien. Il a d'ailleurs été convoqué ce jour et à cette heure par mes soins et sur votre ordre, Excellence.

M. Panjas ne se débarrassait jamais des manières des

temps anciens où la courtoisie s'affirmait un souci constant chez les sujets du feu roi Louis XVI.

— Qui est-ce ?

— Le maire de Tarentaize, un petit village au sud du département, dans la montagne. Monsieur le Procureur a un dossier sur cette affaire qui a vu le meurtre de trois jeunes gens de la haute société parisienne et dont les parents sont considérés à la Cour.

— Oui, oui, je me rappelle... Ces fils de famille avaient, auparavant, commis un crime odieux.

— C'est cela même, Excellence.

— Comment est le visiteur ?

— De bon ton, Excellence.

— Introduisez-le, Panjas.

Landeyrat le Vieux avait revêtu son meilleur costume et la politesse apprise jadis au séminaire lui servait beaucoup en de telles circonstances. Il salua aussi profondément que le lui permettait une colonne vertébrale raidie par l'âge.

— Asseyez-vous, Monsieur.

Le maire de Tarentaize prit place dans le fauteuil qu'on lui désignait.

— Monsieur, j'ai pris connaissance de votre requête... Une histoire navrante... Ces jeunes gens et ce pauvre homme... Après tant et tant d'années de déchirements, de batailles, de sang, on pouvait espérer que nos compatriotes découvriraient enfin les douceurs de l'amour, de l'amitié, de la paix... Hélas ! Que souhaitez-vous, monsieur le Maire ?

— Que vous nous rendiez justice, monsieur le Procureur.

— De quelle façon ?

— La condamnation, en tant que criminels, de messieurs de Romieu, de Piladou et de Pinclar.

— Ils sont morts !

— Monsieur le Procureur... leur disparition ne touche leurs proches que moralement. Le meurtre de Versillac met sa famille en péril de manquer de pain. J'aimerais que la justice déclarât que ces gens ont droit à une indemnité versée par les parents des tueurs.

Il y eut un silence que Landeyrat, ayant dit ce qu'il

avait à dire, n'osait troubler. M. de Rancier semblait l'observer.

— Monsieur le Maire, vous n'ignorez pas que les assassins sont les rejetons de personnages très influents auprès du roi.

— Cela signifie ?

— Que votre plainte, acheminée par mes soins, ne parviendra jamais à Sa Majesté.

— Pour quelles raisons ?

— Monsieur, nous avons à peu près le même âge, nous avons vu les mêmes choses, subi les mêmes angoisses, enduré les mêmes douleurs... Oserais-je ajouter, goûté les mêmes déceptions ? Un vieil homme se confie à un autre vieil homme. Nous aurions dû mourir en 89 avec nos illusions.

— Je le pense aussi et de plus en plus, au fur et à mesure que j'apprends l'impunité de certains criminels sous le prétexte qu'ils sont bien nés.

— J'avais tant espéré pendant vingt-sept ans ! Je voyais le retour du roi comme le retour du père dans son foyer, du père qui ne souhaite que pardonner et aimer. Le premier feu de peloton sous lequel tomba un officier de l'Empereur mit fin à mes espérances. Monsieur Landeyrat, je ne crois plus à l'avenir de la royauté depuis le jour où les soldats de Louis XVIII ont fusillé le maréchal Ney, prince de la Moskova. Dès lors, la place était offerte aux gens stupides ou mauvais de l'espèce de ce lieutenant de gendarmerie dont je vais m'occuper. Quant à votre protégé, je ferai tout ce qui est en mon pouvoir pour que sa famille souffre le moins possible de sa disparition. Au revoir, monsieur le Maire.

— Au revoir, monsieur le Procureur.

— Panjas ?

Le secrétaire se montra aussitôt.

— Reconduisez monsieur le Maire.

Suivant M. Panjas, Landeyrat le Vieux s'apprêtait à sortir du bureau lorsque M. de Rancier le rappela :

— Monsieur le Maire...

Le visiteur se retourna.

— Monsieur le Maire, je crois que nous nous sommes menti tous deux.

— Comment cela ?

— En nous disant au revoir, car nous savons bien, vous et moi, que nous ne nous reverrons plus. Un autre voyage nous attend.

— Sans aucun doute.

— Devons-nous le regretter, monsieur le Maire ?

— Je ne le pense pas, monsieur le Procureur.

2.

A six ans, Armandine qu'Élodie et Louise adoraient, à qui Ambroise pardonnait tout, était une fillette futée et parfaitement consciente de l'empire qu'elle exerçait sur son entourage. Trop jeune pour comprendre que l'absence de son père ne finirait pas, elle croyait sa mère malade quand elle la voyait pleurer. Seule, sa grand-mère, dont elle semblait avoir le caractère, l'intimidait. En dépit des pleurs de la gamine, des gémissements de la mère refusant d'être séparée — ne fût-ce qu'une heure — de son enfant, des grognements d'Élodie estimant que sa petite-fille n'avait nul besoin d'apprendre quoi que ce soit, hormis ce qui s'avérait utile aux soins du ménage, Ambroise tint bon. Armandine irait, chaque jour, chez la sœur Benoîte du Calvaire qui lui enseignerait le rudiment. La Benoîte du Calvaire était une sainte fille n'ayant aucun droit au titre qu'on lui donnait puisqu'elle n'avait jamais prononcé de vœux. Grande, sèche, avec des grosses mains aux gestes délicats qui surprenaient, elle se rendait au chevet des malades, des femmes en gésine, aidait le curé à tenir le presbytère à peu près propre et lui préparait une nourriture dont la frugalité excluait tout souci culinaire. En plus de ces occupations, sœur Benoîte passait plusieurs heures, toutes les semaines, à tenter de familiariser les rejetons des paysans avec les pièges de la lecture et les embûches du calcul dans une salle de la mairie mise par Landeyrat le Vieux à sa disposition. Cette dévouée créature, se voulant au service de tous et de chacun, dans l'amour du Seigneur, était ce qu'on appelait, dans ces rudes pays, la Béate. Le premier matin, où Armandine se mit en route pour l'école, donna lieu à une scène de désespoir. Louise, perdue dans ses imaginations, sanglotait. Élodie feignait d'avoir les yeux piqués par la fumée de l'âtre afin de pouvoir, discrètement, porter son mouchoir à ses paupières rougies par des larmes mal contenues. Quant à Ambroise, mordillant sa moustache, il se sentait étrangement ému en regardant ce petit bout de femme s'éloigner de la maison.

Armandine était une jolie fillette aux traits aussi fins que ceux de sa mère, avec des cheveux très bruns et frisés. Cependant, elle se différenciait de sa maman en ce que, dans ses yeux bleus, brillait une flamme, reflet de celle illuminant le regard de sa grand-mère.

Pour atteindre la mairie, on devait passer devant l'auberge où Honoré Versillac avait trouvé la mort. Prosper et Marie Lussaud nourrissaient à l'égard d'Armandine un sentiment étrange. Ils aimaient l'enfant comme s'ils se sentaient un peu responsables de la mort de son père, sous prétexte que le meurtre avait eu lieu chez eux. Prosper, un bon vivant, rouge de teint et fort en gueule, savait, lorsqu'il le fallait, faire régner l'ordre dans son café. Toute la vie de Marie, créature douce et molle, se voulait axée sur la tendresse aveugle qu'elle portait à sa fille, Eugénie, une jolie petite blonde comptant une année de plus qu'Armandine. En dehors de son enfant, Marie révérait Élodie Mantel dont l'énergie la fascinait. Elle aurait souhaité lui ressembler.

Lorsque Armandine parvenait à la hauteur de l'auberge où Eugénie et sa mère guettaient son approche, la porte s'ouvrait et la fillette se jetait dans les bras de son amie tandis que Marie s'enquérait de la santé d'Élodie, d'Ambroise et de Louise. Avant que les petites ne s'éloignent, Mme Lussaud glissait, dans la poche de leur tablier, quelque friandise. Ce jour-là, les enfants arrivèrent à la mairie en même temps que Firmin Landeyrat. Le maire leur tapota les joues. Elles aimaient bien le vieil homme qui, à leurs yeux et de par sa fonction, était le pépé du village tout entier.

— Armandine, maintenant que tu es une grande fille, tu saurais faire une commission à ton grand-père ?

— Oh ! oui...

— Alors, dis-lui que j'irai le voir un de ces soirs, à la veillée.

* * *

On traversait les plus mauvais mois de l'année, ceux où Antoine Fignolet, l'homme de peine, était chargé, par la commune, d'enlever le plus possible la neige de l'unique rue traversant Tarentaize. Les jours trop courts confinaient hommes et femmes dans leurs maisons. Les premiers usaient le plus clair de leur temps dans les ateliers de fortune installés dans une pièce-débarras où ils grelottaient, les secondes s'occupaient des vaches rendues somnolentes par leur longue claustration. Contrairement à leurs époux, les fermières, elles, profitaient au mieux de la chaleur des étables dont, souvent, elles laissaient ouverte la porte donnant sur la cuisine. L'odeur n'aurait gêné personne, sans les deux ou trois porcs qu'on engraissait tout au long de l'année et qu'on tuerait en janvier. En venant manger sa soupe, rituellement, le mari grognait :

— Fi de garce ! que ça pue !

Acariâtre, sa compagne répliquait :

— Tu voudrais quand même pas qu'on se prive de cette bonne chaleur sous prétexte qu'elle sent mauvais ?

Le bonhomme piquait le nez dans sa soupe sans répondre parce qu'il n'y avait rien à répondre.

En rentrant de l'école, Armandine, après avoir goûté, se précipitait sur les genoux d'Ambroise (sa place d'élection) en chuchotant :

— T'as promis que tu me raconterais la bataille !

Louise soupirait :

— Laisse ton grand-père tranquille et prends ton ouvrage.

— Non ! Je veux que pépé raconte, il a promis !
Ambroise se portait alors au secours de la gamine.

— Chose promise, chose due.

Élodie tempêtait.

— Qu'est-ce que tu vas encore mettre dans la cervelle de cette gosse ! Comme si elle avait besoin de connaître toutes ces horreurs !

— Il y a des histoires que tu ne peux pas comprendre, Élodie...

— Eh ben !... J'en suis bougrement heureuse !

Sur ce, elle se renfermait dans un silence hostile. D'abord, conscient de se mal conduire, Ambroise se contentait de donner à la fillette de vagues détails sur les mouvements d'infanterie en un lieu plus ou moins déterminé puis, se prenant au jeu, il précisait l'endroit, dépeignait le paysage, parlait des soldats, disait leur peur ou leur courage. Enfin, oubliant l'enfant qui l'écoutait, il revivait les heures d'autrefois, quittait Tarentaize pour un autre village du côté d'Iéna ou de Wagram et se perdait dans un brouillard que traversaient le tonnerre des canons, le crépitement des fusils et qu'éclairait, un instant, le passage, au galop, d'un officier chamarré allant crier à l'Empereur qu'une fois de plus la victoire était sienne. Ambroise ne prenait pas conscience du moment où la petite l'abandonnait par obéissance aux ordres de sa grand-mère qui l'appelait pour une tâche à sa portée. Quand venait l'heure du coucher, Armandine refusait l'histoire que lui proposait sa mère. Les aventures féeriques lui semblaient fades à côté de ce que racontait son grand-père. A l'heure où les autres enfants fermaient les yeux en rêvant à des citrouilles devenant carosses ou à des princes courtisant des bergères, Mlle Versillac s'endormait après avoir affirmé à Louise :

— Tu sais, maman, ce que je ferai quand je serai grande ?

— Non, mon belou...

— Je serai général !

* * *

Un soir de la mauvaise saison, tandis que le vent accumulait la neige devant les portes, Landeyrat le Vieux, dans sa houppelande le faisant ressembler au Père Noël, vint rendre visite aux Mantel. Les femmes voulurent se retirer.

— Je vous en prie, demeurez. Ce que j'ai à confier à Ambroise vous intéresse personnellement et votre avis me sera nécessaire.

Elles reprirent leur place sur le banc déjà abandonné. Ce qu'annonçait le maire les intimidait. Elles se sentaient presque fautives, mais sans savoir de quoi. Landeyrat s'installa devant l'âtre tandis que Mantel, sur le côté, étendait ses jambes et bourrait sa pipe.

— Vous n'ignorez pas que si Versillac — comme vous Ambroise — nourrissait, politiquement, des opinions différentes des miennes, cela ne nous empêchait pas d'être amis. La mort abominable d'Honoré m'a indigné. J'ai voulu tenter quelque chose dans le but d'amortir non pas la douleur de sa perte, mais les conséquences matérielles de son absence. Je me suis rendu auprès du procureur du roi, à Saint-Étienne, à qui j'avais déposé plainte, en votre nom, contre les assassins. J'ai été fort courtoisement reçu par M. de Rancier. Nos âges proches l'un de l'autre ont, pour un moment, effacé nos différences sociales. Il m'a expliqué que la mort des meurtriers éteignait pratiquement l'action au criminel. Quant à réclamer une pension, il ne pouvait en être question, les familles des trois morts étaient trop bien en cour pour qu'on puisse compter sur une condamnation. Je désespérais lorsque, ce matin, M. le procureur m'a fait tenir une lettre de change de deux cents louis, au nom de la veuve d'Honoré Versillac.

Élodie, extasiée, joignit les mains.

— Deux cents louis !

Louise s'exclama :

— Armandine sera un beau parti !

— Non !

Pâle, raidi par la colère lui crispant les traits, Mantel s'était dressé. Tous le regardèrent avec un étonnement mêlé de peur. Ambroise répéta plus calmement :

— Non.

Le maire demanda d'un ton paisible :

— Pourquoi ?

— Parce que.

— Un peu court comme argument ?

— Vous ne comprendriez pas... Honoré était mon camarade, mon frère... Notre affection, rien ne pourra la remplacer, surtout pas l'argent. En acceptant cet or, j'aurais l'impression d'imiter Judas et de toucher les trente deniers... Alors, remportez votre or, monsieur le Maire, et laissez-nous à notre peine.

Selon son habitude, Louise pleurait, Elodie mâchonnait des mots qu'on ne comprenait pas. Chacun se perdant dans ses réflexions, la course du balancier de la grande horloge, avec son tic-tac, prenait une importance considérable. Landeyrat le Vieux remarqua soudain :

— Il y a un aspect de l'affaire qui t'échappe, Ambroise.

— Vraiment ?

— Ces deux cents louis, ce n'est pas à toi que je dois les remettre, mais à Louise, pour Armandine.

Martel haussa les épaules.

— Je les refuse au nom de la petite !

— Tu oublies qu'elle a une mère... Que pensez-vous de tout ceci, Louise ?

La veuve jeta un coup d'œil éploré à Élodie qui intervint aussitôt.

— Pour Armandine, ma fille accepte cet argent, monsieur le Maire, et nous vous remercions parce qu'on se doute que c'est à cause de vous...

Ambroise protesta :

— T'as pas le droit !

A la grande surprise de Landeyrat, une autre Élodie se montra à ses yeux. Il ne s'agissait plus de la femme aux longs mutismes, aux critiques silencieuses. Brusquement, elle était pleine de cris et de colère.

— Ça suffit, Ambroise ! On aimait l'Honoré autant que toi et c'est encore lui montrer notre attachement que de songer à l'avenir de sa fille. Faut que tu sois bouché pour pas le comprendre ! Tu penses un peu à ce qu'on va pouvoir acheter avec ces deux cents louis ?

— L'argent de la honte !... Le sang d'Honoré contre de l'or...

— Tu déparles, mon pauvre homme. Quelqu'un qui t'entendrait pourrait penser que nous avons échangé la vie de mon gendre contre des louis ! C'est idiot et injuste ! N'est-ce pas, monsieur le Maire ?

— Sans aucun doute, madame Élodie.

Ambroise tapa doucement le fourneau de sa pipe contre le landier, en déclarant :

— Puisque vous êtes tous d'accord, agissez à votre idée, moi, je monte me coucher.

Il les abandonna sans saluer personne. Sitôt qu'il les eut quittés, sa femme tenta de l'excuser :

— Depuis la vilaine mort de mon gendre, Mantel est plus le même. On dirait toujours qu'il y a quelqu'un à côté de lui, quelqu'un avec qui il s'arrête pas de causer et que, nous, on voit pas. Par moments, je me demande s'il a encore toute sa tête.

— Ne vous rongez pas les sangs, madame Élodie. Votre mari en a vu de dures, c'est normal qu'il ait, sur le monde, d'autres idées que les nôtres. A vous trois, je suis sûr que vous le ramènerez sur notre chemin.

— Dieu vous entende !

Lorsque le maire se fut retiré en remportant les papiers signés maladroitement par Louise, Élodie entreprit sa fille.

— On va acheter les champs du père Jourdain. Il est veuf, sans enfant, pourquoi il nous vendrait pas ? Avec ces prés, on pourra tenir deux vaches de plus. Je sais pas si t'as entendu dire mais paraîtrait que les Thoux — ceux du côté des Barrières — ils se font vieux et ils s'en rendent compte. Le Joseph, il a plus personne et elle, la Mélie, elle aurait qu'un neveu du côté de feue sa sœur Maria. Il vient jamais les voir. Il est de ceux qui se montrent chez le notaire que le jour de l'héritage. Les Thoux, ils n'ont pas beaucoup d'argent, mais ils possèdent un joli bois de résineux et de feuillus dans le coin du Maure, pas loin de la grand-route, un endroit où c'est facile de débarder à l'époque des coupes. Si tu veux, j'irai voir les Thoux...

Pendant que les deux femmes, telles des fourmis sentant arriver le froid à travers des variations de température si légères qu'elles nous échappent, bâtissaient l'avenir d'Armandine en lui assurant une dot que le temps ne pourrait que grossir, les événements se montraient moins favorables pour le lieutenant de gendarmerie, Edgar Ressan, dont les rigueurs du climat n'atténuaient en rien les dispositions amoureuses. Ce jour-là, il savourait des délices rares à l'idée que, dans moins d'une heure, il aurait fait trébucher — sinon s'écrouler — la vertu de la jolie Mme Suzanne Fleurance, de Saint-Genest-Malifaux, célèbre dans tout le canton par son élégance et la finesse de ses traits. Épouse du médecin le plus coté du bourg, elle lui avait donné deux enfants, Adrienne et Edmond. La jeune femme s'était rendue après avoir été assiégée par un Ressan qui dut avoir recours à tout son savoir-faire. Il fallut bien des prières, des supplications, des promesses qui, toutes, se donnaient l'éternité pour limites avant que l'officier ne réussisse à obtenir de Suzanne — supposée aller visiter sa mère à Saint-Étienne — qu'elle le rejoigne dans la chambre qu'il louait à une ancienne cantinière peu farouche, dans une rue discrète du quartier de Chantegrillet.

Lorsque Edgar, au soir de cette victoire, regagna sa caserne de Saint-Genest-Malifaux, une mauvaise surprise l'y attendait en la personne du commandant Lazare Gondrin, en tournée d'inspection. Ressan se présenta devant son supérieur.

— Lieutenant Ressan, commandant la brigade de Saint-Genest-Malifaux, à vos ordres !

— J'eusse aimé, Monsieur, que vous vous y fussiez rendu plus tôt. Je suis ici depuis trois heures. Vous étiez en tournée ?

— C'est-à-dire...

— En tournée, seul ? Voilà qui me semble contraire au règlement. Où étiez-vous, lieutenant ?

— A Saint-Étienne.

— Raison de service ?

— Non, mon commandant.

— Sans autorisation ?

— Sans autorisation.

— Voilà qui est des plus fâcheux, car c'était essentiellement vous que j'étais chargé d'inspecter. Je dois remettre un rapport sur votre compte, votre personnalité, la façon dont vous exercez votre métier. A la rigueur, je pourrais passer cette escapade sous silence, mais il y a l'affaire Versillac, de Tarentaize.

— Mon commandant, je me heurte à un mur de silence... Personne ne veut parler, pas même le maire ! A mon avis, on ne trouvera jamais le ou les meurtriers des trois jeunes gentilshommes.

— Des gentilshommes qui se mettent à trois pour tuer un vieux soldat, un héros de l'épopée napoléonienne !...

— L'épo... mais, mon commandant, ce type a refusé de crier « Vive le Roi ! ».

— Dame, puisqu'il était bonapartiste. Lieutenant, je crains que vous ne vous soyez fourvoyé en prenant place parmi nous. A l'heure où le roi et le gouvernement cherchent, par tous les moyens, à réconcilier les Français, trois sots commettent un crime aussi stupide que lâche et ce sont ces sots que vous approuvez ! Tant pis pour vous. Vous auriez dû témoigner de plus de discernement. A vous revoir.

Edgar vécut une très mauvaise soirée et, pour la première fois, ne regretta pas de la passer seul. Les gendarmes furent vite mis au courant de la disgrâce probable du lieutenant et se hâtèrent d'en faire part — bien entendu sous le sceau du secret — à leurs amis. Par les soins de ces derniers, un vent d'angoisse souffla sur les petites bourgeoises de Saint-Genest-Malifaux. Beaucoup regrettèrent de ne pas avoir cédé au bel officier, regrets plus romantiques que sincères car elles étaient foncièrement fidèles, par nature, par devoir, par prudence. Seule la jolie Suzanne Fleurance pleura avec sincérité. Naïve, elle avait cru à la franchise des propos de Ressan et s'était mise à l'aimer pour de bon. S'il partait, il ne lui resterait plus que la honte d'avoir été une épouse adultère. Elle songea au suicide, mais elle était si fragile, si douillette...

Le lieutenant ne comprenait pas ce qui lui arrivait. Ce commandant qui prenait le parti des ennemis du roi ! et ce roi qui favorisait ou, pour le moins, tolérait ceux-là mêmes souhaitant le renverser ! Pendant quelques jours, Ressan se montra de méchante humeur, harcelant ses gendarmes, les envoyant, en dépit d'un temps exécrable, dans des missions inutiles d'où hommes et bêtes revenaient fourbus. Edgar, se doutant que sa disgrâce était connue, n'osait mettre le nez hors de la caserne. Puis, les semaines s'écoulant sans que personne — parmi ceux dont dépendait son avenir — lui donnât signe de vie, il se reprit à espérer jusqu'au matin où un courrier boueux, crotté, lui apporta sa nomination à la tête de la brigade de Florac, en Lozère. Sur le moment, l'officier fut victime d'une sorte de vertige. Il lui semblait que la terre lui manquait. Pour recouvrer ses esprits, il but une rasade d'eau-de-vie et, se rappelant que le chef Chapus était marié à une femme venue de l'endroit où on l'envoyait, il le convoqua :

— Chapus, si je ne me trompe, votre épouse n'est pas d'ici ?

— Mon Hermance a vu le jour à Marvejols dans la Lozère.

— Voulez-vous la prier de venir dans mon bureau ?

— A vos ordres, mon lieutenant.

Quand il eut Hermance en face de lui, Edgar se dit que, si elle était un échantillon représentatif de la gente féminine lozérienne, il ne serait pas gâté. La dame Chapus, une forte commère un tantinet moustachue, ne fit pas d'embarras pour parler de son pays d'origine où l'hiver régnait pendant huit mois de l'année. La vraie distraction des habitants consistait à chasser le loup qui, parfois, mangeait une bergère. Hermance connaissait Florac où elle avait une tante. Pour elle, ce bourg avec son millier d'habitants se situait aux limites du monde civilisé. Quand les Chapus le quittèrent, Ressan hésitait entre la démission et le suicide.

Huit jours après son départ, le beau lieutenant était

oublié de tous et de toutes, sauf de la trop tendre Suzanne Fleurance qui mit presque un mois pour cesser de pleurer son amant d'un après-midi.

* * *

Plus que Pâques, Noël est la vraie fête de ces villages de montagne, la fête où l'on se sent bien, serrés les uns contre les autres avec le sentiment profond d'appartenir à une communauté, pour un soir rassemblée, afin de chanter la gloire du Seigneur qui nous paiera ailleurs des souffrances endurées ici-bas. Aussi, chacun se prépare-t-il longtemps à l'avance, dans l'espoir que ce Noël sera encore mieux que tous ceux l'ayant précédé. Le curé Mauvezin — assisté de la veuve Souzy, de la Germaine Theillay et de sa nièce, la Berthe Montillot — ornait l'église après avoir procédé à un sérieux nettoyage. Sœur Benoîte du Calvaire avait pris en main les enfants. Il lui incombait de transformer les fillettes en anges et les garçonnets en bergers. Le fils Jeanbrenin et les deux frères Runan, de la Chaumeille, suscitèrent d'énormes jalousies lorsqu'ils furent chargés d'incarner les rois mages. Landeyrat le Vieux promit l'âne et le bœuf. Marius Bruailles, du Plomb, apporterait l'agneau de la messe de minuit. Tout s'annonçait sous les meilleurs auspices.

Sœur Benoîte faisait répéter un cantique à ses fillettes quand M. le maire entra, imposant, par sa seule présence, un silence aussi total que soudain. Il en sourit car il aimait toutes ces petites frimousses tendues vers lui.

— Mes enfants, le jour de Noël, il y aura un arbre chargé de bonbons qu'iront chercher ceux qui auront été les plus sages durant toute la messe. J'ai là un écu pour celle ou celui d'entre vous qui répondra le mieux à mes questions : qui sait ce qu'est le bénédicité ?

Interrogée, Eugénie Lussaud, paralysée par la peur, ne put que bafouiller. En ricanant, Sophie Jeanbrenin, fille du menuisier, prit le relais :

— C'est la prière que tout bon catholique doit adresser au Bon Dieu avant de manger sa soupe.

— Pourquoi ?

Sophie, avec son visage tavelé par les taches de rousseur, resta coite. Armandine, heureuse de venger son amie Eugénie, déclara :

— Pour Le remercier d'avoir quelque chose à manger.

— Parfait. Qui récite le bénédicité, chez toi ?

— Pépé.

— Tu as retenu ce qu'il dit ?

La gamine ferma les yeux, joignit les mains et récita d'un trait :

Bénissez, Seigneur, ce que nous mangeons
Et protégez notre Napoléon.
Nous Vous prions d'avoir pitié de lui
Et de punir le roi Louis. Amen.

Armandine rouvrit les yeux, très contente d'elle, au point de ne pas prendre garde au visage sévère de Landeyrat le Vieux et au silence de ses compagnes. Sans mot dire, oubliant de saluer la Béate, le maire tourna sur ses talons et quitta la pièce. A peine eut-il refermé la porte que la sœur se précipita sur la fille de Louise et la secoua brutalement, en criant :

— Malheureuse ! Comment oses-tu prononcer des paroles aussi impies ?

Sophie Jeanbrenin crut bon de remarquer :

— Mon papa, il dit que les Mantel et les Versillac, c'est des vrais brigands.

Cette déclaration s'acheva dans un hurlement déclenché par le coup de pied qu'Eugénie avait asséné sur le tibia de l'insulteuse. La demoiselle Benoîte bondit :

— Qu'est-ce qui te prend, Sophie ?

Entre deux sanglots, Sophie désigna Eugénie :

— Elle m'a sûrement cassé la jambe !

— Eugénie, pourquoi l'as-tu frappée ?

— Pour lui apprendre à mal causer des parents d'Armandine.

La Clémence Belvezet — dont les parents tenaient la plus grande ferme du Sapillon — tira les cheveux d'Eugénie. Armandine, en contre-attaque, mordit cruellement l'avant-bras de l'agresseur. Malgré les efforts frénétiques de la Béate, les anges se jetèrent les uns contre les autres en une mêlée où les plus faibles eurent tôt fait de disparaître sous les pieds — heureusement déchaussés — des combattants. Par la suite, on raconta dans tout le canton qu'on n'avait jamais vu, à la messe de minuit, une phalange angélique en aussi piteux état.

Firmin Landeyrat fixait gravement M. Mauvezin, en train de rabattre les manches de sa soutane après s'être lavé les mains.

— Vous êtes au courant, je pense ?

— Vous vous doutez que la Béate n'a pas laissé passer une aussi belle occasion.

— Puis-je vous demander ce que vous comptez faire ?

— Moi ? Je ne vois pas, monsieur le Maire.

— Comment ? Voilà une moucheronne qui, en public, débite une prière sacrilège, insulte le roi et, vous, vous ne trouvez rien à lui reprocher ?

— N'exagérez pas, voulez-vous, monsieur le Maire ! Dieu est habitué à s'entendre brocarder et Il aime les enfants à qui Il pardonne. Pourquoi me montrerais-je plus sévère que Lui ?

— Monsieur le Curé, je ne suis pas certain que vous pensiez bien.

— Cela, monsieur le Maire, est affaire entre Dieu et moi. Sur ce, je vous prie de m'excuser, c'est l'heure de mon bréviaire. Le Seigneur s'y montre moins chatouilleux quant à son autorité que Louis XVIII.

Les deux hommes se séparèrent froidement et Landeyrat le Vieux, exaspéré, se hâta vers la demeure d'Ambroise qu'il trouva en train de peindre, sur une planche, une allégorie naïve, à la gloire de l'Empereur.

— J'espère que l'on t'a raconté le scandale déclenché par ta petite-fille ?

— Vaguement...

— Tiens donc ! Le bénédicité sacrilège qu'elle a cru bon de réciter devant ses compagnes, elle est trop jeune pour l'avoir inventé. C'est forcément de toi qu'elle l'a appris.

— Et alors ? Vous connaissez mes sentiments, non ?

— Je les connais, hélas... Seulement, toi, tu es assez grand pour savoir comment tu agis, tandis qu'Armandine risque de payer un jour les conséquences de ton éducation... particulière. Penses-y, Ambroise.

Élodie, à qui on rapporta la démarche de Landeyrat le Vieux, décida d'arracher, pendant quelques jours, Armandine à l'influence de son grand-père. Le temps, pour ce dernier, de s'imposer une certaine tempérance du langage, du moins à la maison. La petite fut envoyée chez les Lussaud où elle rejoignit son amie Eugénie. Prosper était un homme facile à vivre, toujours de bonne humeur et sans cesse prêt à rendre service. Tout le monde aimait Prosper à Tarentaize. Son épouse, Marie, demeurait, à quarante ans, une gamine dont elle manifestait les émerveillements devant ce qui sortait de son ordinaire et sa crédulité faisait la joie des autres femmes du village. A peine installée dans la chambre qu'elle partageait avec Eugénie, Armandine commença à gouverner la maison. Les Lussaud se contentaient de seriner à la fille de Louise qu'elle ne devait jamais répéter ce qu'elle entendait raconter chez elle. Les propos de son grand-père ne regardaient personne. Certaines gens seraient heureux de profiter de ses paroles pour tenter de lui nuire. Armandine ne comprenait pas très bien. Sous prétexte qu'elle adorait Ambroise, elle se figurait que chacun, à Tarentaize, partageait son admiration.

— Y en a qui aiment pas mon pépé ?

— Malheureusement, oui.

— Pourquoi ?

Prosper haussait les épaules.

— Tu peux pas comprendre, mon belet... Ambroise était officier de l'Empereur. Les royalistes peuvent pas pardonner à Napoléon de leur avoir flanqué la frousse pendant quinze ans... A propos, les gosses, voulez-vous que je vous explique la bataille de Friedland où l'Empereur a foutu une sacrée torchée aux Russes ?

Les petites acceptèrent avec joie. Alors, sous le

regard ébahi de Marie qui n'en croyait pas ses oreilles, Lussaud s'élança dans un récit où la réalité n'occupait que peu de place. Il décrivait la région comme une sorte de paradis dont les méchants Russes essayaient de s'emparer tandis que les bons Français s'opposaient à cette abomination. L'Empereur devenait une espèce de Merlin l'Enchanteur commandant à des princes galopant à travers la bataille. Finalement, les Russes — dirigés par Bennigsen, une incarnation mâle de la fée Carabosse — repartaient en désordre vers leurs steppes sauvages.

Les fillettes couchées, Marie querella son mari.

— Tu sais qu'Armandine a la tête à moitié chamboulée par son grand-père et voilà que tu trouves rien de mieux que de la ramener dans ces histoires de batailles !

— J'en connais pas de plus belles !

— Mais, Sainte Mère de Dieu, t'as jamais été soldat à cause de tes pieds plats ! Tu risquais pas de t'y trouver, à Friedland !

— Quelle importance, Marie, puisque les gosses sont convaincues que j'y étais !

De retour à la maison, le premier soin d'Armandine fut de raconter la bataille de Friedland vue par l'imagination un peu puérile de Lussaud, et ce à la grande colère d'Élodie et au non moins grand plaisir d'Ambroise. Comme à son habitude, Louise, perdue dans ses rêveries mélancoliques, n'écoutait pas.

Ambroise avait accoutumé de se rendre, de temps à autre, après la soupe, à l'auberge des Lussaud pour y boire une demi-tasse arrosée de marc. C'était là le prétexte officiel mais, en vérité, Mantel allait chez Prosper surtout pour y rejoindre les rescapés de l'Empire, survivant encore au village ou dans les hameaux environnants : Lucien Lamboing, des Barrières, qui avait laissé une jambe en Espagne ; Marius Tramelan, du Curtil, qui, depuis son retour des armées en 1806, ne s'arrêtait pas de tousser et, parfois, de cracher le sang ; Stéphane Dambrasson, des Citadelles, manchot depuis Wagram, et Chastagnier de Tarentaize, le plus jeune. Celui-là avait reçu un biscaïen dans le ventre à Leipzig, où il faisait ses débuts. Sa forte constitution avait résisté. C'était le meilleur ami d'Ambroise. Dans la fumée des pipes, ces survivants de l'épopée impériale se racontaient leurs souvenirs avec un enthousiasme, une obstination que le temps ne parvenait pas à amoindrir. Rêveurs éveillés, ils partaient à la recherche d'un passé tout entier occupé par leur jeunesse perdue.

* * *

Ambroise avait finalement pris son parti des libéralités royales en faveur de sa petite-fille et, à la vérité, qu'on ait agrandi le domaine de deux hectares de prés et de cinq hectares de bois ne lui déplaisait pas. Un matin où la grand-mère appelait vainement Armandine, Mantel découvrit l'enfant au grenier. A travers une étroite ouverture pratiquée dans le toit, elle regardait l'imposante ferme des Landeyrat et remarqua, songeuse :

— Tu sais, pépé, j'aimerais habiter là-bas...

Ambroise ne répondit pas tout de suite. Au-delà de la réflexion de la gamine, il entendait la voix d'Honoré reconnaissant dans la propriété des Landeyrat celle dont il gardait l'image au cœur depuis toujours. Cette remarque de son enfant, Versillac aurait pu la faire, l'avait peut-être faite, autrefois, en se rapportant au domaine inventé. Ému, troublé, Mantel se demandait si, à travers les années écoulées, un songe identique à celui ayant hanté le père sa vie durant ne venait pas de prendre possession de l'imagination de la fillette.

— On l'appelle comment, cette grosse maison ?

— Elle a pas de nom... On dit simplement « chez Landeyrat » mais je vais te confier un secret... Jure-moi que t'en parleras à personne ?

— Même pas à maman ou à grand-mère ?

— Même pas.

Armandine réfléchit un instant puis, farouche, elle étendit son bras en déclarant d'une voix résolue :

— Croix de bois, croix de fer, si je mens, j'irai en enfer !

— Alors, écoute... « Chez Landeyrat », ça a un autre nom, pour toi et pour moi, un nom secret.

— Et c'est quoi, ce nom ?

— La Désirade. Ça te plaît ?

— Oh ! oui... Quand c'est qu'on l'appellera de cette façon ?

— Lorsque toi ou ton fils ou le fils de ton fils entrera en maître là-bas.

Dans le vent léger se glissant à travers les interstices du toit, Ambroise crut surprendre le rire heureux d'Honoré.

* * *

Enfermé dans son immobilité atavique, Tarentaize avait retrouvé la cadence monotone du rythme des jours et des saisons que l'aventure impériale avait brisée. Dorénavant, les garçons pouvaient atteindre leur vingtième année, sans risquer de s'en aller mourir au loin. Désormais, on recommençait à se marier, à avoir des enfants, à les élever sans redouter les sergents-recruteurs. Les seules batailles qu'on avait encore à connaître se réduisaient à des rixes d'après boire ou étaient dues à des jalousies conjugales. Ambroise sombrait dans une vieillesse bougonne. Ses camarades et lui avaient beau continuer à se rencontrer pour parler du passé, ils comprenaient, peu à peu, que ce passé coulait entre leurs mains déformées par les rhumatismes attrapés dans le brouillard d'Austerlitz, la boue d'Eylau, la neige de Russie. Ils devinaient qu'après eux personne ne se soucierait plus des souffrances qu'ils avaient endurées. Que resterait-il des grandes chevauchées, des beaux défilés devant des populations effrayées et admiratives ? Où étaient les maréchaux dont les étonnantes carrières faisaient rêver le plus humble soldat ? Ils avaient été assassinés ou avaient trahi pour entrer au service du roi. Comment était-il possible qu'après avoir chargé à la tête des régiments impériaux on pût s'empresser auprès d'un roi podagre ?

En ce printemps de 1820, Ambroise Mantel n'avait

plus guère envie de vivre. Bien qu'il fût octogénaire, Landeyrat le Vieux prenait son cadet en pitié. Chaque fois qu'il le rencontrait, il tentait de lui remonter le moral.

— Alors, Ambroise, tu refuses de grimper la côte au bas de laquelle tu as roulé ?

— Et je trouverai quoi, au sommet ?

— La vie.

— J'ai plus rien à en foutre, maintenant que l'Empereur reviendra pas.

— Parce que, tes camarades et toi, vous avez vraiment cru qu'il reviendrait ?

— Il est revenu, déjà !

— As-tu réfléchi qu'il a cinquante et un ans, qu'il est malade et qu'on le garde trop loin de chez nous pour qu'il puisse espérer s'échapper ?

— Et le roi tolère cette infamie ?

— N'oublie pas, Ambroise, que, par la faute de ton idole, Louis XVIII a passé plus de vingt ans en exil.

Les entretiens se terminaient généralement de cette façon et les deux hommes campaient sur leurs positions.

Pourtant — ainsi que le remarquait sans cesse Élodie — Ambroise avait tout ce qu'il fallait pour goûter une vieillesse paisible : une santé pas mauvaise, une femme travailleuse, une petite-fille que tout le pays lui enviait. On oubliait toujours Louise. Ce que ne pouvait deviner Élodie, c'est que, peu à peu, son mari perdait la foi qui, pendant des années, lui avait permis de tout accepter. Aujourd'hui, le Napoléon qui pourrissait dans une île, n'avait plus grand-chose de commun avec le Bonaparte dont Mantel avait fait la connaissance en 1797, à Rivoli, et qu'il n'avait plus quitté jusqu'à Austerlitz, en 1805. Neuf années de batailles qui furent autant de victoires et dont on sortait (quand on en sortait) tellement différents des autres hommes qu'on ne pouvait plus vivre comme eux, avec eux.

Armandine, fidèle à l'enseignement de son pépé, ne connaissait pas les doutes d'Ambroise. Intoxiquée par les discours écoutés pendant des mois et des mois, elle avait placé l'Empereur à côté de Dieu le Père, aussi puissants — celui-là sur la terre, celui-ci dans le ciel — et aussi invisibles l'un que l'autre. Au bout du compte, Armandine Versillac s'affirmait la plus bonapartiste des habitants de Tarentaize et, par voie de conséquence, la plus franchement hostile au roi qu'elle assimilait à Belzébuth.

Ayant fini de manger ses pommes de terre au lard accompagnées d'une salade verte parsemée de croûtons frottés d'ail (pour tuer les germes de maladie), Ambroise retourna son assiette pour y poser un morceau de fromage de vache et déclara :

— Ça commence enfin ! Paraît que la semaine dernière, à Paris, on a assassiné le duc de Berry. Le chien a perdu un de ses chiots. Ouvre donc une bonne bouteille !

Élodie se dressa, furieuse.

— T'as pas honte, Ambroise, de te réjouir de la mort d'un homme ? Un homme jeune qu'avait pas fait de mal ? T'es devenu pire qu'une bête alors ? et quel exemple tu donnes à la petite !

Mantel cogna sur la table.

— Tais-toi, Élodie ! Tu sais plus ce que tu racontes ! Berry appartient à la famille qui laisse l'Empereur se faire torturer par les Anglais ! et tu voudrais que j'aie pitié d'eux ? Nom de Dieu ! J'espère qu'il y aura assez de braves gens à Paris pour exterminer cette vermine royale !

La fillette s'enthousiasmait avec la passion que ses dix ans apportaient à tout ce que disait son pépé à qui elle donnait toujours raison. Elle était choquée du fait que sa grand-mère ne partageât point les opinions de son mari. De son petit nez froncé, elle respirait une odeur de trahison qui la peinait.

Malgré sa jeunesse, l'intelligence aiguë d'Armandine, appuyée sur un bon sens campagnard, lui permettait de diriger sa mère qui n'était pas de taille à discuter avec elle. Louise demeurait plongée dans une admiration perpétuelle à l'égard de cette enfant extraordinaire. Elle parvenait difficilement à se convaincre qu'elle l'avait mise au monde. En présence de sa petite, elle se sentait intimidée et elle avait, sans rechigner, transmis ses pouvoirs et ses obligations à Élodie qui savait se faire obéir.

Une autre tremblait devant la gamine : la Béate. Non pas que son élève fût plus dissipée que ses camarades, au contraire, mais elle avait le génie de poser, avec douceur, des questions auxquelles la pauvre demoiselle ne pouvait répondre, par ordre supérieur. Chaque fois, sous le regard limpide de la petite, sœur Benoîte devait avouer son ignorance. Dans ces moments-là, Armandine se rasseyait sur son banc avec, sur le visage, une grimace ironique qui achevait de ruiner, auprès des élèves, le prestige de leur maîtresse, ou bien encore la fille de Louise répondait à la place de la Béate, ce qui lui assurait une certaine notoriété dans la classe. Seules Sophie et ses alliées la traitaient de poseuse.

Cette sorte d'incident survenait sans cesse lorsqu'on étudiait l'époque contemporaine. Pour sœur Benoîte, entre le 21 janvier 1793 et le 21 juin 1814, l'histoire de France présentait une sorte de gouffre noir où l'on ne pouvait deviner ce qui s'était passé. Cette explication ne suffisait pas à Armandine qui levait un doigt résolu. La mort dans l'âme, la Béate la laissait l'interroger :

— Ma sœur, entre le moment où les Parisiens ont coupé la tête de Louis Capet...

— De Sa Majesté Louis XVI !

— ... et la venue de Louis XVIII...

— De Sa Majesté Louis XVIII.

— ... qu'est-ce qu'ils ont fait, les Français ?

— Rien... enfin, je l'ignore.

— Ils ont conquis l'Europe ! et battu toutes les armées qui voulaient les empêcher d'avancer !

— Taisez-vous, insolente !

Sophie ajoutait son grain de sel.

— Si notre roi t'entendait, il t'enverrait au bagne !

— Ton roi, tu peux te le garder !

Exclamations horrifiées, acclamations enthousiastes jusqu'au moment où sœur Benoîte, ayant réussi à rétablir le calme, faisait entonner par la classe un cantique purificateur.

* * *

A la suite de ce nouvel incident, Firmin Landeyrat, dont l'âge ne parvenait pas à ralentir l'activité, retourna auprès de M. Mauvezin.

— Monsieur le Curé...

— Je sais, je sais, monsieur le Maire, Armandine en fait voir des vertes et des pas mûres à cette sotte de Benoîte.

— Sotte !

— Eh ! oui... notre brave Béate est stupide comme il n'est pas permis ! Enfin, me direz-vous, à quoi rime d'enseigner aux enfants qu'il ne s'est rien passé en France entre la mort de Louis XVI et le retour de Louis XVIII ?

— Les consignes venues de haut...

— D'aussi haut qu'elles puissent nous arriver, elles sont l'œuvre de gens aveuglés par la haine qui se figurent qu'on peut escamoter, par un mensonge, des centaines de milliers de morts.

— Je ne dis pas, cependant...

— Que peuvent penser les enfants devant ces hommes mutilés qui hantent et hanteront longtemps encore nos villages ? Faut-il essayer de les persuader que ceux-là ont perdu qui un bras, qui une jambe, en jouant à la marelle ? Et aux jeunes qui s'étonneront de l'absence de tant de pères, d'oncles, de grands-pères dans les familles qu'ils côtoient, devrons-nous leur répondre que ces hommes ont déserté leur devoir et sont partis en abandonnant les leurs ? Ne jamais parler de leurs sacrifices est déjà cruel pour le prêtre d'une paroisse, ne me demandez pas de les insulter, par-dessus le marché !

M. Mauvezin se fâchait tout rouge et son visiteur eut du mal à l'apaiser.

— Là ! là ! l'abbé, ne vous emportez pas ! En tant que Français, je conviens que ce qu'on exige de nous est à la fois une injustice et une faute. Toutefois, comme maire, je dois éviter que mes administrés se dressent les uns contre les autres. La paix n'est jamais payée trop cher.

— Même au prix du déshonneur ?

— S'il le faut, oui ! Mais, nous n'en sommes pas là ! Pour l'instant, il s'agit de calmer les esprits et ce boutefeu d'Armandine Versillac.

— Qu'attendez-vous de moi ?

— Je suppose que la petite doit faire sa première communion dans quelques semaines ?

— En effet.

— Ne pourriez-vous la menacer de ne pas la laisser s'approcher de la Sainte Table avec ses compagnes, le jour venu ?

— Elle ne me croirait pas.

— Pour quelles raisons, je vous prie ?

— La plus simple : elle est la meilleure élève du catéchisme et, quand elle prie, elle est la seule à avoir foi dans les paroles qu'elle prononce.

— Une sainte, en somme ?

— S'il vous plaît ! Une enfant pieuse, sans plus, comme je souhaiterais les voir toutes.

Vaincu, Landeyrat le Vieux prit congé et rentra chez lui, jugeant inutile d'aller réclamer l'aide d'Ambroise.

* * *

Pour sa petite-fille, Mantel avait fabriqué un rateau que pouvaient manœuvrer des bras manquant d'amplitude. Dans les champs, où l'on avait coupé le foin, Armandine, un foulard autour du cou, coiffée d'un chapeau de paille, armée de son râteau, s'activait sur les andains en compagnie de Louise et d'Élodie. On courait se mettre à l'abri quand un orage, venu en tapinois, crevait sur les faneuses. Mais, ce que la petite aimait par-dessus tout, c'était casser la croûte dans les champs et boire au goulot d'une bouteille où l'eau tenait beaucoup plus de place que le vin.

Le mois de juin était le préféré de la gamine parmi les douze mois de l'année parce qu'elle était alors autorisée à se coucher plus tard que de coutume, en raison de la longueur des jours. Dans les champs, les robes des vaches brillaient comme si on les avait frottées. Cela tenait à ce que les bêtes mangeaient une meilleure herbe.

Armandine, après le goûter, prenait toujours quelques minutes de repos supplémentaires pour s'allonger, à plat ventre, dans le foin. Elle en respirait l'odeur dont elle raffolait.

Toutefois, le domaine d'Armandine demeurait le jardin derrière la ferme, un jardin protégé par une barrière de grandes planches taillées en pointes. La petite goûtait une joie particulière à se promener entre les carrés de légumes dont l'ordonnance l'intimidait. Elle laissait glisser sur les pousses fragiles, à peine sorties du sol, le regard du général sur ses troupes rangées en bataille. Le soir, elle apprenait, guidée par Ambroise, à pincer les potirons et les tomates. Si elle travaillait bien, elle avait le droit, le lendemain matin, de cueillir des fleurs pour composer un bouquet qu'elle offrirait à Marie Lussaud en passant chercher Eugénie pour se rendre à l'école.

La date de la première communion approchait. Jamais le village n'avait été aussi calme. Les enfants redoutaient tellement de commettre un péché qu'ils se forçaient à une sagesse si extraordinaire qu'elle leur donnait un air hypocrite. Ceux qui les voyaient passer avaient l'impression qu'ils marchaient sur des nuages. Pendant les récréations, au lieu de courir et de crier, les gosses restaient assis et discutaient gravement des terribles malheurs susceptibles de s'abattre sur eux s'ils osaient communier après s'être écartés, si peu que ce soit, des chemins de la vertu. Quant aux parents, lorsqu'ils regardaient, à table, leurs gamines mangeant, les paupières mi-closes, leurs garçonnets empressés à aider au service de tous, ils pensaient davantage à la maladie qu'à un début de sainteté.

Les choses se gâtèrent le jour où, en présence du maire, le curé interrogea les enfants sur le catéchisme. Armandine se classa première, devant Sophie et Eugénie. Landeyrat le Vieux tint à récompenser les meilleurs et offrit aux élèves une belle image du roi Louis XVIII, assis dans un fauteuil. Si Eugénie et Sophie acceptèrent le cadeau, la petite-fille d'Ambroise le refusa. Le maire se tourna vers le curé qui, par un haussement d'épaules, signifia qu'il n'entendait pas se mêler au débat. Landeyrat, vexé, revint à la rebelle :

— Tu n'aimes pas notre bon roi ?

— Non.

— Pourquoi ?

— Parce que ses amis ont tué mon papa.

A nouveau, le maire se tourna vers M. Mauvezin qui remarqua :

— Que répondre à ça ?

Le maire regarda la gosse dont les yeux le fixaient avec une certitude tranquille. Il lui caressa la joue.

— J'aimais beaucoup ton papa... Si j'avais pu empêcher ce qui s'est passé, je l'aurais fait. Tu me crois, n'est-ce pas ?

En réponse, sous les regards effarés de ses camarades, Armandine mit ses bras autour du cou de Landeyrat le Vieux (qui s'était penché vers elle pour la convaincre) et lui posa un baiser sur chaque joue. Le maire se redressa et sortit. Il ne voulait pas qu'on s'aperçût qu'il avait la larme à l'œil.

* * *

Au mois de septembre, la plupart des villages de la montagne pavoisèrent en l'honneur de la naissance du duc de Bordeaux. A Tarentaize, seules les fermes où les hommes conservaient le culte de l'Empire demeurèrent volets et portes clos. On célébra un office pour demander à Dieu de protéger le bébé né après la mort cruelle de son père. Des places étaient vides parmi les fidèles. Ambroise resta toute la journée dans son fauteuil, n'ouvrant la bouche que pour maudire la venue au monde de ce rejeton de la race haïe des Bourbons.

Se figurant être agréable aux autorités tant religieuses que civiles, sœur Benoîte fit apprendre une sorte de cantate qu'elle ordonna à ses ouailles de chanter — sans se soucier des défections — en se promenant à travers le village et sur ses abords. Sophie emmenait le mince cortège. Alors que ce dernier abordait l'orée du chemin menant aux Citadelles, on entendit scander une marche militaire où l'on reconnut vite le rythme de *La marche consulaire à Marengo.* La Béate, intriguée, voire inquiète, suspendit l'avance de sa troupe à qui elle imposa d'attendre jusqu'à ce qu'apparaissent les chanteurs. Avec stupeur, la vieille demoiselle découvrit une dizaine de gosses des deux sexes, se contraignant au pas lent d'une parade, portant un long bâton à la saignée du bras, la main posée à plat sur la poitrine. La vieille fille ne fut pas étonnée, par contre, de voir Armandine s'avancer en tête de ses camarades. Cependant, elle manqua s'évanouir en constatant que, non seulement Mathieu Landeyrat, le petit-fils du maire, faisait cause commune avec les rebelles, mais encore qu'il portait — horreur ! — au bout d'une perche, un chiffon tricolore ! La Béate qui, par-dessus tout, redoutait une bagarre, ordonna aux siens de se ranger pour laisser passer leurs adversaires. Cela ne se fit pas sans protestations. Sophie Jeanbrenin — brûlant d'un zèle à toute épreuve — tenait absolument à se jeter sur Mathieu Landeyrat pour lui arracher son drapeau aux trois couleurs. Sœur Benoîte dut menacer la gamine des flammes de l'enfer pour l'obliger à rester tranquille. Sans compter que le porte-étendard ayant atteint sa douzième année, eût, vraisemblablement, flanqué une raclée à Sophie.

La Béate, ulcérée, dut admettre que son cortège rencontrait moins de faveurs d'un public amusé que celui des révoltés. Lorsque les enfants se furent dispersés pour rentrer chez eux, sœur Benoîte du Calvaire se précipita à la mairie. Firmin Landeyrat n'aimait pas la vieille fille, mais il en avait pitié.

— Qu'est-ce qu'il y a, cette fois, ma pauvre demoiselle ?

Le souffle court, par suite de la hâte mise à rencontrer le chef de la commune, rendue bègue par l'émotion, elle hoqueta :

— Je... ils... sont... sont... re... re... revenus !

— Qui donc ?

— Les... les... sans-cu... culottes !

— Vous ne pensez pas que vous retardez un peu ?

Pour se justifier, la Béate se lança dans un récit

dramatique du scandale qui venait d'avoir lieu, parla du drapeau tricolore (ce qui fit froncer les sourcils du maire) et conclut en demandant :

— Vous devinez qui marchait en tête des sans-culottes ?

— Armandine Versillac, bien sûr !

— Cette gamine est un dangereux élément révolutionnaire ! On devrait l'écarter du village !

— Et nous couvrir de ridicule ? Voyons, mon amie, combien étaient-ils, ces révolutionnaires ?

— Une dizaine.

— Dans ce cas, le roi peut donc dormir sur ses deux oreilles.

— Au côté de la Versillac, il y avait Eugénie Lussaud, Prosper Dambrasson, Gaspard Lamboing, Arsène Chastaignier, Julia Tramelan...

— Ça suffit, ma sœur. Tous sont les petits-enfants ou les neveux de soldats. Comment leur en vouloir ? Ce n'est qu'une gaminerie dont la nuit effacera les péripéties.

— Pourtant, celui qui portait le drapeau tricolore, je suis sûre que son nom vous intéresserait...

— Pourquoi ce garçon, particulièrement ?

— Parce qu'il s'agit de Mathieu.

— Quel Mathieu ?

— Le vôtre.

Landeyrat, déçu par son fils, Blaise — un homme dur, bon travailleur, mais borné — avait reporté tous ses espoirs sur son petit-fils Mathieu qui promettait d'être aussi solide que son père et beaucoup plus intelligent. La Béate était partie depuis longtemps que Firmin, mi-amusé, mi-fâché, s'interrogeait encore pour essayer de comprendre les raisons ayant poussé l'enfant à changer de camp.

Le vieux monsieur aimait à gagner sa ferme à pied. Ce soir-là, il avait quitté la mairie plus tôt que de coutume. Le long chuintement des lames de faux mordant le foin ou la luzerne, l'émut. En passant, il s'arrêta pour examiner un champ d'orge. Il prit un épi entre ses doigts, l'écrasa, le sentit, goûta la farine et murmura :

— On pourra commencer la semaine prochaine...

C'est dans de telles circonstances que Landeyrat avait tendance à se croire immortel. S'appliquant à suivre méticuleusement le rythme des saisons, il estimait — sans oser en parler à personne — qu'il n'y avait pas de raison pour qu'une sève nouvelle ne coulât pas dans ses veines aux premiers beaux jours, lui apportant une vigueur qui lui permettrait de tenir jusqu'au printemps suivant.

Peu à peu, à l'ouest, sur les premières montagnes de la Haute-Loire, la couleur du ciel virait à l'orange sans que traînât le moindre nuage, promettant une belle journée pour le lendemain. Le cœur en fête, Firmin Landeyrat poussa la porte de la grande salle basse où Germaine, sa bru, préparait la soupe pour la famille et les domestiques. Les journaliers, de passage à la ferme, mangeaient dans la grange ou l'étable, selon qu'ils couchaient dans l'une ou dans l'autre. A l'entrée du patriarche, chacun se leva — y compris Blaise, le fils — et ôta son chapeau. La scène durait moins d'une minute avant que le maire, d'un geste de la main, n'autorisât tout le monde à se rasseoir, mais c'était là une minute qu'il savourait. Promenant son regard sur ces visages burinés par le vent, le soleil et la pluie, il se sentait vraiment le maître et plein d'une force inépuisable. Les hommes, de nouveau sur leurs bancs, Madelon, la servante depuis quarante ans au service de la famille, l'aidait à se débarrasser de ses vêtements.

— Bientôt prête la soupe, Germaine ?

— Asseyez-vous seulement, père.

Ni les valets ni les servantes, groupés au bout de la table, ne parlaient tant que Landeyrat le Vieux, le bénédicité prononcé, n'avait pas, lui-même, dit un mot. On mangeait la soupe au lait et au pain, ou aux choux, en silence. Lorsqu'il redressait le buste au-dessus de son écuelle vidée, le chef demandait à son fils un compte rendu de la journée. Alors, les domestiques pouvaient bavarder entre eux, mais avec discrétion. Quand ils s'oubliaient en un éclat trop vigoureux ou partaient d'un rire trop bruyant, un coup d'œil sévère du maître calmait aussitôt l'excès. La bru ne se mêlait pas à la conversation du père et du fils. Aidée de Madelon, elle posait les plats sur la table : de la salade verte, du lard de poitrine bouilli et des pommes de terre à l'eau. Un clafoutis terminait ce solide dîner qu'on arrosait d'un vin léger des bords du Rhône ardéchois.

Après le repas, Landeyrat le Vieux fumait une pipe dans le fauteuil où il avait accoutumé de s'asseoir pour commencer sa digestion, près de l'âtre. Dans le landier, à portée de sa main, refroidissait un bol de vin chaud à la française. A travers ses paupières mi-closes, le patriarche scrutait son monde. Les domestiques ne comptaient pas. On les traitait mieux que dans n'importe quelle ferme, mais on ne réclamait jamais leur avis sur quoi que ce soit. Germaine, bru obéissante et travailleuse, avait fait un bel enfant, que lui demander de plus ? Au sujet de Blaise, son fils, Landeyrat ne nourrissait plus aucune illusion. Il était né pour obéir mais à qui lorsque son père ne serait plus là ? Heureusement qu'il y avait Mathieu sur qui l'ancêtre fondait de grandes espérances. L'enfant se montrait intelligent, actif, plein d'initiatives. Sa seule faiblesse, une sensibilité quasi féminine. Le temps, sans doute, durcirait le petit.

Landeyrat le Vieux, son vin bu, se leva et tous l'imitèrent.

— Je vous souhaite une bonne nuit et je prie Dieu qu'Il vous tienne en sa garde.

Unanimes, ils répondirent :

— Amen !

Le vieillard commençait à monter l'escalier menant à sa chambre, lorsque Mathieu appela :

— Grand-père !

Se tenant à la rampe, le patriarche se retourna :

— Qu'est-ce qu'il y a ?

— Je voudrais te dire quelque chose.

— Je t'écoute.

— Pas devant tout le monde.

— Pourquoi ?

— C'est un très gros secret.

— Dans ce cas, viens avec moi.

La chambre de Landeyrat le Vieux ressemblait à celui qui l'habitait. Un lit-bateau où le grand-père dormait presque assis. Une commode à trois tiroirs portant chacun deux poignées en cuivre. Sur le meuble, un globe de verre abritait la couronne de fleurs d'oranger de sa femme, morte quinze ans plus tôt. Un gros paroissien à la reliure usée reposait sur la table de chevet près d'un chandelier d'étain. Une armoire importante occupait un côté de la pièce. Au-dessus du lit, un grand crucifix accroché au mur. A part Madelon, personne n'entrait dans la retraite du maître. Aussi Mathieu avait-il la gorge un peu serrée, en pénétrant dans ce lieu sacré. Landeyrat ôta sa veste de velours, prit place dans le seul fauteuil qui, avec deux chaises, achevait le décor.

— Approche-toi, Mathieu.

Le petit se colla à son pépé qui le tint entre ses jambes.

— Alors, ce secret ?

— Tu jures que tu le répéteras à personne ?

— Je le jure !

— Je veux me marier.

— Ah ?

Landeyrat sut dissimuler sa surprise amusée et, attendri, s'enquit :

— Tu ne penses pas que tu es un peu trop jeune ?

— Non.

— Quand on se marie, il faut être assez vieux pour avoir des enfants.

— J'apprendrai !

— Tu apprendras... quoi ?

— A faire des enfants, pardi !

— Ça ne te peinera pas de nous quitter ?

— Les autres, non, mais toi, je t'emmènerai !

Ému, la voix enrouée, Firmin interrogea :

— Où irons-nous donc habiter ?

— Je sais pas encore.

Il se fit un petit silence et le maire posa la question essentielle :

— Je peux savoir qui tu veux épouser ?

— Armandine.

— Armandine Versillac ?

— Oui.

— Tu aurais pu plus mal choisir. Dis-moi, Mathieu, c'est à cause d'Armandine que tu as défilé dans le cortège des bonapartistes ?

— Je pouvais pas la laisser seule !

— Pour quelles raisons ?

— Si les royalistes y avaient tapé dessus !

Landeyrat serra son petit-fils contre lui. Il ne s'était pas trompé sur son compte.

— Écoute-moi, mon bonhomme. Tu n'ignores pas que le roi Louis XVIII gouverne la France ?

— Oui, mais je l'aime pas.

— Pourquoi ?

— Parce qu'il gagne jamais de batailles, lui !

— Plus tard, tu te rendras compte que les peuples heureux sont ceux dont les chefs ne remportent jamais de victoire. Armandine est d'accord pour se marier avec toi ?

— J'ai pas osé lui demander.

— Il me semble que c'est par là que tu devrais commencer.

* * *

Au cours des semaines qui suivirent, Landeyrat n'eut guère le loisir de s'occuper des problèmes sentimentaux de son petit-fils. La presse monarchiste, ayant mené un tapage politico-sentimental à propos de la naissance du duc de Bordeaux — ce pauvre orphelin né après l'assassinat de son père — ouvrit une souscription nationale pour que la France achetât le château de Chambord et l'offrît à l'enfant malheureux. Tous les hommes et toutes les femmes tenant pour les fleurs de lys, à travers la France entière, donnèrent leur obole. Les orateurs expliquaient, la larme à l'œil, que les grosses sommes versées par le faubourg Saint-Germain, n'avaient pas plus d'importance, sur le plan du cœur, que le sou donné par la bergère ou le bouvier. L'Église crut de son devoir de prendre une part active à cette quête et la majorité des évêques, pour être bien vus du pouvoir, ouvrirent largement leur bourse et le firent savoir. Les autorités laïques, dans la montagne du sud de Saint-Étienne, rivalisèrent d'enthousiasme et prononcèrent d'innombrables harangues pour stimuler la générosité des habitants. Landeyrat le Vieux estima de bonne politique de charger le curé Mauvezin de recevoir l'argent des donateurs. Il fut approuvé dans cette démarche par Mgr Seval de Courandan qui avait la charge du diocèse de Saint-Étienne.

A l'indignation des royalistes de la montagne, une opposition solide se dressa très vite contre eux. Naturellement, à Tarentaize, Ambroise et ses amis déclaraient que l'enfançon royal n'avait nul besoin qu'on prît l'argent de ses futurs sujets pour lui acheter un château alors que Napoléon pourrissait dans une île perdue où les Anglais, avec la complicité du roi de France, le gardaient prisonnier.

Endoctrinée par les discours de son pépé, Armandine combattait l'initiative royaliste parmi ses camarades de classe. La Béate ne passait pas une journée sans appeler ses ouailles à avoir pitié de l'enfant royal n'ayant plus de papa, jusqu'au jour où l'Antoine Millac, de la Barbanche, remarqua :

— Les petits Donation, du Plomb, ont perdu leur papa. Personne a parlé de leur faire cadeau d'une maison et ils ont pas assez de pain pour manger à leur faim. Pourquoi ?

— Ce n'est pas la même chose !

Armandine intervint :

— Quand on a faim, c'est pareil pour tout le monde !

— Tais-toi !

— En tout cas, j'irai pas casser ma tirelire pour ce duc que je connais pas.

Mathieu l'approuva hautement :

— T'as raison, Armandine, moi non plus je donnerai pas un liard !

Sophie protesta :

— Moi, j'apporterai toutes mes économies !

Eugénie Lussaud ricana :

— T'espérerais pas, des fois, être nommée duchesse en guise de remerciements ?

Les querelles entre les enfants reflétaient, en plus brutal, les divergences entre les parents. Après la messe dominicale à laquelle se pressait — à part quelques vieux impotents — la population entière de la commune, M. Mauvezin, aidé de sœur Benoîte du Calvaire, procéda à la fameuse quête nationale et la Benoîte, dans la sacristie, crut mourir de honte en transcrivant le résultat de la générosité des paroissiens. Le curé s'enquit :

— Alors ?

La Béate commença par pousser un soupir énorme avant d'avouer :

— Il y a beaucoup plus de boutons de culotte que d'écus... Il y en a même tellement que je me demande comment ces maudits s'y prennent pour faire tenir leurs pantalons !

— Allons, allons, ma fille ! D'une part, c'est là un genre de problème qui n'est pas de votre compétence et, d'autre part, ce n'est pas le Seigneur qui a conseillé à nos compatriotes d'acheter un château au duc de Bordeaux !

— Par la voix de Monseigneur !

— Sœur Benoîte, persuadez-vous que Dieu n'emprunte que fort rarement la voie épiscopale pour faire connaître ses intentions.

La Béate, scandalisée par ces propos qui, à son avis, sentaient le fagot, se retira, les lèvres pincées.

Le maire, en apprenant la minceur de la récolte, se félicita d'en avoir donné la responsabilité au prêtre.

* * *

Mgr Seval de Courandan n'avait nul besoin de parler pour intimider ses interlocuteurs. Un homme d'une taille élevée, au visage d'une maigreur aristocratique dont les cheveux blancs soigneusement arrangés rappelaient les perruques du siècle précédent. Incarnation de l'Église monarchique, l'évêque regrettait d'être né trop tard. Il ne se déplaçait jamais, dans la campagne, sans un important nécessaire de toilette et un garde-manger bien garni. Monseigneur ne prisait guère les curés crottés. Pour lui, la pauvreté n'avait pas grand-chose à voir avec la sainteté. Cadet d'une vieille famille de gentilshommes provinciaux, il se tenait pour exilé dans un évêché indigne de lui.

Lorsque la Béate ouvrit la porte de la cure, en réponse à l'appel de la clochette et qu'elle vit le prélat sur son seuil, elle tomba à genoux, les mains jointes.

— Bénissez votre humble servante, Monseigneur.

L'évêque se débarrassa rapidement de la corvée.

— M. Mauvezin est-il là ?

— Dans la salle à manger, où il prépare son sermon de dimanche prochain.

— Avertissez-le que son évêque désirerait l'entretenir.

Sans se presser, M. Mauvezin vint à la rencontre de son supérieur. Suivant la discipline ecclésiastique, le prêtre s'inclina profondément devant Mgr Seval de Courandan et baisa son anneau pastoral.

— Relevez-vous, mon fils... relevez-vous et parlez-moi un peu de votre paroisse.

— Il n'y a pas beaucoup à en dire, Monseigneur. Les femmes manifestent plus de dévotion envers les saints qu'envers la Sainte Trinité. Quant aux hommes, ils considèrent la messe dominicale comme une excuse pour se rendre ensuite au café.

— Pas brillant tout cela, mon cher abbé et... politiquement ?

— La politique ? Ils ne s'y intéressent absolument pas.

— Que pense-t-on de Sa Majesté ?

— Rien.

— Ce n'est pas beaucoup. Peut-être serait-il bon de les instruire sur ce point ?

— Entendez-vous, Monseigneur, que je devrais vanter à mes paroissiens la joie de vivre sous Louis XVIII ?

— Pourquoi pas ?

— Je ne serais pas écouté. Parce que même les plus royalistes ne pardonnent pas au roi d'avoir livré l'Empereur à ses ennemis, ces ennemis à qui Sa Majesté doit d'avoir pu s'asseoir sur le trône. Les plus intelligentes de mes ouailles estiment qu'il a dû patauger dans beaucoup de sang français pour arriver à son trône.

— Monsieur l'abbé, vous parlez sur un ton... !

— Permettez-moi de vous donner mon opinion, Monseigneur : si l'Église s'était portée au secours du vaincu de Waterloo — en paroles, évidemment — tous les catholiques de ce pays lui en eussent été reconnaissants et sa position en eût été solidement affermie.

— Votre politique démagogique vous fait oublier que le roi est l'oint du Seigneur !

— Dois-je comprendre que l'Église partage la responsabilité de tous les crimes du régime monarchique ?

Le ton de l'évêque devint très sec.

— Je repars, monsieur l'abbé. Je sais ce que je souhaitais savoir et je comprends pourquoi — quand il s'agit de faire acte d'affection envers la famille royale — on trouve plus de boutons de culotte dans les aumônières de la quête de votre paroisse que dans toutes celles des autres paroisses du canton ! Vous me contraignez à penser que vous témoignez d'un certain mauvais esprit.

— C'est ce que l'on dit toujours, Monseigneur, des prêtres qui se veulent au service de Dieu et au seul service de Dieu.

L'évêque grogna un « au revoir » à peu près inaudible et, dans sa mauvaise humeur, repoussa assez brutalement la Béate qui aspirait à baiser, une fois encore, l'améthyste épiscopale pour s'assurer des indulgences dont elle n'aurait jamais besoin.

3.

Sous la légère férule de sœur Benoîte du Calvaire, Armandine s'affirmait l'élève qui comprenait le plus vite et apprenait le mieux. Ses succès lui créaient une cour d'admirateurs et d'admiratrices, prêts à en découdre pour sa gloire. Elle régnait sur eux à la façon de l'Empereur sur sa Garde. L'opposition à cette espèce de dictature enfantine était menée par Sophie Jeanbrenin qui, quoique pas sotte, enrageait de ne pouvoir détrôner sa rivale. Aussi avait-elle recours aux moyens les plus déloyaux pour tenter de réduire le crédit de son ennemie, tels que racontars, mensonges, cafardages éhontés, rapports sournois, hypothèses méchantes et suggérées dans un chuchotement. Elle était aidée dans sa vilaine besogne par Martin Ravèges qui venait d'une des plus lointaines fermes de la commune. Un garçon hargneux que même la douce Eugénie Lussaud avait en horreur.

A l'automne, la rivalité séparant Armandine et Sophie éclata au grand jour. La petite Versillac avait remporté la première place de la composition de lecture et Sophie, sa dauphine en cette occasion, ne décolérait pas. A la sortie de la salle de classe, on commença par s'adresser des quolibets, puis des injures de plus en plus grossières. Sur une allusion toute gratuite à la vertu de sa mère, Armandine attrapa Sophie par les cheveux et la traîna à l'emporte-cul sur le sol couvert de cailloux. Les piaillements désespérés de la demoiselle Jeanbrenin déclenchèrent la bagarre générale et la Béate dut appeler le maire à la rescousse pour faire cesser un combat dont la violence la dépassait. Landeyrat le Vieux distribua quelques taloches qui apaisèrent les esprits les plus belliqueux.

Lorsque Armandine, le visage et les genoux écorchés, la robe déchirée, se présenta devant les siens et leur eut raconté les raisons de l'état pitoyable où elle se montrait, les réactions des parents furent très différentes.

Selon une attitude depuis toujours observée, Louise éclata en sanglots et, dans une série de hoquets, somma le Ciel de lui expliquer de quelle façon elle l'avait offensé pour qu'elle subisse un pareil châtiment : un époux qu'on assassine et une fille ne songeant qu'à se battre. Au contraire de la maman éplorée, Ambroise félicita hautement la gamine de s'être battue pour défendre l'honneur de la famille et affirma qu'il fallait avoir de l'eau au lieu de sang dans les veines pour encaisser des insultes sans réagir. Placide, Élodie déclara à sa petite-fille que, si on la laissait libre de ses mouvements, elle commencerait par la gratifier d'une bonne fessée pour lui apprendre à ménager ses vêtements qui coûtaient tant de travail. Après, elle lui dirait que, dans la vie, les injures ne jugeaient que ceux ou celles les prononçant et qu'au surplus, une demoiselle bien élevée ne devait pas comprendre les mots grossiers et que, pour cela aussi, elle mériterait d'être battue.

La grand-mère était la seule personne dont les colères — rares — épouvantaient Armandine qui, avant de répondre, se réfugia près d'Ambroise.

— Le pépé, il te laisserait pas me battre !

Maligne, la gosse contrait Élodie, tout en s'assurant une alliance protectrice. Tandis qu'Ambroise serrait la petite, Élodie — haussant les épaules — répliquait :

— Malheureusement... et je le regrette.

La mémé achevait à peine sa phrase qu'on frappa brutalement à la porte. Armandine se précipita pour ouvrir, mais recula en voyant Alphonse Jeanbrenin, le menuisier. Le bonhomme, regardant la petite, grommela :

— T'as eu ton compte, toi aussi, hein ?

— C'est Sophie qui...

Sans écouter la gamine, l'Alphonse, un colosse poilu jusqu'aux yeux, rejoignit Ambroise.

— Ton Armandine, elle devient un fléau !

— Attention à ce que tu dis, Alphonse !...

— Tu penses pas m'effrayer, des fois ?...

Ce disant, Jeanbrenin fit jouer ses gros muscles saillant sous la chemise. Mantel se mit à rire.

— Je sais que t'es fort, mais je sais aussi que t'es con, mon pauvre gars.

— Les grosses insultes, c'est tout ce que t'es capable de dire ! Des habitudes que t'as prises dans les camps parmi la racaille.

— Nom de Dieu !

Blanc comme un linge, Ambroise décrocha le sabre de cavalerie qui avait été celui d'Honoré et, ayant dégainé, pointa la lame sur la poitrine d'Alphonse qui n'en menait pas large.

— Écoute, Ambroise, pour une dispute de gosses, tu vas pas...

— A genoux !

— Quoi ?

— A genoux ! ou je te fais sauter une oreille pour commencer !

Pareil à la bête encerclée par les chiens, Jeanbrenin chercha, du regard, une issue possible. Mais Élodie se tenait devant la porte. Il se laissa tomber à genoux.

— Et maintenant ?

— Tu as insulté mes camarades morts. Demande-leur pardon !

— Que je...

— Répète après moi : soldats de la Grande Armée...

— Soldats de la Grande Armée...

— ... vous méritez le respect de tous les Français...

— ... vous méritez le respect de tous les Français...

— ... et je vous prie de me pardonner les paroles qui m'ont échappé.

— ... et je vous prie de me pardonner les paroles qui m'ont échappé.

— A présent, fous l' camp !

Alphonse se releva, alla vers la porte mais, avant de sortir, il se retourna :

— Il n'empêche que si votre Armandine recommence, j'y collerai une raclée dont elle se souviendra !

Élodie répliqua gentiment :

— Si jamais tu touches à la petite, je foutrai le feu à ta baraque. Paraît que c'est beau à voir flamber, une menuiserie.

Sophie, qui guettait le retour de son père, se précipita vers lui.

— Alors, papa, t'y as mis une...

Elle n'eut pas le temps d'achever sa phrase avant d'encaisser la plus solide paire de gifles de sa jeune carrière.

* * *

La paix régna longtemps dans le village, étroitement veillée par les parents qui n'entendaient pas voir leurs rejetons défigurés ou estropiés. Les mauvais mois passèrent dans un calme dont on avait si peu l'habitude qu'on commençait à s'ennuyer. De Paris, les nouvelles arrivaient avec beaucoup de retard et n'offraient aucun intérêt pour des gens vivant entre le ciel, les champs et la forêt.

En mars 1821, Armandine eut la permission de se rendre seule aux Chirouzes, un bois de conifères qui s'étendait à l'ouest du village. Elle avait pour mission de rapporter un plein panier de « babets[1] » bien secs qu'Élodie utilisait pour allumer son feu. La petite était occupée à sa récolte lorsqu'elle se releva, attentive. Il lui avait semblé que quelqu'un se glissait sous les branches. La fillette n'était pas peureuse, néanmoins elle empoigna le bâton qui lui servait de canne et marcha, hardiment, vers l'endroit où elle soupçonnait un événement pas très catholique. Mais avant qu'elle n'atteigne les branches basses des sapins, celles-ci s'écartèrent et Mathieu Landeyrat se montra. Armandine en fut désorientée.

1. Pommes de pins.

— Toi ? mais pourquoi tu te caches ?

Penaud, le garçon expliqua :

— Je te suis depuis que t'as quitté ta maison.

— Ça alors ! et pourquoi ?

— C'est au cas où on t'aurait attaquée.

Touchée, elle avoua :

— T'es gentil, Mathieu...

— Pas seulement.

— Pas seulement... quoi ?

— Je voudrais rester près de toi, toujours.

— En voilà une idée ! et pourquoi que tu voudrais rester dans mes cotillons ?

— Parce que je t'aime.

Elle éclata de rire.

— T'es fou ou quoi ? Comment tu pourrais m'aimer puisque t'es pas mon père, ni mon frère, ni mon cousin ?

— Je sais pas... Tout ce que je sais, c'est que je t'aime et que ça me ferait plaisir de t'embrasser.

— T'amuse pas à ça ! Si t'essaies de m'embrasser, je te pique le ventre avec mon couteau !

Pour appuyer ses dires, la fillette exhiba le coutelas qu'Élodie lui prêtait quand elle se rendait seule dans les bois. Maligne, Armandine ajouta :

— Quand on aime quelqu'un, on fait tout ce qu'il demande, pas vrai ?

— Je crois, oui.

— Alors, montre que tu m'aimes en criant « Vive l'Empereur ! »

Sur le coup, Mathieu en resta figé. Il ne s'attendait pas à une pareille traîtrise. Le garçon ne connaissait rien au monde. Il n'imaginait pas qu'on puisse lui demander, un jour, de crier « Vive l'Empereur ! » à lui, le petit-fils du monarchiste Landeyrat le Vieux ! C'était exiger qu'il renie les siens. Il ne le pouvait pas, mais il aimait tellement Armandine... La gamine l'observait avec attention. Craquerait-il, oui ou non ? Elle prenait conscience du désarroi du garçon et elle n'éprouvait aucune pitié, parce que c'était la première fois qu'elle exerçait son pouvoir. Rouge jusqu'aux oreilles,

Mathieu s'imposa un effort trop visible et, crispé, grommela :

— Vive l'Empereur !...

— Plus fort !

— Vive l'Empereur !

— Bon... eh bien ! je te permets de me faire la bise...

* * *

Armandine essayait de manger une cuisse de lapin, sans trop y mettre les doigts, sous l'œil sévère d'Élodie, très portée sur les bonnes manières qu'elle estimait valoir une dot. Soudain, la fillette annonça :

— Tantôt, Mathieu Landeyrat m'a suivie jusqu'aux Chirouzes, en se cachant.

La mère s'étonna :

— S'il se cachait, comment as-tu pu le voir ?

La gosse raconta d'abord son début de panique quand elle avait surpris le passage d'un homme ou d'une bête sous le couvert, ensuite sa décision de se rendre compte de quoi il retournait. Ambroise hocha approbativement la tête.

— Alors, tout penaud, le Mathieu, il s'est montré.

Élodie insista :

— Pour quelles raisons te suivait-il ?

— Au cas où j'aurais été attaquée, il serait venu à mon secours.

— Pourquoi ?

— Parce qu'il m'aime.

Les grandes personnes échangèrent des regards inquiets. Ambroise s'enquit :

— Ça signifie quoi, qu'il t'aime ?

— Il souhaiterait rester toujours près de moi ! C'est idiot ! Qu'est-ce que j'en ferais du Mathieu ? J'y ai répondu : tu peux pas m'aimer puisque t'es pas mon pépé, ni mon frère, ni mon cousin. Et puis qu'est-ce que ça veut dire quand on aime quelqu'un ? Il m'a répondu que c'était obéir à tout ce que l'autre réclamait. Alors, j'y ai ordonné : si tu m'aimes, crie « Vive l'Empereur ! ».

Mantel jubilait.

— Et il t'a obéi ?

— Il a mis longtemps, mais il a fini par obéir.

Ambroise éclata de rire.

— Le petit-fils du vieux Landeyrat criant « Vive l'Empereur ! ». Je suis heureux d'avoir assez vécu pour entendre ça !

Armandine conclut.

— En échange, j'y ai permis de me faire la bise.

Louise s'apprêtait à protester. Mantel la devança :

— Tu as bien fait, mon lapin. Ce Mathieu est un gentil garçon. Louise, n'oublie jamais que l'innocence est le meilleur gardien de la vertu.

* * *

Dans les premiers jours d'avril, la nouvelle se répandit dans la montagne que l'Empereur, dans son île perdue, non seulement était très malade mais qu'il était, de plus, tyrannisé par son geôlier anglais, Hudson Lowe, qu'on appelait Usson Love dans le coin. Chacun désirant être mieux informé que son voisin ajoutait sans cesse un détail au martyre de Napoléon. On apprit que ce maudit Anglais empêchait l'Empereur de sortir pour prendre l'air, qu'il lui coupait l'eau, qu'on oubliait de le nourrir une fois sur deux et qu'on interdisait aux médecins de le soigner. Jamais homme ne fut plus haï que ce Britannique que nul n'avait vu et ne verrait jamais.

Chez Mantel, on ne décolérait pas. Ambroise invectivait le roi d'Angleterre qui se vengeait bassement et le roi de France qui, par son silence, devenait complice. Même Élodie se mêlait au chœur des pleureuses ne séchant leurs larmes que pour maudire les Anglais. Armandine, Eugénie et Mathieu décidèrent de relever le défi britannique. La petite Lussaud amena du renfort en la personne d'une cousine de neuf ans, Adrienne Félicien, envoyée à Tarentaize pour que ses joues, anémiées par l'atmosphère de Saint-Étienne, retrouvent leurs belles couleurs d'autrefois.

Au Palais — un groupe de cinq ou six fermes espacées, plus proches du Bessat que de Tarentaize —

vivait dans une masure délabrée au bord du Furan un pauvre hère dont on se demandait, au début de chaque printemps, de quelle façon il avait pu s'y prendre pour ne pas mourir de faim et de froid durant l'hiver. Parce qu'on ne comprenait pas, on soupçonnait le bonhomme de sorcellerie. Il était vieux, sale, bancal, un parfait sorcier, quoi ! Il s'appelait Honoré Chaderasse. Personne ne pouvait se rappeler d'où il venait et quand il était apparu dans le coin.

Honoré laissa s'accréditer cette légende qui lui accordait le pouvoir de deviner l'avenir, de guérir certaines maladies, de lever les sorts alors que le malheureux n'était pas capable de se procurer — autrement qu'en mendiant — le morceau de pain dont il avait besoin pour avoir le courage de se lever chaque matin. Les premières qui le consultèrent furent des filles souhaitant se marier, puis la grosse Jeanne, de Praroué, qui souffrait d'un flux de ventre que rien ne pouvait endiguer, ensuite le Sébastien Gémonval dont les vaches ne donnaient plus de lait. On payait Honoré en nature et il pouvait, ainsi, manger son content. Quant à ses « dons »... les filles amoureuses croient toujours aux événements agréables qu'on leur promet et Chaderasse vivait depuis si longtemps, seul, parmi les arbres et les herbes qu'il avait appris — en les testant lui-même — les vertus des plantes.

Toutefois, Honoré fut bien surpris quand il découvrit, devant sa porte, trois fillettes et un garçonnet qui, visiblement, avaient peur. Du moment où il avait commencé à manger à sa faim, Chaderasse s'imposait l'effort de se laver au moins une fois par semaine. Il avait aussi abandonné ses haillons remplacés par les habits de gens morts et enterrés, habits dont les héritiers n'avaient pas l'usage. Honoré s'approcha :

— C'est moi que vous voulez voir, les enfants ?

En réponse et comme pour se mettre à l'abri d'un maléfice quelconque, ils tendirent, en offrandes propitiatoires, qui un pot de confiture, qui un morceau de salé, qui une bouteille de vin, qui une grosse miche de pain, tous cadeaux issus de pirateries familiales. Le sorcier s'empressa de mettre ses provisions à l'abri.

— Vous êtes de bons petits. Qu'est-ce que je peux faire pour vous ?

Une fois encore, Armandine assuma ses responsabilités.

— On voudrait que vous fassiez mourir un homme.

— Simplement ?

Mathieu crut nécessaire de préciser :

— Un salaud !

Eugénie renchérit :

— Un mauvais.

Honoré réclama des précisions.

— Cet individu habite la commune ?

— Oh ! non.

— Où vit-il ?

— On sait pas bien... Dans une île, celle où il y a l'Empereur.

— Comment il s'appelle ?

— Usson Love.

— Un Anglais ?

— Oui. C'est lui qui fait toutes les misères au pauvre Napoléon.

— Eh bien ! On va lui en faire nous aussi.

Les gosses, assoiffés de vengeance, battirent des mains, Honoré s'en fut prendre, dans une caisse, une statuette de berger qu'il avait taillée au couteau dans une grosse branche de mélèze. Il prit place sur la souche de sapin lui servant de siège. Ensuite il ouvrit une boîte pleine d'épingles. Les quatre visages enfantins se penchèrent.

— Il faut punir cet Anglais... Où désirez-vous qu'il souffre ?

Ils réfléchirent, s'efforçant de se rappeler où, eux-mêmes, avaient eu mal au cours de leurs jeunes existences. Mathieu dit, se souvenant d'une diarrhée qui avait beaucoup alarmé sa mère :

— Au ventre !

Chaderasse planta une épingle à l'endroit supposé du nombril de la figurine. Armandine réclama :

— A l'œil !

Le sorcier aveugla la statuette. Eugénie, qui avait eu une entorse l'année précédente, décréta :

— Qu'il puisse plus marcher !

Les épingles s'enfoncèrent dans les pieds du berger en bois.

— Et toi, ma poulette ?

Adrienne répondit :

— Mon papa m'a raconté que, lorsque le cœur s'arrêtait de battre, c'est qu'on était mort. Alors, faut lui arrêter le cœur à ce mauvais.

L'épingle fut plongée dans la poitrine du pseudo-Usson Love.

— A présent, reste plus qu'à l'enterrer.

Ils suivirent le sorcier jusqu'à l'orée du bois où Chaderasse ayant creusé un trou, déposa le berger hérissé d'épingles, le recouvrit avec de la terre et se releva en affirmant :

— Vous pouvez rentrer tranquillement chez vous, cette saloperie d'Anglais est foutue.

Les petits revinrent au village sans prononcer un mot. Ils étaient un peu effrayés de leur démarche. Eugénie et Adrienne jetaient des regards en dessous à Armandine que Mathieu accompagnait au coude à coude.

De retour chez eux, la colère des parents ne permit pas aux enfants de demeurer plongés dans leurs pensées moroses. Il fallait rendre compte des larcins dont Honoré avait profité, mais les gosses eurent recours à des tas de mensonges pour dissimuler la vérité. Élodie ne sut jamais que le sorcier se régalait de sa confiture de prunes qui était sa fierté.

* * *

Au cours d'un sacerdoce déjà long, entrecoupé de pas mal d'aventures depuis la proclamation de la Constitution civile du clergé qui l'avait obligé à un exil intérieur dès 1790, M. Mauvezin était persuadé que rien ni personne ne pouvaient plus le surprendre. Pourtant, lorsqu'une fillette qu'il connaissait mal — Adrienne Félicien — après avoir récité ses prières dans le confessionnal, lui déclara tout de go :

— Mon père, je m'accuse d'avoir tué un homme.

il en resta coi. Se reprenant, il réclama des précisions.

— Répète-moi ce que tu as fait ?

— J'ai tué un homme... (Elle ajouta vivement, comme si ce détail pouvait atténuer sa faute...) un Anglais...

— Bon... enfin, je veux dire : suis-moi, tu m'expliqueras.

Lorsque M. Mauvezin, s'extrayant du confessionnal, vit ce petit bout de femme en pleurs, prête à subir tous les châtiments, il en fut attendri. Prenant la « meurtrière » par la main, il l'emmena à la sacristie où il ordonna à la Béate de le laisser seul avec la gamine.

— Pourquoi as-tu assassiné cet Anglais ?

— Parce qu'il est trop méchant avec l'Empereur !

— Serais-tu bonapartiste ?

— Je sais pas... C'est une maladie ?

— Ma foi, je me le demande...

Le prêtre écouta l'histoire abracadabrante que lui racontait Adrienne. Quand elle eut achevé son récit, il l'embrassa pour apaiser son désespoir.

— Rassure-toi... Tu n'as tué personne... Honoré s'est moqué de vous tous... Je ne te gronde pas, parce que votre démarche partait d'un bon sentiment... Seulement, il ne faudra jamais recommencer. Les gens comme Chaderasse, le Bon Dieu ne les aime pas beaucoup. En allant les voir, tu peines le Bon Dieu. Entre nous, qui a eu l'idée de cette expédition ? Ce ne serait pas Armandine, par hasard ? Ça va, j'ai compris. Retourne chez les Lussaud et ne pense plus à ces vilaines choses.

L'enfant partie, l'abbé prit son bréviaire, son bâton de pèlerin lui servant de canne et fila d'un bon pied vers le Palais. A travers la crasse obstruant la fenêtre, Honoré distingua la silhouette de M. Mauvezin. Il hésita pour décider s'il essayait ou non de faire croire à son absence. Il y renonça car le curé lui inspirait une certaine frayeur. D'ailleurs, l'homme d'Église, du dehors, l'appelait d'une voix forte :

— Honoré, montre-toi ! Ne m'oblige pas à enfoncer ta porte !

Chaderasse apparut sur son seuil.

— Pourquoi tout ce bruit ?

— Approche-toi ! pas trop près car tu pues !

Le sorcier s'arrêta à quelques pas de son visiteur.

— Qu'est-ce qu'il y a ?

— Les petits m'ont raconté.

— Ils sont venus me demander des bêtises et j'ai pas voulu qu'ils soient déçus.

— Écoute-moi, Honoré... que tu fasses tes simagrées avec tous ces imbéciles qui te consultent, je m'en fiche. J'aime mieux ça que s'ils se battaient ou se livraient à des violences inspirées par la haine et la peur. Seulement, ne touche pas aux enfants, sinon tu me retrouveras sur ta route et tu regretteras cette rencontre.

* * *

Le curé mit le maire au courant pour l'amuser, mais Landeyrat le Vieux ne sourit pas. Au contraire, il poussa un énorme soupir.

— Eh bien ! cher ami, que vous arrive-t-il ?

— La démarche de ces enfants m'inquiète comme elle devrait vous inquiéter.

— Pourquoi donc, Seigneur ?

— Parce que cela prouve que l'attachement à l'Empereur tourne au culte. Ah ! ce n'est pas demain que nos compatriotes se réconcilieront dans un amour partagé pour les Bourbons.

— L'avez-vous vraiment cru possible ?

— Oui.

— C'est triste de voir quelqu'un de votre âge s'illusionner de la sorte. Pas plus que moi, vous ne croyez à la pérennité du pouvoir royal.

— Qu'est-ce qui vous permet de penser ça ?

— Si vous pensiez autrement, vous ne redouteriez pas que les extravagances d'une fillette trop imaginative mettent le trône en péril.

— Savez-vous, l'abbé, que, parfois, je m'interroge pour deviner au service de qui vous êtes exactement ?

— Au service de Dieu, monsieur le Maire, exclusivement.

* * *

En plus des fêtes carillonnées, pour les enfants et leurs parents, l'année était jalonnée, deux fois l'an, par le passage d'Onésime et d'Alexandre. Le premier exerçait le métier de colporteur, le second — son âne — transportait les marchandises. Pour éviter tout risque de catastrophe, le maître de cet équipage se chargeait de sa maigre nourriture et du vin placés dans deux besaces dont les courroies se croisaient sur sa poitrine. Un couple heureux.

Contrairement à la plupart de ses confrères, Onésime se montrait toujours d'une propreté méticuleuse. Il raccommodait ses vêtements avec soin. Un homme qui, malgré sa barbe, n'inquiétait personne. Les petits l'eussent pris plus volontiers pour le Père Noël (venu en reconnaissance) que pour l'Ogre. On ne savait pas grand-chose du passé d'Onésime, sinon qu'il avait longtemps servi dans les maisons les plus huppées de Lyon et qu'un jour il avait eu assez de cette servitude pourtant honnêtement rémunérée. Ce jour-là, il avait salué son employeur du moment, puis ayant acheté un âne et de la marchandise de colporteur, il était parti à la découverte de la liberté.

Nul n'avait encore deviné où vivait l'équipe Onésime-Alexandre durant la mauvaise saison. Ceux qui se voulaient les mieux renseignés affirmaient qu'elle logeait, de novembre à avril, dans la banlieue de Lyon, chez une vague parente. Sitôt que la température s'adoucissait, vers Pâques, Onésime et Alexandre repartaient vers leur chère montagne. Ils allaient doucement, l'un racontant des histoires, l'autre les écoutant. Tous deux aimaient voyager à la belle étoile et s'offraient de reposantes siestes dans l'herbe, ou parmi les plantes des hauts plateaux.

Onésime et Ambroise s'entendaient bien. Élodie et Louise acceptaient la présence du colporteur quoi qu'elles ne comprissent pas ce besoin incessant d'aller par monts et par vaux. Quant à Armandine, elle adorait Alexandre et ne voulait pas le quitter.

Descendant du Pilat, le colporteur suivait des chemins et des sentiers solitaires. Loin des humains ne songeant qu'à s'entre-tuer, le vieil homme et son compagnon se figuraient vivre hors du monde, dans une verdure toute neuve à qui la rosée abondante du début de mai donnait une jeunesse exubérante. Les sources — visibles ou invisibles qui chantent partout dans ce pays — meublaient le silence si particulier de la forêt. Onésime s'arrêtait dans chaque ferme, déballait ses trésors et, pendant que les femmes réfléchissaient à l'éventualité d'acheter le plus de choses possible en dépensant le moins possible, le colporteur transmettait aux hommes les événements récents appris sur son chemin : maladies, naissances, mariages, décès et aussi les nouvelles courant la ville. Quand il marchait à travers champs et bois, Onésime se remémorait tout ce qu'on lui avait raconté ici et là, pour être certain de ne rien oublier.

Chaque fois qu'il traversait Tarentaize, en mai et en octobre, Onésime avait son couvert mis chez Mantel tandis qu'Alexandre trouvait dans l'étable, parmi les vaches — dont ses gamineries ne troublaient guère l'impassibilité — le picotin dont il avait besoin. Là, il rassemblait ses forces en vue de gagner Saint-Étienne en effectuant d'étranges détours. Il y avait beau n'y avoir qu'une quinzaine de kilomètres entre le village et la grande ville, Onésime et son âne mettaient plus de deux semaines pour s'y rendre tant ils avaient de hameaux à visiter.

Le colporteur, ayant savouré la confiture de prunes d'Élodie et bu un verre de vin, s'essuya les lèvres avec un mouchoir propre. Des manières qui plaisaient à la grand-mère et à Louise. Brusquement, Onésime soupira :

— J'ai beaucoup pensé à toi, Mantel, quand j'ai su la nouvelle. Je me doutais que tu aurais de la peine.

— De la peine ? Pourquoi ?

— Des fois que tu serais pas au courant pour l'Empereur ?

— Nom de Dieu ! Qu'est-ce qu'on lui a encore fait ?

— Rien. Il est mort.

— Il est...

— Le 5 mai, à ce qu'il paraît.

Sans fausse honte, Ambroise éclata en sanglots. Les femmes l'imitèrent avec plus de discrétion. Armandine ne comprenait pas qu'un homme comme Napoléon, tellement au-dessus des autres hommes, pût mourir.

— Je m'en veux de t'avoir appris ce malheur, Ambroise.

Mantel se leva, pâle, les yeux rouges. Il posa la main sur l'épaule de son hôte.

— Plus rien n'a d'importance, maintenant. Adieu, l'ami. Je sais pas si nous nous reverrons...

— En octobre, comme d'habitude.

— Peut-être...

Ambroise gagna sa chambre. Onésime, après avoir remercié Élodie et Louise, s'en fut taper aux portes du village pour proposer ce qu'il transportait et annoncer la mort de Napoléon.

Par haine de la guerre, la majorité des paysans s'était ralliée au roi. Bien sûr, quand les habitants croisaient un des vieux soldats de l'Empire, ils sentaient une sorte de fierté leur gonfler la poitrine et ils portaient le doigt à leur chapeau.

Landeyrat le Vieux fut un des derniers à connaître la nouvelle. Un gamin, envoyé par le menuisier, avait fait irruption dans la ferme, juste comme on se mettait à table.

— Napoléon est mort !

Il se fit un grand silence qui surprit celui murmurant, à voix assez haute pour être entendu de tous :

— Bon débarras !

Landeyrat dit sans crier :

— C'est toi, Petit-Louis, qui viens de chuchoter : bon débarras ?

— Oui, maître.

Le vieux se tourna vers sa bru.

— Je ne veux pas que ce garçon demeure plus longtemps dans ma maison. Prépare-lui un solide casse-croûte et règle-lui son compte. J'entends que, d'ici une heure, il soit parti.

Abasourdi, Petit-Louis protesta :

— Mais... pourquoi ?

— Parce que je tolérerai jamais que, chez moi, un Français se réjouisse de la mort d'un autre Français !

4.

Firmin Landeyrat, dans son bureau de la mairie, se souvenait de toutes les années vécues sous la botte de l'Empereur. Combien de fois avait-il supplié l'Éternel de débarrasser la France de ce Corse qui massacrait la jeunesse du pays ? L'échec de la Grande Armée en Russie l'avait empli d'espoir. La campagne de France lui avait fait trouver dans les batailles perdues le goût amer de la vengeance. Les Cent-Jours l'avaient anéanti. Waterloo lui rendit confiance. Il approuva le départ du vaincu pour Sainte-Hélène. Et voilà qu'aujourd'hui où finissait le cauchemar, Firmin n'éprouvait pas la joie d'une délivrance si longtemps espérée. Le maire sentait confusément qu'avec la mort de Napoléon la France rompait définitivement avec la gloire. Un peuple a rarement la chance ou le malheur de se ranger deux fois sous les ordres d'un homme de cette envergure. Qu'étaient devenues la Macédoine d'Alexandre, la Rome de César, l'Espagne de Charles Quint ? Firmin Landeyrat en était là de sa méditation historico-philosophique, lorsqu'on frappa brutalement à sa porte. Berthe Jeanbrenin — une forte femme, vulgaire à souhait — se jeta devant la table du vieil homme, remorquant sa Sophie au visage barbouillé de sang, en criant :

— Voyez dans quel état ils ont mis ma petite !

— Qu'a-t-elle ?

— Elle et son frère Paul ont été roués de coups par ce démon d'Armandine Versillac. Si ça se trouve, Sophie, elle a le nez cassé ! et Paul, le pauvre, il a une oreille à moitié décollée et, au-dessus de l'œil, une fente d'où pisse le sang !

— Vous me ferez pas croire, Berthe, qu'Armandine est de force à rosser vos deux rejetons ?

La dame Jeanbrenin hésita :

— C'est vrai qu'elle a été aidée, cette maudite !

— Et par qui ?

— Par un garçon qu'est bien brave d'ordinaire, seulement cette garce semble l'avoir envoûté.

— Me direz-vous de qui il s'agit, à la fin ?

— Votre petit-fils, Mathieu.

— Petit-fils ou pas, il sera puni comme n'importe quel autre enfant. Mais, dis-moi, Sophie, Armandine et Mathieu vous ont sauté dessus comme ça, sans raison ?

— Moi, je faisais même pas attention à eux ! Je chantais !

— Que chantais-tu ?

— Je me rappelle pas.

La mère intervint.

— Une ronde, monsieur le Maire, une simple ronde... Chante-la, Sophie.

— Je me souviens pas...

— Je vas t'en tourner une belle si tu chantes pas tout de suite !

Alors, reniflant ses larmes, avec une voix qui évoquait le miaulement d'un chat, Sophie chanta :

Enfin le grand Ogre est crevé
Le monde va respirer
Bois donc un coup avant qu' tu partes
On parlera plus de Bonaparte !

Berthe expliqua :

— Forcément, ça y a pas plu à l'Armandine, avec les idées que son grand-père lui met dans la cervelle et...

— Foutez le camp !

La Jeanbrenin, les yeux écarquillés, la bouche ouverte, fixait Firmin Landeyrat, sans comprendre.

— Vous entendez ? Foutez le camp toutes les deux, sinon...

Le vieil homme se leva et empoigna sa canne. Affolée, Sophie, attrapant sa mère plongée dans un état second, l'entraîna. Resté seul, Firmin Landeyrat se laissa retomber sur son fauteuil et, la tête dans ses mains, gémit :

— Seigneur ! Pourquoi permettez-vous que vos créatures puissent être si bêtes et si mauvaises ?

* * *

Landeyrat le Vieux eût aimé se rendre près d'Ambroise pour lui apporter quelque réconfort car il devinait ce que pouvait être la peine de son ami qui se donnait des raisons de vivre en feignant de croire à un retour possible de l'Empereur. Mais, muré dans son chagrin, Mantel n'aurait, sans doute, pas compris le sens de sa démarche. Il devait se persuader que tous les monarchistes se félicitaient — comme cette petite idiote de Sophie — de la disparition de celui ayant chassé du trône le descendant de Saint Louis. Pour l'honneur des Bourbons, le maire espérait que ni le roi ni les princes ne se livreraient à d'indécentes manifestations.

Ne souhaitant pas rentrer tout de suite chez lui (où il s'ennuyait), le maire se dirigea vers la cure. L'abbé le reçut froidement.

— Vous aussi, vous venez me prier de faire chanter un Te Deum pour remercier Dieu d'avoir fait mourir l'Empereur loin de France ?

— Vous me connaissez donc si mal ?

— Excusez-moi... mais je suis écœuré.

— Je vous comprends... Je suis là pour vous dire combien j'aimerais que la messe de dimanche prochain soit célébrée à une intention particulière.

— Napoléon ?

— Oui.

Le prêtre prit les mains du vieillard dans les siennes.

— Vous, au moins, vous êtes un vrai chrétien, je suis heureux de le constater.

* * *

Disséminés parmi les fidèles, ils portaient tous un brassard noir. On les regardait, ces soldats d'un autre temps, avec pitié et une certaine crainte. L'église était pleine. Les fidèles, dans leur ensemble, espéraient que M. Mauvezin parlerait du grand événement appris de la bouche d'Onésime et qu'ensuite Saint-Étienne avait confirmé. On se demandait si le prêtre se montrerait sévère pour le défunt ou s'il s'attendrirait sur son sort.

Tout le monde se leva quand le curé, précédé des deux clergeons, pénétra dans le chœur. Après une brève prière murmurée au pied de l'autel, il monta déposer sur celui-ci le ciboire qu'il portait à deux mains, redescendit, s'agenouilla de nouveau, récita une courte supplication puis, se redressant, il avança, face aux fidèles, jusqu'à la table de communion.

— Mes bien chers frères, mes chères sœurs...

L'assistance s'immobilisa, devinant l'insolite.

— Vous connaissez aussi bien que moi la terrible nouvelle. Celui qui promena le drapeau tricolore dans toutes les capitales d'Europe est mort, loin de son pays, sous l'œil impitoyable de ses geôliers anglais épiant son agonie. Il est des crimes qui ne relèvent que de la justice divine. En ce qui nous concerne, quelles que soient nos opinions politiques, nous ne devons nous rappeler qu'une chose : un Français aimant la France par-dessus tout vient de disparaître. La messe que nous allons célébrer ensemble sera dite pour le repos de l'âme de Napoléon Bonaparte.

Cette déclaration fit une forte impression et, malgré la sainteté du lieu, les chuchotements déclenchèrent une sorte de bruit d'abeilles. On eût pu croire qu'un énorme essaim s'était réfugié dans l'église. Les anciens de l'Empereur redressèrent leur torse et entonnèrent le *Kyrie* comme si, une fois de plus, ils montaient à l'assaut. Un instant, la voix de ses camarades arracha Ambroise à la torpeur où il s'enlisait. Debout, à côté de lui, Armandine lui serra la main qui demeura inerte. Élodie, inquiète, tournait de temps à autre la tête vers son mari. Quant à Louise, ainsi qu'à chaque fois qu'elle suivait un office, elle entamait un inépuisable monologue avec Dieu à qui, très vite, succédait Honoré Versillac, le mari disparu. Du jour de la mort de son époux, la tendre Louise s'était — inconsciemment d'abord, volontairement ensuite — réfugiée dans un univers que régentait l'ombre de son compagnon disparu, un monde où nul n'avait accès sauf, parfois, Armandine parce qu'elle ne faisait que passer. Dans cette espèce d'engourdissement, la veuve goûtait une quiétude que rien ni personne ne pouvaient plus troubler. Très curieusement, et pour des raisons identiques, le beau-père et Louise se retranchaient dans une même retraite. Les examinant tour à tour, Élodie se demandait si elle n'était pas, d'ores et déjà, condamnée à terminer son existence entre deux fantômes. Heureusement qu'il y avait Armandine.

* * *

En dépit du mal qui le rongeait et qu'on pouvait résumer ainsi : la conviction d'une existence perdue, Ambroise avait une telle carcasse que le chagrin, pour si fort, si profond qu'il fût, ne pouvait l'abattre. Simplement, il se désintéressait de tout et ne se rendait plus à l'auberge. Se complaisant dans le silence et le souvenir, il ne recevait aucun visiteur. Au maire, dont il acceptait, de loin en loin, la présence, il disait :

— Rien ne me rendra les années écoulées... De tous ces hommes qui se sont faits tuer pour l'Empereur, qu'en reste-t-il, hein ? Leur drapeau ? On les en a dépouillés... Déjà, quand Honoré nous a quittés, je pensais qu'il n'y aurait plus de témoin pour raconter l'histoire des Chouans de l'Ardèche... Lorsque mes camarades et moi serons partis, qui parlera de nous aux enfants qui ne sont pas encore nés ?

— Je pense que tu te trompes, Ambroise. Napoléon n'est plus parmi nous, sans doute, mais il est entré dans sa légende qu'on ne pourra jamais démentir, encore moins démolir. Persuade-toi qu'aux veillées, du nord au sud, de l'est à l'ouest de notre pays, il se trouvera toujours un vieux qui fera passer un souffle héroïque sur ceux qui l'écouteront, en racontant les batailles victorieuses de l'Empereur. Ne te laisse pas abattre, Ambroise, car c'est maintenant que vous autres, les soldats de la Grande Armée, vous allez gagner la partie.

* * *

Devant la carence de son mari et le manque d'efficacité de sa fille, Élodie résolut d'engager au plus vite un jeune ménage qui assurerait la vie de la ferme, tandis qu'une personne d'âge mûr pourrait la seconder dans les travaux ménagers. Le vieux couple qu'elle employait jusqu'ici n'en pouvait plus. Ayant mis quelques sous de côté, il avait trouvé de la parentèle pour l'héberger. Quant au valet, engagé après le don du procureur, il n'avait pu supporter la claustration et le froid de l'hiver. Il était parti dès le printemps. A la Saint-Martin de 1820, Élodie emprunta un char à banc et un cheval puis, emmenant Armandine, se rendit au chef-lieu de canton — Saint-Genest-Malifaux — où avait lieu la louée. Les hommes, qu'ils fussent ou non accompagnés de leurs épouses, attendaient, leur instrument de travail, généralement une faux, posé devant leurs sabots. Leurs femmes, vêtues de noir, les cheveux emprisonnés dans une coiffe modeste, guettaient les paysans en quête de domestiques et avertissaient leurs compagnons.

— Çui-là qu'arrive, c'est sûrement un mauvais. Faut y demander gros pour le rebuter. (Ou bien :) Regarde le ventru qui rit, là-bas, il a l'air brave. S'il veut de nous, on peut y faire un rabais.

Les vieux étaient pitoyables. Ils avaient beau redresser leur torse creusé par le travail, la faim ou la maladie, ils ne témoignaient plus d'aucune ambition. La soupe et une paillasse à l'étable, ils ne réclamaient pas davantage en échange de quelques menus travaux et du gardiennage du troupeau. Les vieilles, elles, cachaient leurs mains aux doigts déformés par les rhumatismes et masquaient, autant que possible, leur souffle d'asthmatique. Ceux-là n'avaient en commun que la peur de l'hospice. Ils préféraient mourir sur la paille, dans la douce chaleur des bêtes.

Élodie, tenant sa petite-fille par la main, marchait lentement parmi les groupes, essayant de jauger la santé, la force des gens aspirant à entrer en service. Dans le regard de ces hommes et de ces femmes, elle tentait de deviner l'âpreté au gain, le bon ou mauvais caractère qui peut rendre la vie en commun insupportable ou agréable. Soudain, Armandine s'arrêta et obligea son aïeule à agir de même.

— La mémé... là... elle est sûrement très gentille... Emmenons-la, grand-mère, je t'en prie ! Emmenons-la !

Élodie s'approcha de la vieille.

— Vous voulez vous louer ?

— Si c'est possible... J'en ai pas l'air comme ça, mais je suis encore forte... et puis j'ai que cinquante-deux ans... je peux vous montrer mes papiers... Si j'avais de la famille, enfin je veux dire une famille qui voudrait de moi, j'irais pas chez les autres... C'est le gendre... Il trouve que je tiens trop de place et ma fille, elle ose pas protester... Mais c'est une brave petite.

Deux larmes coulèrent sur les joues ridées.

— Et pour les gages ?

— Ce que vous pourrez me donner...

— Comment c'est votre nom ?

— Agathe... Agathe Labourel... J'arrive de Montfaucon.

— J'espère qu'on s'entendra... Vous m'aiderez à tenir la maison. On habite à Tarentaize. Vous voyez cette carriole avec le gros cheval gris ? Allez m'y attendre.

— Dieu vous bénisse et tous les vôtres !

Près de l'église, Élodie découvrit un couple, assis par terre, qui mangeait. A la manière dont l'homme mastiquait, on devinait qu'il connaissait la valeur des aliments et qu'il importait de ne pas en gaspiller une miette. Ils étaient jeunes. Lui n'avait sûrement pas trente ans et, elle, moins de vingt-cinq. Ils témoignaient de la placidité des êtres forts et de santé robuste.

La grand-mère remarqua :

— Ils ont l'air solides, ces deux-là...

Elle s'approcha :

— Vous êtes libres ?

Ils se levèrent et la femme répondit :

— Ça dépend.

— Il faudrait tenir une ferme.

— Y a pas d'homme à la maison ?

— Mon mari, mais il est plus en état...

Armandine attrapa la main de la jeune femme.

— Comment c'est ton nom ?

— Christine Cintheaux et lui, mon mari, il s'appelle Gustave.

Ce jour-là, sans qu'elle s'en doutât expressément, Armandine avait hérité d'une nouvelle famille. Ambroise accueillit les arrivants avec indifférence. Louise leur sourit à tous (ce qu'ils crurent) alors qu'elle souriait à Honoré qu'elle était seule à voir derrière eux et elle leur plut. On installa les Cintheaux dans la chambre qui avait été celle du couple d'employés précédents. Agathe choisit de loger dans une sorte d'alcôve, sous l'escalier menant à l'étage. La minceur de la paroi séparant son refuge de l'étable lui permettait de partager, par l'oreille et par le nez, l'existence nocturne des vaches. Ce bruit et cette odeur lui plaisaient. Ils lui donnaient confiance.

* * *

Après la disparition de Napoléon, les passions s'apaisèrent. Les paysans de la montagne formaient, à nouveau, une communauté uniquement préoccupée par les travaux saisonniers et soucieuse de se préserver de la maladie. Les fiançailles, les mariages, les naissances, les décès retrouvaient leur importance d'autrefois. La politique n'intéressait plus personne.

Alors, les années glissèrent doucement, entraînant une existence monotone et paisible. Les femmes s'en félicitaient. Les hommes feignaient le contraire, mais ils mentaient. Landeyrat le Vieux ressemblait de plus en plus à un arbre toujours solide quoique desséché par les hivers subis. Ambroise était devenu un vieillard ne quittant presque plus sa chambre. On l'entendait, la journée entière et souvent une partie de la nuit, marcher sans arrêt. Au début, cela gênait tout le monde, puis on s'y était fait, comme au tic-tac de l'horloge. De mois en mois, Louise devenait plus absente. Personne n'osait prononcer le mot de folie, mais chacun y pensait. Parfois, le médecin parlait de l'envoyer chez les malades mentaux. Il se heurtait aussitôt à Élodie qui entendait garder près d'elle une créature gentille, mélancolique, presque redevenue le bébé que sa mère regrettait. Dans cette lutte, elle était soutenue par les Cintheaux et Agathe car tous aimaient Louise.

La grand-mère d'Armandine se plaignait rarement et pourtant... Sans doute enviait-on sa résistance à la fatigue, au mal et on l'admirait de faire front, de ne jamais accepter la défaite. Toutefois, il y avait des moments où Élodie se demandait si Dieu ne l'avait pas dotée d'une résistance physique et morale hors du commun à seule fin de l'accabler davantage. Un premier mari à peine connu puisque mort deux ans après leur mariage, une fille trop douce, trop fragile pour résister aux misères du monde, un second mari qui, lentement, sombrait dans la nuit. Oui, elle en avait eu sa part, Élodie ! Heureusement qu'il y avait Armandine en qui elle se retrouvait. Les Cintheaux et Agathe meublaient sa solitude. Au bout de quelques mois, elle savait pouvoir compter sur eux, quoi qu'il arrivât. En plus de leur dévouement, de leur ardeur au travail, ce qu'elle appréciait le plus dans ce couple, c'était sa perpétuelle bonne humeur. Parce que Christine et Gustave s'aimaient, ils ne comprenaient pas que les autres puissent être seulement indifférents. Agathe avait pris la place de Louise auprès d'Armandine. Celle-ci était une belle adolescente de treize ans qui paraissait tenir de sa grand-mère l'énergie et l'esprit de décision. Toutefois, l'enfant avait beaucoup changé. Elle laissait la Béate en paix et cherchait, dans les livres du pépé, les réponses aux questions qu'elle se posait. L'état de sa mère et de son grand-père assombrissait sa vie. A treize ans, elle se persuadait qu'elle était devenue adulte et qu'il lui faudrait aider sérieusement Élodie. Quand il lui arrivait d'avoir de la peine, elle se réfugiait auprès d'Agathe devant qui elle n'avait pas honte de pleurer. Cependant sa meilleure amie, sa confidente à la maison, Christine, s'affirmait d'un grand secours, lui apportant l'écho rieur de sa jeunesse, réconfort dont la petite avait bien besoin. A l'extérieur, Armandine demeurait fidèle à Eugénie Lussaud. Elle n'éprouvait plus d'aversion envers Sophie Jeanbrenin. Elle savait que l'affectueuse tendresse de Mathieu Landeyrat lui restait acquise, mais les occasions de le rencontrer devenaient plus rares du fait qu'ayant atteint sa quinzième année, le garçon devait aider son père à la ferme.

A l'automne de 1823, un dimanche, M. Mauvezin monta en chaire pour annoncer la victoire des troupes françaises sur les révolutionnaires espagnols. La plupart des paroissiens ignoraient que la France était en guerre. La nouvelle laissa l'auditoire indifférent. Élodie permettait à sa petite-fille de bavarder un moment avec ses camarades, à la sortie de la messe, tandis qu'elle se rendait à l'épicerie pour y passer la commande que Gustave viendrait chercher. Ce jour-là, Armandine ne rit pas. A Eugénie, pour qui elle n'avait pas de secret, elle avoua qu'elle avait envie non de jouer, mais plutôt de pleurer.

— Pourquoi ?

— Parce que mon pépé va mourir.

— Tu te fais des idées !

— Je suis sûre !

— Si ton grand-père avait une si grosse maladie, le médecin irait le soigner !

— Le médecin, il peut plus rien pour lui.

— Où il a mal ?

— Il a pas mal... Simplement, il veut plus vivre... Quand il sera plus là, qu'est-ce que je deviendrai ?

— T'as ta mère !

— Tu sais bien qu'elle est plus avec nous et depuis longtemps...

— Il te reste ta grand-mère.

— Elle est vieille... (Farouche, elle ajouta :) Quand ils seront tous morts, j'entrerai au couvent en attendant que le bon Dieu me permette de les retrouver... Tu comprends, Eugénie, je veux pas rester seule.

Mathieu, qui écoutait Armandine sans mot dire, se décida à donner son avis.

— Tu seras jamais seule puisque je serai toujours là.

— Tu es gentil, toi...

A la maison, Christine et Agathe avaient préparé le repas dominical. Une fois encore, Ambroise avait refusé de sortir de sa chambre. Il marchait et entendre ce pas parfaitement rythmé coupait l'appétit à ceux qui mangeaient au-dessous. Armandine se mit à pleurer sans bruit. Christine lui prit la main. Louise demanda :

— Pourquoi pleures-tu, ma chérie ? Papa n'est pas parti pour longtemps, il va revenir. Tiens ! Je l'entends qui arrive.

Elle se levait, courait vers la porte qu'elle ouvrait toute grande, s'avançait sur le chemin, tendait l'oreille, regardait à droite, à gauche et revenait en annonçant, amusée :

— Il fait exprès de se cacher...

Au soir de ce dimanche-là, Ambroise se coucha pour ne plus se relever. Le médecin, appelé à son chevet, l'ausculta longuement et confia à Élodie :

— Il n'a rien dont on puisse le soigner et espérer le guérir. Il s'abandonne... Il ressemble à quelqu'un qui serait tombé à l'eau et se laisserait emporter par le courant sans essayer de s'accrocher à la rive qu'il longe.

Élodie ne bougeait plus guère de la chambre où mourait son mari. Vers le milieu de la semaine, elle ordonna à Armandine de courir prévenir M. le curé qu'elle avait besoin de lui.

* * *

M. Mauvezin préparait son sermon du prochain office. La Béate étant avec ses élèves, il jouissait d'une paix totale. A travers l'ardeur de l'improvisation, il eut l'impression d'entendre le son léger de la clochette annonçant les visiteurs, mais un son si ténu qu'il le mit sur le compte du vent. Il se replongeait dans l'explication d'un passage de l'Évangile quand il perçut, cette fois, l'écho d'un sanglot étouffé. Il se leva, ouvrit la porte et se trouva devant une Armandine au visage ravagé.

— Que se passe-t-il, ma grande ?

— Grand-mère voudrait que vous veniez pour le pépé.

— Comment est-il ?

— Il va mourir.

— C'est le médecin qui l'a dit ?

— Je le sais.

Le prêtre, une fois de plus, admira que les cœurs purs, par la volonté du Seigneur, puissent deviner des choses échappant à ceux qui se croient malins alors qu'ils n'entendent et ne comprennent rien.

— Nous avons le temps de dire une petite prière... Agenouille-toi là... moi, je prends place sur mon prie-Dieu, voilà, maintenant récitons un « Notre Père ».

Le curé et l'enfant unirent leurs voix.

— Notre Père qui êtes au cieux, que Votre Nom soit sanctifié, que Votre Règne arrive, que Votre Volonté soit faite...

Après un dernier signe de croix, M. Mauvezin prit dans ses mains les mains de la petite.

— Tu dois te montrer courageuse, Armandine... Si le bon Dieu a décidé de rappeler ton pépé, c'est qu'Il tient à lui donner une place en son paradis où il retrouvera ton papa. Désormais, ils seront deux à veiller sur toi, en attendant que l'heure vienne pour toi de les rejoindre.

— Le temps me dure...

En regardant passer le prêtre tenant Armandine par la main, les femmes se signaient et les hommes se découvraient. Tous savaient que le soldat de l'Empereur allait mourir. Eugénie courut embrasser son amie, la Marie Lussaud éclata en sanglots et son mari descendit dans sa cave pour qu'on ne le vît pas pleurer.

Élodie, les yeux secs, les traits tirés, accueillit le curé

sur le palier de l'étage. Elle chuchota d'une voix enrouée.

— Merci d'être venu.

M. Mauvezin embrassa la vieille femme.

— Vous êtes la femme forte dont parle l'Évangile, celle qui ne plie pas devant le malheur.

— Mon mari, ma fille, mon gendre... c'est dur...

— Je sais et si je n'étais convaincu que sous Son apparente cruauté, Dieu vous inflige les épreuves réservées aux futurs élus...

— S'il n'y avait Armandine...

— Longtemps encore, elle aura besoin de vous.

— Je tâcherai de tenir.

— Vous tiendrez, j'en suis sûr... Élodie, vous êtes un exemple, vous honorez la paroisse.

M. Mauvezin embrassa de nouveau la grand-mère et pénétra dans la chambre d'Ambroise. L'abbé, dans sa carrière, avait assisté tant d'agonisants qu'il sentait ou non la présence de la mort. Du premier coup d'œil, il sut qu'elle était là et qu'elle tenait déjà solidement le malade. Le prêtre se pencha vers le soldat livrant son dernier combat.

— Vous m'entendez, Ambroise ?

Ambroise n'entendait plus. Il était déjà ailleurs, là où il rejoignait ses camarades de combat. Il attrapa son visiteur par la manche.

— Ça sera dur, mais on réussira, t'en fais pas ! Le Tondu va, une fois encore, leur passer sur le ventre ! Ah ! les salauds, ils se doutent pas de ce qui va leur tomber dessus ! Écoute... Ce bruit clair, ce sont les gourmettes des chevaux de Murat.

— Ambroise, souhaitez-vous vous confesser ?

— C'est la première fois que tu prends part au bal organisé par l'Empereur, hein ? Faut pas avoir peur. Ne quitte pas mon shako des yeux. Vois-tu, dans ces histoires-là, y a qu'une chose à éviter : se faire tuer. Le reste, tout le reste, c'est facile...

M. Mauvezin joignit les mains et pria :

— Seigneur, considérez que celui-là, sur le point de Vous retrouver, est un honnête homme qui a aimé passionnément son pays... Peut-être vous a-t-il un peu négligé, mais là où il était, on vous rencontre rarement. Je vous implore, mon Dieu, pour ce brave qui nous laisse aujourd'hui et que, j'en suis sûr, Vous recevrez en Votre paradis. Ainsi soit-il.

En fond sonore de la supplique du prêtre, on attrapait les commandements d'Ambroise dans le tumulte d'une bataille gagnée depuis dix-huit ans et les ordres qu'il lançait à des ombres. Le curé posa le crucifix sur les lèvres fiévreuses et d'un geste large, la gorge serrée, il bénit le moribond.

Ambroise Mantel, officier de la Garde impériale, veillé par sa femme et Agathe, mourut au petit matin.

* * *

Même ceux combattant ses idées ressentirent la disparition d'Ambroise comme une sorte de malheur frappant la collectivité tout entière. Seul le menuisier ne parut guère touché. Lorsqu'il entra à l'auberge, il s'exaspéra en constatant l'atmosphère qui y régnait. Il apostropha les clients :

— Alors, quoi ? Qu'est-ce que vous avez, tous ?

Germain Millac, de la Barbanche, répondit pour les autres.

— Peut-être que t'as pas appris la mort d'Ambroise ?

— Si, et puis après ?

Germain lui tourna le dos, sans répliquer, augmentant ainsi la hargne du bonhomme.

— Vous êtes fous ou quoi ? Ambroise était un ennemi du roi et tout bon Français devrait se réjouir de la disparition de ce traîneur de sabre.

Un grognement réprobateur suivit cette réflexion. Lussaud abandonna son comptoir et s'approcha de Jeanbrenin. On ne reconnaissait pas le doux Prosper. Sa joviale figure ronde devenue livide sous l'effet de la colère surprenait, inquiétait ses habitués et ce d'autant plus qu'au passage Lussaud avait attrapé le maillet de bois lui servant à déboucher les tonneaux ou à enfoncer la chantepleure. Empoignant le menuisier par son gilet, l'aubergiste lui cria dans le nez :

— Cause encore une fois de cette façon, espèce de

salaud, et je jure sur la croix que je te fais péter le crâne !

Personne ne faisant mine de se porter à son secours, Jeanbrenin sortit, la rage au ventre et des injures plein la bouche, des injures qui l'étouffaient, mais qu'il n'osait pas cracher à la figure de tous ces imbéciles.

* * *

Armandine, dans la chambre du pépé, ne parvenait pas à détourner son regard de ce visage immobile qui la faisait penser à la statue de saint Jean-Baptiste placée à l'église, juste au-dessus du coin où elle avait accoutumé de se blottir durant les offices. Christine restait auprès de la fillette et priait avec elle. Louise entra sur la pointe des pieds, se dirigea directement vers le lit sans prendre garde à la présence des autres. Elle sortit de sa poche un bout de papier qu'elle glissa dans la main du mort. Se retournant, elle vit son enfant et la domestique.

Elle leur sourit et leur expliqua :

— Un billet qu'il remettra à Honoré pour qu'il ne languisse pas trop, loin de nous.

Elle quitta la pièce aussi légèrement qu'elle y était entrée. Christine soupira :

— Pauvre Mme Louise...

— Tu... tu penses qu'un jour... elle pourra guérir et redevenir comme avant ?

— Il faut toujours espérer.

* * *

Agathe vint relayer Christine et Armandine au chevet d'Ambroise. La fillette se rendit au jardin, son domaine. La nature l'entourait, immuablement pareille à elle-même. Les naissances non plus que les décès ne troublaient en rien son indifférence à l'égard des hommes. Entre les arbres formant la clôture nord, la petite aperçut la ferme Landeyrat. Un sourire, le premier depuis longtemps, éclaira sa frimousse tandis qu'elle chuchotait :

— La Désirade... Ma Désirade...

* * *

De ses yeux qui, au fil des ans, s'enfonçaient de plus en plus dans les orbites, Landeyrat le Vieux fixait les membres du conseil municipal. Ils se taisaient, tous. Pourquoi les avait-on convoqués ? La curiosité, la tension de l'atmosphère les obligeaient à des mouvements brusques. Et cette façon dont le vieillard les regardait leur donnait un vague sentiment de culpabilité bien qu'ils fussent dans l'impossibilité d'exprimer ce en quoi ils pouvaient être coupables.

— Mes amis... je vous ai demandé de venir parce que, cette nuit, dans notre village, est mort un brave homme et un homme brave. Une observation à présenter, Jeanbrenin ?

— Simplement que je comprends pas pourquoi on fait tant de manières pour un bonapartiste ?

— Je pense que, lorsque ton tour sera venu, on en fera moins, car on ne prise guère les lâches dans nos montagnes. Nous pleurons quelqu'un que nous admirions et aimions, parce qu'avant d'être pour l'Empereur, pour le roi ou pour la République, il se voulait au service de la France. Je souhaiterais que la commune assumât les frais des obsèques. Si vous n'êtes pas d'accord, je paierai de ma bourse. Je mets la proposition aux voix. Que ceux qui partagent mon point de vue lèvent le bras.

Ils obéirent. Landeyrat compta à haute voix ceux qui l'approuvaient et conclut :

— Unanimité moins une voix.

Ils regardèrent Jeanbrenin qui tournait son chapeau entre ses doigts. Il y en eut un pour dire :

— C'est encore ce salaud de menuisier.

Le maire protesta :

— Chacun est libre de donner son opinion. Je vous remercie tous et je vous donne rendez-vous à l'enterrement, après-demain dix heures.

* * *

Firmin Landeyrat, qui ne dormait plus beaucoup, avait l'habitude — quand le temps le permettait — de s'obliger à grimper jusqu'au faîte de la colline dominant Tarentaize. Là, il goûtait un plaisir serein. Il avait le village entier à ses pieds et, au-delà des dernières maisons, les routes, les chemins et les sentiers partant sous tous les horizons. Entre les fermes les plus proches et la hauteur où le maire se trouvait, le cimetière semblait monter la garde. Firmin Landeyrat n'ignorait pas que, d'ici peu, il y trouverait sa place, lui aussi. Cette perspective ne l'épouvantait pas et, même, l'idée d'aller reposer parmi des amis quittés depuis bien des années n'était pas pour lui déplaire. Soudainement, le glas annonçant que, ce matin-là, Ambroise Thomas Mantel terminait sa carrière terrestre, le ramena à la réalité. Le maire se disposait à redescendre quand il suspendit son pas, se demandant s'il était ou non victime d'une hallucination. Il se frotta énergiquement les yeux et, malgré le refus de sa raison, il lui fallut accepter la réalité de ce qu'il voyait : de toutes les directions, surgissait l'armée impériale. Rejeté dix ans en arrière, un temps, Landeyrat crut qu'il perdait la raison, mais il dut se rendre à l'évidence : quatre arrivaient de l'ouest, un cornette de voltigeurs avec son shako au plumet rouge, son plastron rouge et ses épaulettes de même couleur. Valide, il soutenait de son bras gauche un dragon unijambiste dans son bel habit vert et jaune et, de son bras droit, un artilleur vêtu de gris avec collet et parements bleus. Derrière le trio, un trompette de chasseurs à cheval en jaune et brandebourgs blancs. Le maire fut arraché à son état quasi cataleptique par le bruit proche de cailloux roulant sous des souliers. Il baissa les yeux et découvrit à ses pieds, sur la coursière grimpant rejoindre la route qui, de Saint-Étienne, va au col de Chaubouret et à la vallée du Rhône, trois autres soldats de l'Empire dont l'un, aveugle — un cuirassier portant sa cuirasse —, était guidé par la main que lui avait posée sur l'épaule un tambour de l'infanterie de ligne ayant, sur son shako, un plumet vert et blanc. Le duo était suivi par un chasseur à cheval au dolman vert et dont le colback noir s'illuminait d'un plumet et d'une flamme rouges. Une seule béquille remplaçait la jambe qui lui manquait. Débouchant du sentier menant vers la Chaumeille, un autre trompette, mais de carabinier à cheval en habit rouge et plastron bleu avec, sur la tête, son grand bonnet à poils, allait en compagnie d'un dragon qui, par ses fréquents arrêts, donnait l'impression de respirer mal. Doucement, sans qu'il y prît garde, des larmes coulèrent sur les joues ridées de Landeyrat le Vieux. Un sanglot sec et rauque le secoua quand, sur la route de la Barbanche, il nota la présence d'un hussard dont la pelisse et le dolman bleu faisaient chanter la lumière du jour. Il paraissait plongé dans une discussion passionnée avec un tambour de carabinier en culotte blanche, tunique verte chamarrée d'or. Des Citadelles, surgissait Chastagnier, dans son uniforme de la ligne à l'habit bleu et blanc. Cependant, le maire s'abandonna à l'émotion lorsqu'il distingua, entre les maisons bordant la place, le vieux deuxième porte-aigle Albert Régis, du Sapillon, s'appuyant sur son esponton (insigne de sa fonction) où flottait une longue banderole rouge.

Quelle serait l'attitude du village devant ces fantômes aux uniformes défraîchis, la plupart ayant la mort entre les dents ? Le maire se tamponna les paupières et descendit vers l'église où le glas continuait d'appeler les fidèles.

Les premiers qui les virent passer devant eux en restèrent bouche bée. Les gosses extasiés battaient des mains. Quand, s'étant regroupés, tous, ils débouchèrent, dépenaillés, mutilés et magnifiques, le cœur du village creva. Spontanément, les hommes se découvrirent et les femmes sanglotèrent sans retenue. Seul Jeanbrenin protesta :

— Ils vont pas recommencer à nous...

Une maîtresse gifle lui coupa la parole et, à l'étonnement général, ce fut la douce Marie Lussaud qui la lui administra. Le menuisier esquissa un geste menaçant mais on gronda autour de lui. Prosper remarqua :

— T'as rien à faire ici, fous l' camp !

L'arrivée du cercueil porté par quatre solides gaillards arrêta la querelle. Derrière la bière, que M. Mauvezin accueillait sur le seuil de l'église, marchaient, sur un même rang, Élodie et Louise, encadrant Armandine. Les domestiques suivaient. Les vieux soldats emboîtèrent le pas et s'installèrent dans les premières rangées de bancs. Les titulaires des places transmises de génération en génération reculèrent sans trop de mauvaise grâce. Landeyrat le Vieux se plaça à côté de Louise. Le curé, pour une fois intimidé, ne savait que dire à ces survivants dont les corps — à part deux ou trois — apparaissaient aussi usés que les uniformes.

— Mes bien chers frères, c'est à vous que je m'adresse d'abord, parce que c'est l'un des vôtres que nous saluons, une dernière fois. Le lieutenant Ambroise Mantel demeurera dans nos mémoires comme quelqu'un dont notre village est et sera toujours fier. Pour les plus vieux, il laisse le souvenir d'un honnête homme ayant voué son existence à un idéal que l'Histoire a trahi. Pour nos cadets, il est et demeurera, j'en suis persuadé, le plus beau des exemples. Notre affection doit apporter un réconfort à une famille si durement éprouvée. Je suis sûr qu'elle ne leur manquera pas.

Lors de la bénédiction, le deuxième garde-aigle sortit un drapeau tricolore. Au sommet de la hampe, l'aigle impériale s'éleva au-dessus des fidèles. Ces événements dépassant l'entendement commun, l'assistance avait l'esprit chamboulé. Pour un instant, le village entier était redevenu bonapartiste et, lorsque les tambours et les trompettes mutilés, appuyés sur les plus valides, firent déferler sous la voûte de l'humble église de campagne, les notes de *Veillons au salut de l'Empire,* on faillit crier « Vive l'Empereur ! ». Emporté par la psychose générale, Jeanbrenin verdâtre, le souffle court, la sueur au front, se demandait si tout n'allait pas recommencer, si le cauchemar des massacres qui avaient duré vingt ans n'avait fait que rassembler ses forces pour reprendre sa monstrueuse carrière.

Du plus vieux au plus jeune, tout le monde grimpa jusqu'au cimetière. Autour de la fosse béante, les anciens compagnons d'armes d'Ambroise montaient une garde vigilante. Avant que les premières pelletées de terre eussent résonné sur le bois du cercueil, les vieux soldats se calant qui contre une épaule, qui contre une croix, jouèrent *La Marche consulaire à Marengo*.

On se battit presque pour avoir un des survivants de la Grande Armée à sa table et, ce jour-là, plus d'un de ceux qui, à travers l'Europe, avaient fait reculer les Autrichiens, les Russes, les Prussiens et les Anglais passèrent la nuit dans le fossé des routes menant jusqu'à leurs demeures.

On avait remarqué que, pour revenir du cimetière, le maire donnait le bras à Élodie et que Mathieu, son petit-fils, tenait Armandine par la main.

* * *

Attablés, le soir même, devant un verre de quinquina, Landeyrat le Vieux et M. Mauvezin commentaient les événements de la journée. Le prêtre affirmait qu'il n'avait jamais célébré un office aussi poignant.

— Pour la première fois de ma carrière, j'ai entendu chanter le *de profundis* avec chaleur et conviction. Le village entier suppliait vraiment Dieu d'avoir pitié d'un des siens. Un grand moment.

— Je n'en doute pas, mon bon ami et... savez-vous qu'à l'offertoire j'ai failli crier : Vive l'Empereur !

— Le cas échéant, vous auriez été suivi d'un grand nombre. Curieuse, cette passion pour un homme qui, somme toute, nous aura fait plus de mal que de bien.

— Je ne suis pas de votre avis. L'Empereur est immortel parce que les générations à venir ne penseront pas aux cris des mourants sur les champs de bataille, mais seulement à la course victorieuse des aigles impériales. Napoléon a disparu en tant qu'être vivant ; il est devenu un symbole, une idée qui permettra, longtemps encore, aux Français de rêver.

— Ne croyez-vous pas qu'il en est toujours ainsi de nos passions politiques ?

— Si... Ce matin, en regardant ces soldats d'hier,

arc-boutés dans leur foi, je me disais que, moi aussi, je me nourrissais sans doute d'illusions, comme eux.

— C'est-à-dire ?

— J'avais mis tant d'espérances en Louis XVIII et j'ai souffert d'autant de déceptions. Pourquoi ? Parce que, sans en prendre conscience, ce n'était pas au roi actuel qu'allait ma ferveur, mais à l'idée monarchique. Obscurément, j'en veux à Louis XVIII de n'être pas Louis XVI et je me figure que si, un jour, quelqu'un ambitionnait de recommencer l'aventure napoléonienne, il échouerait.

— Dieu vous entende !

5.

Dans la semaine qui suivit les obsèques d'Ambroise, le maire reçut une convocation qu'un courrier spécial apporta jusque dans sa ferme. On était à table et, le gendarme reparti, chacun, oubliant de manger, de boire et de parler, observait le maître décachetant le pli qu'il venait de recevoir. On se taisait, d'abord par respect envers l'ancêtre, ensuite parce que la chose écrite intimidait ces cœurs simples. Landeyrat lut le billet qui lui était adressé et annonça :

— M. le préfet me fera l'honneur de me recevoir, après-demain à dix heures. Marcellin, tu me conduiras. Que la charrette soit prête pour huit heures et demie.

Bientôt le village fut au courant et personne ne mettant en doute les raisons de la convocation du maire à la préfecture, on se mit — un peu partout — à se perdre en suppositions quant à l'identité de celui ou de celle qui était à l'origine de ce méchant tour. Les buveurs de l'auberge, dans leur ensemble, ne comprenaient pas pourquoi on avait agi de la sorte. Brusquement Prosper, qui lavait des verres, suspendit son geste pour dire d'une voix forte :

— Mais, j'y pense...

Du coup, les conversations s'arrêtèrent et on regarda l'aubergiste.

— ... Jeanbrenin, ta femme est pas descendue en ville, avant-hier ?

— Si, pourquoi ?

— Des fois, elle aurait pas été porter une lettre à la préfecture, comme ça, en se promenant ?

— T'es fou ou quoi ? Ni ma femme ni moi, on sait écrire.

Sous son apparence bonasse, Lussaud était un rusé. Il n'insista pas et laissa Jeanbrenin tranquille. Cependant, lorsqu'il eut mangé sa soupe, il abandonna ses pantoufles pour chausser ses souliers de chasseur. Sortant de chez lui, il gagna à travers champs le hameau du Curtil où il toqua à la porte de César Créveney qui, en compagnie de la Mélie, sa femme depuis soixante ans, achevait une existence désenchantée. Leurs deux garçons étaient morts à la guerre, l'un à Ulm, l'autre en Russie, ce qui expliquait qu'ils ne nourrissent pas une grande tendresse envers l'Empereur. Après y avoir été invité, Prosper entra.

— Salut, César... Bonsoir, Mélie...

— Bonsoir, Prosper... qu'est-ce qui t'amène, à c' t' heure ?

— J'ai besoin que tu m'écrives une lettre.

— A ta disposition. Mélie, apporte-moi l'écritoire.

Lorsque la Mélie eut disposé sur la table ce qu'on lui réclamait, César s'enquit :

— C'est pourtant pas une lettre d'amour que tu vas me dicter ?

— Non, une dénonciation adressée au préfet.

— Toi aussi !

— Pourquoi, moi aussi ? Quelqu'un d'autre t'aurait-il demandé un service de ce genre ?

César se troubla. Tout d'un coup, une peur irraisonnée lui griffa le ventre.

— Non, je t'assure...

— T'as pas vu Jeanbrenin, ces temps-ci ?

— Jean... ma foi, non...

— Vilain de mentir à ton âge, Créveney. Imagine que le Bon Dieu te rappelle cette nuit, de quelle façon t'expliqueras la canaillerie que t'as aidé Jeanbrenin à commettre ?

— Je sais pas de quoi tu parles ! J'écris, mais je retiens pas, sinon personne viendrait plus me dicter ! Quand un jeunot envoie une lettre à sa bonne amie et qu'il avoue qu'il rêve de ses fesses ou de ses tétons, il le fait parce qu'il ignore pas qu'avec ma vieille habitude, j'enregistre des mots qui, pour moi, ne représentent pas grand-chose. Sans ça, ça serait pas possible.

— Lorsque Jeanbrenin écrit au préfet pour dénoncer Landeyrat le Vieux, tu peux pas ne pas comprendre le sens des mots, César, et tu te fais complice de cette ordure de menuisier ! On est quelques-uns qui n'aimons pas les lâches et leurs amis.

La Mélie qui, depuis le début de l'entretien de son homme avec Prosper, bougonnait sans piper mot, explosa :

— Je t'avais prévenu, bougre d'imbécile ! Ce Jeanbrenin, c'est crapule et compagnie ! J'étais sûre qu'il te foutrait dans une histoire pas propre ! Mais, toi, quand il s'agit d'empocher trois sous, tu penses à rien d'autre ! Maintenant, te voilà bien avancé, hein ? S'il arrive des ennuis au maire, on racontera que c'est de ta faute !

Lussaud étendit le bras pour calmer la bonne femme.

— On saura se taire si, de votre côté, vous oubliez ma visite de ce soir, même si ce sont les gendarmes qui vous interrogent.

César eut un sourire finaud.

— Des mois que t'es pas venu au Curtil...

Mélie, consciencieuse, estima bon d'ajouter :

— On se languissait de vous autres, les Lussaud... On est petits-cousins par ta femme.

Avant de rentrer chez lui, Prosper passa serrer la main à deux amis qu'il avait en particulière estime et avec qui il s'entretint à voix basse, à la grande rogne des épouses voulant savoir pourquoi on se méfiait d'elles et pour qui on les prenait, à la fin ! Une gifle ou deux calmèrent vite ces curiosités déplacées.

* * *

Hector de la Jubaudière se prenait pour le sel de la terre. La soixantaine à peine ébréchée, M. de la Jubaudière pensait, très honnêtement, qu'il fallait aller loin pour trouver quelqu'un de sa qualité et estimait que Sa Majesté avait de la chance de l'avoir pour sous-préfet, fût-ce dans un aussi pauvre département que celui de la Loire. En vérité, il espérait que Louis XVIII, dûment averti de ses possibilités d'administrateur, l'appellerait près de lui. Sitôt que M. de la Jubaudière arrivait à la préfecture, tout le personnel entrait en transe car l'homme était sévère. Toutefois, l'auréole de martyre — dans la maison — revenait à Benoît Sadillac, secrétaire de M. de la Jubaudière. Au fur et à mesure qu'approchait l'heure où le sous-préfet pousserait la porte de son bureau, le cœur du malheureux Benoît battait de plus en plus vite et une sueur d'angoisse mouillait sa chemise. Lorsque résonnait la clochette maniée par la main préfectorale, Sadillac ouvrait une bouche démesurée dans l'espoir de trouver l'air qui lui manquait. Plus mort que vif, il se présentait devant celui qui était capable, sur sa seule demande, de lui faire perdre son poste et, à cinquante-deux ans, le réduire à la misère. Le secrétaire nourrissait une haine viscérale et secrète pour M. de la Jubaudière.

— Mes respects, monsieur le Préfet.

— Ça va, ça va, Sadillac. Votre respect à mon égard, sans cesse exprimé, n'a aucune valeur à mes yeux puisque vous ne pouvez vous comporter autrement sous peine de vous retrouver dans la rue. C'est ce matin, n'est-ce pas, que je dois dire deux mots à ce rustaud qui a permis qu'on poussât des cris séditieux à l'occasion d'un enterrement ?

— M. Firmin Landeyrat, maire de Tarentaize, une commune de cinq ou six cents âmes. Il est convoqué pour dix heures.

— Des renseignements sur cet individu ?

— D'après les enquêtes menées à son sujet, il s'est toujours montré un monarchiste fidèle et irréductible. Il a perdu sa mairie pendant les Cent Jours. Un très vieil homme qui a, jadis, failli devenir prêtre.

— Alors, qu'est-ce qu'il lui a pris ?

— Peut-être un manque d'autorité dû à son grand âge ?

— Quoi qu'il en soit, je ne veux plus de lui comme maire. Vous avez quelqu'un pour prendre sa place ?

— Celui qui l'a dénoncé et qui est un farouche antibonapartiste. Il travaille dans la menuiserie.

— Il fera l'affaire. Occupez-vous de ça.

— A vos ordres, monsieur le Préfet.

— Le contraire me surprendrait.

* * *

Landeyrat le Vieux, installé dans son cabriolet, une couverture sur les genoux, ordonna à Marcellin, son valet, de démarrer en direction de Saint-Étienne. Toutefois, il demanda qu'on se rendît d'abord chez les Versillac. Il avait envie de voir Armandine, pour qui il éprouvait une tendresse de grand-père. Sans quitter sa place, il fit mander Élodie, et, quand elle fut devant lui, il expliqua :

— Excusez-moi de vous avoir fait appeler de façon aussi cavalière, mais j'ai eu du mal à trouver la position qui convenait le mieux à mes douleurs... Me confieriez-vous Armandine ?

— Armandine ? Pourquoi ?

— Comme vous le savez sans doute, je me rends à la sous-préfecture... J'y attendrai sûrement longtemps... La petite n'a encore jamais été en ville ?

— Jamais.

— J'ai pensé que mon valet Marcellin, depuis vingt-deux ans à mon service, pourrait promener Armandine pendant une heure à travers Saint-Étienne.

Élodie n'était pas enthousiaste. Mais comment refuser à un aussi brave homme que Firmin Landeyrat et qui leur témoignait tant d'amitié ? Naturellement, la fillette prévenue sauta de joie et, en un tour de main, s'habilla en dimanche.

Pour se rendre à Saint-Étienne, le cheval ne fatiguait pas. On descendait tout le temps, une fois atteint la grand-route allant de la Loire au Rhône. Armandine écarquilla les yeux et ne ressentit qu'un léger pincement au cœur lorsque Tarentaize sombra dans les plis des collines. Sur le plateau de la Barbanche, un vaste paysage se déploya à gauche, sous le regard des voyageurs.

— Tu distingues ces montagnes au fond de l'horizon, petite ? Elles sont en Haute-Loire.

Armandine eut un peu peur dans la descente rapide des Essertines. Le cheval, les muscles tendus sous l'effort, retenait la voiture dont le frein, quasiment bloqué, grinçait à vous déchirer les oreilles. A Rochetaillée, la fillette fut impressionnée par les ruines du château féodal. Mais elle fut vraiment affolée quand l'équipage entra dans Saint-Étienne et, instinctivement, elle se serra contre le maire qui la rassura d'une tapette sur l'épaule. La petite, habituée aux grands espaces libres, ressentait une impression de noyade au fur et à mesure que la voiture s'enfonçait dans la ville. Elle n'imaginait pas qu'il pouvait y avoir autant de maisons accotées les unes aux autres et tant de gens allant dans toutes les directions sans qu'on pût deviner où ils se rendaient et pour quoi ? A Tarentaize, quand elle voyait passer un homme, une faux sur l'épaule, une scie dans la saignée du bras, ou bien encore une femme se déhanchant sous le poids d'un panier de linge, elle n'avait nul besoin de se poser des questions pour savoir ce que ces gens se proposaient de faire. Ici, rien de pareil. Chacun se montrait indifférent à chacun. Une autre sorte de liberté que l'enfant ne pouvait apprécier. Toutefois, les sentiments d'Armandine changèrent brusquement quand elle atteignit le centre de la cité où la crainte, l'incompréhension firent bientôt place à l'émerveillement. Place Royale, elle admira l'élégance des Stéphanoises et l'aspect solennel du comportement des messieurs. Complètement dépaysée, la gamine se sentait très loin de Tarentaize. Lorsque la voiture s'arrêta devant la sous-préfecture et que Landeyrat le Vieux, ayant ordonné à Marcellin de revenir le prendre dans une heure, entra dans l'impressionnant bâtiment, Armandine l'en admira davantage encore.

Un huissier installa, avec infiniment de gravité, le maire de Tarentaize dans le salon d'attente et annonça :

— M. le sous-préfet recevra monsieur le Maire dès qu'il sera libre.

— Je ne suis pas plus pressé que lui.

L'ironie du ton parut choquer l'huissier qui, sans un mot, s'éloigna à pas comptés. Sans trahir la plus légère impatience, Firmin ainsi que bien des vieillards plongea dans son passé où il avait une quantité d'histoires à se rappeler.

Pendant ce temps, Marcellin promenait sa petite voyageuse à travers Saint-Étienne. Armandine se figurait vivre un conte où la bonne fée étalait la ville sous ses yeux, à la façon d'un éventaire. Au pas du cheval, on longea la place de l'Hôtel-de-Ville, on fit le tour de la place Marengo d'où l'on rejoignit la place du Marché puis la place Chavanelle. De là, on parvint à la place Royale, la rue Mi-Carême et la sous-préfecture où Landeyrat le Vieux se trouvait en tête à tête avec M. de la Jubaudière. L'accueil avait été plutôt froid, le sous-préfet accentuant encore sa hauteur naturelle.

— Vous me voyez fâché, Monsieur, de vous recevoir en pareilles circonstances et je vous dirai, tout de suite, qu'il m'étonne de voir un royaliste sincère — sincérité dont votre passé fait foi — tolérer un scandale que votre autorité n'a pu ou voulu refréner.

— De quelle façon ?

— Ce n'est pas à moi de vous apprendre votre métier ! Vous pouviez prévoir l'événement et appeler les gendarmes qui eussent veillé au maintien de l'ordre.

— Les gendarmes sont des soldats.

— Et alors ?

— Vous auriez souhaité que je les lance contre leurs anciens, pour la plupart mutilés ?

— Tout valait mieux que d'entendre pousser des cris séditieux !

— Pour ceux qui les poussaient, ils ne se voulaient pas séditieux. Ils n'étaient que l'écho glorieux d'un passé où ils ont laissé leur jeunesse et, le plus souvent, leur santé. Qui oserait exiger qu'ils se renient ?

— Un fidèle serviteur du roi !

— Je sais que Sa Majesté a montré beaucoup de

faiblesse envers les renégats, cependant je suis certain qu'en son cœur elle a plus d'estime pour ces malheureux qui demeurent fidèles à leur idéal que pour ces importants qui trahissent tous les régimes.

A ce moment-là, M. de la Jubaudière perdit son sang-froid et hurla :

— Pour qui dites-vous cela, espèce de...

— Mais pour vous, monsieur le Sous-Préfet ! N'étiez-vous pas colonel dans l'armée de Napoléon jusqu'à l'abdication de Fontainebleau ?

— Votre démission, immédiatement !

— Je ne démissionne pas. J'ai l'habitude d'être révoqué. Je l'ai été par la République, par l'Empereur. Il me manquait de l'être par le roi. C'est chose faite.

— Voici la lettre qui vous décharge de vos fonctions et nomme à votre place M. Jeanbrenin.

— Vous avez trouvé l'homme qu'il fallait — un dénonciateur et un lâche — pour détacher, un peu plus, mes concitoyens du roi.

— Sortez d'ici, paysan !

— Souffrez que je me retire, mon colonel.

De rage, M. de la Jubaudière jeta sur le plancher où il se brisa un berger jouant de la flûte, une porcelaine de Saxe.

* * *

Dans le cabriolet reprenant la direction de la montagne, Landeyrat était content de lui. Il estimait avoir réussi sa sortie de la vie politique. Armandine ne parlait pas. Elle était trop pleine d'images, de sensations, de cris, d'odeurs pour avoir besoin d'exprimer ce qu'elle ressentait. Elle en eut, d'ailleurs, été incapable. Devinant qu'elle ne reviendrait pas de sitôt à Saint-Étienne, elle était presque maladivement attentive à ce qui défilait devant son visage menu et sérieux. Par les rues Valbenoîte et Badouillère, on prit la direction de Rochetaillée. D'abord, le cheval consentit à trotter mais, dès les premières fermes en dehors de la cité, la route monte et la bête se mit au pas, allure qu'elle ne devait plus guère quitter jusqu'à Tarentaize. Au début, surtout en se rappelant le train rapide du matin, Armandine s'ennuya. Puis, peu à peu, elle apprécia cette marche si lente qui lui permettait de tout voir du paysage traversé. Elle interrogea son compagnon sur les arbres, les maisons, les forêts dont elle découvrait les avancées, les ruisseaux dont elle avait le temps d'attraper la chanson sous l'herbe des fossés, au flanc des champs en pente. Le cœur de l'enfant battit plus vite lorsque Landeyrat le Vieux lui montra, émergeant de derrière une croupe boisée, le sommet du clocher de Tarentaize. Dès lors, la fillette se tut, absorbée par la découverte, par fragments, de son village et elle ne fut pas peu fière lorsque le cheval, sentant l'écurie, se mit au trot allongé pour dévaler l'ultime kilomètre. Avant d'abandonner son compagnon, la petite l'embrassa sur les deux joues, puis elle se précipita dans sa demeure, à la recherche d'une auditrice car, littéralement, elle étouffait sous la masse d'histoires qu'elle était prête à raconter.

* * *

Maintenant, le village savait : après l'enterrement d'Ambroise et ce qui s'y était passé, Landeyrat le Vieux était révoqué et s'apprêtait, pour la dernière fois, à présider la séance du conseil municipal où il céderait la place à Jeanbrenin. Ce dernier ne se sentait plus de joie. Depuis qu'il avait été averti de sa promotion, il avait adopté un certain ton pour s'adresser aux siens. Sa femme minaudait devant la glace de son armoire, Sophie rêvait de revanches éclatantes sur Armandine et Paul estimait que, du fait de l'élévation de la fortune paternelle, la Béate ne pourrait moins faire que de lui donner, chaque semaine, la croix d'honneur réservée au plus sage et au plus travailleur des élèves.

En refermant la porte de sa maison, alors qu'il partait pour la mairie, Jeanbrenin salua Ravèges, le bûcheron qui passait.

— Salut, Claudius !

L'autre s'arrêta :

— C'est vrai ce qu'on chuchote ?

— Quoi donc ?

— Que tu prends la place du vieux Landeyrat ?

— Ça se dit déjà ?

— Paraîtrait aussi que tu l'aurais dénoncé ?

— J'ai fait mon devoir de fidèle sujet du roi et de quelle manière je l'ai fait, ça regarde personne.

— Peut-être que oui, peut-être que non et je vas te donner mon avis : t'es le bonhomme le plus répugnant que j'aie jamais rencontré.

— Je te permets pas, Claudius, et je te donne un conseil...

— Non ! c'est moi qui te le donne, le conseil : viens pas rôder chez nous, à la Chaumeille, la nuit venue.

— Et pourquoi ?

— Parce qu'un coup de fusil, c'est vite attrapé.

Ravèges s'était déjà éloigné lorsque le menuisier réussit à calmer la colère le secouant. Pour ses débuts, il n'avait pas voulu injurier en public le bûcheron, mais il ne perdait rien pour attendre, le Claudius, lui et tous ceux qui voudraient l'imiter.

A la mairie, on respirait, ce matin-là, une atmosphère particulière : triste et solennelle. Les conseillers applaudirent Landeyrat le Vieux quand il prit place sur son siège. Tout de suite, le maire déclara :

— J'imagine que vous savez le sujet de mes démêlés avec le sous-préfet qui se sont terminés par une nouvelle révocation. Je crois que nous avons fait du bon travail ensemble et je vous remercie. D'ordre du représentant de Sa Majesté, en attendant le choix du nouveau maire, Jeanbrenin assurera l'intérim.

Quelqu'un cria :

— En récompense de la canaillerie qu'il a commise ?

Jeanbrenin se dressa, furieux :

— Je permets pas que...

— Ta gueule, Judas !

Le maire profita de cet intermède pour s'esquiver. Quatre conseillers l'imitèrent.

Ce même soir, fier de sa gloire toute neuve, méprisant les avis de prudence dont sa femme l'accablait, le nouveau maire s'offrit une promenade nocturne. En arrivant au sentier menant aux Chirouzes, une bâche lui tomba sur la tête, l'aveuglant et le paralysant tout à la fois, et avant qu'il ait pu réellement se défendre, il encaissait une volée de coups de bâton maniés par des gens qui n'échangèrent pas un mot et qui ne s'arrêtèrent que lorsque le nouveau maire s'écroula, évanoui.

* * *

La Jeanbrenin se faisait un brave mauvais sang. A onze heures de la nuit, son mari n'était pas rentré et ce n'était pas dans ses habitudes de traîner sur les chemins nocturnes où l'on risquait de mauvaises rencontres. A minuit, elle envoya au lit Sophie et Paul qui voulaient attendre leur papa, puis elle se mit à genoux devant un dessin colorié représentant saint Savin, le saint du massif du Pilat, et le supplia de lui conserver son époux, puis elle se glissa dans le murmure apaisant d'un rosaire qui l'endormit très vite. Les gémissements du chien arrachèrent la maîtresse de maison à son somme. Elle jeta les yeux sur l'horloge : deux heures et quart ! Sur le seuil, le chien pleurait de plus en plus fort. Elle s'approcha de l'huis et cria :

— Y a quelqu'un ?

Il lui sembla entendre murmurer plaintivement son nom.

— C'est-y toi, mon homme ?

— Oui.

Ce oui était si faible que la femme crut à la ruse d'un visiteur cherchant à dissimuler sa voix. Elle hésita puis se décida à ouvrir non sans avoir empoigné la hachette lui servant à fendre le petit bois pour le feu. Elle prit soin, également, de placer le chien entre elle et la porte. Quand elle eut ouvert, ce fut un mari sanglant, à moitié mort, qui lui tomba dessus. S'interdisant de hurler pour ne pas réveiller les enfants, elle traîna Jeanbrenin jusqu'au fauteuil où il avait accoutumé de se reposer. Pour le revigorer, elle lui fit boire une bonne rasade d'eau-de-vie. Lorsque le menuisier reprit ses esprits, il commença par tâter ses membres pour s'assurer qu'il n'y en avait pas de cassé et que seule la peau de son crâne avait éclaté. Après lui avoir baigné le visage et posé de la charpie sur ses plaies, la Jeanbrenin se hâta d'aller chercher la Béate que rejoignit très vite M. Mauvezin. Ce dernier possédait les notions de médecine suffisantes pour permettre au malade d'attendre le docteur. Le curé constata que le blessé n'avait rien de grave, à moins — ainsi que le suggérait sœur Benoîte du Calvaire — qu'il y ait quelque chose d'offensé dans les intérieurs.

Le lendemain, le médecin précéda de peu les gendarmes. Le premier ne put que confirmer le diagnostic optimiste du curé. Les seconds, après l'interrogatoire du blessé qui ne leur apprit pas grand-chose, partirent en campagne. Pendant plusieurs jours, ils se démenèrent, fouillant ici, interrogeant là, en vain. Personne n'avait vu quoi que ce soit et tout le monde était d'accord pour blâmer le choix de Jeanbrenin en remplacement de Landeyrat le Vieux. Au terme d'une semaine d'investigations, la maréchaussée regagna Saint-Genest-Malifaux sans avoir obtenu le moindre résultat, sinon de rendre le nouveau maire encore plus odieux à ses concitoyens par suite des tracas infligés en son nom.

La famille Jeanbrenin, orgueilleusement, releva le gant. La Berthe engagea une femme de journée car il y a des besognes auxquelles l'épouse du maire ne saurait s'abaisser. Elle ne sortit plus en cheveux — ainsi qu'elle en avait eu jusqu'ici l'habitude — mais toujours coiffée d'un bonnet impeccable. On se moquait d'elle, lorsqu'elle passait devant les portes entrebâillées et les volets mi-clos. Berthe n'en avait cure et marchait du pas de la souveraine en visite chez ses fermiers.

Les enfants, Sophie et Paul, copiant l'attitude de leur mère, connaissaient de nombreux déboires. Des paquets de détritus, lancés on ne savait d'où ni par qui, venaient souiller les beaux vêtements des rejetons du maire. Un matin, à peine partie pour l'école, Sophie dut retourner sur ses pas : une bouse de vache, projetée avec une habileté diabolique, s'était écrasée sur le cou et le col de dentelle, en dégoulinant sur le corsage. La fillette était revenue en larmes. Paul, lui, goûtait avec une amertume, tous les jours plus profonde, les effets douloureux d'un ostracisme impitoyable. Aucun de ses contemporains n'acceptait de jouer avec lui et il restait là, planté, le cœur gros, tandis que ses copains d'autrefois s'époumonaient dans des poursuites échevelées à travers le village et les jardins séparant les maisons des champs.

Cependant, Mathieu et Armandine s'affirmaient les plus enragés contre Jeanbrenin. Celle-ci parce qu'elle comprenait qu'on avait mal agi envers un homme qu'elle aimait comme s'il avait été son vrai grand-père, celui-là parce qu'il était le petit-fils de Landeyrat le Vieux et aussi parce qu'il épousait, quelle qu'elle soit, la cause d'Armandine.

Jeanbrenin se montrait très fier de son élevage de lapins qu'il ne craignait pas de faire vivre en semi-liberté dans un enclos attenant à son atelier et c'était un plaisir pour lui, entre deux coups de rabot, de jeter un œil par la fenêtre pour regarder, un instant, ses protégés blancs, fauves, noirs, gris, tachetés, courir, sauter et, le soir venu, se réfugier dans un abri composé de quelques planches et d'un toit de paille. Quand ils étaient très jeunes, les gosses du menuisier enviaient les lapins paternels pour cette cahute où il aurait fait si bon jouer. L'élevage de Jeanbrenin, où se glissait, de temps à autre, un lièvre affolé que les chiens avaient rabattu sur le village, ou un garenne venu se reposer, une heure ou un jour chez ses frères domestiques, était connu de loin. Nombreux étaient dans le canton ceux qui jalousaient, à cause de cet élevage, le nouveau maire de Tarentaize bien avant sa promotion politique. Chaque fois qu'il s'approchait — très discrètement — de la lapinière, Mathieu rêvait de venger son grand-père, mais sans deviner comment.

Lorsqu'il fut remis de sa bastonnade, Jeanbrenin décida de faire son métier de maire. Ce n'était pas qu'il eût des idées originales, mais il estimait que ce que Landeyrat avait réussi, il n'y avait aucune raison pour qu'il ne le réussisse pas. Malheureusement pour le menuisier, les affaires de la commune exigeaient une compréhension, un bon sens dont le nouveau maire manquait cruellement. Les séances du conseil municipal risquèrent très vite de tourner au pugilat, la majorité des conseillers s'opposant, par principe, à tout ce que proposait le menuisier dont l'humeur s'assombrissait de jour en jour. De son côté, Berthe n'en pouvait plus. Elle ne parvenait pas à supporter les railleries dont on l'accablait sous de feintes et cérémonieuses politesses. Même ses amies d'autrefois se détournaient d'elle de crainte de se mettre le village à dos. Sophie ne voulait plus fréquenter l'école de la Béate tant elle y subissait d'avanies sans que la vieille fille osât prendre ouvertement sa défense. Souvent, Paul revenait avec des marques sanglantes sur le visage, blessures légères reçues en tentant de défendre l'honneur de son père sans cesse traité de Judas. Toutefois, on atteignit le sommet de la crise le matin où, ayant déjeuné, le menuisier se rendant dans son atelier aperçut à travers la fenêtre tous ses lapins crevés. Jeanbrenin se précipita et dut constater qu'une main criminelle, pendant la nuit, avait déposé dans l'enclos une quantité suffisante de plants de ciguë pour empoisonner toute la gent lapine de la commune. Une fois de plus, les gendarmes rappliquèrent. Ils commençaient à être excédés par ces inutiles et fatigantes randonnées. Ils l'expliquèrent à leurs hôtes du moment :

— Qu'est-ce que vous voulez qu'on fasse ? N'importe qui a pu ramasser cette saloperie de plante et la jeter à vos lapins. Voyez-vous, monsieur le Maire, la seule certitude que nous ayons, c'est qu'on ne vous aime guère par ici et que vous n'auriez peut-être pas dû accepter un poste qui vous apporte tant de soucis et vous en apportera, sans doute, encore bien d'autres.

Les gendarmes, ayant réenfourché leurs montures, s'éloignèrent, salués ironiquement par les paysans qu'ils croisaient et qui, tous, étaient au courant de leur mission. Les représentants de l'ordre partis, Berthe supplia son époux :

— Tu le vois, personne peut nous protéger !

— Je me protégerai moi-même !

— Comme t'as protégé tes lapins ?

— Si je connaissais le salaud qui...

— Mais tu le connais pas et tu le connaîtras jamais ! Alors, tout ce que tu racontes ou rien, c'est la même chose, du vent !

— Et si je te foutais ma main dans la gueule, ça serait-y aussi du vent, espèce de gaupe ?

— Ça t'avancerait à quoi sinon à prouver ce que le pays répète à longueur de journée : t'es qu'un lâche, Jeanbrenin !

— Nom de Dieu !

Le menuisier s'apprêtait à taper sur la Berthe lorsque Sophie et Paul se présentèrent en larmes. La mort des lapins était la cause de leur désespoir. A leur tour, ils adjurèrent leur père de les arracher à cet enfer où ils vivaient depuis que leur papa était devenu maire. Dans un grand geste d'impuissance, Jeanbrenin leva les bras au ciel.

— Mais, Seigneur, que voulez-vous que je fasse !

Berthe rugit :

— Que tu démissionnes !

— Jamais !

— Bon ! dans ce cas, les petits et moi, on te laisse. On file chez mes parents à Burdignes !

— Et la maison ?

— Tu te débrouilleras !

A la veillée, Jeanbrenin se rendit au Curtil, chez ses amis Créveney où il demanda à César de rédiger sa lettre de démission qu'il fit partir, dès le lendemain, pour la sous-préfecture. En haut lieu, on se montra fort embarrassé. Heureusement, M. Mauvezin consulté déclara tenir pour un homme de bien, parfaitement catholique, un vieux garçon d'une cinquantaine d'années, Sébastien Cornet, habitant le hameau de Praroué et qui — mérite indispensable — savait lire et écrire. L'affaire fut enlevée en un tour de main et, du jour au lendemain, sans avoir réclamé quoi que ce soit, Sébastien prit la place de Jeanbrenin qui, dès lors, retrouva le goût de vivre.

6.

La question de la mairie réglée, le village entama l'année 1824 sans trop de soucis. Des anciens disparurent et ils furent pleurés. L'habitude de les rencontrer depuis si longtemps tenait lieu d'affection. Mais quoi, il fallait que les vieux disparaissent pour laisser la place aux jeunes.

— Ce qui compte dans la vie, remarquait Élodie, c'est essentiellement le cimetière. D'abord, tu vas voir tes morts, ensuite c'est toi qu'on vient voir. Le triste, c'est ces tombes abandonnées depuis des temps. On a le sentiment que le défunt qui dormait là, n'étant plus retenu par le souvenir de personne, est parti à la dérive dans les ténèbres où, sauf Dieu, nul ne s'occupera de lui.

Élodie, comme tout le monde, avait ses moments de dépression. Elle se vantait d'être parfaitement secondée par Agathe et les Cintheaux. Armandine, à quatorze ans accomplis, avait essentiellement sa mère en charge. Une rude tâche et les mois, se succédant, n'arrangeaient pas l'esprit de Louise qui, doucement, sombrait dans l'imbécillité. Elle avait gardé la jolie figure de ses dix-huit ans et la quarantaine approchant ne parvenait pas à la flétrir. Maintenant, elle prenait Armandine pour une sœur cadette qu'elle ne cessait de harceler en vue de jouer à la marchande ou à la maîtresse d'école. De loin en loin, M. Mauvezin venait la visiter et elle lui confessait des peccadilles. L'abbé ne souriait pas et donnait l'absolution à sa pauvre pénitente. Il réclamait des nouvelles de la maisonnée entière et, au moment de partir, il prenait souvent Armandine à part pour lui confier :

— Dieu aime les innocents et Il aime ceux qui s'en occupent. En prenant soin de ta maman, non seulement tu assumes un devoir sacré, mais encore tu t'attires l'affection de tous ceux qui, au Ciel, nous observent. Je suis très content de toi.

Cette surveillance de tous les instants n'était pas une sinécure. Comme les enfants, Louise n'avait aucune conscience du danger. Cependant, dans l'ensemble, elle ne faisait pas de caprices, ne se laissait jamais emporter par la colère et passait le plus clair de ses heures à raconter des contes de fées où de belles captives avaient ses traits et les princes délivreurs, ceux d'Honoré. Un après-midi, une mésange vint s'abattre sur sa fenêtre, la patte cassée. Aussitôt, Louise — secondée par Armandine — se transforma en garde-malade. Hélas ! malgré leurs efforts, l'oiseau mourut. Dès lors, Louise retourna à la stupeur mélancolique à laquelle on s'était figuré que la présence continue de sa fille l'avait peut-être arrachée.

Dès l'heure précédant le souper, Armandine s'offrait un tour de village et rencontrait presque chaque fois Mathieu. Les gens ne prêtaient plus guère attention à leur comportement puisque nul n'ignorait que ces deux-là se marieraient un jour. Le tout — chuchotaient les mauvaises langues — c'est que, dans cette conviction, ils ne s'accordent pas un peu d'avance. Pendant leurs promenades du soir, Mathieu et Armandine parlaient de la journée écoulée, le plus souvent pour se plaindre de la monotonie des travaux quotidiennement imposés.

— Il me semble, remarquait le garçon, que si mon père me laissait, de temps en temps, travailler à mon idée, j'aurais plus de goût à la tâche.

— Moi, répondait la petite, je suis encore trop jeune pour donner des ordres mais jouer la garde-malade du matin au soir, c'est pas drôle... La grand-mère peut pas me remplacer, elle a plus la patience, elle est trop vieille. Agathe en fait déjà beaucoup, impossible de lui demander davantage... Quant à Christine et Gustave, ils travaillent de l'aube à la nuit. Alors...

— Te laisse pas abattre, ma belle. Lorsque tu seras ma femme, tu emploieras ton temps à ta fantaisie. Mes parents, ils ont des sous et nous pourrons payer des valets.

Ils se quittaient toujours sur une réflexion de ce genre à laquelle ils feignaient d'ajouter foi et Mathieu embrassait timidement sa camarade sur la joue, baiser qu'Armandine — par pudeur ou pour toute autre raison — ne rendait jamais.

Lorsque Armandine regagnait la ferme, la traite était achevée et Agathe commençait à servir le dîner. La fillette s'asseyait près de sa mère pour tenter de prévenir une sottise possible. Christine et Gustave se jetaient sur leurs écuelles tandis qu'Élodie et Agathe allaient plus lentement. Armandine n'avait jamais faim. La soupe avalée, pendant qu'Agathe apportait la suite (du riz pour les estomacs délicats, du lard et des pommes de terre pour le couple de domestiques), la grand-mère établissait, avec Gustave, l'emploi du temps pour le lendemain. Une existence parfaitement ordonnée sous la poigne sévère de l'aïeule. Tout de suite après avoir mangé, Louise et les Cintheaux se retiraient dans leurs chambres. Les deux vieilles lavaient la vaisselle qu'Armandine essuyait. Puis, c'était l'ultime baiser où chacune souhaitait à l'autre de passer une bonne nuit et l'on montait se coucher. Le silence nocturne se refermait alors sur la maison, mais pas obligatoirement sur ceux qui l'habitaient.

Louise s'endormait en chantonnant. Elle ne pensait à rien ni à personne. Elle en était incapable. Parfois, elle admettait qu'elle avait Élodie pour mère et Armandine pour fille, sans attacher la moindre signification sentimentale à ces mots de mère et de fille. Elle ignorait les liens affectifs qu'ils impliquaient. Élodie et Armandine devenaient, pour elle, ses partenaires dans le jeu confus, étrange, qu'était son existence depuis la mort de son époux. Quant à Christine, à Agathe et à Gustave, elle les considérait comme des figures familières peuplant son univers sans qu'elle pût préciser si elles appartenaient ou non à sa parentèle. Incapable de réfléchir, de relier la cause à l'effet, le cerveau de Louise n'était plus qu'une boîte à images qu'elle éprouvait un plaisir sans fin à contempler. Celles qu'elle préférait la représentaient avec Honoré à la fontaine, dans la cour de cette grande ferme de l'Ardèche dont elle ne se rappelait plus le nom, ou encore celle où Honoré galopait sur son cheval à côté ou devant le char à banc conduit par Élodie. La malade se délectait en admirant le tableau de ses noces où tous les visages se perdaient dans un brouillard piqué d'étoiles. Il arrivait, parfois, que parmi ces beaux reflets des temps heureux, se glissent quelques-uns de ceux que Louise aurait si fort désiré oublier et, par exemple, celui d'Honoré sanglant, étendu sur son lit et à qui M. Mauvezin fermait les yeux d'un geste paternel. Alors, la veuve poussait des cris déchirants et on éprouvait toutes les peines du monde à la calmer. Heureusement, cela se produisait de plus en plus rarement et Louise, du matin au soir, rieuse, enjouée, poursuivait avec un mort une conversation qui ne se terminait jamais. Il n'était pas rare qu'elle sortît de sa chambre en annonçant « Honoré vient de m'apprendre... » Dans ce cas on feignait un intérêt à fleur de peau et on donnait raison au disparu. Louise retournait chez elle, heureuse d'être si bien comprise, en fredonnant une bluette venue de sa jeunesse.

Élodie dormait mal, par suite de son grand âge et de ses soucis. Sitôt qu'elle s'arrêtait de travailler, la question lancinante lui taraudait le cerveau : combien de temps encore ? Elle suppliait Dieu de lui permettre de vivre quelques années de plus, jusqu'à ce qu'Armandine, avec l'aide des domestiques, soit capable de la remplacer. Puis les inquiétudes surgissaient : avait-elle raison de vendre la Finette qui donnait toujours pas mal de lait ? Fallait-il garder le veau de la Bayarde ? Ne serait-ce pas raisonnable d'acheter deux porcelets à la foire du Bessat et de les engraisser ? On y trouverait sûrement son compte. Quand Élodie se perdait au plus fort de ses préoccupations, le sommeil lui sautait dessus à l'improviste et elle s'enfonçait dans un repos sans rêve.

Agathe dormait peu, elle aussi, en dépit de sa fatigue. Lorsqu'elle était allongée sur son lit étroit et qu'elle écoutait vivre les vaches de l'autre côté de la cloison, elle goûtait les meilleurs moments de sa journée. Elle fermait les yeux pour mieux respirer l'odeur de l'étable qui la renvoyait à sa jeunesse paysanne. Aussi loin qu'elle remontât dans ses souvenirs, les vaches étaient mêlées à son existence. D'abord, les premiers pas craintifs dans cette pénombre chaude où se mouvaient lentement de grosses bêtes dont on distinguait mal les contours, puis le troupeau de son père — fermier d'un riche marchand de bois de Saint-Étienne — gardé aux champs tout en ravaudant ou tricotant. Enfin, la traite du matin et celle du soir, lorsqu'elle avait été maîtresse, après son mariage avec Jean-Pierre Labourel, qui possédait un petit bien. La vie simple et tranquille. La naissance de Françoise. Vingt années paisibles. Le mariage de sa fille avec ce Baptiste Allevard qui n'avait, pour toute fortune, que sa vaillance et son joli visage. On l'avait engagé comme domestique jusqu'au jour où Agathe l'avait trouvé dans le lit de Françoise. On dut les marier. Jean-Pierre ne s'était jamais remis de cette déception causée par sa fille. Il n'avait survécu que deux ans à cette union dont il avait honte. Alors, Baptiste, devenu patron, n'avait eu de cesse que sa belle-mère ne s'en aille. A quarante-huit ans, Agathe s'était placée chez les autres. On la plaignait et on maudissait Françoise que la mère défendait en disant : « Qu'est-ce que vous voulez ? Elle a jamais eu de la volonté... » Chez Élodie, Agathe menait l'existence lui convenant. Elle admirait l'aïeule et son énergie. Pour Louise, elle éprouvait une pitié qui la faisait pleurer. Quant à Armandine, elle l'adorait et souhaitait rester auprès d'elle jusqu'au bout. Chaque nuit, le bruit des chaînes entourant le cou des vaches poussait Agathe dans le sommeil en la ramenant à la fillette qu'elle avait été.

Christine et Gustave ressentaient une telle fatigue que, d'ordinaire, ils s'endormaient sitôt au lit. Toutefois, jeunes, il leur arrivait de faire l'amour et, ensuite, de bavarder quelques minutes. C'était toujours pour se féliciter de s'être gagés chez Élodie Mantel. Ils aimaient un travail qu'ils menaient presque à leur guise. Ils respectaient la patronne, s'entendaient bien avec Agathe, avaient, eux aussi, pitié de Louise. Cependant, toute l'affection dont ils étaient capables (en dehors d'eux-mêmes) ils la réservaient à Armandine qui symbolisait l'enfant qu'ils n'avaient pas eu et qu'ils n'auraient plus, Christine ayant eu quelque chose de détraqué dans ses intérieurs après une chute du haut d'un char à foin.

Depuis deux ou trois mois, Armandine mettait beaucoup de temps à s'endormir. Il lui semblait que, sitôt la porte de sa chambre refermée, elle entrait dans un univers hostile où plus personne ne pouvait l'aider. En réalité, elle ne comprenait pas que dans cette chambre — petit monde clos — elle se heurtait aux problèmes que, durant le jour, les présences étrangères écartaient. Elle n'était plus une fillette, mais trop jeune encore pour vivre dans un passé dont il lui restait si peu, il lui fallait songer à un avenir qu'on s'efforçait de bâtir pour elle sans lui demander son avis. Armandine n'ignorait pas qu'Élodie ne vivrait plus très longtemps. Lorsqu'elle disparaîtrait, Louise ne comptant pas, Agathe, Christine et Gustave n'étant que des domestiques, il lui incomberait de remplacer son aïeule. Elle s'en sentait incapable et elle enrageait de ce que ses familiers ne s'en rendissent pas compte. Par la fenêtre dont elle ne fermait jamais les volets, elle voyait, pareille à une étoile qui se serait arrêtée là, la grosse lanterne qui, toute la nuit, brûlait, accrochée au-dessus de l'étable, chez les Landeyrat.

Armandine eut une pensée émue pour ce papa si peu connu et qui rêvait à l'heure où l'un des siens entrerait en maître dans le domaine de Landeyrat le Vieux qu'il avait déjà baptisé la Désirade. Pauvre père... Évidemment, il ne tenait qu'à elle, en épousant Mathieu, d'aller vivre à la ferme tant convoitée. Cependant, cela ne ressemblait pas exactement à ce que souhaitèrent successivement Honoré et Ambroise, puisqu'elle ne s'installerait pas chez les Landeyrat en tant que maîtresse, mais seulement en qualité de gendresse. Ce ne serait pas du tout la même chose. Quand elle parvenait ainsi au bout de l'histoire prévisible de sa future existence, Armandine pleurait à chaudes larmes car il lui fallait s'avouer qu'elle n'aimait pas assez Mathieu pour devenir sa femme alors que le village entier les croyait follement amoureux l'un de l'autre. De quelle façon révéler une vérité qui meurtrirait le garçon et en blesserait plus d'un ? Jamais, elle n'oserait s'en ouvrir à Élodie s'acheminant doucement et sans peur vers la mort, parce qu'elle imaginait le sort de sa petite-fille assuré. Armandine, dans ces moments-là, se haïssait. Comment pouvait-elle ne pas aimer Mathieu qui l'aimait tant ? Comment pouvait-elle envisager de désespérer la grand-mère à qui elle devait tout ? Serait-elle donc un monstre ?

Parce que Armandine était très jeune, elle avait foi dans le pouvoir des mots. Elle se figurait que ne pas nommer ce qui l'effrayait en supprimait le danger. Elle ignorait que ce dont les hommes et les femmes ont le plus peur, c'est de la vérité. Pourtant elle agissait, à son insu, comme les grandes personnes, en refusant sa vérité. Celle-ci tenait en peu de phrases : depuis que Landeyrat le Vieux l'avait emmenée à Saint-Étienne, elle s'était persuadée qu'elle n'était pas née pour vivre à la campagne. Elle se voulait convaincue qu'en dépit de tous les projets son bonheur était à la ville. A quatorze ans, on ne passe pas des nuits blanches, à moins d'être malade et, malgré ses larmes, Armandine s'endormait en rêvant qu'elle se promenait en voiture découverte par les rues de Saint-Étienne et que de beaux messieurs la saluaient au passage.

Le dimanche, après les vêpres, Armandine était autorisée à sortir avec Mathieu, Eugénie leur servant de chaperon. Au vrai, les filles bavardaient surtout entre elles, sans se soucier du garçon qui suivait sans mot dire. Cruelle, Armandine remarquait :

— Mon pauvre Mathieu, nos histoires ne t'intéressent pas, pourquoi t'entêtes-tu à venir avec nous ?

— Ma foi, avec vous autres, même si vous me parlez pas, je me sens bien. Ça me change de mes copains.

La demoiselle haussait les épaules et tournait le dos — non sans une pointe de remords — à son soupirant.

— T'es pas gentille avec Mathieu, chuchotait Eugénie.

— Je sais bien, mais je peux pas m'empêcher d'être ainsi.

— C'est un beau garçon qui sera riche... J'en connais plus d'une qui souhaiterait qu'il fasse attention à elle... Tiens ! la Sophie Jeanbrenin, par exemple...

— Si elle est capable de le prendre, qu'elle le fasse !

La pauvre Eugénie ne comprenait pas ce qui arrivait à son amie et elle était trop timide pour l'interroger sérieusement.

* * *

Un soir d'automne, le glas écrasa de ses notes funèbres le village plongé dans ses tâches quotidiennes. En l'écoutant, les ménagères suspendirent leur besogne pour se demander qui était celui ou celle dont on annonçait le trépas. Ne pouvant fournir une réponse à cette question, elles s'essuyèrent les mains à leur devantier et s'allèrent planter sur leur seuil. Les voisines, les imitant, de porte en porte, on engageait une conversation plus criée que murmurée.

— Hé ! Berthe, vous connaissez pour qui c'est, le glas ?

— Je savais pas qu'y avait quelqu'un de malade !

— Et toi, Rose, tu serais pas au courant, des fois ?

— J'ai pas entendu causer de maladie et puis on n'a pas vu le docteur.

— Le curé nous aurait dit s'il y avait un des nôtres en danger de mort.

— Oh ! Germaine ! t'as pas pensé que ce serait un accident ?

— Nos hommes seraient venus nous raconter...

A ce moment, voilà que passe ce sacré vieux flemmard de Paul Rachat qui fait le fossoyeur quand on en a besoin.

— Oh ! Paul, qui c'est que tu vas mettre dans le trou ?

— Personne.

— Alors, pourquoi qu'on sonne le glas ?

— Pour le roi Louis XVIII.

— C'est-y qu'il serait mort ?

— Ma Béline, tu penses quand même pas qu'on l'enterrerait vivant ?

— Alors, on n'a plus de roi ?

— Si... son frère Charles lui succède, faut croire que la place est bonne !

Pendant ce temps, Landeyrat le Vieux confiait à M. Mauvezin :

— Encore un roi dont j'aurai porté le deuil... Louis XVI, Louis XVII et Louis XVIII... Espérons que Charles X évitera de commettre les erreurs de son aîné.

— Cela m'étonnerait ! Artois était le plus borné des trois frères... J'ajouterai que, depuis Charlemagne, les Charles — à part un ou deux — n'ont pas été très brillants sur le trône de France !

En apprenant la mort du roi, Armandine éprouva une sorte de joie farouche : le maître de ceux qui avaient assassiné son père disparaissait à son tour. Elle voyait là une sorte de revanche que le sort lui apportait. Pourquoi n'en eût-elle pas été heureuse ?

* * *

Par ordre de l'évêché, M. Mauvezin consacra la messe dominicale suivant l'annonce du décès royal au repos de l'âme de Louis XVIII. Les villageois ne furent ni plus ni moins nombreux que d'habitude à l'office. Au pied du catafalque symbolique dressé devant le chœur, quelques fidèles avaient apporté des fleurs. Avant que le prêtre n'ait émergé de la sacristie, un singulier trio fit son entrée dans l'église et remonta la nef jusqu'au catafalque. En tête, marchait Armandine, suivie d'Eugénie, toutes deux les bras chargés de bouquets. Comme à son habitude, Mathieu fermait la marche, un carton sous le bras. Intriguée, l'assistance tout entière tendit le cou pour mieux voir. Les demoiselles déposèrent leur charge fleurie tandis que le garçon plaçait son espèce d'écriteau, de manière à ce que tout le monde pût lire :

Pour le repos de l'âme de Louis XVIII à qui Dieu pardonnera peut-être ses crimes, pas nous.

Les rares paroissiens qui savaient lire épelèrent à haute voix ce texte vengeur pour l'édification de ceux ne pouvant que regarder. Sophie Jeanbrenin s'écria :

— Sacrilège ! Il faut les jeter en prison !

Incontinent, sa mère lui tourna une gifle, en grondant :

— Ça te suffit pas les misères qu'on a eues ?

Durant ce tumulte, Armandine et ses complices avaient gagné leurs places et feignaient de se plonger dans une prière dont personne n'était dupe. Paul Rachat qui joignait à ses moments perdus la fonction de sacristain à celle de fossoyeur, se précipita vers le curé qui entrait, précédé de ses clergeons et lui parla à l'oreille. Après avoir célébré le tout début de l'office, M. Mauvezin adressa un signe au Paul qui s'en fut ôter l'écrit séditieux et l'emporta dans la sacristie. Sévère, le prêtre, avant de remonter à l'autel, s'adressa à ses ouailles.

— Je voudrais expliquer aux auteurs de cette regrettable provocation que la maison de Dieu, qui est tout amour et miséricorde, ne se prête pas aux manifestations misérables de la haine et de la vengeance. Ceux-là ne devraient pas oublier que la mort est une barrière que ne sauraient franchir nos passions mauvaises. Au-delà, on pénètre dans un monde où seule règne la volonté du Seigneur qui juge les rois comme les bergers, en faisant à chacun sa juste part. Je souhaite que le ou les coupables de ce geste sacrilège s'en persuadent. Amen.

* * *

Le lendemain de ce scandale, l'abbé Mauvezin se présenta chez Élodie. A sa vue, Armandine se hâta d'aller s'enfermer dans sa chambre. Louise, elle, fit une révérence au visiteur en lui annonçant :

— Mon mari m'a parlé, cette nuit. Il m'a promis qu'il reviendrait bientôt. Vous êtes le premier à le savoir. Je l'avais encore dit à personne. Je crois que je dois me faire belle pour son retour. Excusez-moi, monseigneur.

Le prêtre, attendri, lui caressa la joue.

— Vous avez raison, Louise.

Brusquement, une inquiétude fêla la voix de la malade.

— Vous pensez qu'il me rejoindra, n'est-ce pas ? Si longtemps que je l'attends !

— Je suis sûr que vous vous rejoindrez.

Sa peur évanouie, Louise gagna sa chambre en esquissant un pas de danse. Élodie resta seule avec le prêtre. La vieille femme et M. Mauvezin se regardèrent, un instant, en silence. Puis la grand-mère soupira :

— J'ai du mal à m'y faire...

— Je sais, il vous faut beaucoup de courage et je sais aussi que vous en avez beaucoup.

— Oui, mais jusqu'à quand ?

— Seul Dieu connaît la réponse. Ce n'est pas pour Louise que je suis ici.

— Je m'en doute, Armandine...

— Vous êtes, naturellement, au courant de son dernier exploit ?

— Ma foi...

— Alors, je vais vous rafraîchir la mémoire. En pleine messe des morts, célébrée pour le repos de sa défunte Majesté, elle a osé traiter le roi d'assassin !

— Et, d'après vous, elle avait tort ?

— Madame Mantel !

— Monsieur le Curé, vous connaissez les enfants que de l'extérieur. Nous, nous les connaissons mieux. Ils sont entiers, purs, impitoyables. Pour Armandine, les fidèles du roi Louis ont assassiné son père et fait mourir son grand-père.

— Le pardon chrétien...

— Non, monsieur le Curé, les enfants ignorent le pardon qui les scandalise.

— En somme, vous l'approuvez ?

— Non, mais je la comprends. Voulez-vous un peu de ratafia ?

— Pourquoi pas ?

Élodie sortit le service qu'elle avait acheté avec ses économies, la veille de ses noces. Lorsqu'ils eurent bu, M. Mauvezin s'essuyant la bouche avec un grand mouchoir déclara :

— Madame Mantel, il faut absolument que vous raisonniez Armandine. Il est nécessaire qu'elle se calme, sinon, en dépit de l'affection que nous sommes nombreux à lui porter, nous ne pourrons plus lui éviter des ennuis graves. Il paraît que le nouveau roi est très attaché au respect dû à sa fonction.

— J'essaierai.

— Je vous le conseille de toute la force de mon amitié.

Le curé se retira, non sans bénir son interlocutrice. Après son départ, Élodie joignit les mains devant l'image de la Sainte Vierge accrochée au-dessus de la fenêtre, en murmurant :

— Sainte Mère de Dieu, que faire ? Venez à mon secours, je vous en supplie.

La grand-mère monta l'escalier et entra dans la chambre où, assise devant la fenêtre, Armandine regardait la ferme des Landeyrat. L'apparition d'Élodie fit sursauter la demoiselle. Semblable à tous ceux qui se savent fautifs, Armandine essaya de prendre la direction des opérations.

— Tu as besoin de moi, mémé ?

— Je pense plutôt que c'est toi qui as besoin de moi.

La vieille femme prit place sur la chaise que sa petite-fille lui céda pour s'asseoir sur le lit.

— Armandine, tu vas m'écouter tranquillement et tu attendras que je t'interroge pour me répondre. Tu n'ignores pas que M. Mauvezin sort de chez nous à l'instant et tu ne te fais aucune illusion sur la raison de sa visite. Naturellement, c'est toi qui as entraîné Eugénie et Mathieu dans cette sotte histoire ?

— Oui.

— Tu te rends compte que t'es plus une enfant et qu'on se prépare pas à une existence de travail par des gamineries comme celle commise à l'église ?

— Je déteste les rois !

— A ton âge, tu vas quand même pas décider ce qui est bien et ce qui n'est pas bien pour les Français ? Tu trouves que j'ai pas eu mon content de misères ? Qu'est-ce que je deviendrais si les gendarmes t'emmenaient ? J'ai déjà perdu ma fille, alors si on m'enlève aussi ma petite-fille...

— Je te promets que je ferai plus de sottise !

— C'est tout ce que je te demande.

— J'essaierai, mémé, je te jure que j'essaierai !

— Si tu es sage, ton avenir sera tout tracé. Dans trois ou quatre ans, tu te marieras et tu deviendras un jour ou l'autre maîtresse dans un domaine. C'est pas rassurant ?

— Si on veut...

Surprise par le ton d'Armandine qui, visiblement, manquait d'enthousiasme, Élodie s'inquiéta :

— Cette idée n'a pas l'air de t'enchanter ?

— Oh ! le mariage, ça me tente pas tellement...

— Allons, bon ! Qu'y connais-tu, à ton âge ? Et Mathieu, tu y penses plus ?

La demoiselle répondit mollement :

— Oh ! si...

— On le dirait pas ! Lui, il tient à toi et on sent que c'est un garçon qui ne changera pas.

— Sans doute, mais...

— Enfin, qu'est-ce que tu lui reproches ?

— Rien...

La grand-mère se fâcha :

— Ça suffit, Armandine ! Tes caprices commencent à me fatiguer ! Je veux que tu deviennes quelqu'un de raisonnable pour continuer à être fière de toi.

* * *

Vers la fin de cette année 1824, Eugénie fit un séjour à Saint-Étienne, auprès de sa tante Marthe, une sœur de son père, qui tenait boutique de modiste dans la rue de Foy. Armandine vécut des heures fiévreuses dans l'attente du retour de son amie. Quand Eugénie descendit de la diligence, elle ressemblait au dormeur qu'on éveille brusquement et qui, n'ayant pas encore repris contact avec la réalité, continue à sourire aux images merveilleuses de son rêve.

* * *

Armandine, ce dimanche-là, prit à peine le temps de manger tant il lui durait de bavarder avec son amie. Elles en eurent pour tout l'après-midi à parler de Saint-Étienne. Eugénie n'avait pas la facilité d'élocution de sa camarade. Il fallait lui arracher les mots car elle se contentait de débiter des phrases courtes et de pousser des exclamations enthousiastes à propos des monuments, des rues, des magasins. Tout lui était sujet d'admiration. Armandine écoutait, émerveillée. Quand la voyageuse suspendait son récit cahotant, l'autre la relançait en évoquant un souvenir ou en réclamant une précision. Quand arriva l'heure de se séparer, Eugénie se pencha vers sa confidente :

— A présent, j'ai décidé : d'ici deux ou trois ans, j'irai habiter à Saint-Étienne et je travaillerai chez tante Marthe qui m'y a invitée.

— Et tes parents ?

— Ils savent bien que je peux pas devenir aubergiste. C'est pas un métier pour une femme.

— Tu pourrais te marier avec un garçon qui remplacerait ton père ?

— Je te répète que j'irai vivre à Saint-Étienne.

— Tu as de la chance...

Dès lors, cette future existence citadine d'Eugénie Lussaud constitua le jardin secret où les deux amies se réfugiaient sitôt qu'elles avaient un moment et qu'elles étaient seules. Ce beau conte partagé renforça leur mutuelle affection. Par la faute de la grand-ville et sans en prendre clairement conscience, Eugénie et Armandine sortirent de l'adolescence pour devenir des jeunes filles uniquement soucieuses de leur destin.

7.

Tenant la promesse faite à sa grand-mère, Armandine devint apparemment une fille comme les autres. Elle assumait son rôle dans le travail de la ferme, ne manquait jamais la messe, le dimanche, avec Élodie, Agathe, et Christine. L'après-midi, elle retrouvait Eugénie et souvent Mathieu quand il ne courait pas les vogues et les bals surveillés par les curés. Lorsqu'elles se promenaient, seulettes, les amies qui, en cette année 1827, atteignaient leurs dix-sept ans, ne parlaient guère — contrairement à ce qu'on eût pu penser — d'amourettes ou de mariages. Elles ne faisaient que gloser sur les plaisirs inouïs que, selon elles, devaient connaître les gens ayant la chance d'habiter Saint-Étienne. Elles énuméraient, à tour de rôle, tout ce qu'elles entreprendraient si... Mais la tante Marthe n'avait pas renouvelé sa proposition de recueillir sa nièce chez elle. Quant à Armandine, elle ne voyait pas de quelle façon elle pourrait, un jour, quitter Tarentaize. Mathieu Landeyrat toujours épris d'Armandine, mais la sachant de vertu solide, allait souvent porter ailleurs la chaleur de son sang. Le garçon tournait les têtes des filles qui ne comprenaient pas pourquoi, beau et riche comme il l'était, il s'entêtait à courtiser une jeune personne, ni tellement jolie, ni tellement bien faite. Le seul charme d'Armandine, à leurs yeux jaloux, tenait à son passé turbulent et à son caractère entier lui faisant refuser la soumission qui était la coutume de l'époque. Or, c'était justement pour cette indépendance que Mathieu, et ses dix-neuf ans avides d'aventures, appréciait la petite fille d'Élodie. Sophie Jeanbrenin, devenue pourtant plus belle que sa rivale, se dépérissait de rage.

Lorsque Mathieu sortait avec les deux amies, ces demoiselles, fermées sur leur secret, ne se permettaient aucune allusion à Saint-Étienne. Le garçon parlait, d'ailleurs, pour elles deux. Profondément attaché à sa terre, le jeune Landeyrat savait tout ce qu'on peut savoir, à son âge, des arbres, des caprices du ciel, des fleurs champêtres, des plantes nourricières, des animaux hantant la forêt ou des poissons qu'il pêchait à la main dans les eaux vives du Furan. Ses compagnes l'écoutaient lire à haute voix le livre de la Nature. Elles en oubliaient les délices supposées de la ville. Mathieu entraînait ses camarades à travers champs sans se soucier des pentes trop raides ou des sentiers boueux. Il ne leur permettait de reprendre haleine que lorsque le trio atteignait le Furan qui descendait, entre deux replis montagneux, vers Saint-Étienne. Les demoiselles trempaient leurs mains dans l'eau chantante et se les passaient sur le front et les joues. Après cette courte halte, on entrait dans l'univers des arbres. Spontanément, les filles se cramponnaient l'une à l'autre et veillaient à ne pas se laisser distancer par leur guide. Elles n'avaient pas vraiment peur : elles étaient inquiètes. Ce silence si riche de bruits furtifs, d'échos étouffés, cette pénombre que trouait, parfois, la clarté d'une clairière, les grandes présences immobiles et cette impression permanente d'être épié, créaient un malaise dont l'habitude ne les délivrait pas. Conscient de leur angoisse, Mathieu ne tenant pas à les affoler, leur montrait les merveilles que la nature plaçait sur leur chemin. Pour elles, il cueillait le « pain de coucou », l'arnica, la bruyère, l'herbe de Saint-Sabin, la potentille, ou le laurier de Saint-Antoine. Il leur apprenait les différences entre le sapin, l'épicéa et le mélèze. Soudain, d'un geste, Mathieu immobilisait ses compagnes et, un doigt sur les lèvres, leur désignait, de l'autre main, un groupe de mésanges huppées qui voletaient dans toutes les directions comme si elles éprouvaient l'envie d'être ailleurs à chaque dixième de seconde. Le garçon négligeait les trop nombreux pinsons des arbres, les rouges-gorges, les mésanges nonnettes et les jolies fauvettes. Cependant, ce qui touchait le plus les demoiselles et leur faisait courir des frissons dans le dos, c'était le rire bruyant et sardonique du geai ou l'entêtement monotone et régulier du pic dont les coups de bec sur l'écorce des arbres, répercutés par l'écho, laissaient croire à la présence multipliée de travailleurs invisibles.

Armandine et Eugénie poussaient un soupir de soulagement en émergeant de la forêt. Toutefois, pour rien au monde, elles ne l'auraient avoué. La remontée vers le village était pénible et Mathieu, n'ayant pas la patience d'accompagner les filles qui traînaient la jambe, leur disait adieu et filait rejoindre ses copains pour une partie de quilles ou de cartes, suivant la saison. Regardant s'éloigner le garçon, Eugénie murmurait :

— C'est vraiment un beau gars ! T'as de la chance, Armandine !

Sa camarade ne répondait pas. Certes, elle était flattée de constater que son amoureux suscitait l'envie des autres demoiselles de la commune, mais répondre par l'affirmative à sa compagne l'eût engagée un peu plus sur la voie du mariage qui, finalement, ne l'enthousiasmait pas. Cette vague croyance qui flottait dans Tarentaize voulant que Mathieu et elle unissent, le moment venu, leurs existences, lui suffisait. Elle n'entendait ni l'affaiblir ni la fortifier. Au fond, elle aimait bien Mathieu, mais elle n'éprouvait encore à son égard qu'une tendresse fraternelle. Elle imaginait que l'amour présidant à la naissance d'un couple et ayant la force de durer une vie entière était autre chose.

Doucement ballottée de-ci de-là par les événements quotidiens, Armandine se laissait aller au long de l'année, suivant le rythme lent des saisons. On eût dit une barque dépourvue de rameur qui descendait au fil d'une eau dont le courant est à peine sensible. Peu à peu, la jeune fille prenait des responsabilités dans la conduite de la ferme, à la joie profonde d'Élodie qui souhaitait tellement se reposer avant de mourir. Maintenant, elle s'autorisait de longues conversations avec Agathe. Les deux vieilles femmes croyant échanger des souvenirs se racontaient des fables dépeignant un autrefois ressemblant à ce qu'avaient été, durant leur vie entière, des aspirations vaines et secrètes. Elles parlaient de leur passé, non pas tel qu'il avait été, mais tel qu'elles l'auraient souhaité. Elles se mentaient en toute bonne foi car, le pouvoir des mots aidant, elles ne savaient plus faire le départ entre la réalité et le rêve. Leur bonheur tenait à cette incertitude.

Les Cintheaux s'incorporaient chaque jour davantage au domaine Mantel-Versillac. Christine était heureuse de ne plus avoir à quitter, chaque année, l'endroit où elle travaillait. Elle appréciait un confort sommaire, sans doute, mais réel. Elle aurait souffert de repartir. Plus encore qu'à la maison, Gustave s'était attaché à la terre qu'il travaillait depuis pas mal de temps. Seule Louise traversait le cours des mois dans une indifférence totale. Elle abandonnait doucement son aspect de vieille fillette et, au fur et à mesure que sa lucidité vacillait, son regard perdait de son éclat. On ne l'entendait plus rire, elle ne racontait plus d'histoires. M. Mauvezin confiait à Élodie que sa fille s'engageait déjà sur le chemin du Ciel et qu'il fallait se résigner à son départ.

Durant la semaine, Mathieu venait une ou deux fois, selon l'urgence des travaux en cours, passer les veillées au côté d'Armandine, d'Élodie et d'Agathe. Le garçon racontait sa journée. On lui posait des questions. Il y répondait, mais il n'intéressait guère celle pour qui il venait. Pourtant, Armandine s'imposait un gros effort pour prendre part à la conversation. Elle ne tenait pas à rebuter son amoureux et cela d'autant plus qu'au fur et à mesure que les jours passaient, son espérance d'aller vivre à Saint-Étienne s'amenuisait. Il lui fallait donc se résigner à envisager un avenir qui, il y a quelques mois encore, ne lui disait rien.

Profitant de ce que les domestiques et Armandine assumaient de plus en plus les travaux de la ferme, Élodie se reposait chaque jour davantage. Elle ressemblait à ces grandes bêtes de la forêt dont la vieillesse amoindrit les qualités physiques nécessaires à leur survie et qui s'écartent du troupeau ou de la harde. Elles sentent les approches de la mort dont, d'instinct, elles connaissent les préliminaires. Désormais, la vieille femme trouvait un certain plaisir à des besognes autrefois méprisées. C'est ainsi qu'elle allait maintenant ramasser la nourriture des lapins. Tirant un charreton où reposait une faucille, sa sieste terminée, la veuve partait sur le chemin du Sapillon et, à l'orée de la forêt des Chirouzes, coupait une herbe savoureuse. Elle en emplissait son chariot. Se redressant, de temps à autre, afin de reprendre haleine ou soulager ses reins endoloris, Élodie regardait, alentour, ce pays devenu le sien. Devant elle, le village qu'elle dominait. Presque à sa hauteur, collé au flanc de la colline d'en face, le cimetière où dormaient Honoré et Ambroise. A sa gauche, la route montant du Bessat et descendant à Saint-Étienne. A sa droite, la forêt mangeait presque tout l'horizon. Ayant gardé des yeux excellents, elle distinguait la grande voie qui courait au sud vers le col et les pays du Rhône, au nord vers Saint-Étienne. En toile de fond, les montagnes de la Haute-Loire que dominait le Mézenc.

— Alors, ma vieille amie, on rêve ?

Élodie n'avait nul besoin de se retourner pour deviner que Landeyrat le Vieux la taquinait. Ces deux-là s'estimaient. Il avait beaucoup changé, Firmin, depuis qu'il avait abandonné la mairie. Légèrement voûté, il avait le pas hésitant et prenait appui sur une grosse canne. La lumière de son œil s'étouffait sous les plis des paupières et les sourcils touffus.

— De l'herbe pour les lapins, Monsieur, je suis plus guère bonne à autre chose.

Firmin Landeyrat tapotait affectueusement l'épaule d'Élodie.

— Nous avons fait notre temps... Il faut céder la place... C'est la loi.

— Je me plains pas... je suis si fatiguée...

— Oui, c'est ça... La fatigue, voilà ce qui écrase les anciens et leur ôte le regret de partir.

Comme se parlant à elle-même, Élodie ajoutait :

— J'ai reçu bien des coups. Arrive un moment où on peut plus endurer.

— Nous en sommes tous là.

— Pas tellement... Vous, vous avez une famille... Après vous, tout continuera... Tandis que chez nous... Ça me serait égal s'il n'y avait la pauvre Louise et Armandine... Que deviendront-elles, moi partie ?

— Je ne peux vous rassurer en vous promettant de veiller sur elles car, moi aussi, je suis sur mes fins... Je n'en parle pas aux miens, à quoi bon ? Je suis usé, fini...

— C'est malheureux que ça soye toujours ce foutu corps qui nous tienne sous sa loi.

— Il faut penser que Dieu l'a voulu ainsi, sans doute pour nous écarter du monde et libérer notre âme. En ce qui concerne Armandine, vous n'ignorez pas que mon petit-fils lui est fortement achiné [1]...

— Je sais.

— Une alliance entre votre famille et la nôtre ne me déplairait pas. Et à vous ?

— Ma foi... J'ai beau les appincher [2] quand ils sont ensemble, j'ai rien remarqué d'autre qu'une bonne amitié.

— Mathieu était encore un petit garçon qu'il me confiait son intention d'épouser votre Armandine.

— S'il a pas changé d'idée...

— Je lui en parlerai dès demain. De votre côté, voyez la petite... On pourrait les fiancer avant Noël et les marier dans deux ans.

* * *

Après son entretien avec Firmin Landeyrat, Élodie nourrissait l'espoir de tout laisser en ordre derrière elle. Cependant, au fond de son cœur, la grand-mère sentait une vague inquiétude qui tenait à ce qu'à ses yeux Armandine n'était plus la même et cela depuis que Landeyrat le Vieux l'avait emmenée à Saint-Étienne. La gosse, en dépit des questions posées,

1. Être étroitement attaché à quelqu'un. — 2. Surveiller.

n'avait jamais fourni d'explications. C'était aussi vers cette époque que la fille de Louise avait changé d'attitude envers Mathieu. On avait mis sa réserve soudaine sur le mûrissement de son esprit. En dépit de son caractère autoritaire, la grand-mère n'avait jamais interrogé Armandine, d'abord parce qu'elle répugnait à cette espèce de coercition, ensuite parce qu'elle se faisait peut-être des idées, enfin parce qu'elle avait — qu'elle s'en défendît ou non — une confiance inébranlable en sa petite-fille.

Toutefois, Élodie n'eut pas le loisir, ce soir-là, de s'entretenir avec Armandine ainsi qu'elle en avait l'intention car à peine les hôtes de la veuve Mantel avaient-ils terminé leur repas qu'Eugénie Lussaud faisait une entrée fracassante :

— Vous savez la nouvelle ?

Ils la regardèrent sans un mot, impressionnés par l'impétuosité d'une demoiselle tenue jusqu'ici pour timide et réservée. A tout hasard, Agathe et Christine se signèrent.

— Le Furan est sorti à nouveau de son lit et, à Saint-Étienne, il inonde le quartier de Badouillère, la rue Saint-Louis et, dans la rue du Chambon, les gens font leurs commissions en barque !

Élodie, toujours pratique, ordonna :

— Récitons un Pater et un Ave afin de remercier le Ciel d'habiter dans la montagne.

Ils joignirent les mains et, ensemble, psalmodièrent la prière réclamée. Sur le banc où elle avait pris place, Eugénie se tortillait d'impatience. A peine la grand-mère eut-elle prononcé le Amen mettant fin à l'intermède religieux que l'enfant des Lussaud cria presque :

— C'est pas le pire !

Cet avertissement ramena la tablée à un silence attentif :

— Le commis d'un M. Massardier passait sur le pont du Furan avec une voiture de sable quand le pont a été emporté par le Furan.

Agathe gémit :

— Seigneur Jésus ! c'est pas possible, une horreur pareille !

Eugénie poursuivit :

— Bien sûr, le pauvre garçon a appelé au secours et un homme qui passait par là s'est jeté à l'eau pour tenter de sauver le commis.

— Le brave cœur !

— Malheureusement, conclut Eugénie, le courant était trop fort. Il les a emportés tous les deux. On a retrouvé leurs cadavres après Saint-Étienne, vers Saint-Priest.

Élodie demanda :

— Connaît-on le nom de celui qui s'est porté au secours de son prochain ?

— Un M. Gérentet, je crois.

— J'espère que dimanche prochain, dans toutes les églises de Saint-Étienne, on célèbrera la messe à son intention.

Eugénie repartie, plus légère parce que débarrassée de sa grosse nouvelle, la grand-mère jugea que ce n'était pas le moment d'entreprendre sa petite-fille à propos d'un hypothétique mariage avec Mathieu Landeyrat.

* * *

Élodie n'était pas femme à remettre sans cesse une tâche lui incombant sous prétexte qu'elle la prévoyait désagréable. Aussi, le lendemain de la visite vespérale d'Eugénie, rejoignit-elle sa petite-fille qui travaillait au jardin.

— J'ai à te parler, Armandine. Asseyons-nous sur le banc de ton grand-père.

Quand elles furent installées sur la planche que soutenaient deux rondins de hêtre et baptisée pompeusement « banc », l'aïeule attaqua :

— Écoute-moi, mon belou. Hier, en allant faire de l'herbe pour les lapins, j'ai rencontré Landeyrat le Vieux qui se promenait lentement au soleil. C'est un homme pour qui j'ai beaucoup de respect et, lui, il a toujours estimé notre famille. Il aimait Ambroise. Voilà, je lui ai trouvé une méchante mine. Je sais qu'il est très âgé. Toutefois, je crois que quelque chose le ronge en dedans. Lorsque tu seras plus vieille, tu t'apercevras que nous autres, paysans, on meurt, le plus souvent, de plus avoir envie de continuer à vivre C'est comme une grande fatigue qui vous écraserait. On se défend plus, on s'abandonne. Paraît que les gens qui se noient, ils font de même, ils se débattent un moment, puis ils se laissent couler.

— Pourquoi tu me racontes ça, mémé ?

— Parce que Landeyrat le Vieux est en train de couler, lui aussi. Il en a plus pour longtemps. Nous, les anciens, on a tellement vu mourir qu'on peut suivre, sur les visages, l'approche de la fin, alors que les plus jeunes se rendent compte de rien. Je peux t'annoncer sans crainte de me tromper que la mort est déjà solidement installée chez notre ami.

— Tu me fais de la peine.

— Tu n'es plus un bébé, Armandine. Tu sais que, tôt ou tard, tout le monde doit mourir et, moi, je suis bien lasse.

— Parle pas comme ça !

— Plus encore que la fatigue, ce qui me tue lentement, c'est de pas savoir ce qui se passera ici quand je serai plus là. Ah ! si seulement tu étais établie !...

Aussitôt, Armandine se renfrogna :

— Je n'ai que dix-sept ans !

— D'accord ! Je tiens pas à ce que tu te maries demain, mais tu choisirais seulement celui qui sera ton époux, plus tard... On vous fiancerait et, le moment venu, je partirais tranquille.

— Je suis heureuse de vivre comme je vis...

— Ça peut pas durer éternellement, ma pauvre petite. Tu dois pas laisser passer tes belles années parce qu'après, lorsque l'envie te prendra d'avoir un foyer, des enfants, faudra te contenter de ce qui sera resté pour compte.

Armandine faillit avouer à sa grand-mère qu'elle ne désirait pas vivre à la campagne, qu'elle ne voulait donc pas épouser un paysan. Cependant, elle eut peur d'infliger un trop rude chagrin à sa mémé qu'elle aimait par-dessus tout et elle se tut.

— Crois-moi, Armandine, rêver, ça mène pas loin.

Landeyrat le Vieux souhaite que tu épouses Mathieu. Ça serait un bel établissement... Que peux-tu désirer de mieux ? Ce garçon tient à toi et depuis si longtemps...

— Ça l'empêche pas de courir les vogues et les filles !

— Que veux-tu, la nature des hommes est ainsi, ni toi ni moi n'y pouvons quelque chose.

— Je me vois pas reprisant les chaussettes de Mathieu et recousant le linge de sa mère !

— C'est pourtant le sort des filles honnêtes qui se marient.

— Alors, je préfère rester chez nous, à moins que tu désires mon départ ?

— Monstre ! T'as pas honte de dire des horreurs pareilles ? Les deux femmes s'enlacèrent et Élodie conclut :

— J'aimerais bien que tu te maries, mais ça me crèverait le cœur si tu t'en allais.

* * *

Ayant bu un verre de vin du Rivage, Landeyrat le Vieux — qui avait des manières — s'essuya la bouche et déclara :

— Je vais fumer une pipe dehors ! Accompagne-moi, fils, et toi aussi, ma bru. Suis le mouvement, Mathieu.

Derrière le grand-père, ils sortirent, intrigués, un peu inquiets aussi. Ils gagnèrent le grand hêtre pourpre où Firmin Landeyrat avait fait placer une sorte de banc circulaire qui épousait la circonférence du tronc. Cet arbre énorme servait d'observatoire au vieil homme. De là, il lui suffisait de glisser sur le banc rustique pour contempler son domaine en entier — sauf les parcelles de forêt — et se rendre compte de l'avancement des travaux. Lorsque le grand-père se fut assis, son fils et sa bru se mirent à ses côtés, tandis que Mathieu s'installait par terre.

— Je tenais à vous dire qu'hier après-midi j'ai rencontré Élodie. Une personne que j'estime beaucoup, comme j'estimais Ambroise, son défunt.

La belle-fille s'exclama :

— Un bonapartiste ! Un bon à rien qu'à faire le

soldat ! D'ailleurs, y a qu'à regarder comment il a élevé Armandine !

— Germaine, tu es sotte et bornée. A ton âge, y a peu d'espoir que tu changes. Alors tais-toi. Sache seulement que j'ai cent fois plus d'estime pour Élodie que pour toi. Je considère Armandine comme la jeune personne la plus intéressante de la paroisse. Je serais heureux que cette enfant entrât dans notre famille.

Ce fut plus fort qu'elle et Germaine cria :

— Ça serait un comble !

Il s'établit un silence où les bruits du soir reprirent de la vigueur. On attendait l'éclat du grand-père et, contrairement à ce qu'on redoutait, l'aïeul répondit d'une voix très calme :

— De quel droit te permets-tu de juger ? Qui étais-tu avant d'entrer chez nous ? Rien et tu le sais, alors ne traite pas les autres de haut, tu te rendrais ridicule et tu risquerais de te faire moucher. Mathieu ?

— Oui, grand-père ?

— Tu tiens toujours à Armandine ?

— Oui.

— Tu la veux pour femme ?

— C'est ce que je souhaite.

— Parfait ! Si vous ne tenez pas à ce que je modifie mon testament, les choses se passeront ainsi : juste après le carême de l'an prochain, on organisera une grande fête pour célébrer les fiançailles de Mathieu et d'Armandine. A l'automne de 1829, on les mariera. Maintenant que tout le monde est d'accord, on peut aller dormir.

* * *

Un événement amusant vint rompre la monotonie des jours dans le début de juin. Le gros Pétrus Mazirat — celui qui avait la réputation de posséder le plus riche magot de la commune et dont le troupeau était un peu la fierté du coin — décida, à quarante-sept ans, de convoler. Dès qu'on sut la nouvelle, le cœur des demoiselles délaissées, celui des veuves encore jeunes, se mit à battre la chamade. Le Pétrus, ayant vécu jusqu'à quarante ans dans les jupes d'une mère qu'il redoutait, n'avait jamais osé prendre la moindre initiative. Il faut reconnaître que la Céline avait beaucoup souffert. Mariée en 1779, à feu Geoffroy Mazirat — éleveur remarquable, mais brute impitoyable — la pauvre Céline, jusqu'à la mort de son époux, avait été rouée de coups. A la suite d'une bagarre, au sortir d'un bordel stéphanois, un jour de marché, le Geoffroy s'était fendu le crâne contre une borne de pierre. Il était mort sans avoir repris connaissance. Il avait quarante et un ans. Cela s'était passé en 1797. Le pays plaignit un peu la Céline qui, à trente-sept ans, restait seule avec un grand garçon. Certains, pourtant, remarquaient qu'ayant enduré un véritable calvaire, la Céline n'était pas fâchée, au fond, d'être débarrassée de son tortionnaire. Tous se retrouvèrent pour épier les premières réactions de la veuve. Ceux prétendant que les raclées infligées par le Geoffroy avaient estrapané [1] la Céline au physique comme au moral, durent vite déchanter. Dès les premières semaines de sa solitude, la jeune femme mena son domaine d'une poigne que n'eût pas désavouée son mari. Hormis Céline, personne ne faisait la loi au domaine des Mazirat, surtout pas les hommes qu'elle haïssait. Pétrus subit les effets sclérosants de l'aversion maternelle pour les mâles et fut élevé comme un enfant un peu demeuré dont on supporte la présence parce qu'on ne peut agir autrement. Par suite d'une sorte d'osmose, toute la dureté de Geoffroy semblait être passée dans le sang de son épouse. La mère et le fils ne se parlaient guère, elle parce qu'elle méprisait cet être mou, veule et, finalement, bon à rien, lui parce que, dès qu'il se trouvait seul en face de Céline, la peur lui mordait le ventre. Sous la direction de la veuve, le troupeau ne fit que croître et embellir. On venait de loin pour acheter des bêtes des Mazirat. Toutefois, au fur et à mesure qu'elle arrondissait son magot, Céline glissait dans l'avarice. Elle ne mangeait plus grand-chose, mais laissait les domestiques et Pétrus dévorer une nourriture épaisse,

1. Fortement meurtri.

peu assaisonnée et arrosée d'une piquette célèbre dans le canton. On en riait le dimanche, à l'auberge. On racontait qu'un acheteur d'Yssingeaux avait reculé en voyant la robe défraîchie et le tablier crasseux de Céline et celle-ci lui avait demandé :

— C'est moi que vous souhaitez examiner ou mes bêtes ?

— Les bêtes, bien sûr.

— Alors, vous souciez pas de moi.

Et puis, subitement, un après-midi de grosse chaleur où les vaches étaient énervées, Céline s'était rendue, seule, dans le parc où les animaux étaient rassemblés. On ne sut pas ce qui s'était passé. On avait entendu un cri horrible. On s'était précipité pour ramasser la patronne, la poitrine trouée d'un coup de corne. Elle était déjà morte quand on la ramena à la ferme. Pétrus découvrit alors la liberté et le plaisir d'être riche, à quarante-sept ans.

On comprend, dès lors, que toutes les femmes en mal d'époux aient rêvé de se marier avec un vieux garçon ayant si longtemps obéi qu'il ne serait pas difficile à commander. Pétrus étant fort pieux, M. Mauvezin fut supplié de glisser un mot en faveur de telle ou telle dans l'oreille du Mazirat lorsqu'il irait le visiter. On laissait entendre au prêtre que, s'il réussissait, le denier du culte n'aurait pas à en souffrir. Jamais, à la messe dominicale, on n'avait admiré autant de belles toilettes féminines. Les plus intelligentes se contentaient de la coiffe et de la robe traditionnelles qui leur seyaient à merveille. Les plus sottes filèrent s'habiller et se chapeauter à Saint-Étienne. Elles ne furent pas enviées mais moquées, leurs robustes appas faisant craquer jupes et corsages trop ajustés. Quant aux coiffures, posées sur des chevelures indisciplinées, elles ressemblaient à des embarcations fleuries perdues en haute mer.

Pensez un peu à la colère et à la déception de ces ambitieuses lorsqu'après une courte absence le Pétrus revint au pays en compagnie d'une jolie blonde qu'on sut très vite être sa femme légitime. Les plus mauvaises langues regrettèrent que Mazirat n'eût pas hérité du méchant caractère de ses parents. Après avoir suscité les curiosités, le couple perdit son originalité supposée dans le train-train du quotidien. Les dernières qui s'acharnèrent apprirent que cette Marguerite Mazirat était une Stéphanoise rencontrée par Pétrus chez son expéditeur de bétail dont elle était la secrétaire. Pour la défendre devant l'opinion, la jeune épousée ne trouva qu'Armandine et Eugénie. Nos demoiselles communiaient avec Marguerite dans un même amour de la grande ville, ce qui faisait dire à Sophie Jeanbrenin, haussant les épaules :

— Qui se ressemble s'assemble.

* * *

Cependant, ces histoires furent balayées par la grande nouvelle qui courut la montagne au début d'août. On avait inventé une machine qui roulait sur une sorte de chemin de fer entraînant des voitures bourrées de marchandises. Ainsi, les paquets, gros et petits, allaient de Saint-Étienne à Andrézieux, distants de seize kilomètres, sans emprunter la route et sans avoir recours aux chevaux ? Les sceptiques furent nombreux. Sans chevaux pour la tirer, comment cette machine pouvait-elle avancer ? Et si elle quittait son chemin de fer, vous vous rendez compte du danger qu'elle représentait ? Un négociant en vins qui avait eu l'occasion de regarder fonctionner cette invention à travers champs avouait avoir été épouvanté par le bruit infernal qu'elle produisait et les torrents de fumée qu'elle vomissait. Sûrement de quoi empoisonner les champs et les bêtes qui en mangeaient l'herbe. Les vieux avaient des sourires édentés pour remarquer :

— En tout cas, c'est pas demain la veille qu'on viendra installer cette affaire par chez nous ou, alors, il faudrait que les messieurs ingénieurs percent les montagnes !

Cette hypothèse du percement des montagnes suscitait les rires. Au vrai, à part les rapports obligés avec l'administration, on ne se souciait guère de ce qui se passait à Saint-Étienne. La grande ville avait beau n'être qu'à une quinzaine de kilomètres, les deux communautés vivaient dans des mondes différents qui s'ignoraient et ne voulaient pas se connaître.

* * *

Mathieu ayant reçu la permission d'Élodie d'emmener Armandine se promener, les deux jeunes gens partaient d'un bon pas vers la route du Bessat, suivis, comme toujours, d'Eugénie Lussaud, leur chaperon. Celle-ci acceptait ce rôle ingrat par amitié pour Armandine, mais elle se demandait bien ce qu'elle pourrait faire s'il prenait fantaisie aux autres de s'embrasser.

En sortant de la coursière, ils traversèrent la grand-route et s'enfoncèrent dans la forêt du Toile. Ils ne parlaient pas, Armandine parce qu'elle n'en avait pas envie, Mathieu parce que sa compagne l'intimidait toujours un peu.

— Mon grand-père, il dit qu'on pourrait se fiancer, toi et moi, en février prochain.

— Tes parents sont d'accord ?

— C'est le Vieux qui commande.

— Et quand il sera plus là... ?

— Ben, mon père, ma mère...

— Eux, ils sont d'accord pour qu'on se marie ?

— Pas tellement.

— Moi non plus, figure-toi.

— Pourquoi ?

— Parce que je ne tiens pas à entrer chez vous comme première servante alors que chez moi, sauf ma mémé, on m'obéit.

— Alors, tu veux pas devenir ma femme ?

— Je ne sais pas encore. En tout cas, si ça se fait, ce sera à certaines conditions.

A quelques pas derrière, Eugénie les enviait. Elle croyait qu'ils parlaient d'amour.

* * *

Un dimanche de la fin octobre, après la messe, sur la placette où s'ouvrait l'église, le maire monta sur le petit mur qui transformait cet endroit en un clos où les plus vieux, l'été, prenaient le soleil. D'ordinaire, sitôt que le curé avait congédié les fidèles, on se dispersait, les femmes se rendant chez le boucher ou chez l'épicier tandis que les hommes gagnaient, sans hâte, l'auberge de Prosper Lussaud. Seuls restaient aux abords du porche les parents qui, habitant trop loin les uns des autres, ne pouvaient se rencontrer en semaine. Ils profitaient de la messe pour se retrouver et échanger les dernières nouvelles touchant la parentèle. Ce jour-là, les ouailles de M. Mauvezin demeurèrent pour écouter leur nouveau maire — Sébastien Cornet — un homme grand et fort qui, pendant des années, avait été bûcheron. Il avait gardé de ses longs séjours dans les bois le goût du silence. Un silence qui exaspérait la Guite, sa femme, et dont elle n'avait jamais pu le corriger. C'était dans sa nature. Il avait vu le jour à Saint-Julien-Molin-Molette, d'un père passementier. Le curé d'alors avait appris à l'enfant à lire et à écrire. Mais le gosse ne se trouvait à sa vraie place que parmi les arbres et, à la grande honte des siens, au retour de l'armée, au lieu de se mettre au métier à tisser, il était parti vers la forêt. Un homme qu'on estimait et dont on suivait les rares conseils.

— Voilà... je suis chargé de vous annoncer que notre roi s'appelant Charles, sa fête tombe le 4 novembre prochain. En conséquence de quoi, par ordre supérieur, les domestiques, valets et, en bref, les gens gagés de la commune ne devront pas travailler ce jour-là. A neuf heures, M. le curé célèbrera une messe en l'honneur de notre souverain et le soir, à partir de huit heures, il y aura bal public. Qu'on se le dise !

Les paysans s'en furent chez Lussaud vider quelques chopines sous prétexte de fêter un événement qui, par ailleurs, les laissait indifférents. Leurs femmes grondaient à l'idée de donner du congé au personnel. Quant aux demoiselles, elles se mirent à discuter de quelle façon elles se vêtiraient pour assister au bal annoncé. Eugénie et Armandine, elles aussi, débattirent longuement dans les jours qui suivirent. Ce qu'elles désiraient, par-dessus tout, c'était porter une toilette plus élégante que celle de Sophie Jeanbrenin, leur ennemie de toujours. Elles travaillèrent d'arrache-pied, mesurant, coupant, cousant mais elles n'eurent pas l'occasion de passer leurs belles robes car, au soir du 4 novembre, Louise Versillac rendit le dernier soupir tandis qu'à travers les fenêtres closes arrivait l'écho des flonflons du bal.

8.

Le 3 novembre, au matin, Louise était sortie de sa chambre, l'œil brillant, les pommettes rouges. On trouva ses mains brûlantes. Élodie la força à se recoucher. Elle se mit à tousser, une toux rauque qui faisait peine à entendre. On envoya chercher le médecin qui n'apparut que le soir. Il prit le pouls de la malade et hocha la tête.

— Il y a longtemps qu'elle tousse de la sorte ?

— Depuis ce matin.

— Pas bon...

— Qu'est-ce qu'elle a ?

— Une espèce de phtisie galopante, je le crains.

— C'est grave ?

— Plutôt, oui.

Du coup, les femmes, sauf Élodie, se mirent à pleurer. Le médecin s'emporta :

— Pas le moment ! Trouvez-moi des linges... Élodie, préparez-moi un cataplasme de farine de moutarde. Elle a les poumons complètement engorgés. Il faut absolument la dégager, sinon elle risque d'étouffer. Je vais la saigner, ça la soulagera, du moins, je l'espère.

Il était près de minuit lorsque le médecin, épuisé, remonta dans son cabriolet. Louise avait subi tous les soins sans se plaindre, sans presque réagir. Elle promenait sur ceux qui l'entouraient un regard qui ne les voyait déjà plus. Agathe assura la première garde. Elle essaya vainement de comprendre la malade que la fièvre faisait déparler. Élodie, qui remplaça la domestique, essuyait le front baigné de sueur de l'enfant qui l'avait quittée depuis tant d'années. Soudain, Louise dit d'une voix claire :

— Maman, tu crois qu'Honoré reviendra, n'est-ce pas ? Il me l'a promis.

Bouleversée, Élodie se pencha sur le lit :

— Bien sûr qu'il reviendra. Comment te sens-tu ?

Mais sa fille était repartie dans ses phantasmes. La mère, à qui elle s'adressait, n'était pas celle assise à son chevet, mais celle qui veillait sur sa jeune fille en Ardèche et la protégeait des assiduités d'un mauvais maître[1]. En cette nuit où elle luttait contre la mort, elle avait remonté le cours des ans pour se réinstaller dans l'époque heureuse où Honoré lui contait son amour.

Le médecin réapparut à la fin de la matinée du 4 novembre et s'avoua vaincu. En quittant Élodie, il murmura :

— Vous pouvez appeler le prêtre, courage, mon amie !

M. Mauvezin ne se soucia pas de savoir si Louise l'écoutait, si ses mots arrivaient jusqu'à elle. A celles qui voulaient retenir l'attention de la mourante, le curé ordonna :

— Laissez-la... C'est une enfant et le Seigneur a recommandé qu'on les laisse venir à Lui, sans autre forme de procès... Nous, les pécheurs, nous espérons rejoindre le Seigneur. Louise ne L'a jamais quitté.

Louise mourut alors que le choc cadencé des sabots rythmait la bourrée.

* * *

Cette année 1827 qui finissait sombrement pour Élodie et sa petite-fille ne fut pas éclaircie par l'année nouvelle car, saisi par le froid, en rentrant chez lui, Landeyrat le Vieux s'écroula sur le chemin de sa ferme, frappé d'une congestion cérébrale. Son fils et sa bru

1. Voir : *La Lumière du matin*.

furent surtout désolés que le père soit parti sans les secours de la religion.

La disparition de l'ancien maire suscita une vive émotion. Respecté de tous, aimé du plus grand nombre, Firmin Landeyrat laissait un souvenir que l'histoire de la commune n'oublierait pas. Du moins, on se le figurait. Les hommes, citadins ou campagnards, s'illusionnent toujours sur leurs sentiments. On fit au défunt des funérailles imposantes auxquelles participèrent plusieurs maires du canton. Mathieu et Armandine se rejoignaient dans une peine commune. Élodie ne pleurait pas (elle avait tellement pleuré durant son existence qu'elle déclarait avoir les yeux asséchés) bien qu'elle ait été très attachée à celui qu'on allait enterrer et dont elle avait toujours admiré la loyauté, le bon sens, le goût de la justice et l'élévation d'esprit. Paradoxalement, les plus proches du mort, sauf Mathieu, témoignaient d'une parfaite indifférence. Le chagrin d'avoir perdu son père disparaissait dans l'esprit de Landeyrat le Jeune sous l'angoisse des innombrables décisions qu'il devrait prendre maintenant que le Vieux ne serait plus là. La Germaine dissimulait de son mieux — sans y parvenir complètement — la joie profonde qui l'habitait. Elle attendait depuis si longtemps la disparition de son beau-père ! L'idée que, tout à l'heure, en revenant du cimetière, elle entrerait en maîtresse dans le domaine Landeyrat, la transportait. La plus grande joie de sa vie !

Au retour de l'enterrement, poussant la porte de sa maison, Germaine Landeyrat, le seuil à peine franchi, déclara :

— Maintenant, ça va changer !

Déjà résigné, son mari prit une chaise et attendit les ordres. Sa femme s'attaqua, sans tarder, aux domestiques :

— Remettez vos habits de tous les jours et au travail ! Le repas ne sera pas prêt avant deux heures d'ici, alors dépêchez-vous de le gagner !

Puis ce fut le tour de Mathieu.

— Tu ne vas pas pleurnicher la journée entière,

non ? Ton grand-père était assez vieux pour faire un mort, il me semble.

— C'est pas beau ce que tu dis !...

— Si, toi aussi, tu te figures que tu me feras faire tes quatre volontés, tu te trompes !

— Quand je serai marié...

— Écoutez-moi ce grand niquedouille ! On lui tordrait le nez qu'il en sortirait encore du lait ! Te marier ! Des fois, tu serais pas malade ?

— Mais le grand-père...

— Le grand-père, il déparlait les trois quarts du temps ! Alors, ce qu'il disait ou rien, pour moi, c'est du pareil au même ! Et puis, il est mort, hein ? Qu'on me foute la paix avec lui !

Désemparé, Mathieu se tourna vers son père.

— Père, t'entends la mère... ?

Germaine empêcha son mari de répondre.

— Ton père, il a qu'à se taire ! Il s'occupe du domaine et moi de la maison. Que ce soit entendu une fois pour toutes ! Et ton mariage, c'est moi qui m'en occuperai, le moment venu.

— Mais, j'ai promis à Armandine...

— Ah ! surtout, ne me parle plus de cette garce ! J'aimerais mieux foutre le feu à la ferme que de la voir y entrer !

Mathieu attendit désespérément un secours de son père qui ne put qu'écarter les bras pour avouer son impuissance. Alors, le garçon se laissa aller sur une chaise. Devant ce coup du sort, il demeurait sans réaction et Germaine, s'approchant de lui, se fit maternelle. Elle posa sa main, aux doigts gercés par les vaisselles et les lessives, dans les cheveux de son gars.

— Allons, mon fi... Je suis toujours ta mé, pas vrai ? C'est toi que je défends même si t'es pas d'accord... Cette Armandine, elle t'a allumé le sang... mais ce genre d'incendie déclenché par une fille, une autre fille l'éteint. Des fois que tu penserais à regarder du côté de la Sophie Jeanbrenin...

— Elle me plaît pas...

— Qu'est-ce que ça veut dire : elle te plaît pas ? T'es

un vrai bayaillet[1] ma parole ! Tu te figures, des fois, que ton père me plaisait beaucoup lorsque j'y ai dit oui ? Seulement, son champ de la Baliaude touchait le mien, à eux deux, ils faisaient quelque chose de conséquent[2]. C'est pour ça que je suis devenue la femme de Landeyrat le Jeune. Voilà comment ça se passe, mon gars, quand on souhaite être quelqu'un. La Sophie, elle est plutôt jolie, non ?

— Oui.

— Et puis, ses parents, ils ont de quoi. Paraîtrait que, du côté de la mère, y aurait de grosses espérances en bois, vers Thélis-la-Combe et Jeanbrenin, ses parents sont vieux et ils ont un joli bien près de Saint-Régis-du-Coin.

— J'aime pas la Sophie !

— Continue, espèce de pagnot de vogue[3] qui tient tête à sa mère et je te file deux ou trois agrognons[4] sur le museau que t'en auras pas chagrin !

— Mais, écoute...

— Non ! A partir d'à présent, tâche moyen que je te voie pas minater[5] avec l'Armandine ou j'y estrapane la goule à cette damoche[6] !

— Je m'en vas !

— Vaut mieux ! et si tu rencontres la Sophie, montre-toi amiteux[7].

* * *

Élodie, espérant que sa petite-fille se déciderait à épouser Mathieu Landeyrat, fit appel à Marguerite — qui, venue de la ville, vivait heureuse à la campagne — pour convaincre Armandine de s'établir avec Mathieu. Le pays avait fini par adopter l'épouse du Pétrus. Toutefois, dans les propos la concernant, traînaient toujours des traces de jalousie. Marguerite avait donc invité Armandine à prendre le café et à déguster sa spécialité gourmande, la frangipane. La fille de Louise

1. Niais. — 2. Important. — 3. Injure assez grave. — 4. Coups sur la figure. — 5. Flirter. — 6. Petite femme qui s'en croit. — 7. Affectueux.

se sentit tout de suite en sympathie avec son hôtesse. Après la gêne légère du début, toutes deux se laissèrent aller. La jeune Mme Mazirat dit sa joie d'avoir trouvé un port où elle avait pu jeter l'ancre. Elle chanta les plaisirs de la campagne appréciés par une citadine excédée de la ville, d'autant plus que la fortune de son mari lui permettait d'échapper aux travaux harassants qui, entre autres, abîment les mains. Elle conclut :

— Croyez-moi, quelqu'un d'intelligent comme vous se tire toujours d'affaire. Prenez exemple sur moi...

— Je crains de ne pas avoir votre courage.

Après quoi, Armandine débita l'inépuisable litanie des choses lui déplaisant dans la manière de vivre à laquelle elle était contrainte. En revanche, elle énuméra tous les plaisirs connus ou soupçonnés de celles qui ont le bonheur d'habiter la ville. Marguerite tenta de la calmer :

— Vous vous faites beaucoup d'idées et vous auriez grand tort de lâcher la proie pour l'ombre. Vous avez la chance d'être courtisée par un des plus beaux partis du pays. Mathieu Landeyrat est riche, pas mal de sa personne et il paraît qu'il vous adore. Vous en ferez ce que vous voudrez. Ne laissez pas échapper une occasion pareille.

Elles goûtèrent et, oubliant leur différence d'âge, bavardèrent comme des amies et complices. Elles finissaient leur petit repas improvisé lorsque le Pétrus entra et, avec lui, une puissante odeur de purin. Il annonça fièrement :

— J'ai fini de curer les deux étables.

— Ça se sent, répliqua sèchement sa femme. Tu aurais pu te laver !

— Mais, je me suis lavé ce matin !

Marguerite eut un sourire confus à l'intention d'Armandine.

— Il ne parvient pas à comprendre qu'on peut se laver plusieurs fois par jour.

Pétrus eut un bon gros sourire.

— Ça use la peau !

La petite-fille d'Élodie comprit que le moment était venu de prendre congé. Pétrus tint absolument à l'embrasser et à lui donner une tape sur le derrière. Marguerite, rouge de honte, fit quelques pas sur le chemin en compagnie de sa nouvelle amie.

— Je vous demande pardon pour lui... C'est un brave garçon, mais grossier comme du pain d'orge...

— Aucune importance...

Elles avancèrent encore un peu puis, brusquement, Marguerite s'arrêta et, prenant Armandine par le bras, avoua d'une voix entrecoupée de sanglots.

— Je t'ai menti ! Tu entends ? Je t'ai menti ! Je suis la plus malheureuse des femmes ! Vivre avec Pétrus est une épreuve à laquelle je ne m'habituerai jamais ! Tout me répugne en lui ! Il est incapable de comprendre ce que j'aime, ce que je souhaite ! Les vaches ! Rien que les vaches ! Et de l'argent qu'on ne dépense pas parce qu'on ne sait pas comment le dépenser ! Je ne pourrai pas tenir ! Un jour, je m'en irai ! Alors, écoute-moi, Armandine, sauve-toi pendant qu'il est encore temps ! Ne te laisse pas enterrer vive !

* * *

En regagnant sa ferme, Armandine était résolue à ne pas épouser Mathieu.

Mathieu avait vraiment de la peine. Il aurait voulu passer outre l'interdiction maternelle, mais il n'osait pas. Il avait hérité de la belle apparence physique de son grand-père et de l'absence de caractère de son père. Il ne craignait pas de se battre à coups de poing mais les discussions — quel qu'en fût le sujet — le laissaient coi. Il ne parvenait pas à soutenir une opinion personnelle et se rangeait toujours à l'avis d'autrui, sauf lorsqu'il s'agissait de la terre et des bêtes. Cela lui faisait mal de devoir renoncer à Armandine, cependant il ne pouvait aller contre la volonté maternelle. Il ne se sentait pas de force. Par ailleurs, il ne voyait pas comment expliquer la chose à celle qui avait le droit — après les promesses du feu maire — de se tenir pour fiancée. Mathieu se réfugia dans la fuite, en ce sens que, pendant deux semaines, il ne quitta pas la ferme.

Ignorant la résolution d'Armandine, il redoutait de lui parler.

Cependant, un jour où Mathieu avait conduit sa mère en voiture au village, il tomba nez à nez avec la petite-fille d'Élodie tandis que Germaine se rendait chez l'épicier.

— Salut, Armandine...

— Bonjour, Mathieu... Tu te fais rare, ces temps-ci...

— J'ai de gros ennuis.

— Toi ?

— Oui... ma mère, elle déclare que maintenant que le pépé est mort, on n'a plus à s'occuper de ses projets.

— Pourquoi tu me racontes ça ?

— Elle... Elle veut pas qu'on se marie, toi et moi.

— Tu comptes lui obéir ?

— C'est la mère...

— Pauvre Mathieu...

— Tu sais, même si je dois me marier avec une autre, c'est toujours toi que j'aimerai.

— Ça me fera une belle jambe !

A cet instant, la Germaine, apercevant les deux jeunes gens, se précipita vers eux.

— Mathieu, tu oses me désobéir ?

Armandine lança, d'un ton insolent :

— Ne vous inquiétez pas, madame Landeyrat, votre fils, je n'en veux pas.

— Écoutez-moi ça ! et pourquoi que t'en voudrais pas de mon fils s'il te demandait ?

— Parce qu'il n'est pas orphelin !

* * *

Élodie prit fort mal l'échec de ses projets matrimoniaux. Son premier mouvement fut de se précipiter chez les Landeyrat et de leur expliquer clairement sa façon de voir les choses. Armandine la retint en affirmant que, bien plus que la Germaine, c'était elle qui ne voulait pas de ce mariage.

La grand-mère manqua en attraper un coup de sang.

— Jamais tu retrouveras un pareil parti !

— Je n'en chercherai pas.

— Ça veut dire que t'entends rester vieille fille ?

— Pourquoi pas ?

— Idiote ! Tu sais pas ce que c'est que la solitude !

— Non, mais je sais ce qu'est un mauvais mariage.

— Tu penses que je pourrai partir tranquille en te sachant seule ?

— Tu serais plus rassurée en me laissant mal mariée avec un homme demeuré dans les jupes de sa mère comme Mathieu ?

Élodie connaissait assez sa petite-fille pour comprendre qu'elle n'aurait pas la joie d'assister à ses noces.

* * *

Les fêtes de la fin de l'année terminée, Armandine entra dans les premiers jours de 1829 avec une sorte de résignation orgueilleuse. Puisqu'elle ne pourrait jamais mener l'existence à laquelle elle aspirait de toutes ses forces, elle se consacrerait — sans joie et sans faiblesse — à celle que le destin lui imposait. Elle n'avait plus à elle que sa liberté, elle entendait la défendre contre qui que ce soit. Au fur et à mesure que le temps passait, Armandine se retranchait du village. Elle ne fréquentait que les Lussaud et n'éprouvait aucune jalousie en voyant Sophie Jeanbrenin parader au côté de Mathieu Landeyrat. Un soir, croisant le couple auquel elle souhaita le bonsoir, elle entendit Sophie claironner :

— Y en a qui ont perdu leur caquet depuis qu'on leur en a préféré d'autres de meilleure réputation.

Armandine, sur le point de répliquer à la provocation, fut calmée par l'écho de la gifle que Mathieu assenait à sa compagne, en criant :

— T'avise jamais de recommencer ! Armandine, elle te vaut cent fois !

— Alors, pourquoi tu la maries pas ?

— Ça te regarde pas ! Écoute-moi, Sophie : si je t'épouse, c'est juste pour faire plaisir à ma mère. Un conseil : faudra filer droit si tu tiens pas à ce que je te tanne la peau !

Armandine rentra chez elle, heureuse.

N'ayant plus envie de se battre avec qui que ce soit, ni de susciter le moindre scandale, la fille de Louise accompagna sa grand-mère le 21 janvier, à la messe célébrée par M. Mauvezin en l'honneur de Louis XVI et Marie-Antoinette. Armandine éprouvait une sorte de tendresse pour ce couple malheureux. D'abord parce qu'ils étaient, et pour cause, étrangers à l'aventure impériale, ensuite parce qu'ils avaient été assassinés par une racaille dont elle imaginait que les chefs devaient ressembler à Jeanbrenin.

Chaque année, à Pâques, Eugénie descendait à Saint-Étienne, chez sa tante Marthe. Elle y passait une quinzaine de jours. Cette période était celle où Armandine se sentait le plus isolée. Aussi guettait-elle le retour de son amie, dégustant, à l'avance, les belles histoires qu'elle lui raconterait. Bien qu'Eugénie ne fût pas très habile au discours, Armandine, par la seule vertu des mots et s'appuyant sur des souvenirs jalousement préservés, vivait intensément ce qu'on lui rapportait et qu'elle idéalisait sans prendre garde à l'air emprunté de sa camarade tant elle était impatiente de l'écouter. Eugénie s'exécuta, mais de façon plus maladroite encore que de coutume, au point que la petite-fille d'Élodie ne put s'empêcher de s'exclamer :

— Enfin, qu'est-ce que tu as ? Tu bafouilles que t'en fais pitié ! On dirait que tu inventes, bon sang ! Tu y as été à Saint-Étienne, oui ou non ?

En guise de réponse, Eugénie éclata en sanglots. Stupéfaite, son amie l'attrapa par un bras.

— Que t'as ? T'aurais pas fait des bêtises, des fois ?

L'autre secoua la tête.

— Alors, pourquoi tu pleures ?

— Parce que tu auras de la peine à cause de moi.

— A cause de toi ! et comment ça ?

— Je m'en vais, Armandine. Je pars travailler chez ma tante. J'habiterai chez elle.

Dans l'instant, Armandine comprit ce que serait sa solitude, Eugénie partie. Elle tenta de se raccrocher à une espérance.

— Et tes parents ?

— Ils sont d'accord.

— Ils te laissent les quitter !

— Ils savent que je suis pas faite pour tenir une auberge. Je viendrai le plus souvent que je pourrai...

— Bien sûr...

Le jour du départ d'Eugénie, Armandine, résignée, avait accepté l'inévitable et s'efforçait de consoler la Marie Lussaud qui pleurait toutes les larmes de son corps. Quant à Prosper, le papa, il s'était réfugié dans sa cave d'où on n'arriva pas à le faire sortir. Mathieu, rencontrant Armandine, crut bon de s'apitoyer :

— Te voilà seule à présent, ma pauvre...

— Je pense que je l'ai toujours été.

Si le pays imaginait la voir craquer, il se trompait : Dieu lui avait pris son père, sa mère, son grand-père. Aujourd'hui, il lui prenait son amie, presque une sœur. Tant d'injustice, au lieu d'abattre Armandine, la poussait à se raidir contre le sort. Ne pas accepter, telle aurait pu être sa devise.

Eugénie revint au pays, d'abord tous les dimanches, puis chaque quinzaine, enfin elle laissa passer jusqu'à trois semaines sans se montrer à Tarentaize. Dans les conversations qu'elle avait alors avec Armandine, celle-ci remarquait combien l'élocution de son amie était devenue plus facile et son élégance plus affirmée. L'esseulée assistait à cette métamorphose avec un amusement attendri. Dans les deux derniers mois de l'année, Armandine nota que, dans les discours de sa camarade, un prénom revenait sans cesse : Charles.

* * *

Chez les Mantel-Versillac, l'atmosphère se dégradait de jour en jour. En vieillissant, Élodie, comme nombre de vieillards, avait peur de « manquer » et, de ce fait, devenait regratière [1], économisant sur la chandelle, sur le bois, le vin et le pain.

Armandine luttait âprement contre cette avarice qui risquait de dégoûter les Cintheaux au point de leur

1. Plus qu'économe.

faire envisager un départ qui serait catastrophique pour le domaine. Des scènes violentes opposèrent de plus en plus souvent la grand-mère et sa petite-fille, des querelles ayant sans cesse pour motif la rapacité d'Élodie. C'est ainsi qu'au 1er janvier 1830, lors du dîner, Élodie et Armandine s'empoignèrent furieusement. Celle-là accusant celle-ci de gaspiller l'argent de la maison pour avoir acheté du vin bouché afin de marquer dignement cette journée exceptionnelle.

Cependant, dès la fin du mois de janvier, les paysans eurent d'autres préoccupations que les querelles des voisins. L'hiver, extrêmement rigoureux, se prolongea et, en mars, on atteignit des températures que, de mémoire d'homme, on n'avait pas encore connues. Le sol, profondément gelé, ne se laissait pas entamer par les instruments aratoires et l'on ne put procéder aux semailles de printemps. La menace de la disette commença à peser sur le village en dépit des messes multipliées et des prières à saint Roch et à saint François-Régis pour que s'adoucisse la dureté du temps. La nuit, les hommes se levaient pour regarder par la fenêtre et ils ne voyaient que la neige, sans la moindre trace animale. Ils retournaient, frissonnants, dans le chaud du lit conjugal avec la désespérante conviction qu'ils venaient de voir, sous la clarté lunaire, un monde mort qui ne se réveillerait peut-être jamais. Élodie se montrait la plus anxieuse de tous. En dépit des mises en garde, voire des interdictions, elle ne cessait de gagner le jardin pour essayer d'apercevoir, dans le ciel diurne ou nocturne, les signes avant-coureurs du dégel. Elle ne les découvrit pas, mais elle attrapa un chaud et froid qui la força à s'aliter. Naturellement, elle refusa de voir le médecin et, malgré les infusions de fleurs de sureau qu'Agathe lui faisait ingurgiter à longueur de journée, la fièvre ne lâchait pas la malade. Le docteur, enfin accepté, ne put que dire :

— Elle est bien malade et elle est bien vieille.

Armandine ne pouvait admettre l'hypothèse de la disparition d'Élodie. Une femme comme elle ne devait pas mourir. Agathe, elle, croyait au décès proche de la grand-mère depuis qu'à trois reprises, au cours de la semaine écoulée, elle avait vu, aux abords immédiat de la ferme, deux brins de paille que le vent et le hasard avaient disposés en croix. Vers la fin du mois, M. Mauvezin rendit visite à la malade qui mourut au moment où le grand froid se décidait enfin à s'adoucir. Sitôt qu'Élodie se fut endormie dans la paix du Seigneur, Agathe et Christine arrêtèrent la pendule et voilèrent les miroirs. Armandine n'était pas encore malheureuse. Elle ne comprenait pas ou, mieux, sans en avoir clairement conscience, elle ne voulait pas comprendre. La morte fut veillée par les Lussaud et les Cintheaux. Le maire, Lussaud, Landeyrat et le Marius Bruailles de la Chaumeille portèrent le cercueil jusqu'au cimetière où Élodie rejoignit sa fille, son mari et son gendre. Ce ne fut que lorsque la première pelletée de terre tomba dans la fosse qu'Armandine put enfin pleurer, appuyée sur l'épaule d'Eugénie montée spécialement de Saint-Étienne.

Après les funérailles, Armandine annonça à Agathe et aux Cintheaux :

— Tout doit continuer comme avant, c'est le vrai moyen de lui prouver que nous ne l'oublions pas. Maintenant, je suis seule... seule avec vous qui, désormais, êtes ma famille.

Pour sceller leur entente, ils s'embrassèrent et retournèrent au travail.

* * *

Dans la dernière semaine d'avril, alors qu'elle achevait de se préparer pour l'office dominical avec Agathe et Christine, Armandine reçut la visite d'Eugénie, accompagnée d'un grand et solide garçon. Lorsque les deux amies se furent longuement embrassées, Eugénie présenta son compagnon :

— C'est Charles Lebizot. Voici Armandine...

L'homme s'inclina :

— Elle fait que me parler de vous, mademoiselle.

Heureuse, Eugénie poursuivait :

— Charles est ouvrier passementier. Il a vingt-cinq ans et nous nous marierons le mois prochain. J'ai tenu à ce que tu sois la première informée.

On s'embrassa de nouveau en se quittant et les fiancés s'éclipsèrent, pour aller offrir à tous ceux qu'ils rencontraient la pincée de sucre en poudre traditionnelle, prise dans une tabatière et qui annonçait les fiançailles.

Armandine jugeait que son amie avait de la chance. Charles avait l'air d'un brave homme, sans doute pas très intelligent. Il ressemblait vaguement à Mathieu Landeyrat. Ce Lebizot paraissait tenir beaucoup à Eugénie. Ils formeraient un couple heureux. Armandine n'était pas jalouse au sens méprisable de ce mot. Simplement, le bonheur partagé de sa camarade lui faisait sentir plus cruellement sa solitude. Le chemin fleuri s'ouvrant devant les fiancés lui montrait, par contraste, que sa propre route se terminerait en cul-de-sac. Agathe et Christine, sans être particulièrement malignes, étaient des femmes et, à ce titre, comprenaient ce que leur jeune maîtresse éprouvait. Dans la mesure de leurs moyens, et avec cette retenue des âmes simples, elles l'entourèrent de plus d'attentions que d'habitude. Au cours de la nuit suivante, Armandine pleura longtemps. Elle n'avait que vingt ans et se persuadait que l'amour d'Eugénie pour Charles la pousserait vite à oublier son amie de toujours. Elle ignorait — parce qu'elle manquait d'expérience — que toute joie est égoïste dans ses commencements.

* * *

Le mariage de Charles et d'Eugénie eut lieu à la fin du mois de mai. Armandine avait évoqué son deuil récent pour n'assister qu'à l'office religieux. Dans l'après-midi, Eugénie se présenta chez son amie. Elle ne pouvait pas être complètement heureuse en l'absence de sa camarade d'enfance. Elle venait le lui dire.

— Je me suis échappée parce que, sans toi, je n'avais plus envie de m'amuser.

— Ma chère Eugénie...

— Charles, je l'aime, d'accord, mais c'est un

homme... Il ne comprendrait pas nos petites histoires, si je lui en parlais. Personne ne pourra te remplacer auprès de moi.

— Je sais, mais aujourd'hui, pour toi, une autre vie commence et... je n'y ai pas ma place.

— Dis pas ça ! Je t'en supplie, dis pas ça !

— Faut te persuader, mon Eugénie, qu'à présent, tu es devenue une femme de la ville et que plus ça ira et plus tu te sentiras étrangère à nos grossières façons de vivre, tandis que, moi, je resterai une paysanne que tu ne comprendras plus.

— Je t'en supplie, Armandine, tu me fais mal...

— Je n'y peux rien, ma grande... Retourne vers la noce, moi je rejoins mes vaches... C'est l'heure de la traite. Embrasse-moi et sauve-toi.

Cependant, Eugénie ne se décidait pas à quitter son amie. Soudain, comme frappée d'une idée subite, elle demanda :

— Pourquoi, toi aussi, tu ne t'installerais pas à Saint-Étienne ?

— Tu es folle ! et la ferme ?

— Es-tu sûre que tu y es indispensable ?

— Voyons... je suis la patronne, non ?

— Sans doute, mais les Cintheaux et Agathe se débrouilleraient sans toi. Ils s'entendent bien. D'ailleurs, tu t'y connais moins qu'eux...

— Je dis pas... De toute façon, j'ai pas de tante Marthe, moi.

— Tu logerais chez nous. On a une chambre de trop. Charles pense à la louer.

— Et comment je gagnerais ma vie ?

— Tante Marthe trouverait sûrement un moyen.

Oubliant tout ce qui ne relevait pas de leurs songes partagés, Armandine et Eugénie, s'encourageant l'une l'autre, bâtissaient follement un avenir qui les réunirait. Charles fit irruption en riant et en lançant au compagnon qui l'accompagnait, un garçon superbe, brun aux yeux bleus :

— Tu vois, Nicolas, que je m'étais pas trompé ! J'étais certain de dénicher ma femme ici ; ces deux-là, elles peuvent pas se quitter. Je vais finir par être jaloux.

On s'embrassa de nouveau, en bonne amitié et lorsqu'on eut présenté à Armandine le nouveau venu Nicolas Cheminas, ouvrier passementier comme Charles et travaillant dans le même atelier, on se sépara, ceux-là retournant à l'auberge, celle-ci refermant sa porte sur cette joie à laquelle la tradition lui interdisait de participer.

* * *

Agathe s'occupant de la cuisine, de la lessive, Christine des bêtes, Gustave des terres, Armandine assumait les travaux ménagers où il fallait plus de goût que de force. Elle repassait, reprisait, veillait sur la vaisselle, inspectait les chambres, en bref, se souciait d'abord de la bonne tenue de la maison. Toutefois, ces tâches ne retenaient guère son attention et elle avait tout le temps de rêver. Quelque dépit qu'elle en eût, elle ne pouvait empêcher les offres d'Eugénie de résonner dans sa mémoire.

« Pourquoi, toi aussi, tu ne t'établirais pas à Saint-Étienne ? »

Armandine haussait les épaules. L'affection faisait déparler cette pauvre Eugénie. D'abord, qu'est-ce qu'elle y ferait, à Saint-Étienne ? Elle n'avait pas de métier... Il est vrai que son amie n'en possédait pas non plus quand elle était partie. Il est vrai aussi que pour être vendeuse chez sa tante... C'est la nuit, surtout, que ces idées tarabustaient Armandine. Vivre à la ville... ce serait merveilleux... La petite-fille d'Élodie était, encore moins que sa grand-mère, une résignée. Elle ne pouvait pas plus envisager d'épouser un de ces croquants dont les mœurs grossières la choquaient que de vieillir, inutile, privée de mari et d'enfants. Elle ne se sentait aucunement la vocation de Béate. Bientôt ce ne fut pas seulement pendant les heures nocturnes que la jeune fille s'avouait impuissante à se débarrasser de sa hantise du départ. Les autres s'étonnaient de la voir s'arrêter, son aiguille en l'air ou le fer à repasser près de sa joue, comme frappée soudain par un enchantement. Ils ne pouvaient deviner qu'elle ne se trouvait plus, alors, parmi eux, mais dans une rue ou sur une place de Saint-Étienne.

Puis vint le moment où la volonté d'Armandine craqua. Elle écrivit à Eugénie que, si elle acceptait de la loger et sa tante de l'engager à l'essai, elle était prête à quitter Tarentaize. Charles et sa femme signèrent la lettre où ils disaient attendre leur amie au plus tôt. Qu'elle prît seulement la peine de leur indiquer le jour de son arrivée.

Alors qu'ils finissaient de dîner, Armandine annonça aux Cintheaux et à Agathe :

— Je m'en vais aller vivre et travailler à Saint-Étienne.

Ils en restèrent la bouche ouverte et Agathe lâcha sa cuillère de son écuelle.

— Je ne vous abandonne pas pour autant. Gustave et toi, Christine, si vous le voulez, vous ne serez plus domestiques dans cette maison, mais fermiers.

Christine serra le bras de son mari sans pouvoir parler tant sa surprise et son émotion étaient grandes.

— Si vous acceptez, vous gérerez la propriété à votre idée. On fera les comptes à la fin de chaque semestre. J'ai prévenu Maître Gurat. Il nous recevra, lundi prochain, dans son étude de Saint-Genest-Malifaux, pour mettre par écrit nos engagements. Quant à toi, Agathe, tu occuperas la chambre de grand-mère si tu te décides à quitter ton alcôve et tu y resteras jusqu'à ta mort. Cela aussi sera mis par écrit. Moi, je m'installerai dans la pièce qui était celle de maman.

Pour tous, une merveilleuse journée.

* * *

La veille de son départ, Armandine s'en alla prendre congé de M. Mauvezin qui tint à la prévenir :

— Parce que je suis un vieil homme et que je ne suis pas du tout certain que nous nous reverrons, je dois te mettre en garde. Je ne te cache pas que je t'imaginais plus forte et incapable de céder aux faux plaisirs de la ville. Un jour viendra où tu prendras conscience que ta place est ici et nulle part ailleurs. Que Dieu te protège et te bénisse, mon enfant.

Les Lussaud — surtout Marie — furent contents de savoir qu'Armandine pourrait veiller sur leur Eugénie.

Sophie arrêta son ex-rivale.

— C'est vrai que tu pars ?

— Demain.

— Pour longtemps ?

— Pour toujours.

— Eh bien ! tant mieux !

Armandine se contenta de hausser les épaules en reprenant son chemin. Pour rentrer chez elle, elle passa par le jardin qui était un peu son domaine particulier. Elle en parcourut les étroites allées à peine marquées entre les premiers légumes de printemps et les semis sur lesquels Agathe veillait jalousement. Au bout du jardin, la palissade où, jadis, celle qui n'était encore qu'une fillette s'appuyait pour contempler, au loin, l'important domaine des Landeyrat. Comment son pauvre papa et son grand-père avaient-ils pu espérer qu'une heure sonnerait où quelqu'un de chez eux s'installerait en maître dans ces bâtiments, sur ces terres que les Landeyrat habitaient, gouvernaient, exploitaient depuis si longtemps ? Quel nom déjà les deux disparus donnaient-ils à cette propriété appartenant à d'autres ? Ah ! oui... la Désirade ! Une pointe de remords assombrit encore, pour Armandine, la mélancolie du départ. En abandonnant son village natal ne trahissait-elle pas ses morts — ainsi que le lui avait laissé entendre M. Mauvezin — et la vieille espérance qui les avait peut-être aidés à vivre, même s'ils n'y croyaient pas complètement ? La Désirade...

* * *

Armandine s'était installée dans la diligence assurant le service entre Saint-Étienne et le Bessat et qui, deux fois par semaine à l'aller comme au retour, passait par Tarentaize. Quatre gros chevaux, plus puissants que rapides, tiraient l'énorme voiture dont les familiers occupaient l'impériale. De là-haut, ils saluaient les connaissances rencontrées au hasard de la route, se racontaient des histoires plus ou moins grivoises, bavardaient avec le cocher qu'à chaque halte ils invitaient à boire un canon. Le conducteur, qui se vantait de mieux aimer ses bêtes que sa famille, était un homme lourd et sanguin qu'on appelait Anatole, allez savoir pour quelles raisons, alors qu'à l'état civil, il portait le nom de Montrollet, Alphonse Montrollet. Sans cesse de bonne humeur, serviable, il était adoré des ménagères dont il faisait les commissions. En paiement, on ne lui proposait jamais de l'argent qu'il eût refusé, mais du vin, si bien que le soir, quand il fallait remonter au Bessat, les chevaux devaient se débrouiller seuls, leur patron dormant du bon sommeil de ces ivrognes pleins comme des outres et que leur foie ne chatouille pas encore.

La voiture était arrêtée sur cette espèce de carrefour bordé par l'église d'un côté et, de l'autre, par un terre-plein où l'on installait tables et bancs pour boire en plein air et jouer aux quilles. En ce temps heureux, les horaires n'avaient aucune importance. On partait lorsqu'on en avait envie et on arrivait quand Dieu le voulait. Anatole, aidé de voyageurs complaisants, avait chargé la malle d'Armandine et un à un, les assoiffés quittaient à regret l'auberge pour reprendre leur place. Le cocher monta à son tour sur son siège, rassembla les guides et cria :

— On y va !

A l'instant où le lourd véhicule s'ébranlait, Mathieu parut à la portière, sourit à Armandine et s'éclipsa après avoir jeté un bouquet de fleurs des champs sur les genoux de la voyageuse. La jeune fille se retint de pleurer, mais quand elle aperçut Agathe dans le jardin, où elle cueillait ce qu'il fallait pour la soupe, elle dut mordre son mouchoir pour ne pas éclater en sanglots.

A la sortie de Tarentaize, en direction de la grande route le Bessat-Saint-Étienne, il y a d'abord une pente légère où les chevaux trottent allégrement, mais bientôt, après un tournant, c'est la montée que les bêtes grimpent au pas, tous muscles tendus. A cet endroit, on a le village, en entier, sous les yeux. Gonflée de larmes, Armandine souffrait de ce qui ressemblait à un déchirement. A plusieurs reprises, elle fut sur le point de prier Anatole d'arrêter la diligence pour qu'elle pût descendre et regagner sa maison. L'orgueil l'empêcha de céder à ce mouvement. Elle se rencoigna sur sa banquette et, le nez collé à la vitre, regarda sa vie d'hier — dont chaque épisode était accroché à chacun de ces toits groupés autour de l'église — s'éloigner lentement. Quand on atteignit la grand-route, on s'accorda une halte de quelques minutes pour laisser souffler les chevaux. En entendant claquer le fouet, les bêtes partirent au trot, allure qu'elles n'abandonneraient plus jusqu'à l'arrivée. Peu à peu, le village s'enfonçait dans les collines et Armandine avait l'impression confuse d'assister à une agonie. Tandis que la voiture abordait le tournant de la Barbanche, le clocher de Tarentaize émergea un court instant sur l'horizon, à la façon du bras d'un noyé sortant de l'eau pour un ultime appel. La voyageuse ferma les yeux et s'efforça de ne plus penser qu'à Saint-Étienne où elle était certaine que le bonheur l'attendait.

DEUXIÈME PARTIE

Des amours difficiles

1.

Dans la diligence l'emportant à Saint-Étienne, Armandine n'éprouvait pas encore la sensation d'avoir quitté la campagne pour la ville tant l'odeur régnant dans la voiture la maintenait fermement accrochée à Tarentaize. Des sacs de légumes fraîchement cueillis, montaient tous les parfums potagers. A celui d'herbes à peine arrachées à la terre se mêlaient celui des racines que dominait la fragance agressive de l'oignon et, plus encore, celle de l'échalote. Sous ces senteurs violentes, les nez les plus fins pouvaient discerner le fumet, un tantinet écœurant, de la chair des poulets et des lapins qu'on avait sacrifiés la veille au soir. A travers le brouhaha d'une conversation où tout le monde parlait à la fois, se glissaient les piaillements de volailles vivantes attachées par les pattes.

A plusieurs reprises, les voyageurs adressèrent la parole à Armandine, mais la jeune fille ne répondit pas. Elle n'écoutait même pas les questions posées tant elle s'était soudain repliée sur son passé. Le clocher de Tarentaize sitôt disparu, elle avait été assaillie par les images se succédant — pour elle seule — au long de la route et qui la renvoyaient dans un temps aboli. Elle se retrouvait, neuf ans plus tôt, assise, muette, fière, un peu inquiète aussi, au côté de Landeyrat le Vieux l'emmenant à la découverte de la ville. C'était l'année de la mort de son grand-père et de ses extraordinaires funérailles où s'étaient regroupés les survivants de la Grande Armée, l'année aussi de sa dernière incartade à l'occasion du décès de Louis XVIII. Elle revivait les tendres promenades avec Mathieu Landeyrat, la disparition du maire, celle de Louise et celle de la grand-mère. En dépit de sa jeunesse, Armandine avait déjà beaucoup de morts derrière elle. Il lui semblait que ces ombres qu'elle abandonnait freinaient l'allure de la grosse voiture.

Enfin, on entra dans le faubourg sud de Saint-Étienne où les arbres régnaient encore en maîtres. Armandine avait glissé une pièce de dix sous au cocher pour qu'il la laissât descendre place Valbenoîte où s'élevait la plus vieille église de la cité. Une bien jolie petite place avec des bancs ombragés par des hêtres. Assise sur sa malle dont le dessus était protégé par une peau de porc, son sac en tapisserie à ses pieds, la voyageuse attendait sans impatience. Elle savait que Lebizot et sa femme travaillaient jusqu'à midi, mais peut-être Eugénie aurait-elle obtenu de sa tante Marthe la permission de quitter le magasin plus tôt afin d'accueillir son amie ?

Armandine commençait à s'ennuyer ferme lorsqu'elle remarqua, sur un banc, une femme encore jeune, élégante, fardée, qui lui adressait un sourire auquel elle crut de son devoir de répondre. L'inconnue aussi avait l'air un peu perdue dans cet endroit agréable, certes, mais qui ressemblait curieusement à la place d'un gros village. Comme si elle avait senti que leurs impatiences allaient du même pas, les deux femmes se sourirent à nouveau. Après avoir prolongé ce manège durant quelques instants, la citadine, délaissant son banc, rejoignit Armandine.

— Est-ce que je me trompe, mademoiselle, on vous a abandonnée ?

— Mon amie va venir, mais elle travaille.

— Vous êtes à Saint-Étienne pour des vacances ou pour trouver un emploi ?

— Je souhaite y gagner ma vie.

— Vous êtes encore très jeune !...

— J'ai vingt-deux ans.

— C'est bien ce que je pensais... Votre famille vous a laissée partir sans trop de regrets, ni de conseils ?

— Je n'ai plus de famille, quant aux conseils, je n'en ai que faire !

— Je vois... Vous me semblez une personne très intéressante.

Quelque chose commençait à déplaire à Armandine dans cette étrangère trop compréhensive, sans qu'elle pût en définir la nature.

— Vous avez l'air d'avoir du caractère et de savoir ce que vous voulez. Puis-je vous demander à quelle tâche vous vous destinez ?

— Modiste.

— Ah ! que c'est joli ! Vous m'aurez sûrement pour cliente !

— J'en serai flattée.

— Malheureusement, ces charmants métiers ne paient pas.

— Ah ?

— Il est connu que les seuls travaux pour gagner de l'argent relèvent de la restauration et de l'hôtellerie. Moi, j'ai la chance de posséder les deux, près de la place du Marché, ce qui m'assure une bonne clientèle. Oh ! je ne prépare pas une cuisine savante... Et puis, il y a une douzaine de chambres très simples où ceux qui ont déjeuné peuvent s'offrir une petite sieste. Tenez, si un jour la mode vous décevait, venez me voir ? Hôtel du « Bon Séjour », madame Jarnages, propriétaire, c'est moi. Je vous promets que je vous ferai gagner dix fois ce que vous encaisserez chez votre modiste, pour peu que vous sachiez vous débrouiller. Vous vous appelez comment, mon petit ?

Les deux femmes étaient si absorbées dans leur conversation qu'elles n'avaient pas pris garde à l'approche d'une tierce personne, qui répondit à Mme Jarnages à la place d'Armandine :

— Et en quoi ça vous regarde, espèce de saleté ?

La fureur d'Eugénie stupéfiait Armandine tandis que Mme Jarnages, nettement désemparée par cette attaque, protestait mollement :

— Mais, madame, je ne sais pas... ?

— Vous tenez à ce que j'appelle un sergent de ville qui vous expliquera ?

— Je... je ne sais pas ce que... que vous voulez dire... mais je préfère ne pas discuter.

— Ça vaudra mieux pour vous !

Sous l'œil toujours incompréhensif d'Armandine, l'hôtelière battit précipitamment en retraite.

— Eugénie ! Je ne comprends pas ! Qui est donc cette femme ?

— Une vilaine créature... Elle guette les filles qui descendent des voitures arrivant de la campagne, pour les débaucher.

— Oh !

— Ne pense plus à elle ! Comment vas-tu, ma grande ?

Elles tombèrent dans les bras l'une de l'autre et des larmes heureuses soulignèrent leur commune joie. Se dégageant, Armandine chuchota :

— J'y suis enfin, à la ville...

— Et nous t'y garderons, ma chérie !

— Ton mari, comment se porte-t-il ?

— Bien, Dieu soit loué ! Tu ne le verras pas avant ce soir quand il rentrera dîner. Marthe m'a donné mon après-midi. Ce sont tes affaires ?

— Oui.

— Je vois un pagnot [1], peut-être qu'il sera disposé à travailler.

Armandine regarda son amie s'éloigner. Dire qu'autrefois, c'était elle qui protégeait Eugénie et qu'aujourd'hui... La jeune Mme Lebizot, à cinquante mètres de là, parlementait avec un homme à la mine patibulaire, crasseux, haillonneux et sur lequel, à Tarentaize, on eût tôt fait de lâcher les chiens. Sans doute, Eugénie, tout comme Armandine, portait-elle une robe, un châle et un bonnet, mais chacune de ces pièces de vêtement, comparée à celle de la campagnarde, possédait une allure, une distinction particulières. L'enfant de Tarentaize se sentait humiliée. Mme Lebizot revint, suivie d'un bonhomme traînant un charreton. Il y chargea la malle seulement, Armandine ne voulant pas se séparer

1. Portefaix.

de son sac. Quand tout fut en ordre, le petit cortège s'ébranla.

Les Lebizot habitaient non loin de l'église de Valbenoîte. On pouvait même dire qu'ils vivaient dans son ombre, mais du côté du chevet, dans l'impasse des Écouettes. Pour si court qu'il fût, le trajet parut encore plus court aux deux amies qui avaient tant de choses à se raconter qu'elles s'écoutaient à peine et se coupaient sans cesse la parole. Quand on arriva à destination, le pagnot chargea la malle sur son dos et, à la suite d'Eugénie, grimpa un escalier de pierre assez sombre, en se cramponnant à la rampe et en poussant des soupirs destinés à émouvoir sa cliente. Restée seule, comme l'en avait priée son amie, Armandine regarda autour d'elle. On ne pouvait — même avec la meilleure volonté du monde — dire que le tableau fût très engageant. Les rares maisons bordant l'impasse donnaient l'impression de ne tenir debout que par un miracle permanent dû à la foi sans faille des paroissiens de Valbenoîte. Cependant des arbres, des jardins miniatures adoucissaient l'ensemble et les quelques hommes et femmes hantant les lieux avaient l'air de braves gens. Ceux et celles qui passaient près d'Armandine la saluaient gentiment. Des gosses, qui jouaient dans un ruisselet, la contemplaient. La nouvelle venue, sans pouvoir en analyser les composantes, était très sensible à l'atmosphère de sympathie qu'elle sentait sourdre de toutes parts dans cet endroit. Enfin, le pagnot sortant de la maison, avant d'empoigner son charreton, porta un doigt à sa casquette dont il ne restait plus grand-chose, pour saluer Armandine. Celle-ci en conclut que son amie avait dû se montrer généreuse quant au pourboire.

Eugénie rejoignit Armandine et lui proposa de l'emmener au restaurant et de se promener dans le quartier en attendant l'heure de préparer le dîner. Elles partirent bras dessus, bras dessous, pareilles à des pensionnaires quittant le couvent pour s'éparpiller dans les vacances d'été. A l'entrée de leur petit royaume, elles s'arrêtèrent devant une très vieille femme, assise sur une chaise et qui marmonnait les ave d'un chapelet dont les grains glissaient difficilement entre ses doigts déformés par les rhumatismes. Elle posa sur les jeunes femmes un regard éteint par la cataracte. Eugénie la salua :

— Bonjour, maman Suzanne. Comment ça va, aujourd'hui ?

— Qui c'est ?

— Eugénie... Eugénie Lebizot... l'épouse du grand Charles...

— Oui, oui, mais t'es pas seule... J'entends qu'on respire et c'est pas toi.

— Mon amie Armandine... Elle est de Tarentaize... Toutes deux, on a le même âge.

— C'est bien ça... moi, je suis née en 1750 sous le roi Louis le Quinzième... Je me suis mariée en 1768 avec Auguste Menoux qu'arrivait de Saint-Jean-Bonnefonds. On s'est installés ici pour faire les passementiers... J'ai eu quatre fils et, maintenant, je suis seule, à cette heure. Mon homme, il est mort d'un chaud et froid en 1783. Il avait tout juste quarante-cinq ans...

La vieille débitait ses misères d'une voix atone. On eût dit une litanie qu'elle se récitait lorsqu'elle se tenait sur une chaise dans le silence de l'esseulée.

— Mon fils André, l'aîné, il a été tué en octobre 92 à Mayence, mon deuxième, Jean-Marie, il est resté en Égypte où les sauvages l'ont massacré en 1800. Il repose même pas en terre chrétienne, le pauvre gars. Mon troisième, Marcel, il a disparu dans la bataille de Moscou en 1812. Quant au couassou [1], qu'était dans la Garde, il est mort à Waterloo, en 1815.

Armandine, écoutant la vieille Suzanne, prenait conscience qu'elle avait eu tort de croire que sa famille avait été la plus malheureuse du monde. Elle aurait souhaité adresser quelques paroles de réconfort à la pauvre créature, mais les mots ne venaient pas et d'ailleurs, quel réconfort apporter ? A ce moment, du clocher de l'église, les cloches se firent entendre. Alors, la bonne femme, soudainement furieuse, cria :

— Elles vont pas se taire, ces salopes !

1. Dernier-né.

Scandalisée, Eugénie protesta :

— Maman Suzanne, voyons ! Ce sont les cloches de Notre-Dame à qui Valbenoîte appartient !

— Et alors ?

— Notre-Dame ! La mère de Dieu !

— Je t'en foutrai, moi, des mères comme ça ! Si c'était une vraie mère, elle aurait pas permis qu'on me tue mes quatre petits !

Il est des questions auxquelles il n'est au pouvoir de personne de répondre.

Ayant quitté précipitamment la blasphématrice, Eugénie montra, hors de l'impasse, les commerçants chez qui elle se servait. Elle indiqua à sa compagne la fabrique où Lebizot travaillait. Elle expliqua qu'il était très bien vu de son chef d'atelier. Timidement en ayant l'air de parler pour parler, Armandine s'enquit :

— Et ce brun aux yeux bleus qui était garçon d'honneur à ton mariage ?

— Nicolas Cheminas ?

Hypocrite, elle feignit l'ignorance.

— Je pensais plutôt à Thomas.

— Non, Nicolas. C'est notre meilleur ami et il serait aussi le meilleur des hommes, s'il n'était pas dévoré par la politique.

— Il est marié ?

— Non et je ne pense pas qu'il le sera jamais. C'est pas une nature à ça. Une femme serait malheureuse avec lui.

— Pourquoi ?

— Parce qu'au lieu de lui chuchoter des douceurs, il lui parlerait des Mutuellistes et des Ferrandiniers.

— Qui c'est ?

— Des associations pour se défendre contre les fabricants. Lebizot et Nicolas appartiennent aux Ferrandiniers et il leur arrive de se cogner avec les autres, surtout Nicolas.

Elles s'éloignaient de la fabrique quand Eugénie montra à sa protégée une maison un peu moins vétuste que celles l'entourant.

— Il habite là, Nicolas, dans une chambre que lui

loue Mme Olympe Plauzat. Elle lui fait aussi le nettoyage et la lessive.

Armandine prit un air détaché pour interroger sa camarade.

— Elle est jeune, cette dame Plauzat ?

— Elle a dû l'être, il y a longtemps. Elle était déjà mariée en 89, alors tu vois !

— Si elle lui tient son ménage, elle s'occupe aussi de son manger ?

— Non, ça, c'est moi.

— Pas possible !

— Je vais t'expliquer : Nicolas, il n'a jamais eu de femme dans sa vie, alors il ne sait pas se débrouiller et il faut bien qu'on l'aide, pas vrai ? Il vient dîner avec nous tous les soirs et le matin, j'y remplis son gandot [1] avec celui de Lebizot.

Eugénie ne comprit absolument pas pour quelles raisons sa compagne lui sautait au cou et l'embrassait avec frénésie.

Elles se promenèrent longtemps dans cette commune de Valbenoîte qu'Armandine assimilait, par comparaison, à Saint-Genest-Malifaux, le chef-lieu de canton dont dépendait Tarentaize. A dire vrai, il fallait qu'elle se force pour se persuader qu'elle se trouvait à la ville tant les gens, ici, ressemblaient aux paysans de chez elle et le décor se révélait presque aussi campagnard que celui dans lequel elle vivait depuis vingt-deux ans. Vers cinq heures, les promeneuses réintégrèrent la maison des Lebizot, les hommes arrivant à six heures. Elles grimpèrent un escalier de pierre fort obscur qui les mena au troisième étage où il s'arrêtait. L'appartement se composait, avant tout, d'une cuisine où la lumière ne manquait pas.

— C'est là qu'on se tient le plus souvent, remarqua la maîtresse de maison.

Puis on montra à l'invitée la chambre des époux, celle où elle dormirait, encore une alcôve, et les lieux [2].

— On se lave à la cuisine à tour de rôle. Maintenant,

1. Récipient de métal avec une anse où on emporte « son manger ». — 2. Les w.-c.

ma belle, on se déshabille et on se met au travail. Mes hommes, ils mangent pas tellement, le midi, alors le soir, il faut que je leur prépare quelque chose de plus conséquent.

Quand elles eurent revêtu leurs vêtements de tous les jours, elles se glissèrent dans la cuisine où, en bonne ménagère, Eugénie se précipita sur les paquets retirés d'une sorte de garde-manger que, l'après-midi, lorsque le soleil avait tourné, elle accrochait à la fenêtre.

— Prends voir la coquelle[1], Armandine, on va leur mijoter une soupe de poireaux-pommes de terre. On y mettra des tranches de pain, ça leur fera un bon emplâtre sur l'estomac. Puis, j'ai acheté de quoi préparer une salade de clapotons chez Mme Germaine. C'est elle qui vend les meilleurs.

— Une salade de quoi ?

— De clapotons, des pieds de mouton, si tu préfères. Ici, on cause pas tout à fait comme chez nous. Pendant qu'ils mangeront la salade, je ferai sauter mes râpées[2]. Ils termineront avec du fromage blanc. Tu mets le couvert ?

— Indique-moi seulement où c'est.

Renseignée, Armandine disposa les assiettes à soupe dans lesquelles on mangerait tout ce qu'on servirait, les couteaux, les fourchettes en fer, les verres et, au milieu de la table, une brique transformée en dessous de plat. Elle disposa, près de chaque assiette, une serviette roulée et maintenue par son coulant. Du fourneau, Eugénie conseilla :

— N'oublie pas le pain, le litre et le pochon[3] pour servir la soupe.

Les femmes venaient à peine de s'asseoir, leur tâche préliminaire terminée, lorsqu'elles surprirent l'écho lourd de pas montant l'escalier.

— Les voilà ! annonça Eugénie.

Armandine sentit son cœur battre sur un rythme plus rapide et elle s'obligea à ne pas montrer l'émotion

1. Cocotte. — 2. Pommes de terre crues râpées, plus un œuf entier et cuisson à la graisse dans une poêle. — 3. Louche.

qui l'agitait. En découvrant la nouvelle venue, Lebizot s'exclama, toujours bonhomme :

— Et voilà notre petite amie qui va faire connaissance avec la ville. Tu te souviens d'elle, Nicolas ?

Armandine crut défaillir lorsque le regard des beaux yeux bleus se posa sur elle et en entendant la voix dont elle s'efforçait, jour après jour, de retrouver, dans sa mémoire, les intonations.

— Comment pourrait-on oublier mademoiselle Armandine !

Lebizot s'exclama :

— Eh bien ! dites donc ! On nous a changé notre Nicolas ! Voilà qu'il est galant avec les dames !

Armandine et Cheminas devinrent aussi rouges l'un que l'autre et Eugénie, pour dissiper la gêne de ses amis, ordonna :

— Assez bavardé ! A table !

La soupe, comme d'habitude, fut avalée dans un silence total, après que la maîtresse de maison eut rapidement murmuré un bénédicité dont personne ne comprit un mot et que Lebizot eut, de la pointe de son couteau, tracé un large signe de croix sur le pain.

Le repas dura assez longtemps, les convives mangeant avec lenteur, selon la coutume de ceux qui savent combien coûte la nourriture. Pendant tout le dîner, on ne parla guère que métier et Armandine, au bout d'un moment, n'écouta plus ces histoires où il n'était question que d'émoucheteuse étourdie, d'auneuse à moitié endormie, de devideuse trop bavarde, de caneteuse toujours en retard et des âpres discussions opposant le commissaire de barre — âme damnée du fabricant — à Nicolas, discussions où Pichon, le chef d'atelier, devait sans cesse intervenir pour éviter qu'elles ne se transforment en disputes, voire en pugilats. A peine avait-on posé le fromage sur la table que Cheminas se leva :

— Faut pas m'en vouloir, mais je suis obligé de vous quitter. Les Ferrandiniers m'attendent. A demain ! Mademoiselle Armandine, je suis bien content de vous avoir revue.

— Moi... moi aussi.

Cheminas parti, Lebizot remarqua :

— J' sais pas ce que vous y avez fait au Nicolas, mais y a des temps que je l'ai pas vu aussi amiteux[1]. Pas vrai, Génie ?

— Bien sûr qu'il est, d'ordinaire, un peu renfermé, seulement, faut comprendre : depuis qu'il est né, il n'a eu que des misères. Il a perdu tous ses parents et, sans nous, il aurait personne au monde.

Lebizot prit le relais.

— Les fabricants lui en ont tellement fait baver qu'il peut plus les voir. A Lyon, il se tenait toujours à la tête des gars qui se battaient pour obtenir le tarif, c'est-à-dire pour que la paie des ouvriers ne dépende plus seulement du caprice des patrons. Les canuts[2] ont gagné, mais ça a été dur. La troupe a donné. N'empêche que les camarades ont fini par avoir le dessus. Maintenant, on sait où on va quand on vous propose du travail. Seulement Nicolas a été repéré avec sa grande gueule et il a dû quitter la Croix-Rousse.

Eugénie souligna :

— Sans Lebizot, il serait mort de faim, le malheureux !

Charles reprit :

— La chance a voulu que notre chef d'atelier, Pichon, mène ses affaires à sa guise. Les patrons lui donnent la soie à travailler et, une fois le prix convenu, Pichon est maître dans son atelier. Ce qu'il y décide ne regarde personne. Tout de suite, il s'est entendu avec Nicolas dont il partage les idées. Comme lui, il est socialiste.

— Ça veut dire quoi ?

— Je pourrais pas vous expliquer en détail, Armandine... En gros, les socialistes voudraient que les riches soient moins riches et les pauvres moins pauvres. Un jour qu'il sera bien luné, Nicolas vous expliquera peut-être...

— Maintenant, on risque plus de lui causer des misères ?

1. Affectueux. — 2. Tisseurs sur soie.

— A condition qu'il se tienne tranquille.

Eugénie soupira :

— Ce qui n'est pas le cas ! Réunions, défilés, bagarres avec la police... Il est incorrigible.

Armandine pensa que, s'il arrivait que cette tâche lui incombât, elle saurait l'obliger à cesser ses folies et à mener l'existence normale d'un citoyen paisible. Elle sourit à cette perspective et Eugénie la regarda avec une curiosité amusée.

Généralement, les Lebizot se couchaient vers neuf heures car ils se levaient à quatre heures durant la belle saison, Charles commençant son travail à l'aube. En hiver, tout était retardé d'une heure à cause de la lumière. On échangea de fraternels baisers avant de se séparer pour la nuit. Dans sa chambre austère qu'égayait seulement une statuette de la Vierge Marie posée sur la commode entre deux chandeliers de cuivre, un morceau de tapisserie d'amateur, représentant l'Assomption, était accroché au mur, juste en face du lit. Rapidement couchée, Armandine ne trouva pas le sommeil tout de suite, l'esprit encombré par tout ce qu'elle avait vu dans la journée. Puis elle songea à Tarentaize, à sa ferme. Comment se débrouilleraient-ils, sans elle ? Elle ferma les paupières et, aussitôt, elle réentendit la grande haleine du vent dans les sapins, le meuglement d'une vache, l'aboiement d'un chien, l'écho d'une cognée entamant le tronc d'un arbre... Ce climat familier qu'elle se rappelait dans tous ses détails lui donnait quelques remords de n'y avoir pas songé plus tôt. Toutefois, sa gêne fut balayée, ses regrets dissipés lorsque, dans le décor réinventé, apparut Nicolas Cheminas avec son beau sourire et ses yeux bleus.

* * *

Armandine, réveillée par les bruits ménagers, éprouva quelques difficultés à se situer. Elle ne reconnut pas tout de suite le décor où elle reprenait conscience. La nuit et ses sortilèges l'avaient ramenée dans sa chambre de Tarentaize et elle était un peu perdue de voir disparaître — au fur et à mesure qu'elle se débarrassait des ultimes brumes du sommeil — les meubles et les objets familiers au profit d'une simplicité quasi monastique. En quelques secondes, elle revint à la réalité et, du même moment, elle sut où elle se trouvait, en entendant la voix d'Eugénie. Elle se hâta de se lever, passa ce qu'elle appelait pompeusement sa robe de chambre, une sorte de souquenille taillée dans un morceau d'étoffe, achetée au Bessat et cousue par ses soins.

En poussant sa porte, Armandine se trouva dans la cuisine où Charles déjeunait en compagnie de sa femme, mais si Eugénie se contentait d'un peu de café étendu de lait, son mari, après avoir avalé une écuelle de la soupe servie la veille, mangeait un solide bout de saucisson qu'il accompagnait de pain, bien sûr, mais aussi de morceaux de beurre qu'il taillait avec son couteau dans la mollette[1] placée sur la table. Lebizot termina son petit déjeuner par une bonne portion de fourme, arrosant le tout d'une chopine de beaujolais. Pendant ce temps, Eugénie remplissait les deux gandots avec une salade de lentilles et de jolis morceaux de petit salé cuit. Après les avoir posés dans le panier que son époux emporterait, elle ajouta deux rigottes de Condrieu[2], une couronne de pain et un litre de petit vin. Avant de partir, le maître de maison s'empara du sac aux équevilles[3] qu'il déposerait sur son chemin. Armandine embrassa ses amis et attendit le départ de Charles pour s'asseoir en face de sa chère Eugénie et boire son jus de marc de café au lait et y plonger deux tartines.

— Armandine, tu ne m'as pas encore parlé de Tarentaize...

— Je sais, mais c'est un tel chamboulement dans mon existence que je ne sais plus bien où j'en suis. A présent, ça va aller mieux.

Pour sa camarade de toujours, Armandine retourna en esprit à Tarentaize. Elle dit la belle santé des

1. Pain de beurre. — 2. Fromage du bord du Rhône. — 3. Ordures ménagères.

Lussaud, père et mère d'Eugénie qui, pourtant, semblaient avoir perdu leur bonne humeur d'autrefois. Ils paraissaient ne pas arriver à se remettre du départ de leur fille chérie. Eugénie, les larmes aux yeux, gémit :

— Ils devraient comprendre que je les aime autant...

— Eh oui ! seulement, ils souhaiteraient t'entendre le leur dire.

— Je ne peux pas quitter Charles et mon travail !

— Tu as raison. Nous avons choisi et nous ne pouvons plus revenir sur notre choix.

Eugénie ne répondit pas et Armandine se lança dans la gazette du village abandonné. Pour son amie, elle fit revivre les silhouettes familières qui, si longtemps, avaient croisé leurs existences. Elle assura — avec une pointe de satisfaction — que le jeune ménage Landeyrat ne semblait pas très bien marcher depuis que Mathieu imposait sa loi sur le domaine, après avoir contraint sa mère à lui céder la place.

— Tu ne regrettes pas Mathieu ? Si tu l'avais écouté, c'est toi qui régnerais là-bas !

— Avec un mari que je n'aimerais pas ainsi qu'une femme doit aimer son époux ? Et occupée, du matin au soir, à des besognes qui me répugnent et dont j'ai eu mon content.

— Et ta ferme ?

— Tout s'y passera parfaitement, j'en suis sûre ! D'ailleurs, je monterai contrôler, de temps en temps.

— N'empêche que toi qui as toujours commandé, va te falloir obéir, à présent.

— J'y suis prête.

— Espérons-le...

— Avec Lebizot, ça marche ?

— C'est un brave homme.

— Ça, je m'en doute, mais encore ?

— Encore, quoi ?

— Enfin, il t'aime ?

— Je suppose que oui.

— ... Eugénie, tu me caches quelque chose ?

Elle se défendit mollement.

— Tu te fais des idées... Lebizot est pareil à ses amis,

Il y a d'abord le travail, le reste, tout le reste ne vient qu'après.

— Il ne te témoigne pas sa tendresse ?

— A sa manière.

— C'est-à-dire... ?

— Il m'aide en tout... Il est aux petits soins... Par moments, j'ai l'impression d'être sa fille plutôt que sa femme.

Armandine baissa les yeux pour poser sa délicate question.

— Et... la nuit ?

— Il est si fatigué quand il rentre...

Brusquement, Eugénie éclata en sanglots, ce qui bouleversa son amie.

— Mon Dieu ! Qu'est-ce que tu as ?

— Un secret... On s'était juré, avec Charles, de n'en parler à personne, mais je n'en peux plus... Armandine, Lebizot et moi, on pourra jamais avoir d'enfant.

— Seigneur ! Tu es sûre ?

Eugénie répondit d'un signe de tête affirmatif.

— A cause de lui ou de toi ?

— De moi. Paraîtrait que j'ai quelque chose de pas normal dans la mécanique du ventre, et mon Lebizot qui aime tant les gosses...

— Ma pauvre chérie...

— J'ai du mal à me faire à cette idée. Pourtant, je suis sûre d'arriver à oublier et puis il y a tant de gamins et de gamines malheureux, on pourra toujours en adopter un, si le cœur nous en dit. Maintenant, assez parlé de nos ennuis... Pensons à l'avenir immédiat... Tu débutes aujourd'hui chez tante Marthe, au magasin.

Les amies, après avoir débarrassé la table, procédèrent à leur toilette et s'habillèrent. Quand elles furent prêtes, Eugénie examina Armandine d'un œil critique et conclut que la robe portée par sa camarade pourrait aller avec quelques retouches rapides et le changement du châle lui enveloppant la poitrine, parce que d'allure trop vieillotte. Pour moderniser le bonnet de la nouvelle citadine, Eugénie lui enserra les tempes et le front d'un joli ruban de velours grenat. Il était sept heures et quart lorsqu'elles quittèrent leur appartement. En sortant de l'impasse, elles virent la vieille Suzanne, déjà assise sur sa chaise et marmonnant sa litanie des morts.

— Eugénie, qu'est-ce qu'elle fabrique dehors, de si bon matin ?

— Elle attend ses fils.

— Elle nous a dit qu'ils étaient morts !

— Ça dépend des jours et puis, qu'ils soient vivants ou devenus des ombres, elle est persuadée qu'ils reviendront pour ne pas la laisser seule.

— Pauvre femme...

— Eh oui ! ma chérie, c'est l'autre côté des guerres.

Sur la place Valbenoîte, Armandine et Eugénie prirent place dans une voiture publique qui, pour deux sous, emportait ses clients jusqu'au cœur de la ville. La nouvelle venue ne pouvait s'arracher au spectacle que lui offraient les rues, au fur et à mesure qu'elle les suivait. Elle retrouvait ses émerveillements de jadis, quand le cocher de Landeyrat le Vieux l'avait promenée à travers Saint-Étienne. Eugénie, quelque peu gênée, tirait par petits coups sur les manches de sa compagne pour calmer un enthousiasme qui amusait les autres voyageurs.

Les deux banlieusardes descendirent place du Marché dont l'animation effraya un brin Armandine qui dut s'accrocher au bras de son amie pour trouver le courage de s'enfoncer dans la foule. Elles longèrent, sur son côté sud, la place de l'Hôtel-de-Ville dont la vastitude réduisit au silence une Armandine impressionnée. Autrefois, en voiture, la place ne lui avait pas paru aussi grande, ni aussi impressionnant l'édifice devant lequel elle s'étalait. Armandine et Eugénie plongèrent dans le grouillement de la rue du Général-Foy, tournèrent à gauche et poussèrent bientôt la porte du « Miroir de Paris » que dirigeait la tante Marthe.

En pénétrant dans la boutique, Armandine eut l'impression d'entrer dans un monde extraordinaire où la grâce et la beauté régnaient sans partage. Les murs étaient divisés en panneaux où, sur un bleu pastel, des guirlandes de fleurs aux couleurs amorties donnaient l'illusion d'un jardin. De place en place, des miroirs encastrés dans ces panneaux reflétaient les chapeaux coiffant des supports en bois d'olivier et placés çà et là, en un harmonieux désordre, sur de longues tables de merisier. Paralysée par l'émotion, Armandine ne put répondre poliment à la tante Marthe lui souhaitant la bienvenue. La modiste connaissait de vue la jeune fille et la jugeait fort jolie.

— Je suis contente que tu entres à mon service, Armandine.

— Moi aussi, je suis heureuse.

— Tu as l'air intimidée ?

La jeune fille, d'un geste large, montra ce qui l'entourait.

— C'est tout ça... Je n'ai jamais rien vu d'aussi beau !

Tante Marthe eut une sorte de roucoulement de satisfaction.

— Tu t'y feras... Eugénie t'expliquera... Tu commenceras par l'atelier... quand tu seras bien au point et que tu seras habituée à notre commerce, tu viendras au magasin.

— Bientôt ?

— Sitôt que tu seras faite à nos manières.

Tante Marthe impressionnait ses interlocutrices par son port assez majestueux, par une élégance dont le goût et la sobriété s'affirmaient sans erreur, et aussi par sa beauté sévère. Il était difficile de lui tenir tête et les dames les plus connues de la bonne société stéphanoise baissaient toujours pavillon devant les ukases de la propriétaire du « Miroir de Paris ». Marthe en imposait par son visage aux traits réguliers, son abondante chevelure rousse, sa peau très blanche, ses mains parfaites. Personne, dans la clientèle, n'était d'accord pour la déclarer jolie ou banale. En tout cas, Marthe Lussaud réussissait parfaitement dans son commerce et Armandine se demandait comment cette superbe créature pouvait être la sœur du bon Prosper Lussaud, cafetier à Tarentaize.

La pièce, faisant suite au magasin, était consacrée aux réparations des chapeaux et portait, pompeusement, le nom d'atelier. Armandine y trouva deux femmes, déjà sur l'âge, habiles à coudre, qui lui souhaitèrent le bonjour avec un sourire de grand-mère. La nouvelle prit place auprès d'une des deux ouvrières, Honorine Vinat, et la regarda travailler. En quelques minutes, Armandine dut s'avouer qu'elle ne serait jamais capable de manier l'aiguille avec une pareille maîtrise. Elle eut tôt fait de s'en désespérer et de regretter d'avoir quitté son village où était sa vraie place. Qu'est-ce qui lui avait pris de l'abandonner ?

Au bout de la première heure, Honorine demanda à sa jeune compagne :

— Tu préférerais être au magasin, hein ?

— Ben... oui.

— Nous aussi... on a pensé comme toi, il y a dix ans, quand on s'est présentées à Mademoiselle qu'avait pas une aussi belle boutique qu'à présent. Pas vrai, Céleste ?

Sans lever le nez de son ouvrage (elle était payée aux pièces), sa camarade grogna :

— Sûr et certain !

Céleste Séranon, du premier abord, semblait plutôt destinée à se servir de la serpe que de l'aiguille et de la dentelle. Pourtant, ses mains d'homme avaient une légèreté stupéfiante et une délicatesse de touche qui surprenaient. Honorine reprit :

— Eh oui ! On a d'abord été demoiselles de magasin (y avait pas encore d'atelier) et puis on a eu des histoires.

— Quel genre d'histoire ?

— Je vas te confier que jouer à la patronne, c'est pas notre fort à Céleste et à moi. Un jour, y a une de ces damoches [1] qui voulait nous en remontrer parce qu'elle était la femme d'un contremaître de la manufacture. Elle a commencé à le prendre de haut en m'appelant « ma fille ». Déjà, ça m'a pas plu. Ensuite, elle s'arrêtait pas de bajasser [2] sur n'importe quoi pour nous montrer qu'elle était au courant de tout. Naturellement, elle trouvait rien à son goût et puis voilà qu'elle

1. Petite femme maniérée et prétentieuse. — 2. Parler à tort et à travers.

se met à fouiller elle-même dans les tiroirs, caravirant[1] ce qui s'y trouvait. Je voyais bien que Mlle Marthe, elle en verdissait de rage, mais qu'elle osait pas intervenir. Alors j'ai pris sa place et j'ai empoigné la cliente par le bras en lui posant une seule question : « Vous avez pas fini de nous emmerder, bougre de charipe[2] ? » Sur le moment, on a cru que la respiration lui manquait, à la bonne femme, tant elle restait la bouche ouverte et puis elle a décampé en vitesse. Tout en m'approuvant, Mlle Marthe m'a conseillé de plus me mêler à la clientèle. C'est comme ça que l'atelier est né. On y travaille dur mais on a la paix.

— Et vous, madame Céleste ?

— Oh ! moi, c'est du pareil au même. Une cliente, genre ancienne ouvrière qu'a épousé un artisan qu'avait des sous, la quarantaine et de la suffisance. Chaque fois que je lui posais un chapeau sur ses cheveux, bien droit, elle le reprenait, se le collait de bisangoin[3] sur le crâne et puis elle se plaignait qu'il entrait pas, tout en déblatérant sur les gens qui connaissaient pas leur métier. Je venais d'y placer un beau panama sur la tête et voilà que cette ganipe[4] recommence son manège : « Je vous assure, mademoiselle, que cette coiffure n'entre pas. Je me demande comment ça se fait que vous ne vous en aperceviez pas ? » La moutarde me monte alors au nez, j'empoigne le panama par les deux bords et rrrran ! je le lui enfonce jusqu'au menton en criant : « Vous allez pas prétendre qu'il entre pas ? » Il a fallu que Mlle Marthe me donne un coup de main pour l'empêcher de s'asphyxier. Revenue à l'air libre, elle voulait appeler un sergent de ville. Je sais pas comment la patronne s'y est prise pour la calmer. De ce jour, j'ai plus quitté l'atelier. Au moins, je m'y mets plus en colère.

Accrochée au mur, une miniature montrait, si on l'écartait, une mince ouverture au travers de laquelle on avait vue sur le magasin. Le cœur battant, Armandine regardait les clientes toutes plus élégantes les

1. Tout bouleverser en cherchant quelque chose. — 2. Charogne. — 3. De travers. — 4. Femme de mauvaise vie.

unes que les autres et auprès de qui Mlle Marthe et Eugénie papillonnaient, légères, rieuses, empressées. Armandine n'aurait jamais soupçonné que son amie puisse changer à ce point-là. Entre la femme — un peu triste, un peu résignée — remplissant le gandot de son époux et cette demoiselle pimpante, gracieuse dans ses courtes révérences, il y avait un fossé qu'Armandine n'aurait jamais cru sa camarade capable de franchir. Le moment venu, saurait-elle, elle-même, agir de cette façon ? Elle en doutait, persuadée que Dieu l'avait plus disposée aux coups de poing qu'aux ronds de jambe.

A midi, on ferma la porte du magasin. Mlle Marthe regagna son appartement de deux-pièces-cuisine, situé au premier étage de la maison. Honorine et Céleste sortirent leurs gandots pour manger la soupe. A ce moment, Suzon, une gamine, se présenta en se glissant par la porte de derrière, ouvrant sur une traboule [1] par où on passait pour atteindre les immeubles bordant la place de l'Hôtel-de-Ville, sans emprunter la rue du Général-Foy, trop encombrée. Suzon avait pour tâche, le soir, de porter à domicile les commandes de la journée. Elle y récoltait de légers pourboires qui, à la fin de la semaine, constituaient, cependant, une certaine somme. De plus, Suzon exécutait les menues courses que ces dames voulaient s'éviter et qui, presque toutes, avaient trait au ravitaillement. C'est ainsi que, réfugiée dans l'atelier, Eugénie expédia Suzon acheter une livre de pain pour trois sous et un paquet de couennes en gelée pour un sou. On arroserait ce frugal repas soit d'un grand verre d'eau soit d'une infusion où l'on tremperait le morceau de sucre candi attaché à sa ficelle et le tour serait joué. A une heure, la tante Marthe taperait sur son plancher pour rappeler à ses employées que le moment était venu de reprendre le travail.

Au cours de l'après-midi, le hasard voulut qu'Eugénie menât à bien une vente sous les yeux d'Armandine, accrochée au miroir-espion. La cliente se présentait sous l'aspect d'une quadragénaire distinguée, vêtue à

1. Passage qui mène d'une rue à l'autre.

la dernière mode d'un tissu coûteux. Elle s'exprimait avec une certaine hauteur, mais sans morgue excessive et usait d'un ton gentiment protecteur pour parler à la vendeuse. Ce n'était ni le solennel « mademoiselle » ni le vulgaire « ma fille », simplement le maternel « mon enfant ». Par une de ces aberrations, dont certaines bourgeoises sont coutumières, cette imposante personne (Armandine jugea qu'elle devait peser dans les cent cinquante livres) au cou empâté par un double menton, avait choisi un chapeau très cher, constitué par une calotte de fine paille de riz autour de laquelle courait un feston de glycines, d'où émergeait une sorte de martin-pêcheur fort coloré et qui, bec ouvert, ailes déployées, semblait vouloir défendre un invisible nid. Sur le chef d'une toute jeune fille, cette coiffure eût paru amusante et osée. Sur la tête de cette dame mûre, elle ne faisait que la rendre ridicule. La cliente, se regardant dans un miroir, ne se trouvait visiblement pas grotesque du tout, ainsi que l'en persuadaient hypocritement les propos mensongers d'Eugénie.

— Cela vous rajeunit merveilleusement, madame ! Vous avez vingt ans !

— Vous ne pensez pas que c'est un peu trop jeune ?

— Quelle idée ! Faite comme vous l'êtes, vous pouvez tout vous permettre.

— Eh bien ! Tant pis ! Je le prends et si je suis grondée par mon mari, ce sera de votre faute.

— Il sera assez fier de sa femme pour ne pas vous gronder.

La cliente, heureuse, s'en fut en tortillant une croupe déjà respectable.

A la fin de la journée, Mlle Marthe demanda à Armandine si l'atmosphère de la maison lui plaisait.

— Oh ! oui, Mademoiselle.

— Tant mieux. Pendant un mois, je te prends à l'essai. Je sais que, pour une jeune fille aussi vivante que tu sembles l'être, l'atelier n'est pas un endroit agréable. Il faudra cependant y demeurer jusqu'à ce que tu sois capable de procéder aux petites réparations. Tu auras quarante francs, le premier mois. Si tout marche comme je l'espère, tu aideras Eugénie au magasin après avoir appris le vocabulaire de notre métier et si cela se passe ainsi que nous le souhaitons toutes les deux, tu débuteras à trente-cinq francs.

Revenues à la place Valbenoîte, Eugénie et Armandine s'assirent sur un banc pour respirer l'air encore campagnard de ce coin.

— Tu crois que tu t'y feras, Armandine ?

— J'ai peur de ne jamais arriver à parler comme toi.

— Que veux-tu dire ?

— J'ai suivi ta lutte avec la forte femme à qui tu as vendu un amour de chapeau qui lui allait comme un tablier à une vache.

— Et alors ?

— Ce n'est pas honnête.

— Tu en es sûre ? Il est vrai que ce chapeau ne lui convenait absolument pas, mais, si je le lui avais avoué, elle partait furieuse et nous perdions une cliente. Tu dois te convaincre que la personne entrant chez nous parce qu'elle a vu une coiffure qui lui plaît, dans la vitrine, se rend parfaitement compte qu'elle n'est pas pour elle. Si elle nous consulte, c'est pour que nous la persuadions du contraire. En somme, c'est une excuse qu'elle nous achète.

Armandine demeura, un instant, songeuse sur son banc. La ville avait drôlement changé sa petite camarade qu'hier elle devait protéger des brutalités des autres. La prochaine fois qu'elle se rendrait à Tarentaize, elle irait voir les Lussaud et leur conseillerait de ne pas se faire de souci pour leur fille. Leur assurerait-elle qu'elle était heureuse ? Peut-être pas, parce que, depuis les confidences matinales d'Eugénie, elle savait que ce serait un mensonge. Sentant l'émotion la gagner, Armandine se leva :

— Et la soupe des hommes, tu y penses ?

La jeune femme se leva à son tour.

— Oh ! ce matin, pendant que tu dormais encore, j'ai préparé un barboton [1] assez conséquent pour que je puisse encore en mettre dans leurs gandots, demain.

Avant de regagner leur logis, les amies se rendirent

1. Ragoût de mouton.

chez les fournisseurs familiers pour y acheter un peu de charcuterie, du fromage et de la salade. Ces femmes, qu'elles vécussent dans les puissantes senteurs fromagères, dans les odeurs plus fades de la charcuterie et de la viande ou encore dans les parfums plus bucoliques des légumes et des fruits, donnèrent l'impression à Armandine d'être de braves et bonnes créatures toujours disposées à rire ou à commenter un fait divers du quartier. Physiquement, elles se ressemblaient : des croupes puissantes, des tailles indéfinies, des poitrines impressionnantes et, s'échappant de leur bonnet, des boucles grises ou noires. Toutes étaient douées d'une voix forte qu'on entendait de loin, spécialement lorsqu'une cliente, d'un ton timide ou arrogant, se permettait de mettre en doute la fraîcheur du produit proposé. Les commerçantes firent bon accueil à la nouvelle venue à qui elles confièrent qu'elles avaient de la parentèle éparpillée dans le massif du Pilat. Les chalandes se mêlèrent naturellement à la conversation en évoquant des cousinages avec des gens qu'on ne connaissait pas, dont on n'avait pas la moindre raison de se préoccuper et qui avaient, pour seul mérite, de vivre sur les pentes boisées de cet ultime contrefort septentrional des Cévennes. Armandine, peu habituée à ces bavardages sans but, se sentait légèrement désorientée, mais la bonhomie de ses interlocutrices de hasard lui réchauffait le cœur.

Pendant le dîner — qu'à Saint-Étienne on appelle souper — Lebizot et Cheminas ne se soucièrent guère des femmes. Si le fait ne parut pas troubler Eugénie, en revanche Armandine supporta mal cette mise à l'écart par les hommes, engagés dans une discussion ayant pour base la réunion des Ferrandiniers à laquelle Lebizot n'avait pas assisté, et qui fut de l'hébreu pour la demoiselle de Tarentaize. Elle enrageait. Cependant, en dépit de sa colère en face d'une indifférence jugée injurieuse, Armandine ne pouvait s'empêcher de trouver beau ce Nicolas lui occupant sans cesse l'esprit. Le mouvement de ses lèvres... la lumière changeante de ses yeux... la petitesse élégante de ses oreilles, les ondulations de sa chevelure... et il ne lui prêtait aucune attention à elle ! Elle qui, dans son village, aurait eu tous les garçons à ses pieds, si elle l'avait voulu ! Qu'est-ce qu'il se croyait donc, ce Cheminas ? Ils discutaient d'une fille — une émoucheteuse — que l'on voulait renvoyer car elle ne venait pas à bout de sa tâche quotidienne. Or, cette pauvre créature était malade. Elle ne cessait pas de tousser. Pour la sauvegarde de ses camarades, il fallait l'éloigner ; mais la priver de son travail, c'était la condamner à mort. Cet exemple pitoyable avait donné l'occasion à Cheminas, la veille, de dénoncer, dans un discours incendiaire, les égoïsmes patronaux et l'urgence de créer une caisse de solidarité où les fabricants et les chefs d'ateliers devraient apporter leur contribution, sinon on déclencherait la grève. Le mot avait bien fait un peu peur, toutefois la victoire des canuts lyonnais, l'année précédente, raffermissait tous les courages. Nicolas conclut :

— Je suis sûr qu'on gagnera.

Placide, Lebizot remarqua :

— Si la grève dure trop, on tiendra pas le coup.

— A cause ?

— L'argent.

— Ça veut dire quoi : l'argent ?

— Manger, boire, se chauffer.

— Parce que tu estimes qu'une pareille bataille ne vaut pas qu'on se serre un peu la ceinture ?

Charles s'énerva.

— Tu raisonnes en célibataire ! Si tu avais une femme et des gosses, tu parlerais autrement.

— La femme, les gosses ! Ne comprends-tu pas que ce sont les vraies armes et les plus dangereuses de ceux qui nous oppriment ?

— Si, mais on n'y peut rien.

— Sacré Dieu ! c'est justement pour les gosses qu'il faut se battre !

— Tu iras leur expliquer ça, quand ils pleureront de faim !

Le ton montait. Eugénie intervint :

— Voyons, vous n'allez pas vous disputer alors qu'au fond, vous êtes d'accord tous les deux... Vous savez qu'Armandine a fait ses débuts dans la mode, aujourd'hui ?

Comme aucun d'eux n'avait envie de se quereller, ils sautèrent sur l'occasion offerte. Lebizot pria son hôte de lui confier ses impressions de nouvelle citadine. Heureuse d'être écoutée, Armandine se jeta avec feu dans un récit qui amusa, surtout lorsqu'elle détailla la stratégie de son amie pour convaincre une cliente d'acheter un chapeau qui ne lui convenait pas. A cet instant, la narratrice s'aperçut que Nicolas ne lui prêtait plus attention. Elle en fut profondément humiliée et cessa brusquement de discourir, après avoir demandé à la maîtresse de maison s'il n'était pas temps de lever le couvert. Les autres se regardèrent, surpris. Pour tenter de dissiper la gêne, Cheminas voulut plaisanter :

— Me mettriez-vous à la porte, mademoiselle Armandine ?

— Pas du tout, mais l'heure tourne.

— Bon, eh bien ! je m'en vais.

Personne ne tenta le moindre effort pour le retenir. Quand il fut parti, Eugénie commenta :

— Ce cher Nicolas, il devient fatigant avec sa politique.

Lebizot soupira :

— Eh oui ! mais qu'est-ce que tu veux ? Il est pareil à tous les célibataires. Personne ne l'attend chez lui. Alors, ce qu'il a envie de dire, il est obligé de le dire ici. Sinon, il va le raconter au café où il boit.

Armandine, sous cette réflexion se voulant excuse, devina le reproche qu'on lui adressait : à cause d'elle, Cheminas irait dépenser ses sous à boire et à discuter avec des gens douteux parmi lesquels se glissaient toujours des mouchards. Chagrinée, elle faillit s'écrier : « Mais pourquoi ne me prête-t-il pas attention ? » Elle se retint, persuadée qu'une telle remarque la ferait tenir pour ce qu'elle n'était pas. Tout en l'aidant à desservir, puis à laver la vaisselle, Eugénie prenait la défense de son amie.

— Charles, si tu te figures qu'Armandine a laissé sa ferme pour entendre causer, toute une soirée, des

Ferrandiniers qu'elle ne sait même pas ce que c'est, tu te trompes drôlement !

— Tu connais Nicolas, c'est un passionné.

— Par moments, il est tannant [1] avec sa politique.

— Faut le comprendre, il a rien d'autre dans la vie.

Ce soir-là, avant de se coucher (on entendait déjà ronfler Lebizot) Eugénie remplit les gandots que les hommes emporteraient au matin.

— Tu entends ? Eh bien ! toute la nuit, ça va être la même chanson.

— Paraît que c'est une preuve de bonne santé.

— Sûrement pas pour celles qui dorment dans leur lit.

Retirée dans sa chambre, Armandine ne parvenait pas à apaiser complètement l'irritation due à l'attitude de Cheminas. S'il se moquait de ses premières expériences de modiste, elle se fichait pas mal de ses Ferrandiniers ! Pourtant, en se déshabillant, Armandine ne pouvait s'empêcher de s'attendrir sur les malheurs de Nicolas et s'efforçait de trouver des excuses à sa conduite. Une fois couchée, selon une pieuse habitude, elle récita un Pater et un Ave. Elle recommença, à une intention particulière, cette fois, se figurant sans doute pouvoir tromper le Bon Dieu. Elle éteignit sa bougie et parce qu'il valait mieux s'assurer tous les secours, elle récita aussi l'incantation que toute jeune fille, ayant envie de se marier, doit débiter avant de s'endormir : « Je mets le pied sur l'antibois, je me couche au nom des trois rois, Gaspard, Balthazar et Melchior. Qu'ils me fassent voir en mon dormant celui que j'épouserai en mon vivant. » Énervée, elle se passa la main sur les seins et se suggestionna au point de croire que c'étaient les doigts de Cheminas qui caressaient sa poitrine et qui, bien qu'elle s'en défendît, glissaient le long de son ventre.

Au matin, Lebizot était déjà parti lorsque Armandine se leva. Eugénie, sa toilette achevée, l'attendait pour prendre son café.

1. Lassant.

— Je n'arrive pas à me lever quand[1] toi.

— Bah ! tu ferais que m'encombrer... Je préfère que tu te reposes le plus possible... Moi, je suis habituée à cette vie.

Le ton de son amie était si morne, si résigné qu'Armandine ne put se tenir de s'exclamer :

— Toi, tu n'es pas heureuse !

— Ça se voit ?

— Comme le nez au milieu de la figure !

— Je ne voudrais pas...

— Dis-moi ce qui se passe, je t'en prie ?

— Mais rien... J'aime mon mari qui m'aime et j'exerce un métier qui me plaît.

— Alors ?

— Je ne sais pas. Il me manque quelque chose, mais quoi ? Je vais te confier un secret : j'étais plus heureuse à Tarentaize, en définitive.

Tout en beurrant une tartine, Armandine remarqua :

— Je ne te comprends pas. Ta vie d'aujourd'hui n'a rien de comparable avec celle que nous menions chez nous. On s'amuse plus, non ? Tu vois du monde, tu as à qui parler de tout et de n'importe quoi, quand ça te plaît.

— Oui, mais il faut toujours rentrer à la maison. Je sais que je suis injuste envers mon Charles, mais je me figurais que le mariage était tellement différent... Je suis un peu comme les petits qui ont rêvé du cirque pendant des années et qui ne trouvent pas autre chose à dire — quand on les y mène — que « on pensait pas que c'était comme ça... » d'un ton désabusé. Dis donc, rappelle-moi d'acheter du beurre.

— Tiens, à ce propos, on n'a pas encore parlé d'argent.

Les deux amies tombèrent vite d'accord sur le prix de pension que paierait Armandine, et Eugénie conclut :

— C'est ce que je demande à Nicolas.

— Au sujet de Nicolas...

1. En même temps que...

La maîtresse de maison, qui emportait les bols à l'évier, se retourna :

— Oui ?

— Nicolas, tu es certaine qu'il n'a pas de femme dans sa vie ?

— Sûre et certaine, ma fille. La place est à prendre mais, franchement, je ne te le conseille pas.

— Parce que ?

— Parce que autant Charles est achiné[1] à son travail, autant Nicolas est accroché à sa politique. Il ne peut s'occuper de rien d'autre. Il est collé, marié à la politique. Non, franchement, je ne vois pas de quelle façon il pourrait s'intéresser à une femme à moins qu'elle ne soit une révolutionnaire connue. Nicolas est homme à tenter de séduire celle qu'il aura remarquée, en lui récitant les théories de ses dieux : Babeuf et Blanqui.

— Tu connais ces noms ?

— A force de les entendre répéter, tu sais...

— C'est étonnant que ton mari et Nicolas soient amis, non ?

— Pas tellement. Charles admire en Cheminas celui qu'il aurait voulu être et qu'il ne sera jamais parce qu'il a du bon sens et Nicolas trouve auprès de Lebizot et chez nous une sorte de refuge où il se reprend.

— Ce n'est pas gai ce que tu me racontes.

— Jour après jour, je m'aperçois que c'est la vie qui n'est pas gaie... Sais-tu que, si je suis heureuse de t'avoir près de moi, j'ai quelques remords à l'idée que je t'ai fait quitter ton village...

— Tu as bien tort ! Tu m'as sortie de l'ennui et je t'en remercie.

— Ouais... tu me remercies surtout de t'avoir permis d'approcher Cheminas de plus près. Si tu crois que je ne te devine pas, beau masque !

Armandine, rougissante, protesta mollement, ce qui fit rire son amie.

— Ne te défends pas, ma belle ! Tout le monde aime Nicolas. C'est sa force. On lui pardonne sans cesse ses

1. Attaché.

sottises et sa faiblesse, ce qui le pousse à des actions de plus en plus extravagantes. C'est pourquoi, ma chérie, je désirerais que tu ne t'éprennes pas de lui.

— Voyons, Eugénie, où vas-tu chercher que je suis...

— Chut ! N'essaie pas de me mentir, tu n'y parviendrais pas, nous sommes trop proches l'une de l'autre et depuis trop longtemps.

— Eh bien ! oui, je suis sûre que je l'aime... Quand il est là, je ressens des choses que je n'ai jamais éprouvées auprès des hommes qu'il m'a été donné de rencontrer et dont quelques-uns m'aimaient.

— Ma pauvre ! si tu ne parviens pas à te guérir, je te plains ! Il faut que tu sois au courant : Nicolas a été sérieusement compromis dans la révolte des canuts, l'an passé. Il a dû fuir et, naturellement, il est venu chez nous. Où aurait-il découvert meilleur refuge ? Lebizot et lui s'étaient connus au cours de rassemblements organisés par les Ferrandiniers où Cheminas avait pris la parole. Charles a réussi à le faire engager dans son atelier. Tu dois te persuader, mon Armandine, que Cheminas, il n'a pas les pieds sur terre, il vit dans un rêve dont il ne connaît même pas les limites. Il est de ceux qui croient qu'on peut rencontrer le paradis sur terre. Et maintenant, ma grande, il serait temps d'aller travailler.

Armandine n'ajoutait pas totalement foi à ce que lui racontait Eugénie. Quoi qu'il en soit, elle était persuadée que si, un jour, elle devenait la femme de Nicolas, elle saurait le rendre heureux.

* * *

Pendant les derniers mois de l'année 1832, Armandine — ne se laissant rebuter par rien — poursuivit obstinément le siège de celui qu'elle aimait. Seule Eugénie s'apercevait de son manège. Par moments, Armandine enrageait d'être obligée à ce rôle de quémandeuse, elle qui, autrefois... Peu à peu, il apparut que Nicolas prenait réellement conscience de sa présence. Bientôt, il se mit à l'écouter, puis à lui expliquer ce qu'étaient ces associations de défense contre l'égoïsme des fabricants, qu'on nommait les Mutuellistes pour les chefs d'atelier et les Ferrandiniers pour les compagnons. Bien que tout cela l'ennuyât énormément, Armandine s'efforçait d'avoir l'air intéressé, ce qui enchantait Nicolas. Eugénie suivait le manège d'un œil et d'une oreille amusés. Un jour d'octobre, Cheminas demanda à la jeune fille si elle se plaisait dans son métier de modiste. Sur ce chapitre, Armandine, qui réussissait fort bien chez Mlle Marthe, se montrait intarissable et, par ses anecdotes, parvenait à amuser, voire à faire rire, son auditoire. Pendant une pause, à l'atelier, Nicolas confia à Charles :

— Dis donc, cette Armandine, elle n'est pas sotte...

— Et, en plus, elle est bougrement jolie...

— C'est vrai. Je n'avais pas remarqué jusqu'ici.

Parce qu'il ne mettait point malice dans ses propos et qu'il ignorait les sentiments d'Armandine, le brave Lebizot ajouta :

— Celui qui la prendra pour femme fera pas une mauvaise affaire.

— Sûr...

Évidemment, Charles rapporta cette courte conversation à son épouse qui n'eut pas le cœur d'en taire les principales remarques à Armandine, laquelle fut aux anges. Sa joie égaya la maison et même Eugénie parut oublier sa mélancolie. Un dimanche d'octobre, on décida de s'offrir une journée de plein air et, comme le temps était clément, ils convinrent d'aller manger dans les bois menant à Rochetaillée par la coursière. Ils partirent d'un bon pas au tout début de la matinée et après une heure et demie d'une marche lente (il fallait sans cesse monter) ils trouvèrent le coin idéal : une sorte de petite clairière où l'herbe, protégée par les arbres, gardait encore sa fraîcheur. On s'assit en rond, les deux paniers de victuailles occupant le centre du cercle ainsi formé. Lebizot fut proposé au service du pain et du vin, Armandine s'occupa du dessert et Eugénie se mit à couper les tranches de jambon, de saucisson, à remuer la salade de lentilles servant d'entrée. Elle eut du mal à faire des parts égales dans l'omelette froide au lard, mais distribua équitablement le saucisson de veau [1] qu'elle avait préparé de ses mains. Pour le dessert, on mangea un quatre-quarts avec de la compote de pommes. Charles tempêta parce qu'on avait oublié le fromage et, pour se consoler, vida la moitié d'une bouteille de beaujolais. Sur la fin du repas, une vache émergea soudain du sous-bois et, curieuse, vint voir les étrangers installés sur son domaine. Elle arriva derrière Eugénie, sans que celle-ci, occupée à rassembler la vaisselle, y prît garde. Ce ne fut que lorsque la grosse bête lui souffla puissamment dans le cou qu'elle sursauta et cria, à la grande joie de ses amis. Nicolas et Armandine se levèrent pour chasser la vache durant une cinquantaine de mètres. Lorsqu'ils revinrent vers les Lebizot, Nicolas dit à sa compagne, d'une voix où l'effort se sentait plus que la tendresse :

— J'aime bien être avec vous.

— Moi aussi.

Au grand dépit de la jeune fille, Cheminas n'ajouta rien. Cependant, elle se persuada que la partie était presque gagnée et qu'avant la fin de l'année Nicolas lui aurait offert de devenir Mme Cheminas.

Le soir, on rentra un peu fourbus à Valbenoîte après une bonne sieste dans l'ombre des arbres. On s'était remis en route vers les cinq heures, légèrement décoiffés, les robes un peu froissées et les cravates enlevées. Un bon dimanche.

* * *

Armandine n'avait pas menti en affirmant qu'elle réussissait bien dans son métier. Elle était restée moins d'un mois à l'atelier, temps pendant lequel elle s'était vite initiée au rajustement des coiffes, à la remise en place des fleurs, des fruits, des oiseaux vagabonds sur des capelines surchargées ou à ourler des bonnets dont les propriétaires ne souhaitaient

1. Viande de veau hachée et mélangée à de la chair à saucisse. Le tout roulé en forme de saucisson, enveloppé dans une coiffe, et cuit au four.

pas se séparer encore. Quand elle passa au magasin, on aurait pu croire qu'elle possédait des années d'expérience. À l'inverse d'Eugénie qui, pour convaincre la clientèle, usait de la douceur, de la persuasion, du sens commun (un peu sollicité et manipulé), Armandine jouait de l'enthousiasme et laissait nettement entendre que, si sa cliente n'approuvait pas sa proposition, c'est que, sans s'en douter, elle s'avouait complètement privée de goût ou atteinte d'une imbécillité héréditaire ayant choisi cette occasion pour se manifester. La première assiégeait, la seconde chargeait. Bientôt, le « Miroir de Paris » devint célèbre dans la société stéphanoise tant par la qualité des modèles de chapeaux proposés que par l'originalité et la joliesse de ses vendeuses. Mlle Marthe s'affirmait ravie de ce succès. Elle écrivait tous les mois au cafetier de Tarentaize pour lui jurer qu'Eugénie était, pour elle, un don du Ciel, ce qui flattait sans doute les parents, mais n'apaisait pas le chagrin dû à l'absence de leur fille. Pour celle-ci, sa tante laissait rarement s'achever une journée sans la remercier de lui avoir amené Armandine. Cette joie se traduisait par des augmentations de salaire : soixante francs pour l'ancienne et cinquante pour la nouvelle avec, en plus, une pièce de cinquante centimes par chapeau vendu. Si l'on ajoutait à son salaire ce que lui rapportait sa ferme, Armandine ne viendrait pas à Nicolas les mains vides.

La seule ombre empêchant Armandine d'être complètement heureuse venait de ce que Nicolas ne se déclarait pas. Pourtant, elle était sûre qu'il l'aimait. Sur ce chapitre, les filles ont des finesses, des sensibilités que les hommes ne soupçonnent pas. Armandine se prouvait cet amour trop discret à travers des gestes, des intonations, des regards surpris. Quelquefois, la jeune fille se demandait si elle ne prenait pas ses désirs pour des réalités mais, dans ces moments-là, elle avait tôt fait de triompher de ses doutes en évoquant, paradoxalement, ce qui, quelques instants plus tôt, l'inquiétait. Bientôt, parce qu'elle ne pouvait renoncer à son rêve, elle inventa des motifs raisonnables au mutisme de Cheminas et elle se convainquit qu'il se déciderait à Noël et que ce serait pour elle le plus beau Noël de sa vie.

Eugénie voyait plus clair que son amie. Connaissant sa compagne depuis toujours, elle redoutait les effets de sa déception lorsqu'elle serait obligée d'admettre son erreur au sujet de Nicolas. Sachant de quelle violence était capable Armandine quand elle estimait avoir été bernée, elle n'avait pas le courage de lui ouvrir les yeux. Elle ne pouvait en tenir rigueur à Cheminas : il n'avait jamais rien exprimé ni fait qui eût pu ressembler à des avances. Elle pensa à en parler à son mari, mais Charles n'était pas doué pour les complications sentimentales. Il s'exclamerait :

— Tu te figures pas que je vais embêter mon copain avec ces bêtises ? Laisse donc la petite se débrouiller seule avec ses problèmes. Les histoires d'amour, vaut mieux pas s'en mêler.

Placide, il repartirait vers son travail, ne soupçonnant pas que tout le monde n'était pas bâti comme lui et qu'il y avait des hommes et des femmes que ces histoires (ainsi qu'il qualifiait les réussites ou les déboires amoureux) entraînaient dans la mort.

Décembre fut rude. La neige rendait la circulation difficile et les stalactites — immenses poignards de glace — pendant des chéneaux engorgés ou percés, contraignaient à s'écarter des trottoirs pour emprunter une chaussée qui, déblayée, devenait affreusement glissante. Sans cesse, on voyait s'abattre les chevaux que les charretiers tentaient de faire relever à coups de fouet et de pied. Le 24 décembre, Mlle Marthe ferma le magasin à cinq heures et congédia tout son monde. Armandine, sur le chemin du retour — nantie d'un bel écu d'argent à l'effigie de Louis XIV en guise de cadeau de Noël — s'étonna de ce que Mlle Lussaud ne réveillonnât pas avec elles. Eugénie dut lui avouer que la tante avait un ami, pourvu d'une jolie situation.

— Il est grossiste en tissus, je crois... il est venu une seule fois à la boutique. C'est un bel homme, à peu près de l'âge de la tatan. Il paraît avoir du « de quoi ».

— Alors, pour quelles raisons ne se marient-ils pas ?

— Parce qu'il est déjà marié.

Surprise, scandalisée par cette révélation, Armandine s'exclama :

— Ce n'est pas très honnête, hein ?

— Qui a le droit de juger ? Saint-Étienne n'est pas Tarentaize.

Profitant de ce que les hommes n'étaient pas encore rentrés, les amies déballèrent leurs achats. Eugénie avait acheté une blague à tabac et un briquet à amadou pour son mari, un peigne et une brosse pour Nicolas. De son côté, Armandine s'était procuré un beau foulard de soie pour Cheminas et un porte-monnaie pour Charles. Il avait été convenu qu'on casserait juste une petite croûte pour attendre la messe de minuit et le réveillon. Ce réveillon de 1832 se composerait d'une soupe de potiron au lait et au fromage, d'un pâté de gibier et d'une noix de veau aux carottes. Ces agapes se termineraient par des fromages et le gâteau de la Châtaigneraie dont Marie Lussaud avait transmis la recette à sa fille. Pour sa part, Armandine avait préparé des pruneaux fourrés aux amandes.

Lebizot rentra seul, déclarant que Cheminas s'était rendu chez lui pour se laver et s'habiller. Il se contenterait d'un bol de café au lait. Charles, lui, souhaitait quelque chose de plus consistant. Les femmes lui firent honte de sa goinfrerie. Il répondit qu'il n'irait pas procéder à sa toilette tant qu'on ne l'aurait pas nourri de façon convenable. Résignée, Eugénie lui apporta du fromage de tête, du saucisson et un « Mont d'Or » avec une chopine de vin. Elles le regardèrent manger en feignant, pour le vexer, un dégoût qu'elles n'éprouvaient pas. Il aurait fallu beaucoup plus pour couper l'appétit de Lebizot. Lorsqu'il eut terminé, il vida un canon d'un trait, s'essuya les lèvres du dos de la main et annonça :

— Et maintenant, mes agnelles, je vais me faire une beauté.

A dix heures, Cheminas se montra et Armandine le trouva plus beau que jamais. Charles rejoignit le trio alors que Nicolas finissait de boire son café au lait sous le regard tout à la fois amoureux et maternel de la jeune fille. La table essuyée, on joua aux cartes jusqu'au moment où les cloches de Valbenoîte appelèrent les fidèles. On s'emmitoufla dans d'épais manteaux plus chauds qu'élégants. Lebizot prit une grosse lanterne pour éclairer leur marche dans la nuit enneigée. Avant de quitter leur logement, Cheminas posa dans l'âtre la bûche de Noël, un fameux morceau d'arbre qui, ramené de la forêt, avait été mis à sécher depuis le printemps dans un coin de la cuisine.

Sur la place Valbenoîte, grossièrement nettoyée, il ne fallait pas s'écarter des sentiers creusés par les pas des croyants. La moindre déviation vous enfonçait dans la neige jusqu'au ventre pour les femmes, jusqu'aux cuisses pour les hommes et, de l'ombre, montaient des cris et des appels au secours qui, le plus souvent, s'achevaient en rires. Tous se réchauffèrent en entrant dans l'abbaye. L'encens se mêlait à la senteur des cierges pour donner cette odeur indéfinissable qui calme les tourmentés venus demander au Seigneur la paix du cœur.

Noyée dans ses songes mélancoliques, Armandine se perdait dans cette douce moiteur où elle retrouvait les images de jadis. Pour la première fois, elle assistait au triple office ailleurs que dans son village. Malgré elle, la jeune fille, oubliant la réalité du décor qui l'entoure, se met à chercher les silhouettes familières qu'elle sait pourtant ne pas trouver. Le papa si tôt disparu, le pépé qui ne voulait plus vivre, la pauvre maman Louise qui prenait la mort pour un jeu et la grand-mère Élodie qui l'avait affrontée comme elle avait affronté tous les obstacles de sa vie, de face et sans jamais faiblir. Il semble à Armandine que, si elle lève le nez de son paroissien, si elle se penche un peu à droite et à gauche, elle les verra tous, ceux qui veillèrent sur son enfance ou la partagèrent. Au fond d'elle-même, elle n'ignore pas que ce n'est pas vrai, mais elle demeure tête baissée pour laisser durer, le plus longtemps possible, la belle illusion qui, du même moment, l'enchante et la meurtrit. Elle y renonce cependant lorsque le prêtre appelle ses ouailles à la table de communion. Seul,

Cheminas ne quitte pas son banc et, quand les mains jointes, elle regagne sa place, Armandine ne peut s'empêcher de redresser le menton pour le voir qui lui sourit. Alors, l'action de grâces que doit réciter celle qui vient de se confondre avec Dieu par le mystère de l'eucharistie se transforme en une supplique amoureuse : que Nicolas lui demande de l'épouser.

Après la messe, la morsure du froid paraît plus cruelle encore. On se serre les uns contre les autres et on se hâte — bras dessus bras dessous pour se retenir mutuellement en cas de chute — de retrouver la douceur des foyers. Pendant que chauffent les mets, on s'offre les cadeaux. Les hommes se déclarent enchantés de ce qu'ils reçoivent tandis qu'Armandine pleure en prenant dans sa main, creusée en forme de conque, les boucles d'oreilles — des grenats — que Nicolas y a déposées à côté du flacon d'eau de toilette, don de Charles. Eugénie a droit à une broche de la part de Cheminas et à un très beau châle que son mari a fait acheter, en grand secret, par une copine de l'atelier. On s'embrasse, on se congratule et Armandine constate, avec dépit, que l'étreinte de Nicolas n'a rien de passionnel. Pour un peu, elle lui jetterait son cadeau à la figure. Mais Charles ramène son monde aux obligations quotidiennes en proclamant qu'il est grand temps de passer à table. Jusqu'au petit matin, on mange, on boit, on chante. Quand le moment est venu de se séparer, on oblige Cheminas à avaler un grand bol de vin chaud à la française pour lui protéger les intérieurs contre le froid. Sitôt qu'il a quitté la compagnie, on va se coucher, remettant au lendemain le nettoyage de la cuisine. Ils s'endorment très vite, sauf Armandine qui ne pardonne pas à Nicolas de ne pas comprendre qu'elle l'aime.

* * *

Au matin de Noël, laissant leurs compagnons profiter de ces courtes vacances, et ayant décrété qu'à midi on mangerait les reliefs du réveillon, Eugénie passe son bras sous celui d'Armandine et l'emmène, malgré le mauvais temps, à la découverte de Saint-Étienne. Elles déambulent sur les trottoirs bien nettoyés du centre de la ville, s'arrêtant plus ou moins longuement devant les étalages. Vers onze heures, elles se retrouvent place Boivin où a lieu la louée. En se promenant dans les rangs formés par ces hommes et ces femmes en quête de patrons, Armandine se revoit avec sa grand-mère à Saint-Genest-Malifaux le jour où le hasard fit entrer Agathe avec le couple formé par Gustave et Christine Cintheaux dans la ferme des Versillac qu'ils dirigent aujourd'hui. Les deux amies pénètrent dans la Grand-Église et y récitent une courte prière. Avant de ressortir, Armandine allume un cierge afin que le Ciel vienne à son secours et l'aide à gagner l'amour de Cheminas. Toutefois, elle n'y croit plus beaucoup. En définitive, malgré l'affectueuse sollicitude de sa camarade, Armandine passe un Noël triste et le soir, avant de s'endormir, pour la première fois, elle se demande sérieusement si elle a eu raison de quitter Tarentaize.

Parce qu'elle était d'une nature obstinée, Armandine s'offrit encore une semaine d'illusion, en tentant de se persuader que Nicolas ferait sa demande à l'occasion du 1er janvier. Hélas ! le Nouvel An passa sans que Cheminas manifestât la moindre vélléité de mariage. Du coup, l'amoureuse se ressaisit. Jadis, elle n'avait pas voulu de Mathieu. Aujourd'hui, Nicolas ne voulait pas d'elle... Mathieu s'était consolé en se mariant. Eh bien ! elle se consacrerait à son métier. Adieu, Nicolas.

2.

Malgré ses résolutions, chaque fois qu'elle se trouvait en face de Cheminas, Armandine sentait fondre son cœur et se réfugiait dans un silence que les autres prenaient pour une bouderie alors qu'il n'était qu'une envie, péniblement réprimée, d'éclater en sanglots. Ainsi, depuis le Jour de l'An, une atmosphère pénible régnait-elle dans la maison. Un soir, Lebizot endormi, Eugénie arrêta son amie qui gagnait sa chambre.

— Armandine, faut que je te cause.

— Je t'écoute.

— Assieds-toi.

— Vas-y.

— Qu'est-ce que tu as ?

— Ce que j'ai ?

— Ne joue pas les idiotes... Tu n'as plus confiance en moi ?

— Oh ! si !

— Alors, raconte-moi ta peine, comme quand on était petites.

Armandine, après une hésitation, murmura :

— Tu le sais bien...

— Toujours Nicolas ?

— Oui... Il ne veut pas de moi.

— Il ne veut de personne, ma pauvre chérie. Seulement, je ne lui permettrai pas de te rendre malheureuse.

— Ce n'est pas de sa faute.

— Peu importe... Je vais parler à Lebizot.

— Il ne pourra rien.

— On verra !

Au matin, alors qu'Armandine dormait encore, Eugénie expliqua son tourment à Charles qui ne s'arrêta pas, pour autant, de manger et de boire. Lorsque son épouse eut terminé, Lebizot s'essuya la bouche.

— Je me doutais pas... C'est pas pour dire, mais vous autres, les femmes, vous avez de drôles d'idées... J'essaierai de causer à Nicolas, mais peut-être qu'il m'enverra foutre ?

A midi, alors qu'ils se retiraient dans un coin de l'atelier avec leurs gandots, Lebizot déclara tout à trac :

— Tu sais que tu nous facilites pas la vie, vieux ?

— Moi ?

— T'as tapé dans l'œil d'Armandine.

— C'est vrai ?

— Elle espérait que, toi aussi, tu l'aimerais et que tu lui demanderais sa main. Alors, comme t'as pas bougé, elle se ronge les sangs, elle dépérit, quoi !

— Je voudrais pas...

— On n'y peut rien. Les histoires d'amour, c'est trop compliqué pour moi, surtout quand nos compagnes s'en mêlent.

Nicolas se mit à rire.

— Ça serait difficile qu'elles y soient pas mêlées... J'y causerai à la petite...

— Tu l'aimes ?

— Oui.

— Alors, tu te la marieras ?

— Non... c'est pas possible... Je lui expliquerai.

— T'as intérêt, si tu veux mon avis... parce que l'Eugénie, elle t'a pas tellement à la bonne depuis que tu fais pleurer sa copine.

A voix basse, le lendemain matin, Lebizot rapporta à sa femme l'entretien qu'il avait eu avec Nicolas.

— A mon idée, Cheminas, il se mariera jamais.

— Pourquoi ?

— A cause de la politique.

— Si c'est pas malheureux !

Le dimanche suivant, selon un petit piège monté par Eugénie, Nicolas et Armandine se retrouvèrent seuls à la maison, les Lebizot ayant dû aller prendre l'apéritif chez des amis trop longtemps négligés. D'abord, Cheminas et sa compagne ne surent quoi se dire. Toutefois, d'un ton pointu, la jeune fille s'enquit :

— Ça ne vous ennuie pas de rester avec moi ?

— Au contraire ! Je tenais à vous parler...

Le cœur d'Armandine s'emballa.

— Charles m'a confié que vous vous plaisiez bien avec moi.

— Charles est un bavard, mais il vous a dit la vérité.

— De mon côté, j'ai un sentiment pour vous.

L'amoureuse avait du mal à contenir la joie qui s'emparait d'elle. La gorge serrée, elle murmura :

— J'en suis heureuse.

— Et c'est sûr que si je pouvais me marier, je voudrais pas une autre femme que vous.

Ce fut comme si une chape de glace tombait sur les épaules d'Armandine qui chuchota :

— Si vous pouviez... pourquoi ne pouvez-vous pas ?

— Parce que je porte en moi quelque chose qui me brûle, qui me ronge et qui finira qu'avec ma vie, quelque chose dont personne saurait me délivrer et que je peux partager avec personne.

— Qu'est-ce que c'est donc ?

— La haine.

— Contre qui ?

— Contre ceux qui ont tué mon père, ma mère, ma sœur.

— Que racontez-vous là ?

Alors, il se mit à parler d'une voix sourde, monotone et Armandine eut l'impression d'une bouteille se vidant doucement, sans bruit.

— J'avais cinq ans quand mes parents, recrus de misère, ont quitté Saint-Étienne pour Lyon. En 1810, mon père avait trente ans et je me souviens de lui comme d'un vieillard s'arrêtant guère de tousser. Il était mineur, mais il y arrivait plus. Pendant qu'il était au fond, j'accompagnais ma mère sur les crassiers où, avec les autres grapilleuses[1], elle triait les bonnes grésilles[2] parce qu'on n'avait pas les moyens d'acheter du charbon.

— Pourquoi êtes-vous allés à Lyon ?

— Un petit cousin à ma mère, sachant que mon père avait appris la passementerie, puis abandonné le métier pour la mine où l'on gagnait plus, le fit engager dans un atelier de la Croix-Rousse où maman serait dévideuse. Moi aussi, je pourrais me rendre utile, ce qui fait qu'à six ans j'étais déjà au travail dès le petit matin.

— Ça devait être terrible !

— Atroce, mais on s'habitue, à la façon du cheval aveugle qui, au fond des puits, tire les chariots pleins et ramène les vides. On aurait peut-être même réussi à goûter un brin de bonheur si on avait pas dû s'entasser dans une sorte de grenier éclairé d'une seule lucarne. Je vous laisse deviner l'hygiène régnant dans ce taudis sans eau et presque sans air. On a pourtant résisté jusqu'en 1818, année où ma sœur Rosette est née. Ma mère, obligée de s'arrêter, mon père a dû forcer encore au travail. Peu après la naissance de la petite, il s'est mis à cracher le sang. Il a demandé du secours au chef d'atelier, au fabricant. On lui a répondu que, s'il avait pas la force d'assumer sa tâche, il avait qu'à rentrer chez lui. Bien qu'âgé de treize ans seulement, si j'avais eu un couteau, je le plantais dans le ventre de ce salaud de Gustave Escuris, le chef d'atelier.

— Quelle horreur !

— Florentin, mon père, a tenu le coup encore deux ans. Un matin, il est mort en se traînant dans l'escalier menant à l'atelier. Je me souviens bien du docteur venu examiner le cadavre. Il a relevé la tête et a regardé Gustave : « Vous avez osé faire travailler un homme dans cet état-là ? — C'est lui qui s'entêtait à venir ! Je me demande pourquoi. — Peut-être parce

1. Femmes qui allaient sur les pentes abruptes des crassiers pour y trouver des morceaux de charbon encore utilisables. — 2. Charbon incomplètement brûlé rejeté par l'exploitation des mines.

qu'il avait faim, non ? Il faudra que Dieu, lorsque nous comparaîtrons devant Lui, soit vraiment plein de mansuétude pour nous pardonner... »

— Un brave homme...

— Maman Hermine avait été élevée dans une ferme de la Haute-Loire. C'est pour ça, sans doute, qu'elle a résisté plus longtemps à la phtisie. Cependant, en 1827, à son tour, elle a craché du sang. Elle est morte l'année suivante. Elle avait quarante-trois ans et, moi, je me suis retrouvé seul avec une gamine de douze ans. Elle m'a pas embarrassé longtemps, ma petite Rosette. Mal nourrie, elle pouvait pas se défendre contre la maladie. Moins d'un an après le départ de notre mère, elle la rejoignait au cimetière.

Armandine posa sa main sur le bras de Cheminas.

— Mon cher Nicolas...

— Le médecin, qui avait signé les certificats de décès de tous les miens, m'a examiné et il a vu que, moi aussi, j'étais atteint de phtisie. Sur ses conseils, pour essayer de guérir, je me suis placé chez des paysans et, pendant deux ans, j'ai trimé dur, mais je m'en suis sorti. Je serai véritablement vengé que lorsqu'on aura fichu en l'air ces fabricants qui assassinent les pauvres.

— Vous pensez que ce jour viendra ?

— Oui, quand on se sera définitivement débarrassé du roi et qu'on aura rétabli la République !

— Ça changera quelque chose ?

— Ça changera tout ! On s'aimera enfin les uns les autres. Il n'y aura plus d'exploiteurs et d'exploités ! Ni riches ni pauvres ! Plus de policiers ! Plus d'armée ! C'est ma religion, Armandine. Elle risque à chaque instant de m'appeler et à ce moment-là, je lâcherai tout pour aller à la bataille. Voilà pourquoi, je ne peux pas, je n'ai pas le droit de me marier. Lorsque je rencontre une fille dans votre genre, je le regrette.

Ce soir-là, les hommes partis, Eugénie prit Armandine dans ses bras.

— En rentrant, tout à l'heure, à voir ta tête, j'ai compris que ça n'avait pas marché ! Est-ce que je me trompe ?

— Il me préfère la République.

Le lendemain, tandis qu'elle servait son petit déjeuner à son mari, Eugénie annonça :

— Lebizot, tu dois savoir qu'Armandine, elle est beaucoup plus qu'une sœur pour moi...

— Et alors ?

— Je ne tolère pas de la voir malheureuse par la faute d'un grand imbécile qu'elle aime et que lui n'aime pas, ou plutôt qu'il ose pas aimer à cause de la politique !

— Qu'est-ce que tu veux que j'y fasse ?

— Conseille à Cheminas de venir ici qu'en fin de semaine, c'est seulement à cette condition que je pourrai le supporter.

— Ça sera pas facile.

— Je sais, mais t'es un homme ou quoi ?

— Sûr... et pour le gandot de midi ?

— Y aura rien de changé. Pour les sous, on s'arrangera toujours.

Pendant la pause de midi, Charles, bien ennuyé, remarqua :

— Eugénie m'a fait la leçon, ce matin, avant que je parte.

— A quel propos ?

— Armandine et toi. Tu lui as tourneboulé la jugeote à cette petite.

— Pas ma faute.

— Dans un sens, non, et dans un sens, oui.

— Je comprends pas ?

— Mais, sacré bon Dieu ! Pourquoi tu refuses de vivre à la façon des autres ? Pour quelles raisons tu mélanges la politique et l'amour ?

— Je les mélange pas, je les superpose et la politique, elle, se trouve dessus. Et tant que j'aurai pas fait rendre gorge à ceux qui ont assassiné les miens, je pourrai pas penser à autre chose.

— C'est pas Dieu possible que tu soyes entêté à ce point ! En tout cas, l'Eugénie supporte pas de voir son amie malheureuse, alors, elle souhaite que tu viennes chez nous que le samedi et le dimanche. Histoire de laisser la petite se calmer.

— Et si je venais plus du tout ? Ça serait peut-être mieux ?

— Dis pas de bêtises, j'ai besoin de toi. Pour le gandot, y aura rien de changé.

— D'accord. A samedi au dîner. Pour Armandine, je tire peine, mais je n'ai pas le droit de lui mentir.

Sans Nicolas, les soirées chez les Lebizot devinrent de plus en plus mornes. Visiblement, Charles en voulait à Armandine de l'avoir privé de son meilleur ami, celui qui l'aidait à supporter une vie difficile. Pour la jeune fille, la chaise vide de Cheminas était aussi douloureuse que sa présence indifférente. Paradoxalement, Nicolas, absent, devenait plus encombrant que jamais. Consciente du remue-ménage sentimental que son attitude suscitait, au bout d'une semaine, Armandine déclara :

— Je me suis conduite sottement. Je vous en demande pardon à tous deux. On ne peut forcer personne à aimer quelqu'un qu'il n'aime pas. Penser le contraire est stupide. Demandez à Nicolas de revenir afin que tout recommence comme avant.

Joyeux, Charles embrassa Armandine sur les deux joues et fit subir un traitement identique à sa femme. Eugénie et son Lebizot achevèrent la soirée dans une euphorie totale à laquelle leur hôte s'efforça de prendre part, tout en constatant, avec amertume, que les chagrins des autres, même quand ils nous sont très proches, nous demeurent étrangers.

Dans son lit, ce soir-là, Armandine pleura longuement. Il est toujours pénible d'enterrer son premier amour. La faiblesse de Mlle Versillac tenait à ce que, jusqu'ici, elle avait toujours été aimée... Élodie... Louise... Ambroise... Honoré... Agathe... Christine... Gustave... sans compter Mathieu, Eugénie, Landeyrat le Vieux... Elle s'était facilement persuadée devoir être immédiatement payée de retour par celui auquel elle s'attacherait un jour. Et voilà que l'homme aimé dès leur première rencontre la décevait. A cette idée, la colère se mélangeait à sa peine. Si encore elle avait eu une rivale en chair et en os, elle aurait pu lutter pour défendre ou obtenir le bonheur auquel elle aspirait, mais allez donc vous battre contre la République ! D'autant plus qu'elle ignorait à quoi elle ressemblait, cette République. Cependant, ayant séché ses larmes, Armandine — qui n'avait rien perdu de son caractère altier et de son énergie — décida de tirer un trait sur l'aventure Cheminas. Elle lui montrerait que d'autres pouvaient apprécier ce qu'il dédaignait.

Chacun y mettant du sien (et se jouant la comédie), le retour de Nicolas ne souleva aucune émotion. D'un commun accord, on se comporta de la même façon que si Cheminas n'avait jamais manqué un repas et tout recommença. Armandine s'adressa à lui sur le ton plaisant jadis employé. Le garçon répondit de même. A les entendre, personne n'aurait soupçonné qu'un petit drame s'était joué en ce lieu paisible.

* * *

Mise au courant par sa nièce, Mlle Marthe s'efforça de se montrer plus maternelle encore à l'égard d'Armandine dont, mieux que quiconque peut-être, elle comprenait les élans et les blessures. Elle était soutenue dans sa tâche par un ami de vingt ans — Armand Vétheuil — journaliste au *Mercure Ségusien* de Saint-Étienne, qui défendait les bourgeois et la bourgeoisie de la ville plus par obligation que par goût. Armand atteignait la cinquantaine. Le « Miroir de Paris » était son refuge. Il avait puissamment contribué au lancement du magasin et Mlle Marthe n'était pas femme à oublier. Le vieux garçon n'avait que deux passions au monde : son amour pour Mlle Marthe et l'eau-de-vie, mais jamais au point de s'enivrer. Il est vrai qu'il possédait une capacité d'absorption hors du commun. Tantôt Marthe, tantôt Armand tentaient de faire profiter l'amoureuse déçue de leurs pénibles expériences, tous deux ayant eu leurs existences traversées de déboires sentimentaux.

Peu à peu, Armandine guérissait en se donnant avec acharnement à son métier. Elle en oubliait Tarentaize et sa ferme dont les habitants, ne sachant écrire, donnaient des nouvelles à leur jeune propriétaire par l'intermédiaire du père Lussaud. Les réponses étaient adressées à Mme Lussaud car, dans chaque lettre, un passage la concernait à propos d'Eugénie. Armandine promit de monter au village à la fin du printemps.

Pour faire plaisir à sa patronne, Armandine s'était rendue rue Saint-Louis chez une cliente qu'il importait de ne pas mécontenter par un retard injustifié. La démarche accomplie, la petite modiste s'attarda sur la place Royale dont elle aimait l'animation. Une seule chose l'incommodait : l'odeur des eaux du Furan, surtout les jours de marché où, plus encore que de coutume, elles servaient de dépotoir. Cet après-midi-là, le regard de la promeneuse fut attiré par un groupe de gens qui entouraient un chanteur auquel on jetait des pièces de monnaie. Armandine entendit un ouvrier dire à son compagnon :

— Dépêche-toi ! C'est Jean Mallet ! Il a pas froid aux yeux, celui-là ! Rapplique avant que les policiers s'amènent.

Mlle Versillac s'approcha à son tour et vit, debout sur une sorte de tréteau rudimentaire, un garçon qui chantait, accompagné d'un violoniste tandis qu'une femme vendait la chanson. Elle prêta l'oreille et comprit qu'il s'agissait de Saint-Étienne et de ses habitants :

De nos mains s'échappe la foudre ;
Nos fronts noircis par le charbon
Ont pris la couleur de la poudre,
Sans craindre le bruit du canon,
Liberté, France notre mère,
Chacun de nous vous défendra ;
Nos mains forgeront le tonnerre :
Saint-Étienne est toujours bon là !

Soudain, on cria : la police ! Aussitôt, ce fut la débandade et lorsque les sergents de ville se montrèrent, plus aucun attroupement ne subsistait. Ils furent cependant hués, ce qui les mit fort en colère. Ils répondirent par des menaces qui suscitèrent d'autres quolibets. Armandine eut le malheur d'en rire devant un policier qui l'empoigna par un bras et la secoua en demandant, brutal :

— Vous vous foutez de la police du roi ?

— Le roi et toi, on vous emmerde ! lança une voix anonyme.

— Puisque c'est ainsi, vous vous expliquerez avec le commissaire !

Subitement affolée à la perspective d'être interrogée et qui sait ? emprisonnée, d'un élan instinctif, Armandine se retourna vers les curieux, en criant :

— Au secours !

Un grand garçon brun, large d'épaules, hurla :

— On ne va quand même pas permettre à cette brute de se venger sur une jeune fille !

Avant que le policier ait pu réagir, Armandine lui était arrachée des mains tandis qu'on le bousculait et qu'on finissait par l'envoyer s'applater[1] dans l'eau nauséabonde du Furan. Lorsque ses collègues l'eurent ramené sur le quai, haut d'une cinquantaine de centimètres, il puait les cent mille diables d'enfer et ses agresseurs s'étaient éparpillés depuis longtemps.

Attrapant Armandine par la main, un homme blond qu'elle n'avait pas encore vu la remorqua en courant jusqu'à la rue Saint-Jacques où ils reprirent une allure normale pour suivre la rue du Grand-Moulin, atteindre la place du Marché, celle de l'Hôtel-de-Ville et rejoindre la rue du Général-Foy. Là, les deux fuyards se séparèrent mais, avant de quitter la jeune fille, le garçon précisa :

— Je m'appelle Aristide Flassigny. Je suis gouverneur[2] au puits Rollan à Montaud où j'habite.

— Mais ce n'est pas vous qui vous êtes jeté sur les agents !

— Oh ! non... Je respecte trop ceux qui maintiennent l'ordre dans notre ville.

— Alors, pourquoi ?...

— Vous sembliez si désemparée...

1. Tomber lourdement sur le ventre. — 2. Chef d'équipe.

— Mon nom est Armandine Versillac. Je travaille à deux pas d'ici, au « Miroir de Paris ». Maintenant, il ne me reste plus qu'à vous remercier.

— Vous vivez chez vos parents ?

— Non, chez des amis, à Valbenoîte. Pourquoi ?

— Parce que... c'est-à-dire... enfin, j'aimerais bien vous revoir.

— On se rencontrera peut-être, qui sait ?

Abandonnant un Aristide tout déconfit, Armandine s'éloigna, vive et légère. La suivait-il ? Elle n'osa pas se retourner, elle n'en avait nul besoin, d'ailleurs, certaine qu'il se trouvait à quelques mètres derrière elle. Dieu que la vie était belle et si pleine d'imprévus ! Elle en avait des impatiences qui la démangeaient par tout le corps, tant il lui durait de pouvoir raconter son aventure. En refermant la porte du « Miroir de Paris », elle vit à travers la vitre passer M. Flassigny qui la salua d'un grand coup de chapeau auquel elle répondit d'un sourire et d'un petit geste de la main à l'étonnement indigné de Mlle Marthe n'acceptant pas, dans sa boutique, ce genre de familiarité susceptible de ternir la réputation d'un commerce.

Eugénie et sa tante écoutèrent Armandine, bouche bée. L'épisode du policier au Furan les fit rire et elles poussèrent des exclamations horrifiées au récit de l'arrestation puis applaudirent à la délivrance. Cependant, après avoir félicité sa commise de s'être tirée à son avantage de ce mauvais pas, Mlle Marthe crut de son devoir de la mettre en garde contre les exigences possibles des princes délivrant les demoiselles en danger.

Au dîner, à la demande d'Eugénie, Armandine dut recommencer à conter les péripéties de son après-midi pour l'édification de Charles et de Nicolas. Lorsqu'elle eut achevé, Cheminas s'exclama :

— Vous avez compris, maintenant, pourquoi je me bats ? Afin de retrouver le droit d'exprimer son opinion sans que les argousins vous sautent dessus, pour qu'ils ne puissent pas enfermer quelqu'un, uniquement pour se venger des sévices infligés par d'autres ! Tout cela ne sera plus possible quand on aura renvoyé le roi et réinstallé la République !

Le ton de Cheminas montant d'une façon qu'il estimait dangereuse, Lebizot coupa la harangue enflammée de son ami, en posant une question banale à l'héroïne de l'affaire :

— A quoi ressemble votre sauveur ?

— Un grand bel homme, dans votre genre.

Charles tenta de cacher sous un rire niais l'hommage rendu à sa prestance.

— Il est blond, brun, rouquin ?

— Blond et timide... Visiblement, il m'a trouvée à son goût puisqu'il m'a confié qu'il désirait me revoir.

Rogue, Cheminas s'enquit :

— Vous lui avez fixé un rendez-vous ?

— Pas encore.

— Eh bien ! il faut vous dépêcher de le faire ! Allez ! bonsoir la compagnie !

Nicolas sortit sans ajouter un mot. Charles s'étonna :

— Quelle mouche l'a encore piqué ?

Eugénie répondit à son mari :

— Il ne veut pas épouser Armandine parce qu'il se croit chargé d'une mission, mais il ne supporte pas l'idée qu'elle puisse en épouser un autre.

Stupéfait, Lebizot, bon gros pas malin, s'écria :

— Alors, c'est qu'il aime Armandine ?

— Bien sûr qu'il l'aime...

La jeune fille remarqua :

— Ça vous fait une belle jambe de se savoir aimée d'un homme qui refuse de l'admettre !

— N'empêche, ma chérie, que, si vraiment tu tiens à lui, tu dois patienter et ne pas perdre ton temps avec des garçons qui ne le valent pas.

— Qu'en sais-tu ? Et pourquoi je ne finirais pas par tomber sur un homme qui m'aimera et qui osera me le dire !

Lebizot qui semblait, décidément, voué à apaiser les esprits interrogea, enjoué :

— Vous connaissez le nom de ce chevalier qui vous a arrachée aux griffes du policier ?

— Flassigny... Aristide Flassigny.

— De quoi il a l'air ?

Eugénie répondit à la place de sa compagne qu'elle prit de vitesse.

— D'un poireau mal cuit !

— N'oublie pas que la petite a précisé qu'il me ressemblait !

— Justement !

On partit se coucher en échangeant de froids et rapides baisers qui traduisaient davantage un respect des habitudes qu'un élan du cœur. Tout le monde était fâché contre tout le monde, sans bien savoir pourquoi.

* * *

Le surlendemain de cette aventure, en sortant du « Miroir de Paris », les deux amies se heurtèrent à Flassigny. Armandine devint rose de plaisir en voyant la mine de sa compagne. Elle présenta Flassigny à Eugénie qui se contenta d'un salut des plus secs. Aristide sollicita la permission de raccompagner ces dames jusqu'à Valbenoîte. Pendant le trajet, Eugénie, renfrognée, ne prononça pas un mot et Armandine tout comme son galant, gênés par cette hostilité trop apparente, ne parlèrent guère davantage. A l'arrivée, tandis que Mme Lebizot s'éloignait après un salut des plus courts, Aristide retint Armandine :

— Dites, mademoiselle... Votre amie, j'ai pas l'air de lui plaire beaucoup ?

— Elle a peur que vous vous conduisiez mal...

— Quelle idée ! J'ai été bien élevé !

— Ça ne prouve rien.

— Écoutez : en sortant avec moi, vous pourriez vous en rendre compte ?

— Pourquoi pas ?

Ils prirent rendez-vous pour le surlendemain, dimanche, à trois heures, place de l'Hôtel-de-Ville, sur le trottoir de l'hôtel lui-même.

Quand Armandine rejoignit sa compagne, celle-ci ricana :

— Il a consenti à te lâcher ?

— Il ne te plaît pas, hein ?

— Non.
— Pour quelles raisons ?
— Ou il est idiot ou il est hypocrite.
— Tu es injuste !
— Et toi, tu es bornée !
— Oh ! mais tu m'embêtes, à la fin !
— Bon, bon, n'en parlons plus ! En tout cas, il ne faudra pas te plaindre s'il t'arrive des ennuis !
— Quels ennuis ?
— Alors, toi aussi, tu es idiote ou hypocrite !

L'atmosphère se tendait chez les Lebizot. Lorsque le dimanche, la vaisselle faite, Armandine annonça qu'elle sortait et cela sur un ton qui excluait toute proposition d'accompagnement, personne ne réagit. La jeune fille partit dans un silence glacial, toutefois, elle ne referma pas la porte assez vite pour ne pas entendre Cheminas remarquer :

— Je ne l'aurais pas crue de cette espèce...

Le sang de Mlle Versillac ne fit qu'un tour et elle faillit rentrer dans la pièce et leur crier qu'ils étaient injustes et méchants, puis elle haussa les épaules et continua sa route. Dans la voiture l'emmenant au centre de Saint-Étienne, Armandine était un peu désemparée par la réaction de ses amis qu'elle ne comprenait pas. Peut-être Eugénie se faisait-elle vraiment du souci, peut-être était-elle un peu jalouse ? Lebizot, sans doute, tenait rigueur à l'invitée de troubler la quiétude du foyer. Plus bizarre apparaissait l'attitude de Cheminas. Il était certainement malheureux de constater qu'Armandine avait rencontré un homme sympathique. Mais, saperlipopette ! s'il tenait à elle, pourquoi ne le lui avouait-il pas ? Même s'il ne désirait pas se marier encore, ils auraient pu attendre ensemble que vienne le temps de passer devant le maire et le curé ! En résumé, à eux trois, ils avaient réussi à gâcher le plaisir que Mlle Versillac se promettait de retirer de sa rencontre avec ce M. Flassigny.

A l'arrêt de la voiture publique, Aristide guettait sa venue. Il s'était habillé de son mieux et avait légèrement forcé sur la lavande. Armandine fut intriguée par les traces noires que le garçon avait aux yeux — ce qui lui donnait un regard oriental — et dans les sillons de ses paumes.

— Vous voulez qu'on se promène un peu ?

— Oui, mais pas longtemps. J'ai promis de rentrer de bonne heure. Mon amie s'inquiéterait. C'est la première fois que je sors seule et je ne connais pas la ville.

— Vous n'y êtes pas née ?

— Non, mes parents tenaient une ferme à Tarentaize, dans le Pilat.

— J'y suis allé une fois avec l'école, il y a pas mal d'années. Ça m'a paru joli.

— C'est joli.

Elle se surprit dans la certitude qu'elle avait mise, spontanément, dans sa réponse. Elle n'imaginait pas qu'elle pût aimer encore, à ce point, son village ou était-ce pour être pardonnée de l'avoir abandonné ? Et puis, tous les siens reposant là-haut, voilà qui suffisait à transformer Tarentaize en un lieu dont la beauté ne se révélait qu'aux seuls initiés.

Côte à côte, ils remontèrent la rue du Grand-Moulin, la rue Saint-Jacques, la rue de l'Hôpital, ils descendirent la rue de Fontainebleau et par la rue Chantegrillet débouchèrent sur la Place aux Bœufs où, par la rue de l'Éternité, la rue Royet et la rue de la Boucherie, ils parvinrent à la place Marengo, orgueil de la ville, avec ses frondaisons donnant l'illusion de la campagne. Épuisée, Armandine se laissa tomber sur un banc où Aristide la rejoignit. Ils n'avaient échangé que des banalités durant leur promenade. La jeune fille commençait à se demander ce qu'elle faisait sur ce banc en compagnie d'un inconnu.

— Si je vous ai comprise, vous étiez paysanne et c'est à cause de votre amie que vous êtes venue à Saint-Étienne, après avoir perdu vos parents ?

— Oui... Je m'ennuyais là-haut. Et vous ?

— Moi ? Je vis avec ma mère, à Montaud... Derrière nous, sur le nord, depuis que mon père est mort dans un coup de grisou, il y a quinze ans.

— Quel emploi occupez-vous dans la mine ?

Il se redressa sur le banc.

— Je suis gouverneur au puits Rollan.

— Ah ? Qu'est-ce que c'est, un gouverneur ?

— Un homme qui dirige une équipe de cinq ou six ouvriers dont il est responsable. Figurez-vous qu'il m'arrive de gagner jusqu'à des cinq francs par jour.

— Eh bien ! dites donc !

— Oh ! quand on est seul, ça n'a pas grand intérêt...

Armandine, sentant que la conversation risquait de glisser sur une pente dangereuse, se hâta de changer de sujet.

— Cette promenade m'a épuisée... J'ai perdu l'habitude de marcher... Je ne serai peut-être même plus capable d'utiliser des sabots. Quel âge avez-vous, monsieur Aristide ?

— Trente-deux ans.

— Et, à trente-deux ans, vous vivez encore dans les jupes de votre maman ?

— Oh ! dans les jupes, ce n'est pas le mot. Je fais ce que je veux, mais ma mère ne pourrait pas rester sans moi.

— Si vous vous mariez...

— Ma femme et moi, nous aurons notre appartement dans la maison qu'habite ma mère et qui nous appartient... On sera, à la fois, près et loin.

— Je vois. Ce coup-ci, je dois rentrer.

— Je vous accompagne.

Aristide installa dans la voiture son amie du moment qui le remercia de la bonne marche à travers un Saint-Étienne qu'elle découvrait.

A son retour, personne ne posa de questions à la promeneuse et le repas du soir se déroula dans cet embarras devenu constant depuis l'intrusion de Flassigny. A l'heure du coucher, Eugénie déclara :

— Maintenant que nous sommes seules, tu n'as rien à me dire ?

— Pourquoi les hommes ne m'ont-ils pas demandé ce que j'avais fait pendant la journée ? J'ai l'impression que, tout d'un coup, je suis devenue une étrangère...

— Si tu étais un peu plus finaude, tu comprendrais qu'ils sont jaloux et que cet Aristide, pour eux, est un ennemi. Comment l'as-tu trouvé, ton bonhomme ?

— Sûrement un brave garçon, sans malice, honnête, respectueux. Sa mère possède une maison à Montaud. Ils l'habitent ensemble. Lui, il est gouverneur au puits Rollan.

— Eh bien ! ma belle, si tu l'épouses, tu n'as pas fini de laver. La mère, comment est-elle ?

— Il ne m'en a pas encore parlé. Il paraît la respecter beaucoup.

— A moins qu'il n'en ait peur ? Des fois, ça ne serait pas un de ces « Jean-ma-mère » incapables de s'éloigner de leur maman sans crier au secours ?

— Tu n'es pas gentille, Eugénie.

— Parce que j'ai de la peine.

— Mais de quoi, bon sang ?

— De te voir t'écarter de nous.

— A qui la faute ?

— Tu n'as pas de patience.

— J'en ai, mon Eugénie, mais je ne tiens pas à rester vieille fille !

— Tu n'en prends pas le chemin ! Tu ne t'es pas débarrassée de Nicolas que tu sautes sur un Aristide ! Si je ne te connaissais pas comme je te connais, je te dirais : Armandine, méfie-toi : c'est quand elle va d'un homme à un autre et qu'elle est toujours déçue, qu'une fille risque, par découragement, de devenir une gambelle [1].

D'abord, Armandine s'indigna puis, lorsqu'elle vit que son amie avait les larmes aux yeux, elle l'enlaça et la serra contre elle.

* * *

Aristide n'avait pas exprimé l'exacte vérité en parlant de sa mère, mais il n'en avait pas conscience. Alors qu'il remontait vers Montaud, le cœur en fête, persuadé qu'il avait rencontré la femme de sa vie, il se remémorait les avantages physiques d'Armandine dont il avait pu se faire une idée. Quant à ses qualités morales, il était persuadé qu'elle les possédait toutes.

1. Femme facile.

Il avait beau s'acharner (du moins le croyait-il), il ne découvrait pas le moindre défaut à celle que, déjà, il aimait. L'enthousiasme d'Aristide commença à faiblir quand il distingua les toits des rares maisons juchées au sommet de la colline de Bel-Air surplombant Montaud et au pied de laquelle Flassigny avait sa demeure. Dans ce quartier, régnait l'impériale Zoé Flassigny, mère d'Aristide, matrone douée du plus épouvantable caractère qu'on puisse imaginer. Grande, forte, le verbe haut, à soixante-deux ans, la Flassigny n'avait pas encore rencontré de rivale digne de ce nom. Les plus indulgents affirmaient qu'en disparaissant dans un coup de grisou, le malheureux Paul, son époux, avait découvert, enfin, la liberté. Ce coup de grisou endeuillant Montaud assura la gloire de Zoé. Lorsqu'elle apprit le désastre, elle manqua déclencher une émeute et les messieurs de la mine, pour éviter un scandale nécéssitant l'envoi de troupes — éventualité que la préfecture eût très mal acceptée — durent en passer par où l'exigeait la terrible veuve. Grâce à l'indemnité obtenue, elle acheta la maison où elle logeait et parvint à faire nommer son fils, honnête mineur, sous-gouverneur. Ce triomphe attribua à la veuve Flassigny une auréole d'invincibilité. Les plus faibles se placèrent sous son illusoire protection et Zoé se mit à terroriser le quartier. Les jeunes, qui ne se conduisaient pas selon les règles imposées par les bonnes mœurs, s'entendirent insultés publiquement. Les hommes se rendant trop fréquemment au cabaret furent vilipendés à haute voix chez les marchands, de même que ceux se comportant mal avec leurs femmes ou leurs gosses. Il arrivait que des pugilats missent aux prises Zoé et une opposante. La Flassigny en sortait toujours victorieuse. Aimait-elle son fils ? Il était impossible de répondre d'une manière définitive à la question. Aristide était « son » petit, sa chose, elle le couvait à la façon d'un trésor bien abrité et auquel nul n'avait le droit de toucher. En dépit de son âge, le garçon — que la personnalité de sa mère avait empêché de se développer intellectuellement — était demeuré l'enfant que terrifiaient les colères maternelles.

Pendant le repas qui suivit son escapade dans Saint-Étienne, Aristide annonça :

— Tu sais, maman, j'ai rencontré une jeune fille très bien.

Zoé eut un ricanement écœuré.

— Une jeune fille ! pauvre bayaillet[1] ! Et où l'as-tu rencontrée ?

— Mais... dans la rue...

— Tiens donc ! ça serait pas sur le trottoir, des fois ?

— Maman !

— Alors, qu'est-ce qu'elle te voulait, cette sampille[2] ?

— Elle ? rien.

— Même pas tes sous ?

— Maman !

— D'abord, comment tu sais que c'est une jeune fille et pas une traînée ?

— Elle est arrivée de la campagne pour travailler chez une modiste.

La Flassigny concéda :

— C'est déjà mieux... et tu comptes aller faire pampille[2] avec cette personne en abandonnant celle qui t'a mis au monde, chaque fois que tu auras des heures de liberté ?

— Je pourrais... enfin, si tu es d'accord... l'amener ici si... si tu penses que c'est possible ?

Zoé se gonfla à la façon d'un crapaud espérant effrayer un ennemi.

— Oser parler d'introduire une femme dans cette maison ! Mais t'es donc dépravé au point de plus respecter ton foyer ?

— Mais... mais si je... je souhaite me marier ?

Elle tonna :

— Te marier, quand tu as la chance d'avoir une mère comme moi !

— Y a des choses qu'on fait quand on...

— Ah ! je t'en prie ! Aristide... respecte-moi ! Quant

1. Niais. — 2. Femme vulgaire et sale. — 3. Faire une bringue modeste.

aux saletés que t'oses pas appeler par leur nom, t'as qu'à demander aux filles qui se vendent, paraît que c'est pas ce qui manque !

— Maman, Armandine, c'est pas ce genre.

— Aristide, tu commences à m'embêter !... Me parle plus de ce cancrelat et mange ! Y en a pas une qui te préparera les plats que je mijote !

La déconvenue avait ôté tout appétit au garçon. Comment avait-il pu être assez bête pour imaginer que sa mère accepterait de le voir se soucier d'une autre femme qu'elle ?

— Alors, tu manges, oui ou non ? Je te regarde en train de jouer les pichorgnes[1] et de marpailler[2] un morceau dans le filet qu'a coûté huit sous !

— J'ai pas faim !

— Parce que tu penses à cette intrigante, hein ? Écoute-moi bien, mon matru[3], si jamais je te rencontre avec cette Marie-Graillon, j'y saute dessus devant tout le monde et je te la petafine[4]. Et maintenant, file te coucher !

— J'ai trente-deux ans, tout de même !...

— Tu crois que ça m'empêcherait de te flanquer une paire de calottes ?

Flassigny gagna sa chambre sans répondre. Son fils parti, Zoé se rendit sur le pas de sa porte donnant dans la rue et s'y assit sur la marche qui surélevait le seuil. Une habitude que prisaient surtout les vieux et les vieilles échappant ainsi, pour un moment, à la solitude. La plupart mangeaient leur soupe dans un gandot. On parlait fort pour être entendu du plus grand nombre et, quand celui ou celle dont on souhaitait connaître l'avis était trop éloigné, on transmettait la question jusqu'au destinataire, de maison en maison. La réponse arrivait par le même chemin, enrichie des réflexions ajoutées au passage.

La voisine avec laquelle Zoé s'entendait le mieux était une octogénaire dont le mari avait trouvé la mort

1. Quelqu'un qui mange mal et sans appétit. — 2. Traiter sans soin. — 3. Terme affectueux. — 4. Abîmer.

à la mine tandis que ses deux fils succombaient, rongés par la tuberculose.

— Et la santé, ce soir, Germaine, où qu'elle en est ?

— Ça va pas fort...

— On dit ça, mais vous êtes bâtie pour vivre cent ans !

— J'y tiens pas.

— Où vous avez mal ?

— Mon ventre... Il troulate[1] sans arrêt et quand je vais aux lieux, rien ! J' peux plus avaler seulement un bouillon. Tout à l'heure, pour me donner la force de venir cancorner[2] un tant soit peu avant d'essayer de dormir, j'ai dû me boire deux petits verres d'arquenbuse. Et vous, Zoé ?

— Oh ! moi, j'aurais pas à me plaindre, si mon garçon, il me donnait pas du souci.

— Qu'est-ce qu'il a ?

— Le vezon[3].

— Non ?

— Si ! et à cause d'une gueuse qu'il a rencontrée dans la rue ! Je vous demande un peu !

— Quel âge ça lui fait à votre Aristide ?

— Trente-deux.

— La belle saison, hé ? Ça doit le démanger...

— Les hommes, c'est tous des cochons ! Si les femmes, elles se laissaient pas mener tout le temps, qu'elles en aient envie ou pas, on vivrait autrement. Je sais bien que moi, quand mon Paul il commençait à me flatter doucement la masse du sang[4], je l'avertissais : attention, Paul, continue tes manières honteuses et je t'en tourne une que t'en auras pas chagrin ! Alors, il me fichait la paix.

— Votre Aristide, vous devriez le purger.

Au matin qui succéda à la soirée orageuse où il avait tenté de s'affirmer, Flassigny gagna la mine, sans dire un mot à sa mère. Le soir, même attitude et à la fin du dîner, Zoé, qui se sentait envahie par une colère dont l'intensité croissait de minute en minute, cogna sur la

1. Borborygmes. — 2. Rabâcher. — 3. Petit ver (sous-entendu dans le cerveau). — 4. Les fesses.

table (ce qui fit sauter le pochon dans la soupière) en criant :

— Bon Dieu ! pourquoi tu parles pas ?

— J'ai pas envie...

— Pourquoi que t'as pas envie ?

— J'ai le babaud [1].

— Pourquoi t'as le babaud ? Toujours à cause de cette ganipe [2] ?

— Je te permets pas de...

— Toi ! tu me permets ! C'est pas vrai ! T'as dû ramasser un coup de mâluche [3] sur le crâne quand t'étais petit, sans que j'y fasse attention lorsque j'allais au lavoir et que je t'emmenais avec moi ! Ça t'aura dépipelé [4] la cervelle...

— Dans ce cas, ça aura mis du temps à se déclarer ! Miladzeu [5] ! Tout ce train parce que je voudrais faire comme tout le monde : me marier ! A mon âge, je devrais avoir des enfants !

— Tu m'as, ça doit te suffire !

Semblable à tous les faibles, Aristide se réfugia dans le silence.

Pendant les dernières semaines du printemps, Armandine et Aristide continuèrent à se promener ensemble. Une fois, ils escaladèrent la butte qui, au nord de Saint-Étienne, marque la route de Paris. Un village se niche tout en haut. Armandine et son soupirant y burent un verre de vin aigrelet et, dans le massif montagneux se découvrant devant eux, la jeune fille essaya de montrer où était Tarentaize. Elle contemplait passionnément la forêt où les mélèzes mettaient une tache plus claire dans le vert profond des épicéas. Elle dit d'un ton pénétré qui intrigua Aristide :

— Mon village...

— Le regrettez-vous ?

Elle haussa les épaules sans répondre. De quelle façon, d'ailleurs, aurait-elle dû s'y prendre pour faire comprendre à son camarade que ce mot de village

1. Cafard. — 2. Femme de mauvaise vie. — 3. Battoir des laveuses. — 4. Mettre en morceaux. — 5. Juron.

résumait, pour elle, sa jeunesse, tous ses morts, tous ceux et tout ce qui, jusqu'à cette dernière année, avaient contribué à sa joie de vivre. Dans les tiédeurs du vent du sud, annonciateur de pluie, elle entendait murmurer des bouches depuis longtemps muettes et du même moment s'agitait en elle quelque chose ressemblant à un remords.

* * *

Ils rentraient plan-plan à la maison lorsque Lebizot remarqua :

— Tu sais, Nicolas, la petite Armandine et ce Flassigny, ça semble devenir sérieux...

— Tant mieux, non ?

— Pourquoi tu te fous de moi, camarade ?

— Je vois pas...

— Sacré bougre de menteur ! T'en crèves d'apprendre qu'Armandine est prête à convoler avec un autre.

— Des idées que tu te fais.

— Des idées ! Alors pourquoi que dès qu'Eugénie lui cause de toi, elle fond en larmes et, toi, tu montres une gueule impossible à la moindre allusion à son amoureux ! Mais, foutre de foutre, qu'est-ce que t'attends pour la prendre dans tes bras, lui faire péter les miailles [1] et lui demander de devenir ta femme ?

— La République a besoin...

— Je vas te confier un secret, Nicolas, ta République, elle commence à m'emmerder et drôlement !

* * *

L'été passait doucement dans la commune de Valbenoîte, le travail et l'amitié se partageant les heures du petit monde d'Eugénie sans cesse inquiète pour celui-ci ou pour celle-là. Elle aurait tant souhaité que les choses aillent bien entre Nicolas et Armandine... Lorsque son amie lui avait ouvert son cœur, à propos de Nicolas, Mme Lebizot avait rêvé de fiançailles joyeuses,

1. Embrasser fortement sur les joues.

d'un mariage solennel à l'abbaye et puis, le merveilleux espoir de vivre à travers sa camarade la belle aventure de la maternité. Hélas ! Ce nigaud de Cheminas avec sa République... et cette sotte se figurant qu'on pouvait calmer les souffrances d'un amour vrai et déçu par la comédie d'une fausse tendresse. Chaque fois qu'Armandine filait rejoindre Aristide, Eugénie la traitait d'idiote, Lebizot lui battait froid et Nicolas jouait les indifférents. A certains moments, Mlle Versillac ne voyait pas pour quelles raisons elle restait chez les Lebizot alors qu'ailleurs personne ne surveillerait ses sorties. Franchement, elle ne comprenait pas alors que, tout simplement, elle refusait de s'avouer qu'elle ne se sentait pas la force de sacrifier l'affection d'Eugénie et de Charles (sans compter la présence exaspérante mais combien douce de Nicolas) à ses sentiments encore fort tièdes pour Aristide.

Chez les Flassigny, c'était une guerre larvée, faite de silences plutôt que de coups de gueule, de politesses appuyées plutôt que d'invectives. Pour la première fois de sa vie, quelqu'un tenait tête à Zoé et il fallait que ce quelqu'un fût son fils unique !

— Enfin, ça peut pas durer de cette façon, Aristide ! Pourquoi que tu veux plus causer à ta vieille mère qui t'a porté dans son sein ?

— Parce que je peux pas lui parler de mon Armandine.

Alors, prenant à témoin des auditeurs invisibles, elle rugissait :

— Non, mais vous l'entendez ? SON Armandine ! Comme s'il avait l'exclusivité de cette fille perdue !

La querelle n'allait jamais plus loin car, à cet instant, Aristide se levait, jetait sa serviette sur la table et sortait sans répondre à la question véhémente de la veuve lui demandant où il se rendait. Le lendemain de ces soirées orageuses, Zoé se répandait dans le quartier, gémissant sur l'ingratitude des enfants qui, pour le premier jupon aperçu, abandonnent la mère qui leur a tout sacrifié.

— Moi aussi, j'aurais pu refaire ma vie ! Vous autres qui m'avez connue, mesdames, au temps de mon malheur, vous vous rappelez peut-être comment que j'étais ?

Les babièles [1] groupées autour de Zoé s'exclamèrent. A travers les enthousiasmes factices, on aurait pu se figurer que dame Flassigny avait été une réplique de Junon. C'était un mensonge total et unanime déclenché par le coup d'œil acéré que Zoé promenait sur celles qui l'écoutaient, prête à repérer la moindre défaillance dans les approbations. Revigorée par l'attitude soumise des bonnes femmes, la mère d'Aristide, telle Cassandre durant l'incendie de Troie, invectiva l'ingrat et maudit l'intrigante qui cachait de moins en moins son intention de lui voler son rejeton. La mère, ulcérée, termina dans une envolée qui fit frissonner celles qui l'écoutaient en s'adressant directement à Dieu pour Le sommer de lui expliquer pour quelles raisons Il permettait à un fils de mépriser les caresses maternelles au profit des caresses douteuses d'une personne qui en était, sans doute, professionnellement prodigue. Sur ce, fatiguée de discourir, Zoé fonça pour rentrer chez elle. Sur son passage, la Christine Ourton — celle qui faisait des ménages chez les « gros » de la place Carnot — poussa un cri de douleur.

— Que t'as ?

— Tu m'as écrasé les pieds !

— T'avais qu'à te tirer de là, ma belle !

Vers la fin du jour, Zoé, sur son seuil, se retrouva tout près de la Germaine, sa confidente de choix. Elle lui rapporta les dernières incartades d'Aristide, de plus en plus achiné à sa punaise, qui lui tournait les sangs.

— Si je peux vous donner un avis...

— Dites toujours ?

— Cette fille, vous l'avez jamais vue ?

— Jamais !

— Vous devriez faire sa connaissance, histoire de voir à quoi elle ressemble.

— Une salope !

— Zoé, faut que vous la regardiez de près, sinon elle

1. Bavardes, commères.

va mettre le grappin sur votre Aristide et il est foutu de s'applécher[1] avec cette garce !

L'heure vint où Armandine commença à s'ennuyer ferme dans la compagnie d'Aristide. Bien entendu, elle refusait de se rendre à l'évidence et préférait se persuader que sa déception avait sa source en elle-même, du fait qu'elle ne cessait de comparer Aristide et Nicolas, dans leurs gestes, leurs allures, leurs voix, leurs réflexions. Cependant, son orgueil ne tolérait pas l'hypothèse d'un renoncement à Flassigny pour attendre le bon-vouloir de Cheminas. Elle supposait que l'existence en compagnie de Nicolas aurait été merveilleuse, mais elle était sûre que vieillir au côté d'Aristide serait sans péril et la sagesse paysanne de la jeune fille lui soufflait qu'avec ses mensualités et celles de Flassigny, tout deviendrait facile. Les enfants à venir ne manqueraient de rien. Oh ! S'il n'y avait pas Nicolas !...

Pour se changer les idées, Armandine décida d'aller passer quelques heures dominicales à Tarentaize et proposa à Eugénie de l'accompagner. Avec l'accord de Lebizot, les deux amies se précipitèrent au bureau des voitures pour retenir leurs places et elles attendirent avec impatience l'heure du départ.

Elles ne reconnurent personne parmi les voyageurs de la diligence les emmenant dans la montagne. Elles arrivèrent vers onze heures et, quand on les aperçut, descendant de la patache dans leurs beaux costumes citadins, ce fut un joli remue-ménage. Eugénie se précipita chez ses parents et Armandine gagna sa ferme où Agathe demeura bouche bée devant son apparition. Gustave et Christine, appelés en toute hâte, accoururent et ce ne fut qu'embrassades, rires, larmes, questions, réponses, en bref chacun perdit un peu la tête.

Les deux amies se retrouvèrent à la messe où on ne les quitta pas des yeux. Mathieu Landeyrat, contemplant la fine silhouette d'Armandine, éprouva des envies rétrospectives d'étrangler sa mère qui lui avait interdit d'épouser celle qu'il aimait et qu'il savait

1. Vivre en concubinage.

devoir aimer toujours. La présence des jeunes femmes éveilla pas mal de souvenirs et suscita nombre de jalousies. Après l'office, Mlle Versillac, abandonnant sa compagne à leurs amies d'autrefois, s'en fut à la sacristie, saluer M. le curé Mauvezin.

— Je t'ai tout de suite aperçue... Je suis content que tu aies pensé à venir me voir. Heureuse ?

— Oui.

— Tu te plais en ville ?

— Beaucoup.

— Ça ne me réjouit pas, Armandine... Je ne suis pas sûr que tu aies pris le bon chemin... Tu es faite pour vivre ici, dans ton village... près de tes morts.

— Je ne le pense pas, monsieur le Curé.

— J'espère que tu te trompes... enfin, l'avenir nous apportera la réponse... Tu repars aujourd'hui ?

— Vers cinq heures, avec la diligence.

— Tu es pressée...

— Je travaille.

— Et puis, peut-être que tu as peur ?

— Peur ! Mais de quoi j'aurais peur ?

— Que Tarentaize te reprenne.

— Il n'y a pas de danger !

— Qui sait ?

En s'éloignant de la cure, Armandine se sentait très énervée. Ce prêtre avait de drôles d'idées ! Qu'est-ce qui pourrait la retenir au village ? Les souvenirs ? Elle les gardait en elle. L'argent ? Elle gagnait correctement sa vie et les revenus du domaine lui étaient un supplément. Avant de rejoindre ses fermiers, Armandine monta au cimetière. Sur la pente sévère menant au champ des morts, deux ou trois femmes avançaient lentement, précédant la jeune fille. Devant la tombe des siens, Armandine s'agenouilla et pria pour tous ses défunts réunis à ses pieds, ensuite elle s'adressa en particulier à sa grand-mère Élodie à qui elle confia son incertitude à l'égard d'Aristide et sa peine quant à Nicolas. Puis la voyageuse rentra chez elle où elle retrouva ses amis et la bonne odeur régnant dans la salle basse. Prenant place à côté de Christine, Armandine, pendant tout le repas, ne cessa de bavarder avec ses trois confidents qui constituaient, désormais, sa seule famille. Toutefois, éteintes les exubérances des débuts de leur rencontre, les silences se firent de plus en plus nombreux. Ils ne savaient plus que dire. Gustave Cintheaux ayant rendu compte de l'exploitation, Christine parla des animaux en bon état et Agathe remit à sa jeune maîtresse l'argent qui lui revenait. Pour s'occuper, Armandine fit le tour de la vieille maison. L'émotion lui serra la gorge lorsqu'elle visita les pièces où avaient vécu ceux et celles qu'elle avait aimés. Dans le gémissement d'une porte, elle entendait gronder Ambroise, du craquement d'une planche montait la voix sévère d'Élodie, dans le gazouillis de l'eau coulant dans le bachat [1] sous la fenêtre de ce qui avait été la chambre d'Honoré (il prétendait, paraît-il, que ce bruit clair et monotone l'aidait à s'endormir), résonnait le rire enfantin de Louise. En repassant devant la fenêtre, le regard d'Armandine accrocha la ferme des Landeyrat qui s'y inscrivait tout entière. Elle s'arrêta, parce qu'il lui revenait en mémoire le rêve pieusement entretenu depuis la disparition d'Honoré : un jour, le domaine des Landeyrat appartiendrait aux Versillac ou à leurs descendants et on l'appellerait... Comment, déjà, devait-on l'appeler ? La Barancade ? La Maranade ? La Poderade ? La Désirade ? c'était bien ce nom... la Désirade ! Pauvre papa qui était parti avec ses illusions ! Ce n'est pas sa fille qui entrerait en maîtresse à la Désirade, car jamais elle n'abandonnerait Saint-Étienne. Elle était à Tarentaize depuis quelques heures à peine et, déjà, elle s'y ennuyait. Le temps lui durait de repartir. Le moment venu, la jeune fille prit congé d'Agathe, de Christine et de Gustave en de multiples embrassades, entremêlées de la promesse d'une nouvelle visite avant Noël, promesse à laquelle aucun ne croyait vraiment. Il avait été entendu avec Eugénie que son amie irait la chercher chez ses parents quand sonnerait l'heure de se remettre en route. Sur le chemin de l'auberge, Armandine rencontra Mathieu

1. Petit bassin.

Landeyrat. D'abord, ils se regardèrent, se demandant quoi dire, puis le garçon se décida :

— Tu es encore plus jolie qu'avant...

La petite éclata de rire.

— Au moins, toi, lorsque tu fais un compliment, tu n'y vas pas par quatre chemins ! C'est à Sophie, ton épouse...

— Ah ! parle-moi pas de cette andouille !

— Tu es injuste, Mathieu ! Sophie est plus belle que moi et tu le sais parfaitement.

— Aucune importance, c'est toi que j'aime !

— Ne raconte donc pas de sottises !

— C'est toi que j'aime, Armandine. J'ai jamais aimé que toi et j'aimerai jamais que toi et, ça, personne pourra m'en empêcher !

— Pauvre Mathieu...

Elle s'enfuit, légère, rieuse après avoir effleuré de ses lèvres la joue du garçon, tout en pensant : « Si on m'a vue — et le contraire m'étonnerait — je vais être perdue de réputation. »

Les Lussaud accueillirent Armandine avec des exclamations admiratives pour la charmante demoiselle qu'elle était devenue puis ils revinrent à leur Eugénie que sa mère ne voulait pas lâcher, lui assénant une série de conseils touchant les précautions à prendre pour se conserver en parfaite santé et les remèdes auxquels elle devrait avoir recours au cas où quelque chose craquerait. Moins bavard, le père tenait la main de sa fille et ne la lâchait pas. Cependant, il fallut se séparer et ce fut une Eugénie noyée de larmes qu'Armandine remorqua jusqu'à la diligence. Une fois qu'elle eut installé son amie — qui semblait incapable de prendre la moindre décision — Mlle Versillac s'enquit, avec un brin d'énervement :

— Mais, enfin, qu'est-ce que tu as pour te mettre dans des états pareils ?

— Je n'aurais pas dû les quitter...

— En voilà une autre !

— J'ai été folle ! Ma place était ici ! Je n'avais pas le droit d'abandonner mes parents ! Je ne me sens à mon aise qu'auprès d'eux.

— Et Lebizot ?

D'un mouvement d'épaule, Eugénie fit comprendre que l'argument ne comptait guère et enchaîna :

— On ne devrait jamais se monter la tête au point de se persuader que le bonheur vous attend ailleurs qu'à l'endroit où l'on est né.

— Tu es folle, ma parole !

— Je me figurais pouvoir vivre loin de mes champs, de mes bois... Il m'a suffi d'en respirer l'odeur pour réaliser à quel point ils me manquent.

Exaspérée, Armandine répliqua sèchement :

— Dans ce cas, demande qu'on arrête la voiture ! Tu n'es pas encore très loin, tu pourras rentrer à pied.

D'une voix dolente, Eugénie répondit :

— Tu sais parfaitement que ce n'est plus possible... Lebizot... ma tante... Tu ne ressens pas ça, toi, n'est-ce pas ?

— Ah ! non, alors... Pour rien au monde, je ne voudrais recommencer à vivre dans le parfum des bouses de vaches et du crottin de cheval. Ce tantôt, quand je me suis rendue à l'étable, pour faire plaisir à Christine, ça puait !... Quant aux champs et aux bois, je les laisse bien où ils sont.

— Et tes morts ?

— Qu'est-ce que tu vas chercher là ? Je monterai, chaque année, à la Toussaint, pour veiller à ce que leur tombe soit toujours en bon état et toucher mon fermage. Ça me paraît suffisant.

— Moi, je me propose d'avertir Lebizot qu'à chaque saison, — que cela lui plaise ou non — je viendrai à Tarentaize !

— Je te souhaite beaucoup de plaisir !

Pour la première fois depuis qu'elles se connaissaient, Eugénie se demanda si elle aimait Armandine autant qu'elle s'en était persuadée jusqu'ici.

* * *

Dès après leur escapade campagnarde, les deux amies replongèrent dans le train-train de la vie quotidienne, l'une avec beaucoup plus d'enthousiasme que l'autre. Au magasin, pendant que la fille des Lussaud faisait, pour Mlle Marthe — et pour Armand Vétheuil, le journaliste venu boire une tasse de café — un récit passionné de sa courte visite à ses parents et à Tarentaize, Armandine lisait, amusée et un peu émue, la lettre qu'Aristide avait déposée à son intention au « Miroir de Paris ». Amusée parce que l'orthographe et la syntaxe les plus élémentaires s'affirmaient un domaine où Flassigny n'avait pas dû s'aventurer souvent, émue parce qu'il exprimait sa tendresse, en gros lourdaud dévoilant ce qu'il ressentait de la façon la plus simplette, la plus honnête qui soit. La missive se terminait sur la proposition fort alambiquée d'une promenade en fiacre de toute la journée sur le bord de la Loire. A la pause de midi, Armandine répondit à son amoureux qu'elle était d'accord.

Zoé, ne sachant ni lire ni écrire, ne put prendre connaissance de la lettre que le facteur lui avait remise pour son fils. Elle eut l'idée de la porter à une des rares commères du coin capable de la déchiffrer. Elle fut retenue par la perspective des secrets hypothétiques de cette épître répandus et commentés par les clanques[1] du quartier, trop heureuses d'infliger un affront à la réputation des Flassigny dans l'espoir de saper l'autorité de Zoé.

A peine Aristide avait-il poussé la porte de l'appartement que sa mère lui fonçait dessus, un papier à la main.

— Tu reçois des lettres, à présent ?

— Des...

Elle lui brandit l'enveloppe sous le nez.

— C'est pas une lettre, ça, des fois ?

— Si.

— J'ai jamais reçu de lettres, moi ! et tu veux que je t'explique pourquoi ?

— Parce que tu sais pas lire...

— Ça, c'est une excuse facile ! Non, j'ai jamais reçu de lettre parce que j'ai jamais rien eu à cacher, moi ! Tout ce que je pense, tout ce que j'ai à dire, n'importe

1. Commères bavardes.

qui peut l'entendre ! Alors, qui c'est qui te l'envoie, cette lettre ?

Aristide, en train de parcourir les quelques lignes tracées par sa bien-aimée, répondit, sans y prêter attention :

— Armandine...

— Je m'en doutais ! Elle vient te relancer à domicile, à présent ? J'en ai honte pour toi ! Ah ! si ton pauvre père voyait une chose pareille !

— Elle accepte, maman ! Elle accepte !

— T'es fou ou quoi ?

— Je te répète qu'elle accepte !

— Mais elle accepte quoi, bon Dieu ?

— D'aller dimanche prochain avec moi, à Andrézieux !

— Tu vas me laisser, dimanche ? Ta malheureuse mère ! T'as pas honte ?

— Non ! et si tu dois crier, je fous le camp !

— As-tu réfléchi à ce qu'on va raconter dans le quartier ?

— Je m'en fiche !

— Comme elle t'a changé, cette putain !

La perspective de vivre une journée entière avec Armandine donnait à Aristide un courage dont il ne se croyait pas capable. Il se leva et déclara simplement :

— Je t'avais prévenue.

Sans écouter les hurlements de désespoir de sa mère (qui attirèrent sur leur seuil les commères de la rue), Aristide fit un paquet de son linge et s'en fut coucher chez les Roquedur qui louaient des chambres à la journée.

Durant la nuit, Zoé Flassigny empêcha le quartier de dormir tant elle mena un tapage qui mit tout le monde en colère et à un point tel qu'une délégation de femmes se présenta chez les Roquedur pour supplier Aristide de rentrer chez lui afin que cesse le scandale bouleversant ce coin de Montaud. Le garçon se laissa longtemps prier puis finit par céder aux suppliques des bonnes femmes, mais sous certaines conditions que ses ennemies particulières se firent une joie de filer présenter à Zoé. Celle-ci accepta ce qu'on exigeait d'elle pourvu que son fils revînt. Elle promit qu'elle ne se mêlerait plus de sa vie privée, n'injurierait plus l'amie de son garçon et que, désormais, elle se montrerait douce, aimable, compréhensive. Personne ne fut dupe, mais on feignit de la croire pour mettre un terme aux troubles agitant la population de Bel-Air.

Aristide et Zoé s'étreignirent longuement, échangèrent des serments qu'ils savaient ne pouvoir respecter. Se forçant à une gentillesse qui n'était pas dans son naturel et dont l'expression sonnait horriblement faux, la veuve suggéra :

— Si, dimanche prochain, vous vous entendez bien... cette fille et toi...

Le garçon coupa sèchement :

— Elle s'appelle Armandine, je serais content que tu t'en souviennes !

— Entendu ! Donc, je disais que si vous vous mettiez d'accord, Armandine et toi, sur votre avenir, tu pourrais l'inviter ici dimanche en huit, on mangerait quelque chose de bon et tu achèterais une bouteille ou deux de vin bouché.

— Oh ! maman...

Ce furent de nouvelles embrassades et la journée commença mille fois mieux que celle de la veille ne s'était terminée. Aristide se félicita d'avoir fait preuve d'énergie.

* * *

Flassigny vint chercher Armandine à la fermeture du « Miroir de Paris » et la jeune fille le présenta à Mlle Marthe et au journaliste Vétheuil. Ceux-ci se montrèrent aimables, sans plus. Armandine en témoigna de l'humeur. Une fois dehors, elle prit rendez-vous pour le dimanche et, quand elle se retrouva seule avec Eugénie, elle s'enquit d'un ton rogue :

— Tu peux m'expliquer pour quelles raisons la patronne et Vétheuil se sont comportés aussi froidement avec Aristide ?

— Comment veux-tu que je le sache ? Demande-leur !

— Allons donc ! Tu es parfaitement au courant puisque tu penses comme eux !

— Et alors ?

— Qu'est-ce que vous lui reprochez à mon Aristide ?

— On lui reproche rien de spécial, simplement de n'être pas à ta hauteur.

— Ma hauteur ?

— Il n'est pas digne de toi !

— Des bêtises !

— Tu t'en rendras compte plus tard.

— Aristide est un brave homme.

— Lebizot aussi.

* * *

Ils mangeaient le fromage lorsque Eugénie annonça en souriant :

— Je dois vous avertir... Notre Armandine se dissipe... Elle passera toute la journée de dimanche avec son amoureux.

Les hommes ne firent pas écho au ton moqueur de la maîtresse de maison. Ils se contentèrent d'échanger un coup d'œil et ne prononcèrent pas un mot ; cette attitude blessa Armandine qui attaqua :

— Ça vous choque ?

Lebizot haussa les épaules :

— On s'en fout.

— En somme, ce qui m'arrive, en bien ou en mal, vous laisse indifférents, hein ?

— Lorsqu'une fille a la tête à l'envers, personne peut la lui remettre en place.

— Vous estimez que vouloir se marier à vingt-trois ans prouve qu'on n'a pas la tête solide ?

— Ça dépend avec qui...

— Mais, bon Dieu, pourquoi êtes-vous contre Aristide ?

— Parce qu'il est ce qu'il est.

— Oh !

Cheminas intervint :

— Charles... Si Armandine juge que son bonheur est

avec ce garçon, c'est son souci et pas le nôtre... Alors, laisse-la tranquille.

— Merci pour votre impartialité, Nicolas... Je me doute qu'elle ne vous impose pas un gros effort et...

— Vous vous trompez, Armandine, et vous le savez... Comme Eugénie et Lebizot savent que je vous aime. Alors apprendre qu'un autre... Non, ne pensez pas que ce soit facile...

— Vous m'aimez ! Vous m'aimez ! Mais comment osez-vous dire ça quand vous me sacrifiez, vous nous sacrifiez à des fantômes... la République !

— Je vous ai expliqué.

— Si je ne vous avais pas aimé, moi, je vous aurais peut-être compris !

Fondant en larmes, Armandine quitta la table et courut s'enfermer dans sa chambre. Eugénie voulut se précipiter à sa suite, mais son mari l'arrêta.

— Laisse-la tranquille... Elle doit régler ses affaires toute seule... Maintenant, entre nous, Nicolas, elle a pas tort, Armandine... mais ça aussi, ce sont tes affaires... Tu nous offres pas un petit dessert, Eugénie ?

* * *

Le dimanche matin, Eugénie qui allait faire ses courses accompagna son amie jusqu'à la voiture publique qui emporterait Armandine au cœur de la ville.

— Passe une bonne journée et amuse-toi bien.

Le visage montré par celle qui partait pour une partie de campagne ne révélait pas une joie profonde. Eugénie ne put se retenir de demander :

— Pourquoi, au fond, agis-tu de cette façon, ma chérie ?

— Pour prouver à certains qu'on peut être préférée à la République !

— En payant le prix de toute une vie ?

— Tu ne sais pas ce que tu racontes ! J'aime Aristide.

— Menteuse...

En démarrant, la voiture évita à Armandine de répondre.

Ainsi qu'il en avait pris l'habitude, Flassigny attendait sa bien-aimée à l'Hôtel de Ville. Il lui attrapa les mains à la façon du naufragé s'accrochant à son sauveteur au risque de le noyer. Armandine se dégagea brutalement.

— En public ! Vous n'êtes pas fou ! Qu'est-ce qui vous prend ?

— Je suis si heureux !

— Modérez-vous, je vous en prie, ou je vais regretter d'être venue !

Une nouvelle voiture les emmena jusqu'à la sortie nord de Saint-Étienne où Aristide marchanda avec un vieil homme, conduisant un vieux cheval attelé à une voiture délabrée, le prix d'une course jusqu'à Andrézieux, l'attente jusque vers cinq heures et le retour. Ils tombèrent d'accord après une âpre discussion. En s'installant sur la banquette crevée en plusieurs endroits, Armandine pensa amèrement que les carrosses avaient drôlement changé depuis le temps où ils servaient aux princes et fils de roi à enlever les bergères. Elle jeta un coup d'œil en coin sur Aristide qui souriait béatement aux anges et dut admettre que les jeunes gens, se conduisant comme les princes des fables, ne répondaient pas forcément aux images qu'inventaient les demoiselles romanesques.

La rosse qui les emportait était poussive et en aussi mauvais état que son patron. Son allure favorite s'avérait le pas. Tout au plus se permettait-elle un trot déhanché — qui eût assassiné n'importe quel cavalier — quand une descente se présentait sous ses sabots. L'équipage, sur la route, ne dépassait guère les piétons fatigués et mit la moitié de la matinée pour couvrir la quinzaine de kilomètres séparant Saint-Étienne du but de leur voyage. Ils y parvinrent à midi, juste pour passer à table. Armandine remarqua qu'à la vitesse où l'on avançait, il faudrait repartir dès la fin du repas si l'on souhaitait rentrer à une heure décente. Aristide assura sa compagne qu'être avec elle à pied, en voiture ou assis à une table lui apportait une félicité qui lui suffisait.

Les jeunes gens firent honneur au repas qu'on leur servit : du saucisson chaud avec des pommes de terre, une friture de goujons (spécialité du coin), du fromage d'Auvergne et une tarte à la confiture, le tout arrosé d'une bouteille de vin de la côte roannaise à laquelle Armandine ne toucha pas. Ils quittèrent le restaurant coufles [1] et jugèrent nécessaire une promenade au bord de la Loire pour activer une digestion menaçant d'être assez pénible. En vérité, ils ne restèrent pas longtemps sur la rive trop encombrée et gagnèrent le bois où ils s'assirent côte à côte sous l'épaisse frondaison d'un charme. Aristide prit la main de sa compagne dans la sienne avec beaucoup de douceur, cette fois. Elle le laissa faire. Enhardi, il sollicita la permission de l'embrasser. Il lui fallait payer l'écot de cette journée et elle tendit sa joue au garçon. Ensuite, il déclara :

— Armandine, vous n'ignorez pas que je vous aime et que je souhaite vous garder auprès de moi jusqu'à mes derniers moments. Mais vous, m'aimez-vous ?

— Je ne vous trouve pas du tout antipathique.

— Est-ce que... est-ce que vous croyez que c'est suffisant ?

— Pour quoi ?

— Pour accepter de devenir ma femme ?

Armandine ne répondit pas tout de suite. Voilà la deuxième fois qu'on la demandait en mariage. Mathieu, Aristide... Tout compte fait, elle eût préféré le jeune Landeyrat plus proche d'elle si elle était restée à la campagne. Maintenant qu'elle était devenue une citadine, Aristide était mieux à sa place dans l'existence qu'elle comptait mener. Il n'était pas vilain garçon, cet homme qui l'aimait. Un peu mou, peut-être ? Mais ainsi, elle le conduirait à sa guise et serait seule maîtresse à la maison.

— Alors ?

Il lui inspirait de la pitié avec son regard de chien battu. Elle était sur le point de chuchoter : d'accord... quand il lui vint brusquement à l'idée qu'en répondant de la sorte, elle effaçait définitivement Nicolas de sa vie. Mais pourquoi s'entêterait-elle à se soucier d'un

1. Repus.

homme pour lequel elle ne venait qu'au second rang dans son cœur ?

— Où habiterions-nous ?

— Je vous l'ai déjà expliqué. A Montaud, sur la colline de Bel-Air, la maison où nous vivons, ma mère et moi, nous appartient.

— Comment est-elle, votre mère ?

— D'aspect un peu rude. C'est une nature forte. Je suis sûr que vous lui plairez du premier coup d'œil.

— Il vaudrait mieux.

— Elle serait heureuse que vous veniez manger à la maison dimanche prochain.

— Entendu.

— Vous verrez, Armandine, avec ce que nous gagnerons chaque mois, on sera à l'aise.

Le cocher surgit dans cette paisible idylle.

— M'sieur dame, si vous tenez pas à ce qu'on rentre aux lanternes, faudrait lever le camp.

Émoustillé, sans doute, à l'idée de regagner son écurie, le cheval s'imposa un effort et ne mit que deux heures pour atteindre Saint-Étienne où il fallut, de nouveau, changer de voiture afin de gagner la place de l'Hôtel-de-Ville. En prenant congé de celle qu'il considérait comme sa fiancée, Aristide ne trouva à dire que :

— Dieu ! Que je suis content !

Elle n'eut pas le courage de lui répondre sur le même ton. Elle eût aimé entendre autre chose...

A Valbenoîte, on ne lui posa aucune question touchant sa journée champêtre. Comme à chaque fois, Armandine en fut mortifiée. Elle comprenait que ses projets matrimoniaux tranchaient un à un les liens la retenant encore à la petite communauté qui l'avait si fraternellement accueillie. Elle en éprouvait de la peine, mais elle était trop fière pour le montrer. On se contenta de discuter ferme sur une partie de boules où Lebizot et Cheminas, associés, avaient été battus par une équipe ripagérienne [1]. Perdus dans leurs commentaires (où ils se prouvaient mutuellement qu'ils auraient dû gagner), ils ne s'occupaient pas des fem-

1. Habitants de Rive-de-Gier.

mes qui quittèrent la table sans qu'ils y prissent garde. Eugénie entraîna son amie dans la chambre de cette dernière.

— Allez, ma grande, raconte.

Et Armandine raconta son expédition sur les bords de la Loire, le repas dont elle décrivit le menu, l'adoration que lui témoignait Aristide et qui la touchait. Lorsqu'elle en arriva à l'épisode du chaste baiser, sa compagne se mit à rire.

— Pourquoi ris-tu ?

— Je pense que, si Nicolas avait été à la place de ton galant, son baiser eût été moins sage.

— Qu'est-ce que tu as à me parler sans cesse de Nicolas ?

— Pardonne-moi, mais j'ai tellement cru à votre union qui t'aurait gardée parmi nous que j'en veux à ton Aristide... injustement, je le reconnais... mais, à cause de lui, nous ne nous verrons plus qu'au magasin... c'est triste, tu ne trouves pas ?

— Oh ! tais-toi !... Tout ça n'est pas ma faute... c'est celle de la République...

— Pourquoi n'attends-tu pas l'année prochaine pour te décider ?

— Parce que j'en ai assez que M. Cheminas me prenne pour une poupée sans cervelle !

— Je t'affirme que...

— D'ailleurs, je suis fiancée... J'ai dit oui à Aristide et, dimanche prochain, je vais chez sa mère pour qu'elle nous bénisse.

Eugénie soupira :

— Alors, c'est fini... Tu habiteras Montaud ?

— Naturellement !

— Viens, il faut leur apprendre la nouvelle.

— Tu penses que...

— Aurais-tu peur ?

— Allons-y !

Lebizot et Cheminas, sur le moment de se quitter, échangeaient la poignée de main du soir lorsque Eugénie déclara :

— Charles, on va boire une vieille bouteille pour

arroser la grande nouvelle : Armandine s'est fiancée aujourd'hui à Aristide Flassigny.

L'annonce tomba dans un silence total que Nicolas rompit en s'excusant :

— Pardonnez-moi, Eugénie, j'ai pas soif... Mes félicitations, Armandine... Au revoir, tout le monde.

Pâle de rage devant l'affront infligé, Eugénie s'écria :

— Ce n'est pas possible qu'il se conduise de la sorte !

Lebizot grogna :

— Il a ses raisons et tu les connais.

— En tout cas, on se passera de lui. Va chercher la bouteille.

— Prends-la toi-même... Moi, j'ai sommeil... Bonsoir, ma femme. Armandine, je vous jugeais plus intelligente que nous tous... j'ai dû me tromper. Bonne nuit.

Eugénie fondit en larmes et Armandine dut la consoler. Quant à elle, elle était trop furieuse pour pleurer. Elle dormit à peine, cette nuit-là, tendue par une rage la faisant trembler. Elle aurait voulu être déjà mariée, rien que pour les embêter, ces monstres ! Devant leur méchanceté, Aristide lui semblait la douceur, la gentillesse incarnées.

Le lendemain, au « Miroir de Paris » Armandine montra une pauvre mine. En passant dans la boutique, Vétheuil lui demanda si c'était la perspective du mariage qui la mettait dans un état pareil et, s'il en était ainsi, il la comprenait en tant que célibataire forcé. Mlle Marthe crut de son devoir de mettre son employée en garde contre les pièges du mariage et lui conseilla de bien réfléchir avant de prononcer le « oui » définitif. Intérieurement, ces attentions, cet intérêt, cette affection appuyée exaspéraient Armandine qui devait se contenir pour ne pas les envoyer tous promener.

La semaine fut longue à passer. A Valbenoîte, depuis la malheureuse soirée des fiançailles ratées, on vivait mal. On ne se pardonnait pas la trahison de l'une ni la grossièreté des autres. On sentait que cela ne pouvait durer. Lorsque l'aube du dimanche se leva, chacun poussa un soupir de soulagement.

En refermant la porte derrière elle — cette fois, Eugénie, pour ne pas fâcher Lebizot, ne l'accompagnait pas — Armandine eut le sentiment qu'elle se séparait à jamais de son jeune passé et que, pour elle, tout commençait aujourd'hui. Place de l'Hôtel-de-Ville, Aristide l'attendait pour lui servir de guide dans sa nouvelle vie. Armandine exigea de gagner Montaud à pied. Elle ne put trouver les mots pour expliquer son caprice à un garçon incompréhensif. De quelle façon le persuader qu'elle voulait, simplement, « sentir » son nouveau quartier en s'en approchant peu à peu ? Ils ne parlèrent guère, au long du chemin. Quand ils abordèrent Montaud, Armandine ne fut pas transportée d'enthousiasme, elle regretta la verdure, la place villageoise, l'abbaye de Valbenoîte. Lorsqu'ils entrèrent dans le quartier de Bel-Air, la nouvelle de leur venue se répandit et les curieuses se précipitèrent sur leur seuil pour voir la fiancée d'Aristide, celle qui avait le courage d'affronter la Zoé. Certaines joignirent les mains sur son passage et murmurèrent d'inaudibles prières, peut-être pour demander au Ciel de protéger l'agnelle que ce grand imbécile d'Aristide menait à sa louve de mère. Une de ces bonnes femmes héla Armandine et s'enquit :

— C'est toi, la fiancée de ce bugnon [1] ?

— Oui, madame.

— Alors, écoute-moi, petite, retrousse ta robe et sauve-toi aussi vite que tu peux !

Aristide protesta :

— Non, mais de quoi vous vous mêlez ?

— De vous empêcher, ta mère et toi, de commettre une saloperie de plus !

La jeune fille voulut rassurer celle qui prenait son parti.

— Tranquillisez-vous, madame, je sais me défendre.

— On voit que tu connais pas la Zoé !

Sur cet ultime avertissement, elle tourna les talons et rentra chez elle. Pendant les deux cents mètres qui

1. Reproche familier.

les séparaient de la maison des Flassigny, Armandine, impressionnée, remarqua :

— Il me semble que votre mère est moins populaire que vous ne le prétendiez ?

— Tout le monde a des ennemis sitôt qu'il sort un peu du lot.

— Vous n'envisageriez pas de vivre ailleurs que chez votre maman ?

— Que deviendrait-elle, sans moi ?

— Si je comprends bien, elle est la première dans vos préoccupations ?

— Avec vous.

— C'est encore heureux !

Derrière sa fenêtre, telle une énorme araignée, Zoé guettait l'arrivée des jeunes gens. Quand elle dut reconnaître que celle qui lui avait volé le cœur de son fils était jolie, une haine profonde l'envahit. Si cette poutrone [1] se figurait qu'elle imposerait sa loi chez la veuve Flassigny, elle se trompait et Zoé se proposait de le lui faire comprendre très vite. Lorsque Aristide présenta Armandine à sa mère, celle-ci ne trouva pas autre chose de plus aimable à dire que :

— Alors, comme ça, c'est vous qu'avez mis le grappin sur mon garçon ?

Cette réflexion jeta un froid. Devant le regard que lui adressa son invitée, Flassigny essaya de réagir.

— Voyons, maman...

— C'est pas vrai, peut-être ? Tu étais heureux, tranquille, près de ta mère, et il a suffi que celle-là vienne tortiller son croupion sous ton nez pour que tu renies ta mère !

Armandine reprocha aimablement à son amoureux :

— Vous ne m'aviez pas prévenue qu'elle était folle !

La Zoé poussa un véritable rugissement qui attira sous la fenêtre toutes les babièles avides d'un divertissement gratuit.

— Folle, moi ? Tu entends, Aristide ? Vas-tu laisser insulter celle qui t'a porté pendant neuf mois ?

1. Femme de mauvaise vie.

— Conviens que tu nous reçois d'une drôle de façon ?

— Avoue tout de suite qu'elle t'a embobiné !

Armandine se dirigea vers la porte.

— Je pars, adieu, madame.

— Bon vent !

Flassigny rattrapa sa promise.

— Ne partez pas ! Ça s'arrangera ! J'en suis sûr... Maman, tu m'avais promis de bien recevoir Armandine...

— Et alors ? Y a un saucisson chaud qui refroidit doucement dans son bouillon, des pois gourmands, une langue de veau aux carottes et ce grand saladier de crème, là, sous ton nez. Ça te suffit pas pour recevoir une fille dont on sait même pas d'où qu'elle sort ?

— On ne peut pas en dire autant de vous, madame. Rien qu'à vous écouter, on devine que vous venez d'une porcherie.

— Oh !

D'un bond, Zoé se jeta sur Armandine et la gifla durement. Affolé, Aristide hurla :

— Maman !

Chez la jeune fille, la rage l'emportait sur la douleur et l'humiliation. Elle empoigna la jatte de crème dont le contenu tremblait aux heurts infligés à la table et en coiffa brutalement son adversaire. Celle-ci, sur l'instant, demeura immobile. On eût pu la croire plongée dans un état cataleptique. Flassigny, manquant s'évanouir, dut s'accrocher au chambranle de la porte. Armandine en franchit le seuil sans qu'il esquissât le moindre geste pour la retenir. Arrachant le récipient qui lui emprisonnait la tête dans la crème, Zoé, en hurlant, se précipita à la fenêtre pour ameuter le quartier contre l'étrangère. Son apparition avec sa chevelure, son visage, son corsage maculés de crème, fit rire les ménagères, pour la plupart enchantées de ce qui arrivait à la mégère leur imposant sa volonté. Quand Armandine mit le pied dans la rue, elle fut entourée, félicitée et celle qui l'avait abordée, quelques instants plus tôt pour lui conseiller la fuite, l'interrogea, joyeuse :

— C'est toi, ma petite, qui l'as arrangée comme ça, cette maudite ?

— Elle m'avait giflée !

Alors, elles se mirent à rire en se tapant mutuellement sur les épaules ou dans le dos. La protectrice d'Armandine reprit :

— Tu te rends compte, maintenant, que t'aurais dû m'écouter ? A ta place, tu sais ce que je ferais ? Je retrousserais ma belle robe et je foncerais jusqu'à la place Saint-Charles, j'entrerais dans l'église pour y brûler un gros cierge afin de remercier le Seigneur et ses saints de m'avoir permis d'échapper à ces monstres !

— J'y cours !

A Valbenoîte, les Lebizot et Cheminas finissaient de manger lorsque Armandine rentra. Étonnés, ils la contemplèrent, attendant une explication. Eugénie s'enquit :

— Quelque chose n'a pas marché ?

— Rien n'a marché.

— A cause ?

— La mère.

— Ah !

— Sous prétexte que je lui avais volé son enfant, elle m'a giflée !

Tous les trois poussèrent un oh ! d'indignation. Charles se leva et affirma tranquillement qu'on allait s'offrir une promenade à Montaud pour féliciter le courageux jeune homme qui avait laissé frapper sa fiancée. Armandine arrêta Lebizot au départ de son expédition punitive.

— Non, Charles. Il n'y a plus de fiancé.

— Alors, vous acceptez un agrognon[1] sans le rendre ?

— Oh ! je l'ai rendu !

— Comment ça ?

— En la coiffant avec une jatte de crème fraîche.

Ce fut du délire. Eugénie embrassait son amie tandis que les deux hommes, enlacés, dansaient grotesque-

1. Coup sur la figure.

ment en riant à perdre haleine ; l'héroïne du jour se réfugia dans sa chambre pour changer de robe avec l'aide de sa camarade à qui elle confiait :

— J'ai refusé Mathieu Landeyrat pour plusieurs raisons, entre autres la présence de sa mère. Celui-là, ce n'était pas non plus le grand amour, mais sa mère est pire que tout ce que tu peux imaginer. Dis, Génie, est-ce que je suis condamnée à n'épouser qu'un orphelin ?

— Dans ce cas, ma belle, j'en connais un, derrière cette porte, qui mène ce vacarme parce que, vois-tu, il est heureux que tu sois revenue.

TROISIÈME PARTIE

Des larmes et du sang

1.

Après sa rupture fracassante avec les Flassigny, Armandine retourna à la calme existence qu'elle menait avant de rencontrer Aristide. Au magasin, on l'entourait d'une chaude affection pour lui faire oublier un chagrin qu'elle ne ressentait pas. Dans la maison de Valbenoîte, on avait retrouvé la joie de vivre et, plus que n'importe quel autre témoignage, cela réchauffait le cœur de Mlle Versillac. Toutefois, quand elle était seule dans sa chambre et qu'elle avait loisir de se poser des questions, elle se demandait si, un jour, elle tomberait sur un homme qui l'aimerait vraiment et qui mériterait qu'elle l'aimât. Peut-être avait-elle agi de façon stupide en repoussant Mathieu ? Elle aurait dû accepter d'affronter Germaine Landeyrat. Avec l'aide de son amoureux de mari, elle aurait sans doute renvoyé définitivement à ses fourneaux une belle-mère tyrannique, entendant se venger sur sa bru de l'esclavage subi pendant des années. Le trouble de Mathieu, quand elle l'avait revu à Tarentaize, lui prouvait qu'il tenait toujours à elle. Elle en ressentait une secrète satisfaction.

Si Lebizot et Cheminas se montraient sans cesse agités par les nouvelles courant les ateliers et touchant la fin prochaine de la monarchie au profit de la république ou l'imminence de la mise au pas des fabricants, Eugénie, elle, ne parvenait pas à se départir d'une mélancolie qui, lentement, tournait à la neurasthénie. Depuis qu'elle était remontée à Tarentaize avec son amie, elle y repartait tous les mois, ce qui ne plaisait guère à Charles, mais, brave homme, il ne souhaitait pas contrarier sa femme, d'autant plus que les Lussaud payaient les frais du voyage. A partir du vendredi soir — avant-veille de son départ — Eugénie témoignait d'une fébrilité joyeuse qui allait s'intensifiant jusqu'au dimanche matin où Armandine l'accompagnait à la diligence. Elle l'installait en veillant à ne pas froisser la belle robe de sa camarade. Une Eugénie toute différente descendait de la grosse voiture, le dimanche soir. Le visage fermé, l'air malheureux, elle répondait distraitement au bavardage d'Armandine et, pendant le souper suivant son retour, elle ne s'arrêtait pas de parler de Tarentaize que Charles et Nicolas connaissaient peu et de ses habitants qu'ils ignoraient. La dernière bouchée avalée, Lebizot et Cheminas filaient rejoindre leurs copains pour s'enivrer de mots et de vin en l'honneur de la République qui tardait à s'installer.

Ce dimanche-là, les deux amies, restées seules à la maison, s'occupaient à mettre de l'ordre dans la cuisine, Armandine en chantant, Eugénie muette et maussade. Énervée par l'attitude de sa camarade, la première s'emporta :

— A la fin des fins, qu'est-ce que tu as ?

— Je n'aurais jamais dû quitter notre chez-nous.

— Tu racontes n'importe quoi !

— Oh ! si... A chaque visite, j'en prends mieux conscience...

— Voyons, Eugénie, tu es heureuse, ici ! Tu as un mari qui tient beaucoup à toi, tu exerces un métier qui te plaît, que te manque-t-il ?

— L'odeur de l'herbe, le vent dans les sapins, la tiédeur des étables, le grand silence des champs... Et puis, la présence de ceux que j'ai abandonnés.

— Sainte Mère de Dieu ! tu aurais pu y penser avant !

— C'est bien ça le malheur !

— Au contraire, tu te plaignais de ne pas être faite pour la campagne !

— J'étais idiote...

— Qu'est-ce que tu vas décider ?

— Que veux-tu que je décide, sinon continuer ?

Ce genre de conversation entre les deux femmes se répétait à chaque voyage et Armandine l'ayant accompagnée une fois à Tarentaize — juste avant la neige — fut frappée par le changement extraordinaire se produisant chez sa camarade au fur et à mesure qu'on approchait de la montagne. Une véritable métamorphose. On eût dit que sa jeunesse oubliée reprenait, peu à peu, possession de sa personne. Tout en elle se modifiait au cours du voyage. Subjuguée, Armandine écoutait Eugénie retrouvant son babil de jadis et discourant à perdre haleine. Dans ses yeux, passait une lumière qu'ils ne reflétaient plus depuis longtemps et même ses cheveux brillaient — semblait-il — d'un éclat inattendu. En arrivant à leur village, Eugénie tomba dans les bras de Marie Lussaud à la façon d'une pensionnaire que son couvent a lâchée pour les vacances d'été. Attitude tout ensemble ridicule et attendrissante. Lors du retour, le même phénomène se produisait, mais en sens inverse. Devant la portière de la diligence, la mère et la fille s'étreignaient comme si elles ne devaient jamais se revoir. Peu à peu, sur le chemin les ramenant à Saint-Étienne, Eugénie, à la manière d'une lampe manquant de pétrole, s'éteignait par étapes. Son bavardage avait d'abord des trous puis cessait complètement, la jeune femme ne répondant que par des « oui » et des « non » aux questions d'Armandine. Son regard redevenait atone et sa chevelure terne. Mlle Lussaud cédait la place à Mme Lebizot.

Lors d'un de ces retours écœurants, Eugénie demanda tout à trac à son mari :

— Ça ne te dirait pas d'abandonner ton métier pour prendre la succession de papa à Tarentaize ?

— C'est une farce ou quoi ?

— Une offre sérieuse.

— Non mais, pas possible ! T'es folle, ma parole ! Tu me vois finir mes jours chez les croquants ?

— Tu as pourtant épousé la fille d'un de ces croquants que tu méprises ?

— C'est pas ce que je voulais...

— Aucune importance ! Tu préfères ton atelier sans air où un chef surveille l'esclave que tu es devenu, plutôt que de vivre dans la liberté des champs. Très bien, n'en parlons plus ! Cependant, t'imagine pas, Lebizot ! que je vieillirai ici !

Charles se contenta de grommeler pour Nicolas :

— Mais qu'est-ce qu'elles ont donc, ces femelles ? Quand c'est pas l'une, c'est l'autre !

* * *

La mauvaise saison et ses torpeurs obligées apaisèrent les esprits. Le froid calma les enthousiasmes et engourdit les douleurs. A Valbenoîte, la vie avait repris son cours quotidien et tranquille, guidé, dirigé par les fêtes traditionnelles. Au contraire, dans les ateliers de passementiers, les esprits ne cessaient de fermenter. On en avait assez, tous les jours davantage, du roi et de la politique qu'étaient soupçonnés mener les partisans de Louis-Philippe. En toute sincérité, on attribuait au monarque les exactions de fabricants trop avides. On s'assurait, mutuellement, que la République était pour demain, mais qu'il importait de lui donner un coup de main afin d'accélérer son arrivée. C'est dire qu'à Valbenoîte, on ne parlait que de politique en dépit de la mauvaise humeur que ces interminables discussions déclenchaient chez Armandine et Eugénie. Les fêtes de Noël furent un petit peu moins joyeuses que celles de l'année précédente par suite, surtout, de l'état d'esprit des deux femmes qui, pour des raisons différentes, se sentaient moins en train. On assista à la messe de minuit, on réveillonna et on put se coucher l'âme en paix. En somme, l'an 1834 commençait aussi paisiblement qu'avait fini 1833.

Dans la deuxième quinzaine de février, le temps se montrait maussade et l'humeur des passementiers ressemblait à celle du ciel. Ils ne parvenaient plus à supporter la rapacité de leurs employeurs. Le chef d'atelier, qui partageait les idées de Lebizot et de Cheminas, les accompagna un jour où, avec leurs camarades, ils se répandirent à travers Saint-Étienne en chantant la « Carmagnole » et le « Ça ira ! ». Toutefois, les choses se seraient terminées pacifiquement si, devant la prison où la police avait emmené quelques-uns des manifestants, un inconnu n'avait tué un agent de police d'un coup de poignard et blessé gravement un commissaire. Aussitôt la manifestation se mua en un violent affrontement entre républicains et forces de l'ordre. Autant Charles se sentait mal à l'aise parmi ces hommes qui se battaient durement, autant Cheminas semblait à son affaire. Il cognait de bon cœur sur ceux qui — dans son esprit — étaient les complices des gens qui avaient assassiné les siens. Il aimait la bataille. L'odeur montant de ces corps mouillés de sueur, les cris, les injures, les ordres, tout cela se mélangeait pour les saouler jusqu'au moment où les soldats de la garnison furent appelés à la rescousse. Lebizot, qui n'avait pas les raisons sentimentales de son copain pour mener un combat ne l'intéressant qu'à moitié, comprit qu'il valait mieux ne pas insister. Il attira Nicolas à l'écart, réussit à le calmer et à l'entraîner loin des endroits où l'on se battait.

— Suis-moi ! Il faut pas se laisser mettre le grappin dessus ou se faire marquer la figure... On nous repérerait vite si jamais la police menait une enquête dans les ateliers.

Armandine et Eugénie félicitèrent Charles de son bon sens et blâmèrent Nicolas pour son imprudence. Il serait bien avancé lorsqu'on l'emprisonnerait ou le déporterait. Ce ne serait pas sa sacrée République qui le tirerait d'affaire. Cheminas haussa les épaules :

— Je suis seul, mon sort intéresse personne.

Un court silence suivit cette remarque, silence qu'Eugénie rompit en déclarant d'une voix tremblante de colère :

— Vous êtes un beau salaud, Nicolas Cheminas, pour dire des choses pareilles ! Quant à toi, Lebizot, tu deviens fou, non ? De quoi vas-tu te mêler ? Recommence et je te préviens, je fiche le camp ! Je ne tiens pas à être la veuve d'un condamné politique ni l'épouse d'un homme qui passerait la reste de ses jours en prison ! Parce que ta République, je m'en fous ! Pauvres on est, pauvres on restera, qui que ce soit qui commande ! Alors, venez plus nous casser les oreilles avec vos sottises et mettez-vous à table !

Armandine ne reconnaissait pas son amie dans cette femme coléreuse, admonestant les hommes comme s'ils étaient des gamins. Elle en déduisit que, dans le cœur de sa compagne, le mal était plus profond qu'on ne le soupçonnait. Au magasin, Eugénie n'avait pas changé d'attitude et se montrait aussi affable envers la clientèle que par le passé. Cependant, elle ne pouvait donner le change à Armandine qui sentait combien ses gestes, ses sourires, ses paroles aimables étaient forcés. Si seulement la jeune Mme Lebizot avait pu avoir un enfant, il aurait été l'ancre retenant un couple qui, sans que personne ne s'en doutât encore, partait à la dérive. En toute innocence, Eugénie ne pardonnait pas à Charles l'erreur qu'elle avait commise. Sa peur pour l'avenir de son amie empêchait Armandine de trop penser au sien. Elle allait avoir vingt-quatre ans à une époque où la vingt-cinquième année vous faisait prendre place parmi les vieilles filles. Son échec avec Aristide la rendait méfiante, mais elle ne se demandait pas si à Valbenoîte, elle était mieux à sa place qu'à Tarentaize. Elle ne relevait pas de ces natures changeantes qui regrettent sans cesse quelque chose. La fille de Louise avait procédé à un choix définitif : sa vie s'accomplirait à Saint-Étienne et nulle part ailleurs. Elle aimait la ville, ne se trouvait à son aise qu'à la ville. Maintenant, elle savait qu'elle ne pourrait plus supporter les mœurs rudes de la campagne et l'ennui que la succession des saisons traîne après elle.

Le journal de Saint-Étienne, relayé par ses confrères de Lyon, trouva dans les événements de février matière à stigmatiser les républicains. Pendant plus d'une semaine, on dauba sur les adversaires du roi et, du même coup, sur la République, accusée de se traîner dans la boue et le sang. Cette haine s'étalant au grand jour fournit, dans la demeure de Valbenoîte, d'innombrables thèmes de discussions entre Cheminas et Lebizot. Les femmes écoutaient et ne pouvaient se mêler à ces bavardages passionnés. Elles en étaient humiliées.

Dans les premiers jours de mars, les gamins commencèrent à frapper aux portes des maisons, sollicitant le don d'un morceau de charbon pour leur carêmentran. L'année précédente, Armandine ne comprenant pas ce que ces gosses réclamaient, Eugénie avait dû lui expliquer que ces enfants, à l'occasion du Mardi gras — le carêmentran — édifiaient, avec des pierres, de petits foyers recouverts d'un treillis de branches où était ménagée une ouverture. Ces fourneaux rudimentaires, remplis avec du charbon qu'on allume au matin du Mardi gras, doivent brûler jusqu'à la minuit. Autour de ces innombrables foyers dressés sur les places, carrefours et rues un peu larges, on danse des rondes et les mariés de l'année, comme les fiancés, sautent à travers les flammes. Mlle Versillac se rappela qu'elle aussi, en compagnie de Mathieu, avait sauté au-dessus des feux de la Saint-Jean. Elle en ressentit quelque mélancolie.

Le soir du Carnaval, les Lebizot, Nicolas et Armandine décidèrent d'aller, après le souper, voir les « carêmentrans » sur la place Royale. Vers dix heures du soir, il y avait là beaucoup de monde, pour la plupart des spectateurs, mais aussi toute une jeunesse qui, garçons et filles se tenant par la main, dansait autour des petits foyers, en chantant la « Merlurette ».

Qu'una fêta vou'é-t-ou dzima ?
La merluroun, la merlura,
Vou'é la fêta de lous banas !
Ha ! merluroun lurette ;
Ha ! merluroun, lura !

Le public reprenait en chœur : merluron lurette ! merluron lura ! On riait, on s'apostrophait, on ne pensait plus à ses soucis. Brusquement, son visage reflétant une jeunesse inhabituelle, Cheminas attrapa la main d'Armandine, la remorqua à travers les badauds et se glissa dans une ronde en chantant la « Merlurette ». D'abord surprise, la jeune fille s'abandonna à la joie populaire. La chaleur de la main qu'elle étreignait l'emplissait d'une douce euphorie et elle chantait la « Merlurette » avec une conviction qui amusait son compagnon. Une autre tradition voulait qu'à la fin de chaque ronde, le public criât « A bauquâ ! A bauquâi » exigeant, par là, que les couples défassent la ronde pour s'embrasser sur la bouche. Cheminas hésita un instant, puis se jeta sur Armandine, l'étreignit avant d'écraser ses lèvres sur les siennes en un baiser qui n'en finissait pas, si bien qu'il suscita les bravos de l'assistance. Lebizot sourit à sa femme et chuchota :

— Cette fois, je crois que ça y est !

— Que le bon Dieu t'entende !

Tenant toujours Armandine par la main, Nicolas rejoignit leurs amis. A cet instant, les cloches de Notre-Dame rappelèrent aux fidèles que le carême commençait à la première minute d'après-minuit. On se dirigea vers Valbenoîte où, seul, Charles pérora, expliquant les raisons qui l'inclinaient à aimer ces fêtes populaires. Il disait n'importe quoi. Cela n'avait, d'ailleurs, aucune importance, personne ne l'écoutait. Quand ils furent devant la maison, Nicolas s'enquit :

— Ça ne vous ennuie pas si on reste dehors un moment, Armandine et moi ?

La porte refermée sur les Lebizot, Nicolas emmena sa compagne dans une lente promenade. Pendant quelques minutes, ils ne dirent mot. Ce ne fut que lorsqu'ils eurent pris place sur un banc de la place Valbenoîte, alors que résonnaient les ultimes appels des cloches, que Cheminas déclara :

— Naturellement, tu sais que je t'aime et que je n'aimerai jamais que toi.

— Et la République.

— C'est autre chose... Et toi ?

— Quoi, moi ?

— Crois-tu pouvoir m'aimer ?

— Comme si tu l'ignorais !

— Alors... tu accepterais de devenir ma femme ?

Ils se tutoyaient spontanément comme si, du moment où ils abordaient le chapitre de l'amour vrai, le vouvoiement n'était plus possible. D'une petite voix étranglée par l'émotion, Armandine répondit :

— Je pense que je serai une bonne épouse.

Cette fois, ce fut elle qui baisa longuement Nicolas sur la bouche. Puis, se dégageant, elle chuchota :

— Je suis heureuse...

— Attends... avant de nous engager, il faut que tu sois au courant.

— De quoi ?

— Attends... J'ai juré de me battre pour la République, d'accourir quand elle aura besoin de moi, de répondre à chacun de ses appels. C'est ce serment qui, jusqu'ici, m'a sans cesse, empêché de penser au mariage.

— Et alors ?

— Ce serment, il faut que tu le comprennes et que tu promettes de m'aider à le tenir.

— Je te le promets !

— Répète-toi qu'à chaque instant, on pourra me faire signe et que tu devras rien tenter pour me retenir.

— Je ne tenterai rien.

Ils scellèrent leur accord par des baisers comme jamais Armandine n'en avait reçu ou donné. En entrant dans l'appartement des Lebizot, la jeune fille n'était plus la même. Maintenant qu'elle avait atteint son but, qu'elle allait devenir Mme Cheminas, elle se sentait un peu désorientée. Tout s'était passé si vite... Armandine avait l'impression d'être légèrement ivre. Les Lebizot étaient couchés. Pourtant, Eugénie, dans sa longue et pudique chemise de nuit qu'une fine dentelle ornait au col et aux poignets, sortit silencieusement de la chambre conjugale et chuchota :

— Alors...

— Ça y est... Nous nous marierons en avril.

— Ma chérie... tu es contente ?

— Plus que tu ne peux l'imaginer !

— Moi aussi, je suis heureuse... Essaie de dormir, à présent.

Eugénie se glissa près de son mari, à la place qu'elle avait abandonnée quelques instants plus tôt et qui n'avait pas eu le temps de refroidir. Étendue dans l'obscurité, le bonheur de son amie l'invitait à un retour sur sa propre existence. Si peu d'années qu'elles n'étaient que des gamines courant les prés et les bois ! Les songes qu'elles nourrissaient alors, les projets... Le résultat ? Elles avaient troqué la liberté merveilleuse de la campagne pour l'atmosphère confinée de cet appartement où ils vivaient à trois. Tous ces souvenirs ramenèrent Eugénie dans sa chambre de jeune fille à Tarentaize où passaient l'odeur du foin fraîchement coupé, celle du bois frais des arbres qu'on venait d'abattre, celle encore de la terre retournée. Elle pensa qu'à cette minute, la fiancée devait échafauder un avenir rose tandis qu'elle regrettait son passé. Savoir si une heure ne viendrait pas où Armandine, couchée au côté de Nicolas, ne dresserait pas, à son tour, un bilan mélancolique.

Armandine s'efforçait de s'endormir en gardant la bouche ouverte pour ne pas perdre le goût du baiser de Nicolas. Contrairement à son amie, elle se contentait du moment présent et ne voulait pas se soucier de demain. Elle ferma les yeux et se laissa gagner par un sommeil léger où elle entendait le rire enfantin de sa mère et recevait les félicitations d'Élodie alors qu'Ambroise la complimentait d'épouser un homme qui, le cas échéant, serait un bon grenadier.

Les Lebizot se voulaient si contents du mariage annoncé qu'ils tinrent à faire les choses le mieux possible. Au premier dimanche suivant le Mardi gras, on prépara un repas qui, tout en restant simple, sortait un peu de l'ordinaire. Charles annonça que Nicolas étant sans famille, il représenterait ses intérêts. Eugénie agirait de façon identique avec Armandine puisqu'elle se trouvait dans le même cas que son amoureux. Lorsqu'ils eurent bu le café et une petite goutte pour se donner du courage, ils se levèrent, débarrassèrent la table, empilèrent la vaisselle dans l'évier. Ensuite, les femmes prirent place sur deux chaises disposées, côte à côte, et attendirent, l'air sérieux, les mains croisées dans leur giron. Lebizot et Cheminas s'étaient retirés dans la chambre à coucher. Au bout d'un moment, Charles, qui s'était coiffé de son chapeau des dimanches, s'approcha d'Eugénie et la salua en s'inclinant. Du coup, de part et d'autre, on eut du mal à réprimer un fou rire.

— Madame, mon ami Nicolas Cheminas est amoureux de votre protégée, Mlle Armandine Versillac.

— J'en suis fort aise, Monsieur, car Mademoiselle, ici présente, pense grand bien de M. Cheminas.

— Voilà donc qui devrait hâter l'affaire. Je me porte garant de l'honnêteté de M. Cheminas. De plus, c'est un excellent ouvrier.

— Je crois, Monsieur, que je n'ai pas à vanter la vertu d'Armandine ni à vous rappeler qu'elle gagne correctement sa vie.

— Dans ces conditions, Madame, j'ai l'honneur de solliciter, pour mon ami, la main de Mlle Versillac.

— Je suis heureuse, Monsieur, de vous l'accorder.

C'est alors que Nicolas se montra. Eugénie posa la main d'Armandine dans celle du garçon, en déclarant :

— Vous voilà fiancés, à présent.

Lebizot ajouta, bonhomme :

— Vous pouvez vous embrasser.

Les amoureux ne se le firent pas répéter et, entraîné par leur exemple, Charles prit sa femme dans ses bras.

On était en carême et le mariage ne pourrait avoir lieu qu'après Pâques. Armandine se serait contentée d'un mariage à Valbenoîte, mais Eugénie lui reprocha de renier son pays. Elle devait s'unir à Cheminas dans l'église de Tarentaize et la maman Lussaud préparerait le repas de noces. On décida que dès que ce serait possible, on monterait tous les quatre au village pour avertir les intéressés.

* * *

Au « Miroir de Paris », Armandine ne parvenait pas à réprimer le tremblement de joie qui l'agitait alors qu'elle annonçait ses fiançailles à Mlle Marthe et à Vétheuil. On s'étreignit parce qu'on partageait le bonheur de la jeune fille et on versa quelques larmes sans savoir pourquoi. Marthe promit d'offrir la robe blanche de la mariée et d'assister aux noces avec le journaliste. Pour détendre l'atmosphère, la patronne envoya chercher deux bouteilles de champagne qu'on boirait à l'apéritif à la fermeture de midi. Quand le bec de cane de la porte fut ôté, on passa dans l'arrière-boutique où les ouvrières — pressées de rentrer chez elles — s'étaient contentées d'embrasser la fiancée en lui souhaitant tout le bonheur possible. Vétheuil déboucha les bouteilles et l'on but tant qu'au moment d'ouvrir le magasin, on était un peu pompette.

* * *

On finissait le souper à Valbenoîte et déjà les femmes se levaient pour assumer leurs tâches quotidiennes lorsqu'on frappa à la porte. Ils se regardèrent, surpris, n'ayant point pour habitude de recevoir des visites. Lebizot demanda :

— Qui c'est ?

— Un ami.

Ils ne reconnaissaient pas la voix, sauf Eugénie, mais cela s'affirmait si improbable que c'était folie d'y penser. Après avoir jeté un dernier regard aux autres, Charles ouvrit et Vétheuil, souriant, un gros paquet sous le bras, s'encadra sur le seuil.

— Bonsoir la compagnie !

Ils ne comprenaient pas et demeuraient sans réaction, au point que le journaliste s'enquit :

— Puis-je entrer ?

Aussitôt, ils s'empressèrent. Les femmes se hâtèrent d'enlever la vaisselle sale et Nicolas passa un chiffon sur la table pour ôter les miettes pendant que son camarade posait devant le nouveau venu la bouteille de marc et un verre. Ensuite, tout le monde reprit sa place. Vétheuil, montrant Nicolas, affirma :

— Je suis sûr que voilà l'heureux fiancé. Je n'ai point grand mérite car j'ai déjà vu M. Lebizot avec sa femme. Mesdames, vous devez vous demander pourquoi je me suis permis, sans y être invité, de venir vous déranger ?

Les protestations furent assez molles, ce qui ne troubla en aucune façon le journaliste.

— Quand Mlle Armandine nous a fait part de ses intentions matrimoniales, j'ai pensé — personne ne sachant ni qui vit ni qui meurt — que je serais heureusement inspiré de vous apporter, tout de suite, mon cadeau de mariage.

Tout en parlant, Vétheuil démaillotait un paquet et en sortait une paire de candélabres en cuivre et opaline blanche.

— Ils me viennent de ma grand-mère... Un cadeau reçu lorsqu'elle avait mis ma mère au monde, durant le règne de Louis XV... On savait travailler en ce temps-là... Alors, voilà, mademoiselle Armandine, c'est à vous, désormais.

— Je ne sais si je peux accepter...

— Pourquoi non ? Je vous les offre en bonne amitié.

Armandine se leva et embrassa le journaliste qui, pour cacher son émotion, lança :

— Paraîtrait que les républicains recommencent à s'agiter ces temps...

Nicolas remarqua :

— Vous les aimez pas beaucoup, si on en juge par ce que vous écrivez sur eux.

— Pas moi, le directeur du journal. Si vous tenez à savoir, je suis profondément républicain et j'espère vivre assez pour voir la deuxième République...

— Alors, pourquoi vous nous attaquez ?

— Faut manger...

Il se dressa, lourdement.

— L'heure est venue pour moi de retrouver ma chambre et ma solitude.

Eugénie, qui n'avait pas encore prononcé un mot, posa la question qui la turlupinait et qu'elle n'avait pas encore eu l'occasion de formuler, n'ayant pas rencontré le garçon en tête à tête.

— Monsieur Armand, pourquoi ne vous êtes-vous pas marié ?

Il y eut un silence avant que le visiteur ne répondît et lorsqu'il se décida, il essaya de s'en tirer en plaisantant.

— Vous êtes trop fine mouche pour ne pas l'avoir

deviné, madame Eugénie... Allez, bonsoir à tous et merci pour votre accueil.

Lebizot répliqua :

— Revenez quand vous voudrez, vous serez toujours le bienvenu.

— J'en suis persuadé.

Au moment de sortir, il se retourna et déclara d'une voix sourde et triste :

— Madame Eugénie, expliquez à vos amis que je ne me suis pas marié parce que j'aime Marthe et que je n'ai jamais pu en aimer une autre.

* * *

Les fidèles du curé Mauvezin furent surpris, le premier dimanche d'avril, de voir entrer dans leur église de Tarentaize, Eugénie et Armandine, accompagnées de deux beaux garçons. On se rappelait en avoir déjà vu un. On l'identifia assez vite comme étant le mari de la petite Lussaud. D'ailleurs, il suffisait de regarder la mère qui se tortillait sur sa chaise, manifestant une hâte impie d'entendre l'*Ite missa est* pour rejoindre son enfant. Quant à l'inconnu — dont l'aimable visage accélérait le rythme cardiaque des jeunes villageoises en âge de se marier — on se perdait en conjectures. Les explications qu'on se donnait, variaient selon la malignité des gens ou la sympathie portée à Armandine.

L'office terminé, on se précipita vers la sortie où Marie Lussaud embrassa sa fille et son gendre. Cependant, la mère dut bientôt céder la place aux amis d'Eugénie. Parce qu'au bout d'un moment Armandine ne s'était pas montrée et qu'on était malade de curiosité, Christine Cintheaux s'approcha d'Eugénie :

— Faites excuse, Madame, mais notre patronne, où qu'elle est passée ?

L'assistance devint attentive.

— Elle est allée voir le curé — et elle ajouta d'un air détaché :... pour lui présenter son fiancé et fixer la date du mariage.

Cette nouvelle déclencha un vrai remue-ménage et

les conversations passionnées firent un bruit assourdissant.

Pendant ce temps, Armandine, dans la sacristie, montrait son compagnon au vieux prêtre.

— Celui-là, c'est Nicolas Cheminas, passementier. Nous nous sommes fiancés dans l'abbaye de Valbenoîte et il sera mon époux, si Dieu le permet.

— Je suis sûr que tu as bien choisi, mon enfant, et je suis sûr aussi que, si vous le voulez vraiment, vous serez très heureux.

— On souhaiterait que ce soit vous, monsieur le Curé, qui nous mariiez.

— Je te remercie pour cette joie que tu me donnes.

Les fiancés quittèrent la sacristie par la petite porte donnant directement sur le presbytère d'où ils gagnèrent la route qui grimpe au cimetière.

Devant la tombe des Versillac, Armandine pria longuement. Nicolas, ne sachant quelle attitude adopter, se dandinait, maladroit, s'efforçant à une émotion qu'il n'éprouvait pas. Ces noms inscrits sur la croix surplombant la dalle sous laquelle dormaient les parents de sa fiancée, n'étaient rien pour lui. S'étant signée, Armandine prit la main de son compagnon dans la sienne et, s'adressant à des interlocuteurs invisibles :

— Grand-mère, grand-père, maman, papa, c'est Nicolas qui est là, près de moi. Nous devons nous marier. Nous comptons sur votre tendresse pour nous protéger.

Cette fois, Cheminas se signa.

Quittant le cimetière, ils se hâtèrent vers la ferme où Agathe et les Cintheaux les attendaient. Tout en mettant le couvert, la vieille femme faisait sauter le poulet auquel Gustave avait tordu le cou tandis que Christine pelait des pommes de terre. A la vérité, les époux Cintheaux, comme Agathe, étaient sourdement remués par une inquiétude se renforçant d'instant en instant. Qu'allaient-ils devenir ? Le mariage de leur patronne les obligerait-il à repartir, une fois encore, sur les routes ?

Le premier soin d'Armandine, lorsqu'elle eut présenté à Nicolas le ménage des fermiers et Agathe, fut de rassurer ces derniers :

— Mon mariage ne changera rien à nos engagements. On continuera comme par le passé.

Les craintes dissipées, on put se donner entièrement à la joie. On parla beaucoup et Cheminas s'émerveilla de la volubilité de sa fiancée qui, l'invitant à visiter la ferme, lui montra, à travers une fenêtre, la propriété des Landeyrat et lui conta le rêve de son père touchant le domaine inventé de la Désirade, rêve qu'il souhaitait être transmis de génération en génération jusqu'à ce que l'impossible songe se soit heureusement matérialisé. La jeune fille conclut son exposé par un « Pauvre papa... » Cheminas ne put décider si cet apitoiement trahissait une tendresse légèrement protectrice ou un blâme tempéré par une indulgence quasi maternelle.

Les Lussaud, que la présence de leur fille plongeait dans une euphorie totale, fêtèrent les fiancés lorsque ceux-ci apparurent pour le café. L'après-midi coula très vite et bientôt, l'heure vint de reprendre la diligence.

* * *

A la fin de cette belle journée, alors que Nicolas et Armandine effectuaient une courte promenade vespérale avant de gagner chacun leur lit, le garçon s'enquit :

— Armandine... tu aimais ton père ?

— Mon père ? Ma foi, je ne sais pas... je l'ai si peu connu. J'avais cinq ans quand il est mort.

— Mais tes parents...

— Ma mère était incapable de quoi que ce soit. Quant à mes grands-parents, ils n'étaient plus à l'âge des tendresses aveugles et m'ont élevée non pas dans l'amour, mais dans l'admiration de papa, le soldat de l'Empereur.

— Et cette histoire de la Désirade ?

— Je te l'ai expliquée. Une marotte qui, sans doute, permettait à mon père d'oublier ses soucis.

— Depuis combien de temps y pensait-il ?

— Depuis l'enfance, je crois.

— Alors, c'était plus une marotte. Tu avais raison en parlant de rêve qui le quittait pas... Ça me paraît pas juste, Armandine, que tu t'octroies le droit de tout fiche en l'air...

— Je comprends rien à ce que tu racontes !

— Nos enfants... Il faudra leur parler de la Désirade et la leur montrer.

— Qu'est-ce qui t'arrive ?

— Comment t'expliquer ?... Il me semble que si mon père avait poursuivi un but... j'aurais pris le relais.

— Mais enfin, Nicolas, tu sais bien que rien au monde ne me fera retourner vivre à la campagne !

— Toi, peut-être, mais ton fils ?

Elle se sentait un peu perdue. Jamais elle n'avait envisagé de prendre à son compte les illusions paternelles ! L'attitude de son bien-aimé la déconcertait. Elle en éprouvait une légère inquiétude parce que, pour la première fois, elle ne parvenait pas à marcher du même pas que Nicolas. Cependant, elle était trop heureuse de devenir Mme Cheminas pour s'arrêter à ces détails.

Après la visite à Tarentaize et en attendant la date du mariage, la vie continuait, agréable, à Valbenoîte. Durant les heures de liberté, Armandine et Nicolas se mettaient en quête de l'appartement où ils habiteraient ensemble et qui serait le plus proche possible de celui des Lebizot.

La soirée était d'une douceur exceptionnelle comme on en goûte quelquefois dans les débuts d'avril entre des journées d'orage ou simplement de pluie. On eût dit que le soleil effectuait de timides tentatives pour offrir aux hommes, une fois de plus, un printemps qui, ayant éliminé les ultimes rigueurs de la mauvaise saison, donnerait une image du paradis sur terre. Armandine et Nicolas arrivaient sur le seuil de la demeure des Lebizot lorsque, dans l'ombre, une voix prononça doucement :

— Cheminas...

Nicolas se retourna et, abandonnant sa bien-aimée,

s'avança vers celui qui l'avait appelé. La fiancée entendit son compagnon déclarer :

— C'est moi. Qui êtes-vous ?

— La Croix-Rousse m'envoie.

— Que se passe-t-il, là-bas ?

— La danse commence après-demain. On a besoin de toi à l'orchestre. On part à quatre heures.

— Je serai là.

— Tu sais où on se retrouve ?

Nicolas murmura quelque chose qu'Armandine ne comprit pas. L'inconnu leva le bras.

— Alors, sans adieu, camarade.

L'homme s'éloigna et Cheminas revint vers la jeune fille.

— Qui était cet individu ?

— Un ami.

— Qu'est-ce qu'il voulait ?

— Que je tienne mon serment.

Un grand froid s'abattit sur Mlle Versillac.

— Tu veux dire... la République ?

— Oui.

— Mais, tu ne vas pas...

— Chut ! Souviens-toi de ce que tu as promis... Tu poserais pas de question... tu te résignerais... tu attendrais mon retour.

— Parce que tu pars ?

— Tout à l'heure.

— Quand te reverrai-je ?

— Dès que je le pourrai.

— Nicolas... te battras-tu ?

— Je le pense, oui.

— Tu... tu ne risqueras pas de te faire tuer au moins ?

— Si ça tient qu'à moi... Maintenant, je dois voir Charles. Je peux compter sur toi ?

— Tu peux.

Les Lebizot eurent du mal à se réveiller et plus encore à comprendre pourquoi les fiancés se tenaient dans leur chambre. Enfin, Nicolas réussit à convaincre Charles qu'il devait lui parler sans tarder. Les deux hommes se réfugièrent dans la cuisine. Eugénie s'inquiéta :

— Qu'est-ce qu'il y a ?

— Nicolas.

— Que veut-il ?

— Il s'en va.

— Il s'en va ! Mais, où ?

— Je ne sais pas.

— Pourquoi part-il ?

— La République.

— Il est devenu fou ?

— Non. Il est fidèle à ses engagements.

— Et tu le laisses faire ?

— Moi aussi, j'ai promis.

On entendit une porte se refermer et Lebizot rejoignit les deux femmes. Il avait l'air malheureux. S'asseyant sur le lit, il avoua :

— J'ai pas pu le retenir.

Armandine hoqueta :

— Il... il s'en... s'en est... allé sans m'em... m'embrasser ?

— Il s'est pas senti le courage. Maintenant qu'il t'a confiée à nous, je te tutoie... Voilà ses papiers... Cache-les bien, mais rappelle-toi où tu les mets.

— Il nous quitte sans papiers ?

— Si... des faux. A présent, il s'appelle Victor Chaufailles, ouvrier agricole. Je parlerai au chef d'atelier. Il comprendra.

Avant de pénétrer dans sa chambre, Armandine constata qu'on était, depuis quelques minutes, le 4 avril.

2.

Cheminas était rentré chez lui où il avait fait un baluchon de ses affaires. Étendu sur son lit, il s'était reposé deux heures puis il était sorti silencieusement de sa demeure en étouffant le plus possible l'écho de ses pas. Veillant à éviter les patrouilles, Nicolas se guida sur les tremblantes clartés des lampes à pétrole réputées éclairer rues et carrefours. En prenant mille précautions, analysant les bruits de la nuit, scrutant l'ombre, Cheminas parvint sans mauvaise rencontre à la chapelle des bois de Chantegrillet qui dominent la ville, à l'est. A peine le garçon approchait-il du petit temple qu'un coup de sifflet discret et modulé glissa sous les branches des arbres. Presque aussitôt, une charrette attelée d'un grand et gros cheval, émergea du couvert. Un homme conduisait l'attelage par la bride. Cheminas reconnut celui qui l'avait abordé à Valbenoîte.

— Tu es à l'heure, c'est bien. Monte dans la carriole, vaut mieux pas s'éterniser dans le coin.

Bientôt, ils abandonnèrent le bois de Chantegrillet pour descendre sur la place aux Bœufs et, de là, s'engager sur la route de Lyon. Alors qu'ils s'apprêtaient à sortir de Saint-Étienne, ils virent une religieuse plantée sur le passage. Le voiturier chuchota :

— C'est une cousine, je l'emmène soigner ma compagne... Pour parler net, ma Madelon est pas tellement malade, mais une nonne, ça rassure... avec elle, on passe plus facilement les barrages quand il y en a et je serais pas étonné qu'on en trouve avec tout ce qu'on raconte.

La religieuse, une grande femme semblant peu encline au pardon et à la douceur évangélique, demanda, en voyant Cheminas :

— Qui c'est celui-là ?

— Un brave gars recommandé par ces Messieurs de Valbenoîte.

— Pour quoi faire ?

— M'aider. J'ai besoin d'un commis. J'y arrive plus.

Ce court dialogue terminé, la nonne sortit un chapelet et s'absorba dans la prière sans plus se soucier de personne. Vers midi, à Rive-de-Gier, l'équipage fut arrêté par les soldats mais, comme prévu, la présence de la religieuse, le fait que le conducteur — Jules Chagnon — soit un petit propriétaire foncier, et les papiers de Nicolas apparemment en règle, on ne retint guère les voyageurs. Dans le milieu de l'après-midi on arriva à Orliénas, un modeste village entre le Rhône et les monts du Lyonnais. Pendant que la cousine se rendait auprès de la fermière — dame Madeleine — qui souffrait de rhumatismes la réduisant, parfois, à l'inaction, Jules emmena Nicolas à l'étable où, dans un coin, il lui montra un cadre de bois sur lequel on avait étendu une paillasse et une couverture de cheval.

— C'est là que tu te reposeras un moment. On repart à deux heures du matin. Pour l'instant, on dételle le cheval, on lui donne à manger et à boire, puis on cassera la croûte. Ensuite, on chargera les légumes à emporter à Lyon. Une bonne écuelle de soupe et hop ! au lit.

On suivit le programme point par point et au tout petit matin, Nicolas et Jules se remirent en route dans la nuit encore bien accrochée avec une pleine charrette de choux, de salades, de carottes, de navets et de céleris dont l'odeur puissante masquait celle de la campagne endormie. L'aube les surprit à Francheville d'où ils atteignirent Sainte-Foy avant de descendre au pas vers la Saône qu'ils suivirent en remontant la rivière. Bientôt, ils abordèrent la route sinueuse menant au cœur de la Croix-Rousse. Sitôt qu'ils entrèrent dans

Lyon, les souvenirs assaillirent Cheminas et attisèrent sa haine pour ceux n'ayant laissé aux siens que la mort pour échapper à une misère devenue insupportable.

— T'es pas causant, mon homme ?

— Toute ma famille est morte à la Croix-Rousse...

— Comment ?

— De faim.

Chagnon hocha la tête.

— Et c'est pour ça que tu veux...

— Oui.

— Je te comprends.

Sur la place de la Croix-Rousse, Jules arrêta le cheval.

— Terminus ! Tu me donnes un coup de main ?

— La question se pose pas.

Cheminas aida Chagnon à élever des pyramides — le plus élégantes possible — avec les différents légumes qu'ils avaient apportés. Quand ils eurent terminé, Jules et Nicolas se serrèrent la main.

— Merci pour tout.

— Laisse, quand ça fait plaisir, c'est pas une charge.

Il se pencha sur Cheminas et, feignant de l'embrasser, chuchota :

— Espérons que lorsqu'on se reverra, y aura eu des changements.

— Si j'y croyais pas, je serais pas venu.

— N'importe comment, oublie pas que t'es mon commis, que t'auras toujours ta soupe à la maison. Dis bonjour de ma part à Laurent Caumiers et à sa Marie pour qui j'avais un faible dans le temps. Sans ce sacré Laurent, je pense que j'aurais essayé de me la marier.

Les gens avertis ne pouvaient manquer de s'apercevoir qu'une certaine agitation régnait dans les rues de la Croix-Rousse, agitation que surveillaient les gardiens de l'ordre. On se serait cru un dimanche, tant on voyait des hommes qui flânaient, s'agglutinant par paquets de cinq, six, que la seule vue d'un agent de police suffisait à éparpiller. Les moins observateurs sentaient que quelque chose se préparait. La population de la Croix-Rousse se souvenait des événements de 1831.

Les Caumiers habitaient au dernier étage d'une très vieille maison de la rue des Gloriettes. Lui, Laurent, était un petit gars qui ne pouvait rester tranquille. Elle, Marie, une belle femme un peu forte, mélancolique et sans souci de plaire. Cependant, son air chagrin demeurait illuminé par la clarté d'un regard susceptible de bouleverser n'importe qui. En la voyant, on comprenait la vieille tendresse de Jules Chagnon. Quand Nicolas eut frappé, il entendit la voix de Marie :

— Qui c'est ?

— Je viens de Saint-Étienne.

— Et alors ?

— Jules Chagnon m'a amené.

On ouvrit et Laurent Caumiers cria :

— Nom d'un rat ! C'est lui ! Entre vite, gone !

Marie embrassa Nicolas et le papa de Marie — Amédée Savin, un vieux de la vieille qui en avait tant vu qu'il pouvait conseiller n'importe qui sur n'importe quoi — tint à serrer la main du nouveau venu qu'il regarda longuement avant de laisser tomber :

— Tu sais que tu te donnes bien d'air à ton père [1]... On était amis... Il est parti avant moi, il m'a pas attendu...

— Tu prends quelque chose ?

— Un peu de bouillon, si vous avez... la nuit a pas été chaude.

Caumiers joua les autoritaires parce que c'était dans son habitude et que ça ne dérangeait personne.

— Tu as entendu, Marie ? Alors, grolasse [2] pas ! Déguenille-toi [3] pour y préparer ce qu'il te demande !

L'appartement que les Caumiers occupaient à trois, quasiment sous les toits, était moins grand que celui de Valbenoîte. Ça devait être difficile d'y vivre.

— Buvons un canon avant que t'avales ton bouillon.

Les hommes burent et, après avoir essuyé sa moustache du dos de la main, Caumiers précisa :

— Tu coucheras ici, sur un matelas... Je peux pas te

1. Ressembler. — 2. Traîner. — 3. Dépêche-toi.

mettre avec Marie et moi... Quant au père, impossible de dormir près de lui, il carcamèle[1] sans arrêt.

Cheminas assura qu'il serait à son aise sur le matelas. Son copain poursuivit :

— J'attends trois gones sur qui on peut compter. Trois passementiers. Tous chefs de section. Dès que ça commencera à péter, ils seront au premier rang. Ils vont manger avec nous. De cette façon, on pourra causer. Des durs, prêts à crever pour la République.

Pendant que Nicolas avalait son bol de bouillon où le pépé avait versé un demi-verre de vin pour fortifier leur hôte, Caumiers demanda à sa femme :

— Qu'est-ce que tu nous as mijoté de bon ?

— J'ai fait avec ce que j'avais : un cervelas, un morceau de veau avec des racines[2] à la casserole, une salade, une tome et des crêpes.

— S'ils savaient ce qui les attend, ces sacrés trois cochons, ils se dépêcheraient au lieu de se bambaner[3].

Ils entrèrent, deux énormes — Marius Andrein et Joseph Belluire — suivis d'un troisième, Etienne Darnac, aux proportions normales. D'abord, ils parlèrent peu, la présence de Cheminas les gênant. Il fallut que Caumiers leur expliquât qui était Nicolas. Alors, l'atmosphère changea et on se mit à raconter des histoires de canuts courant la Croix-Rousse, sans cesser, pour autant, d'engloutir les mets préparés par Marie et en vidant les bouteilles apportées par les invités. En dépit de son âge, le vieil Amédée Savin tenait sa partie. Sa fille s'inquiétait de le voir manger de la sorte et boire à tenant[4] mais, à chaque fois qu'elle essayait de le freiner, elle recevait son paquet.

— Nom d'un rat ! une nioche[5] qui, devant le monde, veut faire des misères à son pauvre père qu'a la mort entre les dents !

Ce genre de réflexion amusait les autres. De guerre lasse, Marie retournait dans sa cuisine où elle confiait aux casseroles et aux coquelles ce qu'elle pensait de ces hommes qui ne songeaient qu'à manger, boire et se

1. Tousser. — 2. Carottes. — 3. Flâner. — 4. Sans arrêt. — 5. Fillette peu dégourdie.

battre. A cause d'eux, le pépé ne pourrait pas faire sa panière[1] et il serait insupportable. Les vieux, ça n'a pas plus de raison que les gamins.

Quand les hôtes de Caumiers en furent au petit verre de marc, subitement l'exubérance s'apaisa et Andrein laissa tomber :

— Ça sera cette fois ou jamais.

Ses copains enchaînèrent :

— On va montrer l'exemple au pays et prouver qu'en 1830 et 1831, les gones sont pas morts pour rien !

Le vin bu en grande quantité exacerbait leur foi dans la victoire républicaine et amenuisait les obstacles que les royalistes dresseraient sur leur chemin. Caumiers précisa :

— Quand on donnera le signal, ça pétera partout en même temps !

Darnac renchérit :

— Les sections sont prêtes et les ouvriers préfèrent dix fois mourir que de continuer à vivre dans les conditions où qu'ils vivent ! Qu'est-ce que t'en penses, toi, Cheminas ?

— Je pense qu'on devra se battre jusqu'à ce qu'on crève ou qu'on gagne.

On entendit alors la voix de crécelle d'Amédée :

— Les gones, me semble que vous oubliez les soldats ?

Andrein haussa ses larges épaules.

— La troupe ? elle compte pas !

— Eh bien ! mon colon ! Le père Manoir qu'est venu nous voir, hier, a raconté que rien que dans son quartier, il avait regardé passer des patrouilles du 6e de ligne, du 7e léger et aussi un demi-escadron du 7e dragon. Ça indique ce qu'il doit y avoir en bas ! Si tu trouves, Marius, qu'une pareille force compte pas, je finirai par croire qu'à châ peu[2] tu deviens idiot.

Depuis longtemps, on se fâchait plus de ce que grognait le pépé et, parfois, comme il avait beaucoup vu et entendu, on prenait son avis en considération. Il

1. Sieste. — 2. Petit à petit.

ne semblait pas que ce fût le cas en ce 5 avril et le gros Marius répliqua :

— La troupe ? elle marchera pas contre les ouvriers !

— Nom d'un rat ! et pourquoi qu'elle marcherait pas ?

— Parce que les soldats et nous, c'est tout comme et puis y a des sous-off' de la ligne qui nous l'ont juré.

— On te débagoule [1] n'importe quoi et t'avales tout ! Les soldats, ils ont pas tiré sur les Parisiens en 1830 et sur nous en 1831 ?

— Cette fois-ci, c'est pas la même.

— Les soldats, ils sont là pour se battre et pas pour faire de la politique !

Cheminas partageait l'opinion du vieux, mais ne voulant pas donner l'impression d'avoir peur, il se tut. On imposa silence à l'Amédée qui, vexé, partit se coucher au grand soulagement de sa fille. On passa le reste de l'après-midi à prophétiser sur ce que serait l'existence des passementiers quand on aurait fait choir le roi de son trône et qu'on aurait installé la République à sa place.

Le lendemain, le temps étant au beau, Cheminas partit à la redécouverte de la Croix-Rousse. Avant qu'il ne quittât la maison, son hôte l'avait mis en garde :

— Méfie-toi, Nicolas... Cause à personne... c'est plein de mouches par chez nous, ces jours-ci. Si tu entres dans un café, tu bois, tu écoutes et tu t'en vas. Les royalistes, ils ont leurs indics. Y a des camarades qui se sont fait ramasser, sans savoir ni pourquoi ni comment... Le pauvre Valérie, par exemple, un bon gone de Caluire, ils l'ont piqué, y a pas une semaine et depuis, plus de nouvelles... On connaît pourtant celui qui l'a donné.

— Et alors ?

— Et alors, ça va être sa fête, cette nuit... Il se doute pas que demain matin, il se réveillera dans la Saône... Il se réveillera, c'est manière de parler...

Nicolas flânait au hasard des rues. Chaque pas lui apportait des images oubliées et des odeurs appelant des visages qui montaient dans sa mémoire : les commerçants chez qui on l'envoyait aux commissions,

1. Raconter.

les rares fonctionnaires auxquels il avait eu affaire. Chaque carrefour lui rappelait des jeux, des fuites, des bagarres. Appuyé contre un mur, il n'avait qu'à fermer les yeux pour entendre résonner en lui les galopades des sergents de ville lui courant aux fesses. Lorsqu'il se trouva dans la maison où les siens étaient morts, une soudaine faiblesse lui coupa les jambes. Pour pouvoir poursuivre l'ascension de cet escalier qui n'en finissait pas, il dut s'y prendre à trois fois. Au dernier étage, sous les combles, il frappa à son ancienne porte. Il surprit une approche lente et, un instant, échappant aux lois du temps et du réel, il se convainquit qu'Hermine, sa mère, s'apprêtait à lui ouvrir. Le visage ravagé de la vieille femme qui lui apparut, le fit réintégrer le présent. Il expliqua qu'il avait vécu là avec ses parents et que si cela ne dérangeait pas trop, il aimerait juste jeter un coup d'œil sur les lieux, pour le souvenir. La bonne femme ne comprit pas clairement ce que désirait le visiteur, mais le laissa entrer.

— ... parce que vous avez l'air honnête. Je m'appelle Julie Soula... mon époux, c'est Séraphin... le pauvre, il y a trois ans qu'il quitte plus son lit... Il va sur ses septante-huit... un bel âge, pas vrai, Monsieur, pour des miséreux de notre espèce... On se demande parfois comment on a pu arriver jusque-là sans mourir de faim.

Les mâchoires serrées, les yeux pleins de larmes, Nicolas revit l'espèce de soupente où son père était mort le premier. Un homme qui se battit longtemps dans une lutte douloureuse. Cheminas entendait le souffle rauque, revoyait le sang qui, à chaque crise de toux, maculait les lèvres violettes. Quelques années plus tard, la maman, au même endroit, mourait, elle aussi, mais de façon plus discrète, tellement elle était épuisée. Une agonie brève et presque paisible au terme de laquelle elle s'éteignit. Cependant, le souvenir le plus atroce restait celui de la mort de la petite Rose, sa sœur. Nicolas n'oublierait jamais la fin de cette gamine qui souffrait et ne comprenait pas pourquoi.

La vieille femme demanda doucement :

— Vous avez de la peine ?

Il hocha la tête sans répondre.

— De la peine, qui en a pas, mon pauvre homme !

Cheminas rentra fort éprouvé, rue des Gloriettes. Caumiers s'enquit :

— Où t'as donc été que tu reviens tout ramolli ?

— J'ai été voir où j'ai vécu, où les miens sont morts de faim et du mal de poitrine. Chez les Soula.

— Je connais... le pauvre Séraphin... il va pas tarder à lever les broches[1] à ce que j'ai appris...

— Il pourra se reposer, enfin.

Dans les heures qui suivirent, Cheminas fit la connaissance des femmes de ses nouveaux amis : Juliette Andrein, forte commère digne de son colossal époux, Hélène Belluire, sans cesse prête à tous les combats, Jeanne Darnac, du genre larmoyant se faisait rabrouer par ses compagnes. Seule, Marie Caumiers avait touché le cœur de Nicolas par sa simplicité, son bon sens, sa gentillesse.

Pendant ces heures usées en des parlotes inépuisables, Cheminas songeait à Armandine. Elle devait être malheureuse. Il se demandait si cette inaction où on le confinait valait l'angoisse de celle qu'il aimait ? Au cas où les choses ne bougeraient pas, il annoncerait aux autres qu'il rentrait chez lui, mais les choses bougèrent quarante-huit heures plus tard, le 9 avril.

Ce mercredi, Nicolas fut arraché au sommeil et du même coup à Valbenoîte où il se promenait en songe avec Armandine. Caumiers en le secouant, déclara :

— J'ai pas voulu t'en parler hier soir pour que tu puisses dormir tranquille. Il est six heures, faut te dépêcher, la noce commence ce matin.

— Où ?

— Place Saint-Jean où on va juger nos frères mutuellistes.

— Je serai pas en retard.

* * *

Cheminas et Caumiers sont descendus, en curieux, place Saint-Jean. Ils n'ont pas d'arme. Au fur et à

1. Mourir.

mesure qu'ils approchent de leur but, ils entendent une rumeur qui s'amplifie d'instant en instant. Laurent montre à son camarade les fantassins du 7e de ligne éparpillés sur le quai de la Saône. On voit aussi des mouvements de troupes de l'autre côté de l'eau. Caumiers remarque :

— Semble pas que ce soit le jour pour ouvrir le bal.

— Ouais, ils ont l'air de nous attendre.

— On aurait peut-être bien été vendus, crédieu !

— Les copains, où sont-ils ?

— Andrein est resté à la Croix-Rousse, Belluire doit se balader du côté des Célestins et Darnac, à Bellecour.

Ils arrivent place Saint-Jean où il y a pas mal de monde aggloméré en petits groupes. Des gendarmes, en nombre restreint, circulent entre les curieux. Soudain, montant sur un escabeau qu'il a apporté, un homme sort de sa poche un papier et le lit : « Citoyens ! l'audace de nos gouvernants est loin de se ralentir... » Cheminas et Caumiers se rapprochent à toucher l'orateur. Laurent murmure :

— Je le connais... Il est de la Croix-Rousse.

A ce moment, un officier de gendarmerie surgit et arrache le papier des mains de l'orateur et l'empoignant aux épaules, crie :

— Je vous arrête !

Spontanément, Cheminas va se jeter sur l'officier, son camarade le retient :

— De la discipline, gone, c'est pas encore le moment.

Ils se hâtent vers la rue Saint-Jean où l'on entreprend d'élever une barricade. Les amis y mettent la main de bon cœur. Comme s'ils avaient attendu que les insurgés aient achevé leur tâche, à peine a-t-on placé le dernier meuble au sommet de ce mur de pavés et d'objets hétéroclites que surgissent des agents de police auxquels se mêlent quelques soldats qui courent vers l'obstacle dressé par les ouvriers et où ils sont accueillis par des jets de pierres. Les gendarmes tirent tout en reculant. Caumiers, vibrant d'enthousiasme, crie :

— T'as entendu, Nicolas ! Ils ont tiré ! On lève le rideau ! A présent, la pièce débute, nom d'un rat ! c'est pas sur nous que ces enfoirés ont fait feu, c'est sur la royauté ! A bas Louis-Philippe ! Vive la République !

Dans le calme subit régnant rue Saint-Jean après cette échauffourée, on entend l'écho de coups de fusil arrivant des différents coins de l'horizon. Cheminas convient :

— Tu as eu raison de me réveiller, Laurent, ce coup-ci, ça y est !

— Et comment que ça y est ! Tu pourras venger les tiens !

Le tocsin de Saint-Bonaventure laisse tomber ses notes lourdes sur ceux qui meurent et sur ceux qui tuent. Le glas, semblant ponctuer les fusillades et les tirs de l'artillerie, a de quoi épouvanter. L'horreur de la guerre civile règne déjà dans Lyon où Nicolas et Laurent constatent avec amertume que l'armée s'est rangée dans le camp du pouvoir et de l'injustice. Les deux hommes veulent se battre. Pour cela, il leur faut des armes et ils courent vers la Croix-Rousse.

* * *

Les copains sont de nouveau réunis. L'enthousiasme des jours précédents est bien calmé. Tous ont cet air las des vaincus. Ils ont perdu la foi dans la victoire et ne vont plus se battre que par fidélité envers eux-mêmes. Marius soupire :

— On a tenu tant qu'on a pu au bas de la Grand-Côte, mais ces soldats du 28e sont de vrais enragés.

Le vieil Amédée ricane :

— Vous étiez si sûrs qu'ils vous tireraient pas dessus !

Ils ne répondent pas et le vieux en profite pour ajouter :

— Nom d'un rat ! Quand c'est que les jeunes, ils écouteront ceux qu'ont de l'expérience ?

Belluire, qui a des traces de poudre sur le visage, annonce, résigné :

— Ils nous ont massacrés rue Mercière, j' sais pas comment je m'en suis sorti !

Darnac joint sa voix à celles de ses camarades :

— Une vraie boucherie au pont de Tilsit. On n'a pas pu résister et quand ils nous sont tombés dessus, ils nous ont assassinés... Avec quelques camarades, on venait juste d'être mis en réserve, sans ça je serais pas là pour vous causer de cette affaire.

Ils se séparent en se serrant longuement la main. Marie pleure sans bruit. Caumiers confie à Cheminas :

— Je regrette de t'avoir envoyé chercher.

— Non, ma place est ici.

Le lendemain matin, à six heures, ce n'est pas son ami qui réveille Nicolas, mais la grosse voix triste du tocsin de Saint-Bonaventure. Pendant que les hommes déjeunent, d'autres églises mettent leurs cloches en branle si bien que ce jeudi qui allait voir tant de braves gens s'entre-tuer, commence — en dépit du tocsin — à la manière d'un jour de fête.

Nicolas et son ami se battent toute la journée aux endroits les plus chauds de ce vaste combat fragmenté où chacun lutte pour soi. Au surplus, les insurgés n'ont guère de facilités pour communiquer entre eux. La troupe les enferme dans des secteurs bien délimités et coupe ainsi les relations possibles. Toutefois, durant ce 10 avril et malgré les échecs subis, l'espoir soulève à nouveau les canuts et leurs alliés. Cheminas et Caumiers se heurtent aux grenadiers du 27ᵉ et lorsque Nicolas tire pour la première fois sur un adversaire qu'il voit, il ne sait plus très bien où il en est, mais quand les soldats, dont on vient de tuer le colonel, escaladent la barricade que défendent les deux copains de la Croix-Rousse avec leurs amis, l'amoureux d'Armandine se met à cogner sur les shakos à coups de crosse et avec une rage que les cris, les injures, les hurlements des blessés fortifient d'instant en instant. Dans le tumulte, Laurent, qui s'est institué son ange gardien, l'appelle :

— Amène-toi, gone ! Je connais le quartier Saint-Marcel. Faut filer pendant qu'il en est encore temps...

Par des traboules utilisées par les seuls habitants du

coin, Caumiers conduit Cheminas jusqu'à la rue des Gloriettes. Le père guettait leur retour.

— Alors, vous êtes pas blessés ?

— Non.

Marie se retire pour adresser une action de grâces à la Sainte Vierge et la remercier d'avoir protégé les deux hommes, pendant qu'Amédée s'enquiert :

— Où en est-on ?

— On n'a pas gagné mais on n'a pas perdu... Je pense que demain, ça ira mieux, l'armée se fatigue plus vite que nous.

— Elle a pas nos raisons.

Ils avalent un morceau, rapidement, trop fatigués pour avoir faim. Ils s'apprêtent à se coucher lorsqu'on frappe à la porte. L'épicière, chez qui les Caumiers se servent, entre :

— Pardon, excusez pour le dérangement. J'apporte une mauvaise nouvelle. Le pauvre Darnac, il s'est fait tuer du côté de Vaise.

Marie gémit :

— Seigneur ! mon Dieu...

Amédée ajoute :

— Le premier...

Laurent a du mal à parler :

— Et... et la Jeanne ?

— On l'a emmenée chez sa mère, à Sainte-Foy.

Marie demande :

— Je vous prépare un peu de café, ma bonne Adèle ?

— Non, non, je rentre. La nuit est pas loin et moi, avec l'obscurité, j'ai la favette [1].

L'épicière partie, ils se regardent sans oser parler. C'est encore le vieux qui rompt le silence :

— Tu te trompais, Laurent : vous avez perdu.

Contrairement à la nuit précédente, Cheminas a un sommeil pénible. La mort de Darnac l'a réveillé. Pour la première fois, il se demande s'il a eu raison de sacrifier ses plus belles années à une haine qui — il s'en rend compte aujourd'hui — ne peut être assouvie. La mort de ces pauvres diables, tant canuts que soldats,

1. La trouille.

ne guérira pas Nicolas de la blessure qui le ronge depuis si longtemps : la disparition des siens tués par l'égoïsme sans pitié des fabricants. Pourtant, son désenchantement ne le fera pas abandonner le combat. Seulement, il n'a plus la foi et pour se raccrocher à quelque chose, pour ne pas désespérer complètement, il pense à Armandine. Pourquoi n'est-il pas resté près d'elle ? Pour quelles raisons s'est-il cru obligé de se refuser le droit de mener une existence semblable à celle des autres hommes, et cela pour finir parmi des cadavres anonymes ? Le vieil Amédée a raison : en dépit de la résistance souvent victorieuse offerte par les insurgés aux soldats, en ce jeudi 10 avril, la révolte sera réprimée dans le sang. Que peut-on tenter contre les canons et cette force énorme entraînée à la guerre qu'est l'armée aux ressources inépuisables ? Il s'en veut de s'être illusionné au point d'avoir envisagé un triomphe possible. Il va devoir payer sa naïveté. Il paiera.

* * *

Ce même jour, à Saint-Étienne, les passementiers cessent leur travail en signe de deuil et de solidarité avec les canuts qu'on massacre à Lyon, puis ils se promènent dans les rues de la ville, tranquillement, gravement. Armandine pleure en les regardant défiler. Au-delà de ces hommes qu'elle ne connaît pas, elle voit Nicolas luttant contre les forces gouvernementales. D'après ce qu'on raconte, les combats sont terribles. Peut-être qu'au moment où elle présente un des derniers chapeaux à la mode à une cliente obsédée par l'admiration que son élégance devrait susciter à sa prochaine réunion mondaine, Cheminas appelle Armandine pour l'aider à mourir. Suffoquée par les larmes, elle abandonne à Eugénie la dame dont elle s'occupe et file se cacher dans l'atelier où elle se laisse aller à son chagrin. Vétheuil est là, presque aussi malheureux qu'elle, pour des raisons différentes :

— Vous ne devez pas vous désespérer de la sorte, voyons ! S'il était arrivé quelque chose de grave à

Cheminas, ses amis auraient sûrement trouvé le moyen de vous prévenir. Moi, je n'ai personne pour me consoler de me conduire en salaud. Dire que parce que je n'ai pas l'héroïsme de me résoudre à mourir de faim, je vais être obligé d'écrire des saloperies sur ces braves gens qui pensent à leurs frères lyonnais.

— Pourquoi le faites-vous ?

— Je vous l'ai dit : parce que j'ai besoin de manger tous les jours et aussi, parce que je suis un lâche.

* * *

Nicolas fut réveillé par les échos d'une discussion bruyante. Il était cinq heures du matin et après une toilette rapide, il rejoignit les bavards, Andrein, Belluire et Caumiers. Ils lui apprirent que vers deux heures, les insurgés, rassemblés sur la place des Cordeliers et qui s'étaient jetés sur les voies menant à l'hôtel de ville, avaient cruellement échoué. Pendant que les amis commentaient les événements dont ils venaient d'avoir connaissance, le tocsin de Saint-Bonaventure se remit en branle et le bruit de la fusillade monta jusqu'à eux. Ils n'osaient pas se regarder. Maintenant, ils savaient que la partie était perdue. Caumiers constata :

— Ça recommence...

Ils ne répondirent pas, n'osant pas, sans doute, exprimer ce qu'ils pensaient. Belluire dit :

— On aurait dû mieux s'organiser...

Andrein ajouta :

— On a manqué de chefs.

Cheminas remarqua :

— C'est pas une raison pour abandonner.

Caumiers cogna sur la table.

— Qui te parle d'abandonner ?

Amédée, sortant de son lit, enveloppé dans une couverture, les pieds dans des savates qui ne ressemblaient plus à rien, intervint :

— Personne, malheureusement. A quoi ça sert de vous entêter ? Vous comprenez donc pas que c'est foutu et que c'est pas de vous faire tuer qui ramènera la

République ? Et vos femmes, vos gosses, vous y pensez, bande de sans-cervelle ?

Marie vint prendre son père par le bras.

— Revenez vous coucher. Vous risquez d'attraper froid. N'essayez pas de les raisonner, ils sont saouls de mots... et leurs épouses, c'est le cadet de leurs soucis. Ils leur préfèrent la République.

Le père et la fille ayant quitté la pièce, nul ne fit allusion aux paroles prononcées. Caumiers se contenta de remarquer :

— Paraît que ça cogne dur du côté de la Guillotière, on devrait y aller voir.

Ils y furent.

* * *

Dans l'atelier de M. Pichon, les nouvelles arrivant de Lyon étaient douloureusement commentées et Lebizot se voulant l'interprète du plus grand nombre, criait :

— On peut pourtant pas les abandonner !

— Et quoi tenter ?

— Faut d'abord qu'on impose notre loi ici, après on pourra peut-être leur donner un coup de main.

Lebizot fut écouté et dès six heures du matin, trois mille ouvriers défilaient paisiblement au long de la rue du Général-Foy et sur la place de l'Hôtel-de-Ville, par rangs de cinq. Charles, de tempérament pacifique, estimait que cette force tranquille intimiderait le bourgeois sans qu'il soit besoin d'avoir recours à des moyens brutaux. Malheureusement, les pauvres ont de l'imagination, leur seule richesse. Sous prétexte que personne ne s'était opposé à leur marche pacifique, il y en eut pour croire qu'ils avaient partie gagnée et quelques centaines de passementiers se précipitèrent vers la manufacture d'armes pour se fournir en fusils. Ils s'y heurtèrent à la troupe et refluèrent en désordre. Furieux, les protestataires devenus émeutiers, n'écoutèrent plus leurs dirigeants et se mirent à tout casser sur leur chemin de retraite. Arrachant les pavés, ils élevèrent, dans la rue Badouillère et dans la rue du Bois, des barricades aussitôt enlevées à la baïonnette par les soldats de la Ligne. Le reste de la troupe de Lebizot s'était rassemblé place Chavanelle. L'ordre d'évacuer les lieux déclencha une sérieuse bagarre entre lignards et manifestants. A son corps défendant, Charles était contraint de se battre pour ne pas être fait prisonnier. Soudain, il aperçut le journaliste aux prises avec deux gendarmes voulant l'entraîner de force, alors il fonça et à coups de tête, de poing et de pied, il permit à l'ami de Mlle Marthe de s'échapper. Il dut encore distribuer pas mal de horions pour s'arracher à cette foule enfiévrée qui avait perdu la raison. Bientôt, des coups de feu éclatèrent. Un officier tomba. Au même moment, un ouvrier s'écroulait, tué raide. Un escadron de cavaliers acheva la déroute des manifestants.

Lebizot, sans plus d'ennuis, ramena le journaliste au « Miroir de Paris ». On l'entraîna vite dans l'atelier où toutes ces dames — laissant le magasin aux bons soins d'Armandine — s'empressèrent autour du blessé que Mlle Marthe admonestait tendrement :

— Voyons, ami, qu'êtes-vous allé faire dans cette épouvantable bataille où, si je vous ai bien compris, sans M. Lebizot, vous risquiez d'être jeté en prison ? Avez-vous pensé à ce qu'on vous aurait dit au journal ?

— On m'aurait flanqué à la porte.

— Et vous auriez vécu comment ?

— Je ne sais pas...

— Et voilà un garçon qui se croit raisonnable !

— Que voulez-vous, ma chère Marthe, quand j'ai été au milieu de ces pauvres gens aux prises avec les gendarmes et les soldats, je me suis senti un des leurs... Lebizot, merci de m'avoir sorti de ce guêpier... J'espère pouvoir vous rendre, le moment venu, ce que vous avez fait pour moi aujourd'hui.

Lebizot, en rentrant à Valbenoîte avec Eugénie, apprit que le maire de Saint-Étienne avait ordonné que tous les locataires du premier étage des demeures qu'ils habitaient, illuminent leurs fenêtres durant la nuit et que les portes des maisons soient fermées dès le coucher du soleil.

Ce fut tout ce à quoi se réduisit l'aide des Stéphanois

aux Lyonnais dont les guetteurs espéraient sans cesse voir arriver les renforts attendus.

* * *

A la Croix-Rousse, la résignation avait succédé à l'enthousiasme. On ne parlait plus de victoire mais des moyens à employer pour résister le plus longtemps et le plus efficacement possible au flot des soldats et des gendarmes qui, d'instant en instant, battait avec une force sans cesse accrue les ultimes défenses des insurgés. Ainsi que chaque soir, Marie Caumiers s'évertuait à nourrir son mari et ses amis. Jeanne Darnac, en se réfugiant auprès de sa mère, Hélène Belluire, en partant se mettre à l'abri chez des cousins de l'Ain, avaient obéi aux promesses faites à leurs époux. Marie Caumiers ne voulait quitter ni son Laurent ni son père. Quant à Juliette Andrein, elle se montrait plus acharnée que les hommes et interdisait que, devant elle, on mit en doute le triomphe final des canuts.

Au vrai, ces combattants fatigués n'avaient guère envie de parler. Qu'auraient-ils pu se raconter ? Calculer le nombre des dernières heures de liberté qui leur restaient et au bout desquelles ils mourraient ou monteraient dans un de ces tombereaux où les vainqueurs entassaient les prisonniers. Caumiers déclara :

— Demain, on devrait se rendre aux Cordeliers, c'est là qu'il faut tenir comme tiennent ceux de Vaise.

Sur sa paillasse, pour s'efforcer de ne pas céder à la peur qui le tenaillait, Nicolas s'obligeait à faire semblant de croire à un bonheur encore possible au côté d'Armandine. Ils iraient se marier, ainsi qu'ils en étaient convenus, à Tarentaize. Bien sûr, Charles et Eugénie seraient de la fête. Les jeunes mariés pourraient, peut-être, rester quelques jours à la ferme. Nicolas aimait beaucoup le pays de sa future femme. Et puis, cette Désirade à laquelle Cheminas se sentait déjà attaché... Il s'endormit en rêvant que ce n'était plus la Croix-Rousse qu'il défendait contre les lignards, mais la Désirade dont il interdisait, l'arme au poing, l'entrée à des grenadiers de la Garde impériale.

* * *

Le samedi 12 réserva une mauvaise surprise aux combattants des deux camps. Une aube triste se leva sur un paysage de neige. Le vieil Amédée y vit un présage funeste.

— Il peut pas faire soleil quand le frère tue son frère. La neige et son silence ensevelissent les colères et les cadavres. Moi, je dis que la mort est plus décente dans la neige que parmi les fleurs.

On feignit de ne pas l'écouter et, épaule contre épaule, ils descendirent vers la bataille qui avait repris. Vers midi, un canon entreprit d'abattre la barricade que Nicolas et ses amis défendaient.

Pendant toute la journée, ils se battirent avec acharnement, réparant les brèches, repoussant les assauts. Mais à cinq heures du soir, le général Buchet lança ses voltigeurs après une ultime canonade dont l'une arracha la jambe droite de Belluire. Avec des moyens de fortune, ses camarades lui posèrent un garrot, mais ne purent l'emmener avec eux. D'ailleurs, le blessé s'y opposa.

— Fichez le camp, gones, pendant qu'il en est encore temps... Occupez-vous de mon Hélène, ça me donnera le moral.

Un dernier adieu à celui qu'on abandonnait et ils regagnèrent, avec beaucoup de difficultés, le refuge de la Croix-Rousse qui, dans leur subconscient, demeurait l'abri où rien de grave ne pouvait leur arriver. Le malheur qui s'abattait sur eux, la cruauté du destin promis leur rendaient paradoxalement la mentalité des petits garçons qu'ils avaient été. N'ayant plus l'espoir d'échapper au sort les menaçant, ils retrouvaient leurs croyances enfantines dans les fées tutélaires intervenant au dernier moment pour les sauver. Marie ne posa pas de questions et son père ne lança pas ses sarcasmes habituels. Ils n'osèrent pas évoquer Darnac et Belluire. Ils devaient s'efforcer de les oublier jusqu'à la fin des combats. De plus, ils savaient qu'ils ne les reverraient jamais, l'un parce qu'il était mort, l'autre parce que, s'il se remettait de sa terrible blessure, il serait expédié en Algérie ou demeurerait en prison pendant des années et des années. En guise d'oraison funèbre, Marie se contenta de dire :

— La pauvre Hélène... Elle se doute pas de son malheur...

Cheminas passa une nuit calme. Il était résigné. Il mourrait comme ses parents, pas de la même façon, mais toujours par la faute des fabricants. A l'aube, Amédée vint le rejoindre pour lui chuchoter :

— Nicolas, tu devrais penser à ta fiancée. La partie est perdue. Tu t'en rends compte, hein ? Alors, à quoi bon te faire tuer pour rien ?

— Je peux pas abandonner les copains...

— Sois pas idiot ! Les vaincus, ils doivent vivre, c'est leur seul moyen de résister.

— Même si je voulais, je pourrais pas... Les soldats sont partout.

— Moi, je connais un chemin qui te mènera au nord de Sainte-Foy et après, c'est la campagne.

Amédée, sur un bout de papier, lui traça grossièrement les sentiers de l'évasion.

* * *

Durant tout le dimanche 13, les canuts livrèrent des combats d'arrière-garde au cours desquels Caumiers reçut un biscaïen qui lui brisa l'épaule droite. Andrein et Cheminas le ramenèrent chez lui. Selon son habitude, Marie ne se perdit pas en gémissements inutiles. Elle apporta de l'eau, des linges propres et un désinfectant dont le secret se transmettait de mère en fille dans sa famille. Nicolas regardait son copain dont la souffrance creusait les traits et qui, pour rassurer ses amis, répétait inlassablement :

— C'est pas grave... je vous dis que c'est pas grave... Puisque je vous répète que c'est pas grave... pas plus que lorsque je m'étais battu à la vogue de Vaise...

Amédée leva les yeux vers Cheminas :

— Tu comprends, à présent ?

Le blessé se mit à prononcer des phrases sans queue ni tête. Le vieux hocha la tête.

— Le voilà qui déparle [1]... C'est mauvais signe.

Nicolas posa son fusil dans un coin et annonça :

— Je sors faire un tour pour voir où ça en est...

Il passa par la cuisine pour saluer Marie.

— Vous partez ?

— Je dois...

— Soyez prudent... Je vais tirer peine [2] pendant que vous serez pas là. Le temps me durera jusqu'à votre retour...

Fut-ce le léger tremblement qui vibrait dans la voix de Marie ? Quoi qu'il en soit, Cheminas, subitement, perdit son contrôle et, se penchant, embrassa longuement Marie sur les lèvres. Quand il la lâcha, il remarqua :

— Je sais pas si c'est bien ou mal dans le moment que nous vivons, mais je suis heureux.

— Moi aussi.

Alors qu'il déambulait dans les rues de la Croix-Rousse, partagé entre le plaisir que lui avait apporté le baiser de Marie et la honte de sa conduite vis-à-vis d'Armandine et de Laurent, Nicolas oubliait la bataille dont les échos spasmodiques servaient de toile de fond à ses pensées. A la vérité, il était perdu et avançait dans un brouillard. Ses pas le menèrent au Gros Caillou d'où il se laissa glisser vers l'enceinte limitant la Croix-Rousse, au sud. Soudain, une fusillade éclata à l'entrée de la grande traboule descendant vers la Saône. Des grenadiers avaient cru profiter du calme relatif régnant sur le secteur pour tenter de déboucher sur la Croix-Rousse et y établir une tête de pont où ils se seraient accrochés pendant que leurs camarades se hâteraient de les rejoindre. Mais les canuts veillaient. Ils avaient laissé approcher les soldats et quand ils étaient arrivés à bonne portée, ils avaient déclenché un tir qui avait jeté au sol la plupart des assaillants et mis en fuite les autres. Les insurgés se félicitaient de cette

1. Battre la campagne sous l'empire de la fièvre. — 2. S'inquiéter.

mince victoire et parmi eux, Marius Andrein qui criait, plus fort que tout le monde, sa joie éphémère. Quelqu'un remarqua qu'il faudrait trouver un volontaire pour s'engager dans la traboule et voir ce qui s'y passait. Seulement, c'était dangereux.

Nicolas se proposa avec la caution d'Andrein. Il fut accepté et changea ses chaussures contre des savates qui étoufferaient le bruit de ses pas. D'abord, il avança avec précaution, redoutant les pièges d'hommes embusqués. Prêtant l'oreille pour tenter d'attraper le moindre écho d'une présence humaine, attentif aux plus légers frôlements, Cheminas progressait en se collant au mur. Un instant, il resta le pied en l'air. Il avait surpris une sorte de râle. Sa méfiance redoubla. Il se déplaça avec une lenteur infinie et, brusquement, dans un recoin que baignait une pauvre clarté venue d'une ouverture étroite, il découvrit un grenadier à la moustache grise dont les buffetières et le gilet étaient maculés de sang. Nicolas et le blessé se regardèrent longuement avant que le plus âgé ne dise :

— Je suis foutu, je le sais, mon gars, mais vous autres aussi et c'est dommage car vous êtes des courageux.

— Comme vous...

— Moi, c'est mon métier... T'en fais pas pour mes camarades, ils sont redescendus vers la Saône, si vite qu'ils ont oublié de m'emporter. Des jeunots...

— Je vais vous ramener.

— Chez les tiens ? Ils m'achèveront dès qu'ils verront mon uniforme... Si tu me traînais jusqu'à la Saône, c'est les miens qui te tueraient avant que tu aies seulement prononcé un mot.

— Alors, que voulez-vous que je fasse ?

— Pour crever, je suis aussi bien ici qu'ailleurs.

Cheminas était étrangement troublé par ce soldat qui allait mourir sous ses yeux. Il se sentait très proche de lui. Il aurait souhaité le lui confier mais il ne devinait pas de quelle façon s'y prendre. Le mourant eut un rire qui lui mouilla de sang la moustache. Nicolas se pencha :

— Qu'est-ce que je peux pour vous ?

— Reste près de moi... J'ai jamais aimé la solitude.

Le fiancé d'Armandine se laissa tomber à côté du moribond et sans contrôler son geste, lui essuya la bouche avec son mouchoir.

— Merci... camarade... je... je veux te confier un secret... écoute...

Cheminas colla son oreille près des lèvres du grenadier.

— ... y a rien de... de plus con que... que la vie... A... à... vingt ans... je me suis battu pour la République, en 1792 contre le roi... et je meurs pour défendre le roi contre les républicains... idiot, hein ? Pourtant, c'est ça la vie, petit... Je... je m'appelle... Fran... François Vigne... ron.

Nicolas resta auprès du grenadier jusqu'à ce qu'il ait rendu le dernier soupir et lui ferma les yeux.

Lorsqu'il émergea de la traboule, les autres s'agglutinèrent autour de lui, le pressant de questions. Il leur répondit, d'un ton désespéré :

— Y a que des morts.

Ils le suivirent des yeux pendant qu'il remontait vers son refuge. Personne ne comprenait la raison de son attitude. Il aurait dû être heureux d'avoir mené à bien sa périlleuse mission et au lieu de ça... Marius fournit la réponse qui, pour lui, s'imposait :

— Un brave garçon, mais il pense trop.

* * *

A Valbenoîte, l'existence n'était pas gaie. Lebizot en voulait à tout le monde de ce que les passementiers stéphanois ne se soient pas portés au secours de leurs camarades lyonnais. Eugénie se morfondait de ne pouvoir rien tenter pour atténuer l'angoisse d'Armandine. La jeune fille pleurait chaque fois que, dans le journal, on parlait des furieuses batailles se déroulant à Lyon. Elle avait perdu le goût de rire, de plaisanter. Au grand chagrin de Mlle Marthe, elle devenait maussade, ce qui ne plaisait pas à la clientèle frivole du « Miroir de Paris ». Le journaliste essayait de remonter le moral d'Armandine en lui confiant ce qu'il fallait penser des communiqués en faveur du pouvoir. Toutes les nuits, la fiancée de Nicolas était la proie de cauchemars où elle voyait celui qu'elle aimait succomber sous les coups des soldats. Il lui arrivait de pousser des cris qui attiraient Eugénie, affolée, dans sa chambre où elle essayait de la calmer en l'obligeant à boire de l'eau de fleur d'oranger avec une pierre de sucre.

* * *

Un jour gris se leva ce lundi 14 avril sur la Croix Rousse qui allait mourir avec l'insurrection des canuts.

Nicolas s'était appliqué, depuis la veille au soir, à ne pas se trouver seul avec Marie. Ensemble, avec l'aide d'Amédée, ils s'étaient efforcés de calmer les souffrances de Laurent dont la plaie aurait eu besoin d'être sérieusement désinfectée et le biscaïen enlevé. Au petit jour, le vieux déclara :

— Si on le laisse comme ça, la gangrène l'emportera. Nicolas, file chez le docteur Mougin, rue des Canettes. Explique-lui la situation. Il s'occupe pas de politique, c'est un brave homme. Il se contente d'exercer son métier.

Alors qu'il ouvrait la porte, Marie rejoignit Cheminas.

— Tu as peur de moi ?

— Non, mais Laurent...

— Quelle importance, maintenant ?

— Peut-être...

— Tout de même, prends garde à toi et reviens si tu peux.

— Je reviendrai.

Cette fois, ce fut elle qui l'embrassa.

Le docteur Mougin avait fait carrière dans l'armée. Blessé en Algérie, il avait pris sa retraite et était venu finir ses jours dans sa Croix-Rousse natale. Harassé, il reçut fort mal Cheminas.

— Qu'est-ce que tu veux, toi ? Tu es blessé ?

— Non... c'est pour un ami.

— Pas le temps.
— Il va mourir si on le soigne pas.
— Qu'est-ce qu'il a ?
— Une balle dans l'épaule.
— Vous n'avez qu'à l'enlever. Une paire de ciseaux trempée dans le marc suffira. Il gueulera, mais il n'avait qu'à pas jouer au soldat.
— Ça sent mauvais.
— Quoi ?
— Sa blessure... Son beau-père, Amédée Savin, dit que la gangrène s'y est peut-être déjà mise.
— Nom de Dieu ! L'adresse ?

* * *

Nicolas ne voulut pas retourner près de Marie. Il l'aimait comme il aimait Armandine, mais celle-ci souffrait du désavantage de n'être pas là, de ne pas partager ses souffrances et sa peur. Il n'ignorait pas que le lui reprocher était injuste, seulement depuis qu'il voyait tant de gens, autour de lui, mourir injustement, plus rien ne pouvait le toucher. La mort du grenadier lui avait révélé l'inutilité imbécile de ces tueries auxquelles se livraient les insurgés et les soldats.

Pendant la nuit, les troupes du 27e fermèrent la route de Caluire. Peu à peu, l'armée encercla la Croix-Rousse. Bientôt, l'assaut général fut donné. Le rideau allait tomber sur ces sanglantes journées d'avril. L'ultime résistance se cantonnait dans la puissante barricade qui fermait l'entrée de la Grand'Côte. Marius Andrein y commandait. Trois fois, les voltigeurs durent reculer, laissant pas mal des leurs sur le terrain. Un quatrième assaut aurait réussi sans Marius et sa grosse force. Il avait laissé approcher les soldats avant de projeter sur eux un tonnelet de poudre muni d'une mèche enflammée. Le barillet éclata au milieu des assaillants dont un bon nombre fut tué ou blessé. Malheureusement pour lui, Andrein s'attarda sur la barricade pour contempler l'effet de sa riposte et une volée de balles le jeta à bas de son piédestal.

Cette mort n'affecta pas Cheminas outre mesure. Il savait que tous y passeraient, lui comme les autres. Ce n'était plus qu'une question de temps. Il abandonna un combat déjà perdu pour se rendre auprès de Juliette Andrein. Il la trouva dans sa cuisine. Elle le salua avec sa familiarité coutumière qui cachait une profonde tendresse pour les gens malheureux.

— Ah ! c'est toi, gone ? je peux pas t'embrasser, je prépare un civet pour Marius quand il rentrera, ce soir.

— Pas la peine, Juliette.

— Pas la peine de quoi ?

— De préparer le civet.

— Ah ?...

Elle essuya ses mains à son tablier avant de l'ôter puis elle vint se planter devant son visiteur.

— Tu veux dire qu'ils me l'ont tué ?

— Oui.

Elle soupira.

— Fallait bien que ça finisse un jour... Mon pauvre grand...

La femme regarda longuement le misérable décor l'entourant.

— On a été heureux quand même, ici, avec le Marius.

Elle se dirigea vers la porte. Cheminas demanda :

— Où allez-vous ?

Juliette le contempla, surprise :

— Mais le rejoindre, bien sûr. Où est-il ?

— A la barricade de la Grand'Côte.

— Il aura défendu sa Croix-Rousse jusqu'au bout. Il l'avait promis.

La veuve sortit, sans ajouter un mot. Nicolas dut courir pour la rattraper.

Lorsque les derniers survivants qui tenaient encore la barricade virent arriver Juliette, ils ne surent quelle contenance adopter. La veuve les mit tout de suite à l'aise.

— Je suis au courant. Menez-moi près de lui.

Ils la conduisirent jusqu'au cadavre de Marius dont elle ferma les yeux, puis empoignant le fusil abandonné par son homme, elle demanda s'il était chargé. Après vérification, ils répondirent que oui.

— Alors, allons-y !

Ils se portèrent sur les restes de la barricade au moment où, baïonnette au canon, les soldats se lançaient dans un nouvel assaut. Cette fois, rien n'arrêta leur marche en avant et les canuts durent fuir. Seule, Juliette demeura à son poste. Ses compagnons tentèrent de l'entraîner mais elle leur cria :

— Fichez-moi la paix ! Je veux mourir à mon idée !

Surpris qu'on ne leur tirât pas dessus, les soldats avaient ralenti leur allure. Le lieutenant qui les commandait hurla :

— Ils ont foutu le camp ! En avant !

L'officier fut le premier à bondir sur les débris de la barricade et perdit quelques secondes en voyant une femme qui braquait son fusil sur lui. Il n'eut que le temps de la sommer de se rendre. Sous la décharge, sa figure éclata et il mourut, ne comprenant pas ce qui lui arrivait. Le soldat qui suivait son chef reçut un coup de crosse appliqué avec la rage du désespoir et qui lui fendit le crâne. Alors, les autres tirèrent et Juliette tomba sur les genoux. Un jeunot voulut l'achever. Un sergent releva l'arme en grondant :

— Un peu de respect, nom de Dieu !

Juliette râlait, prononçant des mots qu'on ne comprenait pas. Des soldats se penchèrent pour tenter de saisir le sens de ces phrases flottant aux limites du monde sensible. L'un d'eux se releva, tout pâle. Le sergent l'interrogea :

— Qu'est-ce qu'elle raconte ?

— M'en fous... j'en ai... eu... deux...

Intimidés, les voltigeurs la regardèrent mourir et le sergent soupira :

— C'est quand même malheureux d'être obligé de tuer des gens pareils...

Sans bien savoir pourquoi — pendant que la troupe victorieuse envahissait la Croix-Rousse de tous les côtés et pénétrait dans les maisons pour fusiller les hommes qui s'y cachaient ou les emmener en prison —, Cheminas se rendit dans l'appartement des Andrein. Il n'arrivait pas à se persuader que Juliette qui, une heure plus tôt, préparait un civet, n'était plus. Assis sur une chaise, les coudes sur les genoux, le visage dans ses mains, Nicolas s'abandonnait à sa peine. Au soir, il s'en fut rejoindre les Caumiers, se demandant comment il devrait leur expliquer pourquoi il n'était pas mort lui aussi. Et Marie ?

Cheminas, en entrant dans la rue des Gloriettes, se heurta presque à Adèle, l'épicière.

— Oh ! Monsieur Nicolas ! faites attention ! Ces monstres, ils tuent partout !

— Ils se vengent de la peur qu'ils ont eue... et les Caumiers ?

— Je sais pas trop... Les soldats sont entrés dans leur maison et ils sont ressortis avec le cadavre d'un lignard à qui on avait cassé le cou.

— Et eux ?

— ... en tout cas, on les a pas emmenés.

— Je vais voir.

— Non... Ça serait un suicide... Attendez la nuit, après vous ferez ce que vous voudrez.

Nicolas obéit. Il n'avait plus la force de prendre une décision et se laissa emmener chez Adèle. Il se cacha dans la réserve où il s'endormit. A une heure du matin, l'épicière l'obligea à se restaurer. Quand il eut terminé, elle déclara :

— Maintenant, vous pouvez partir et que la Vierge vous protège, fils, mais si j'étais vous, je passerais pas chez les Caumiers et je filerais sans demander mon reste, si vous savez un chemin pour vous ensauver.

— J'en sais un, grâce à l'Amédée qui m'a fait un papier.

— Alors, bonne chance !

Dehors, Cheminas fut, d'abord, surpris par le silence qui avait succédé au tumulte de la journée. Cette paix s'affirmait tellement reposante qu'on l'eût savourée si l'on n'avait su de quel prix elle était payée. Nicolas demeurait immobile, incapable de bouger. Il lui semblait qu'avancer seulement d'un pas le plongerait dans un monde dont il aurait tout à redouter. Pourtant, il lui fallait se décider. Il prit une profonde inspiration et eut aussitôt la gorge et le nez envahis par une curieuse odeur où il lui parut que se mélangeaient les senteurs du bois brûlé, celles du printemps que la folie des hommes ne gênait pas et, plus incertaine, plus faible, mais allant se fortifiant, celle des cadavres commençant à pourrir, le tout noyé dans la fragance du Beaujolais dont les vaincus, jusqu'au dernier moment, avaient entretenu leur courage et dont les vainqueurs avaient fêté leur victoire. Sur les trottoirs, s'étalaient de larges taches sombres. Nul ne pouvait décider s'il s'agissait de sang ou de vin.

Cheminas avança dans la rue à la façon du baigneur frileux tâtant l'eau du bout du pied avant de se risquer dans la mer. Des chats, ne retrouvant plus leurs foyers ou leurs maîtres, miaulaient désespérément. Attentif à l'apparition suspecte d'une ombre quelle qu'elle fût, Nicolas allait à pas furtifs. Bientôt, il atteignit la demeure des Caumiers. Il poussa la porte d'entrée qui n'était pas fermée au verrou. Il grimpa l'escalier en se cramponnant à la rampe dont les courbes le renseignaient sur sa montée. Ses amis habitaient le dernier palier, Cheminas ne pouvait se tromper. En dépit de l'obscurité, il vit que le logis des Caumiers n'était pas clos. Il s'y glissa avec précaution. Il n'ignorait pas où se trouvait la lampe à huile qu'on allumait en entrant. Il se donna de la lumière et quand la flamme fut stabilisée, les yeux écarquillés, la bouche ouverte sur un cri qui ne jaillissait pas de sa gorge, Nicolas ne parvenait pas à croire à la réalité de ce qu'il voyait : le cadavre de Marie, percé de coups. Elle tenait encore à la main une hachette ensanglantée. Sans doute avait-elle abattu le soldat dont Adèle avait vu emporter la dépouille ? Les larmes coulaient sur les joues du visiteur. Marie... la douce Marie... Il tomba à genoux près du cadavre. Il eut du mal pour abaisser les paupières de la morte. Il caressa le cher visage... La pauvre Marie... Nicolas se releva et pénétra dans la chambre où il avait laissé Laurent. Il le trouva, la poitrine crevée par les baïonnettes. Sans illusion, Cheminas passa chez le vieil Amédée. Il était assis sur son lit. On lui avait brisé le crâne. Les yeux semblaient demander :

— Alors, gone, qu'est-ce que je t'avais prédit ?

Pivotant vivement sur ses talons, Nicolas sortit, dévala l'escalier et se retrouva dans la rue. S'appuyant au mur, il respira longuement. Il ne pourrait jamais chasser ces trois cadavres de sa mémoire. Peu à peu, il se reprit, mais au fur et à mesure qu'il recouvrait ses esprits, l'angoisse lui paralysait les membres. Il aurait voulu courir de toutes ses forces pour s'écarter le plus vite et le plus loin possible de ce charnier qu'était devenue la Croix-Rousse. Il dut s'imposer un effort extraordinaire pour se décoller du mur et se mettre en route. Il connaissait par cœur le trajet que lui avait indiqué le père Amédée et, dans un élan de tous ses muscles, comme s'il s'arrachait à des mains le retenant, il se jeta en avant.

Fatigués de tuer, les soldats dormaient. Nicolas passa par des traboules que les vainqueurs ignoraient ou négligeaient faute d'effectifs. Après avoir couru à perdre haleine, se reposant de temps à autre à l'abri des haies de jardins où les légumes et les fleurs piétinés disaient la fureur des combats s'y étant déroulés, il marcha tout le reste de la nuit.

Lorsque le jour fut franchement levé, Cheminas se trouvait au-dessus de Sainte-Foy, épuisé. Il jugea imprudent de poursuivre son aventure en pleine lumière. Il dénicha un petit bois où il se réfugia et s'endormit. Il se réveilla le soir. La faim le tenaillait, cependant la peur lui fit oublier sa fringale et sa soif. Prudent, il attendit de nouveau l'obscurité pour repartir. A l'aube, Nicolas vit les maisons d'Orliénas émerger de la brume. Se hâtant à travers champs, il s'imposa un large détour afin de ne pas éveiller l'attention d'un hypothétique et matinal travailleur.

Jules Chagnon sortit de son lit en entendant les chiens aboyer. Il se leva, enfila son pantalon, glissa les pieds dans des sabots et descendit voir la cause de ce vacarme. Les bêtes s'étranglaient de colère devant la clôture proche de l'étable. Quelque peu inquiet, Chagnon s'enquit :

— Y a quelqu'un ?
— C'est moi.
— Qui ça, toi ?
— Rappelez-vous... Valbenoîte... Chantegrillet...

Jules poussa une exclamation, imposa silence aux chiens en les injuriant et ouvrit à Cheminas :

— J'espérais plus te revoir, mon garçon...
— J'espérais plus revenir...
— Amène-toi !
— Y a personne ?
— Juste ma femme. Viens !

Les deux hommes s'enfermèrent dans la salle basse. D'en haut, Madeleine s'enquit :

— Qui c'est qu'est là, Jules ?
— Un ami, dors !

Chagnon baissa la voix pour dire :

— Tu dois avoir faim et soif ?
— J'ai pas mangé depuis un sacré bout de temps... J'avais trop peur !
— Au moins, t'es franc.

Tout en sortant le pain, le saucisson, le fromage et le vin, un couteau et un verre, Jules s'enquit :

— Ç'a été dur, hein ?
— Affreux...
— Les amis ?
— Il en reste pas un.
— Les pauvres...
— Et deux de leurs femmes.
— Misère !...

Ils se turent, chacun plongé dans ses pensées où flottaient les visages des copains perdus. Le premier, Chagnon se secoua et pendant que son hôte se restaurait, il conseilla :

— Maintenant, tu dois cesser de t'occuper des morts. Il faut te soucier de toi. Tu vas dormir. Demain, tu te laveras des pieds à la tête pour éliminer la poudre. On brûlera tes vêtements. Après, tu seras mon compagnon. Tu resteras ici jusqu'à ce que tu aies l'air d'un vrai paysan et que les sillons de tes mains et de ton cou montrent des traces de terre et non plus de poudre.

Cheminas, rassasié, monta se coucher. Quand il referma la porte derrière lui, il savait que les siens ne seraient jamais vengés et que la République n'était pas pour demain.

3.

Les autorités stéphanoises firent savoir à la population que la révolte des canuts lyonnais était définitivement matée. On dansa dans les salons bourgeois tandis que les ouvriers passementiers — Lebizot en tête — courbaient la tête sous le joug imposé par les fabricants. On procédait à des collectes dans les faubourgs, histoire d'envoyer un peu d'argent aux veuves que l'État ignorait. Quinze jours après la fin des combats, Armandine revêtit une robe noire. Ses amis n'eurent pas le courage de l'en dissuader. Pour tous, Nicolas devenait un personnage de légende dont, sans y prendre garde, on parlait déjà au passé.

Au grand souci des Lebizot, Armandine se nourrissait de moins en moins et semblait, perpétuellement, perdue dans une rêverie mélancolique dont on ne parvenait pas à la sortir. Inaugurant une façon de vivre qui effraya par son audace, Mlle Marthe décida de prendre des vacances pour se rendre à Chamonix avec son mystérieux ami. Elle ferma son magasin et accorda une semaine de congé payé à ses employées. Les clientes furent d'accord pour prophétiser qu'une pareille attitude annonçait l'immanquable faillite du « Miroir de Paris ». Eugénie parvint à persuader Armandine de vivre ces huit jours de repos à Tarentaize. Elle eut beaucoup de mal à obtenir de Lebizot l'autorisation de suivre son amie.

Mis au courant du malheur atteignant leur patronne, Agathe et les Cintheaux s'efforcèrent de lui rendre l'existence agréable. Mais, rien ne distrayait Armandine. Assise dans le fauteuil jadis réservé à sa grand-mère, elle passait des heures entières, inactive, plongée dans ce qui semblait être à son entourage une sorte de sommeil éveillé. Ce n'était que la poursuite d'un rêve qui ne finissait pas, où Armandine vivait avec Nicolas. Eugénie venait, sans cesse, rendre visite à sa camarade et essayait vainement de la persuader de sortir. Le village avait su refréner sa curiosité et respectait la solitude où se complaisait la jeune fille. Parmi les Tarentaizois, seul, Mathieu Landeyrat tenta une approche qu'Agathe arrêta :

— Pas la peine, mon pauvre gars, elle vous verrait seulement pas.

— Qu'est-ce que c'est, sa maladie ?

— Personne peut dire si c'est une maladie.... Je crois que la mort de son fiancé lui a détraqué quelque chose dans la tête.

— Et de quoi qu'il est mort, cet homme ?

— Je sais pas... A mon idée, ça serait peut-être bien dans une batterie. Je vais quand même prier M. le curé de venir y dire deux mots, à la maîtresse.

Au soir de cette rencontre, M. Mauvezin, le vieux prêtre, rendit visite à Armandine, toujours acagnée[1] dans son fauteuil.

— Armandine, chaque fois que tu revenais au pays, tu ne manquais jamais de prendre de mes nouvelles. Il y a quatre jours que tu es de retour et je ne t'ai pas vue. Pourquoi ?

— Le presbytère me fait trop penser à Nicolas.

— On m'a dit que Dieu l'a rappelé à Lui ?

— Oui, je pense que oui.

— Tu penses ?

— Je ne l'ai pas vu mort.

De gré ou de force, Armandine dut avouer au curé de quelle façon Cheminas avait disparu. Quand elle eut terminé, le curé remarqua :

— Je crains que les hommes ne guérissent pas de leurs folies. On tue, on meurt, on torture son prochain sans se soucier de l'enseignement de Jésus.

1. Tassée sur elle-même.

— Je suis si malheureuse...

— Tu n'es ni la première ni la dernière de celles qui pleureront par la faute de leurs pères, de leurs époux, de leurs fils.

— Je souffre, mon père.

Le prêtre prit les mains d'Armandine dans les siennes.

— Et Marie, au pied de la croix, te figures-tu qu'elle ne souffrait pas en écoutant gémir son fils ?

— Pardonnez-moi.

— Récitons ensemble un Pater et un Ave et demande à Marie de se porter à ton secours.

Ils prièrent. M. Mauvezin qui s'était agenouillé sur une chaise basse, se releva, se signa.

— Voilà une bonne chose de faite. Maintenant, ma fille, je te dis au nom de Dieu que rien n'arrive qu'Il ne l'ait permis. Garde donc confiance tant que tu n'auras pas la preuve indiscutable de la mort de celui à qui tu as donné ta foi.

— Mais, puisque...

— La confiance dans le Seigneur, Armandine, seulement la confiance. Je te bénis, mon petit, en espérant que l'Éternel t'épargnera.

Le lendemain, Armandine donna l'impression de se mieux porter et sortit dans le pays avec Eugénie. Elle se rendit au cimetière pour implorer l'aide de ses défunts et tint à effectuer la promenade que les deux amies s'offraient le dimanche en compagnie de Mathieu. Leur conversation n'avait pour leitmotiv que la possibilité pour Nicolas d'avoir échappé au massacre d'abord, aux représailles ensuite.

* * *

De retour à Valbenoîte, Armandine prit l'habitude, le matin, avant de partir au travail et le soir avant de gagner son lit, de prier quelques instants dans l'abbaye. L'existence devenait sévère chez les Lebizot. Charles n'en souffrait pas car il ne s'était pas consolé du départ de son ami. Seule, Eugénie supportait difficilement la tristesse ambiante de son foyer qu'elle ne cessait, en esprit, de comparer à celui de ses parents. Son village lui manquait, chaque jour, un peu plus. Petit à petit, elle en arrivait à rendre son mari responsable de son exil citadin, pourtant volontairement choisi, mais qu'elle ne tolérait plus.

Engluée dans son travail et dans ses prières, doucement, Armandine se résignait. Désormais, l'apaisement lui venait de sa certitude que même si Cheminas ne devait jamais revenir, elle l'attendrait toute sa vie.

* * *

Le mois d'août 1835, torride, écrasa bêtes et gens. A Saint-Étienne, la consommation de vin exécuta un formidable bond en avant dans le monde ouvrier tandis que, somnolents, les bourgeois évitaient de remuer derrière leurs volets clos. Lebizot, abruti par la fatigue et le beaujolais, témoignait d'une humeur grognonne. Eugénie en voulait à l'humanité entière de n'être pas à Tarentaize dans la fraîcheur — supposée — des arbres et des champs. Armandine allait chercher un peu de calme dans les recoins de l'abbaye. Le 27 du mois, la chaleur atteignit une intensité insupportable. Les ménagères s'injuriaient pour des bêtises et sous le moindre prétexte, les hommes en venaient aux mains. Dans le magasin déserté, Mlle Marthe et ses employées, anéanties, ne bougeaient plus guère. Perdue dans ses patenôtres, Armandine paraissait être insensible aux extravagances de la température. On lui en tenait rigueur.

En rentrant à la maison où Lebizot, l'œil vague, buvait, Eugénie, le sang aux joues, le corsage déboutonné, piqua une véritable crise de démence et injuria son mari de façon abominable en usant d'un vocabulaire qu'on ne la soupçonnait pas de connaître. Charles et Armandine, stupéfaits, restaient cois et, brusquement, la grande colère d'Eugénie s'effondra en un flot de larmes que rien ne semblait devoir arrêter.

Sa femme apaisée, Lebizot aida Armandine à mettre un couvert sommaire. Par suite de la température, ils mangeraient froid. Honteuse de son esclandre, Eugénie ne pipait mot. Soudain, ils levèrent la tête pour essayer de comprendre la nature de ce bruit qui, à travers les fenêtres ouvertes, envahissait brusquement l'appartement. Eugénie cria :

— La pluie !

Lebizot se jeta dans l'escalier et, ôtant sa chemise, s'élança sous l'averse qui redoublait de violence. Dans la rue, c'était du délire. On se laissait tremper pour le plaisir, les femmes défaisaient leurs cheveux pour bénéficier de ce shampooing céleste. Un éclair puissant suscita des cris de terreur et l'éclatement brutal d'un coup de tonnerre renvoya chacun dans son foyer. Trois heures plus tard, sous le déluge incessant tombant du Ciel, la joie fit place d'abord à l'inquiétude puis à l'angoisse lorsque l'eau recouvrit la rue, sautant pardessus les tranchées d'évacuation engorgées. Bientôt, on sut que le Furan avait débordé et ravageait le quartier des Rives. On se cria, d'une fenêtre à l'autre, qu'une femme enceinte avait été foudroyée et que la Loire, prise de folie à son tour, sortait de son lit et coupant les routes, emportait tout sur son passage. A Valbenoîte ainsi que dans Saint-Étienne et les communes voisines, personne ne dormit cette nuit-là, chacun se voulant attentif au grondement continu de l'orage qui donnait l'impression de ne devoir jamais s'arrêter.

Au matin, une odeur fade d'eau boueuse imprégnait l'atmosphère. Personne n'osa bouger de chez soi bien que la pluie ait cessé. On attendait que le tambour de la ville donnât des nouvelles. Il apparut — un vieux bonhomme qu'on appelait Jemmapes — chaussé de cuissardes lui montant jusqu'au ventre, sa caisse accrochée à peine au-dessous de la poitrine. Il déplia un papier et cria :

« Monsieur le Maire et le conseil municipal font savoir à la population qu'un grand malheur s'est abattu sur notre cité et les communes suburbaines par suite de la pluie torrentielle tombée sur la région, gonflant les cours d'eau qui, sortis de leurs lits, ont causé de grandes dévastations. »

Puis Jemmapes, ayant repris haleine, énuméra une série de malheurs dus à l'inondation et qui s'étageaient de la cave inondée jusqu'à la grange de Ratarieux envahie par la Loire noyant la grand-mère, la mère et ses cinq enfants. Cette escalade dans l'horreur aboutissait à l'annonce de l'ouverture d'une souscription en faveur des familles durement touchées.

Le quartier tout entier s'était mis au travail pour rendre la circulation facile dans les rues de Valbenoîte débarrassées des pierres, de la boue, des morceaux de bois et des épaves de toutes sortes draînées par l'orage. Au « Miroir de Paris » on ne parlait que des dégâts des eaux et Vétheuil, arguant de renseignements particuliers, renchérissait sur les drames réels ou inventés. Les marchés citadins étaient pauvres, nombre de maraîchers ayant vu leurs jardins submergés.

* * *

Dans la ferme de Jules Chagnon, Cheminas devenait lentement un vrai paysan. D'instinct et se rappelant un autrefois campagnard, il imitait les gestes du fermier et à les voir tous les deux fauchant, piochant, binant, personne n'eût établi de différence entre eux. Nicolas aimait ce travail exigeant l'emploi de toute sa force pour tenir le rythme imposé par Jules. La fatigue le préservait de penser à Armandine (qu'il ne pouvait rejoindre, par suite de la méfiance de la maréchaussée attentive à traquer les canuts en fuite) et à ses camarades morts.

En septembre, alors que les Chagnon cassaient la croûte, les gendarmes se présentèrent. Les uns et les autres se connaissaient depuis longtemps. Le brigadier, Marcellin Bauron, n'était pas des plus fûtés et son adjoint, le gendarme Louvet, ne savait qu'obéir.

— Salut, Jules... comment ça va, madame Chagnon ?

— Sans les rhumatismes, ça pourrait aller.

— Moi — sauf votre respect — c'est le séant. Plus mon cheval vieillit, plus son dos devient dur. Si ça continue, faudra que je me colle des coussins où vous savez

Inopinément, le gendarme Louvet se mêla à la conversation.

— Moi, ça serait plutôt les pieds. A cause des bottes, évidemment.

Le brigadier regarda son adjoint d'un œil sévère.

— Louvet, bon Dieu ! Vous mêlez pas de ça, il s'agit d'une discussion quasiment de famille !

Chagnon intervint, désireux de maintenir la bonne humeur.

— Brigadier, vous boirez bien une chopine ?

— C'est pas de refus. Il fait pas bon sur les routes.

Madeleine apporta un litre (elle connaissait ses hôtes) et quatre verres. Pendant que Jules versait le vin, Bauron parut s'apercevoir de la présence de Nicolas.

— Celui-là, qui c'est ?

— Mon ouvrier... un fameux...

— Il y a longtemps qu'il est là ?

Chagnon, feignant de ne pas se rappeler, se tourna vers sa femme :

— Il me semble qu'il est venu au début de l'année, non ?

Madeleine, loin d'être sotte, gronda :

— T'as plus de mémoire, mon pauvre homme ! Rappelle-toi qu'on a fait sauter les crêpes, ensemble, pour la Chandeleur et qu'après, j'ai usé toute la journée à réparer les dégâts !

Le fermier hocha la tête.

— C'est vrai !

Cheminas crut bien agir en souriant à la façon d'un qui se souviendrait de quelque chose de drôle. Cependant, son métier avait rendu le brigadier méfiant.

— Il vous a jamais quitté depuis la Chandeleur ?

Avec un air de franchise qui eût désarmé tous les soupçons, Chagnon assura :

— Jamais ! un garçon sérieux.

— Vous le connaissiez d'avant ?

Il s'entêtait, le salaud !

— C'est-à-dire qu'il est mon neveu par alliance du côté de ma défunte sœur Amélie qui habitait dans le Midi où son mari faisait le tonnelier.

— Et pourquoi qu'il est venu ?

— Pour se changer l'air. Il avait été malade de la tête. Dans ces pays, le soleil, il cogne drôlement.

Jules profita de ce que Cheminas regardait ailleurs pour pointer l'index sur sa tempe et indiquer aux gendarmes que son parent avait l'esprit un peu dérangé. Le ton du brigadier s'adoucit pour s'adresser à Nicolas :

— Où es-tu né, mon garçon ?

— A Lunel, dans l'Hérault.

Le gendarme Louvet sauta sur l'occasion qui lui était subitement offerte et récita, d'un trait :

— Hérault, préfecture Montpellier, sous-préfectures : Béziers et Lodève.

Un court silence suivit cette affirmation. Admirative, Madeleine s'exclama :

— Vous, alors !

Louvet répondit modestement (avec une pointe d'orgueil, cependant) à Mme Chagnon :

— J'ai étudié.

C'était plus que n'en pouvait supporter son chef qui explosa :

— En tout cas, vous n'êtes pas brigadier et vous n'êtes pas prêt de le devenir !

Sur cet avertissement, il revint à Cheminas :

— Tu sais ton nom, j'espère ?

L'interrogé eut, à nouveau, un sourire niais :

— Oh ! oui ! Chauffailles Victor ! C'est moi !

— Tu as des papiers ?

— Bien sûr... Ils sont là-haut.

— Va les chercher.

Pendant que Nicolas grimpait dans sa chambre, Jules priait le brigadier de ne pas terroriser son neveu.

— Vous comprenez, il est un peu comme un gosse. Il a eu une méningite. Le corps s'est développé, mais l'esprit, il a pas suivi.

— Je vois...

— Vos galons l'impressionnent.

— Vous croyez ?

— J'en suis sûr. Il doit vous prendre pour un colonel.

Le gendarme s'esclaffa.

— Il est vraiment piqué !

Bauvon fixa son subordonné.

— Ce n'est pas le galon qui compte mais celui qui le porte.

Cheminas revint avec ses faux papiers qu'il tendit au brigadier. Ce dernier les examina.

— Pourquoi as-tu mis une croix ?

— Je sais pas écrire, lire non plus.

Le brigadier haussa les épaules.

— Pauvre France...

Jules profita de cet attendrissement passager pour suggérer :

— Ce garçon, il faudra pourtant qu'il sorte un jour. Il peut pas, à son âge, rester tout le temps enfermé et j'ai peur que, s'il rencontre des gendarmes, il lui arrive des ennuis parce qu'il ne saura pas s'expliquer.

— Et alors ?

— Il me semble, maintenant que vous le connaissez, que si vous acceptiez de lui délivrer une espèce de laissez-passer... Votre nom serait une sacrée garantie et Madeleine et moi, nous serions plus tranquilles.

La flatterie eut raison de la méfiance du brigadier et, d'une écriture superbe, il rédigea un genre de passeport dont Chagnon — après le départ des représentants de la loi — résuma l'importance en décrétant :

— Maintenant, Nicolas, tu pourras retourner à Saint-Étienne, quand tu voudras.

Dans la nuit qui suivit la réussite de la ruse du fermier, Cheminas dormit mal. Ce n'était pas la joie de revoir Armandine, les Lebizot et Valbenoîte qui l'agitait mais la peur de se retrouver devant celle qu'il aimait. Le reconnaîtrait-elle ? Bien que leur séparation n'ait été que de six mois, Cheminas avait la conviction d'avoir beaucoup changé. Voudrait-elle encore l'épouser ? Accepterait-elle de s'unir à un homme que la mort de ses amis avait brusquement et prématurément vieilli ? Et lui, était-il encore capable de cet attachement sans faille qu'exige le mariage ? Plus rien ne surnageait dans son cœur de ce qu'il se figurait essentiel avant son départ : le désir de vengeance qui le torturait depuis tant et tant d'années avait été gommé, effacé par le sang de ses copains. Et puis Marie qu'il n'oublierait jamais... Si elle n'avait pas été assassinée, serait-il revenu à Saint-Étienne ? Il ne pourrait pas parler de ces histoires à Armandine. Il devait les garder en lui. D'avance, elles le gênaient pour respirer à l'aise, pour respirer comme autrefois.

— Si j'étais toi — conseillait Jules, entre deux cuillerées de soupe au chou — j'arriverais pas de cette façon chez ta fiancée. Imagine qu'elle ait le cœur fragile ? Un coup à la tuer !

— Surtout si elle te croit mort, renchérit Madeleine.

— Alors, qu'est-ce que je fais ?

Chagnon prit le temps d'avaler un morceau de lard, de boire un canon, de s'essuyer la bouche au dos de la main avant de répondre :

— A mon idée, tu devrais y écrire un billet pour lui apprendre que t'es toujours vivant.

Cheminas secoua la tête.

— Ça serait la même chose et puis je suis pas fort pour l'écriture.

— D'un côté, l'approuva la fermière, il a pas tort.

Jules s'exclama :

— Oh ! vous savez, moi, si j'en parle, c'est pour en causer.

— Je partirai la semaine prochaine, si vous êtes d'accord, conclut Nicolas.

* * *

Eugénie lavait la vaisselle du soir qu'Armandine essuyait et Lebizot lisait péniblement le journal qu'on lui avait passé. Sans y prêter trop attention, ils entendirent quelqu'un monter l'escalier, quelqu'un dont le pas harassé butait contre les marches, mais quand on frappa à la porte, ils suspendirent leurs gestes, surpris, un peu inquiets aussi. Armandine ôta son tablier et s'en fut ouvrir. Sur le moment, elle ne le reconnut pas. Alors il sourit et le cœur de la jeune fille se mit à battre vite, très vite. Maintenant, elle savait, mais elle n'osait pas y croire. Cheminas demanda doucement :

— Est-ce que t'aurais peur, Armandine ?

Secouée de sanglots, elle se jeta dans ses bras. Charles et Eugénie se pressèrent autour de l'arrivant en poussant des exclamations : « Quel bonheur ! — Seigneur, qui aurait pu penser ! — On n'osait plus espérer. » Charles bourrait son copain de simulacres de coups de poing en chevrotant :

— Ah ! mon salaud ! on se figure que t'es mort et enterré, on pleure, on débite toutes les prières qu'on connaît pour que là-haut, on soit pas trop méchant avec toi, et Monsieur s'amène comme s'il revenait de la pêche ! Ah ! le salaud ! Pourquoi que t'es revenu, hein, sacré Mandrin ?

— Pour fixer la date du mariage.

* * *

Armandine avait rêvé d'un autre retour, plus dramatique, où elle aurait joué un rôle important. Par exemple, elle aurait arraché Nicolas à un long convoi de prisonniers, ou bien elle l'aurait découvert, mourant de faim et de soif, dans un refuge secret dont la Vierge Marie lui eût indiqué le chemin. Au lieu de cela, il était revenu sans plus d'émotion que s'il rentrait d'une longue et épuisante promenade. Ce qui demeurait de romanesque dans l'esprit de la jeune fille, s'envola. Sans doute, aimait-elle toujours autant Cheminas, mais d'une façon plus solide et plus tendre qu'autrefois.

Cependant, le retour du fugitif avait été un soir de fête. Lebizot s'était précipité chez l'ancienne logeuse de son ami pour l'avertir qu'elle ait à préparer immédiatement la chambre (dont il avait continué à payer le loyer durant l'absence de Nicolas) puis il était retourné chez lui pour boire, parler, boire à nouveau, parler encore. Le héros de la fête ne s'arrêtait pas de répondre aux questions de Charles et d'Eugénie. Armandine, elle, ne disait rien. Assise à côté de Nicolas, elle contemplait son profil, essayant de reconnaître l'éclat d'un regard qu'elle n'avait pas oublié, le pli d'une lèvre dont, en fermant les yeux, elle sentait la douceur sur les siennes. Elle avait l'impression qu'en la tenant dans ses bras, il l'avait embrassée avec moins de violence, moins goulûment qu'elle ne l'espérait.

Avant de gagner le « Miroir de Paris » où Mlle Marthe, les employés et Vétheuil devaient fêter sa merveilleuse chance, Armandine était passée à l'abbaye de Valbenoîte où elle avait, de tout son cœur, remercié Marie de lui avoir rendu son fiancé et elle eut une pensée affectueuse pour M. Mauvezin qui lui avait indiqué le chemin à suivre afin que réapparaisse peut-être celui qu'elle pleurait.

Les semaines passèrent dans le bonheur d'antan enfin retrouvé, toutefois Armandine n'était pas complètement heureuse et n'osait s'en ouvrir à personne. De son côté, Eugénie, après la joie du retour de Cheminas, était retombée dans sa mélancolie qui la poussait, chaque jour avec plus d'acuité, à regretter Tarentaize et l'auberge paternelle. Parfois, cependant, elle confiait ses regrets à son amie en tâchant de l'attirer dans son parti.

— Plus je réfléchis, Armandine, plus je suis sûre qu'on a commis une énorme sottise en quittant notre village. Nous n'étions pas faites pour la ville.

— Parle pour toi !

— On était habitués aux grands espaces...

— ... et au fumier et à l'odeur des bêtes...

— ... à la liberté.

— Eh bien ! moi, j'aime autant être au chaud dans mon emploi et proposer des chapeaux à des dames qui se lavent, plutôt que de discuter avec des bonnes femmes qui se nettoient chaque fois qu'il leur tombe un œil !

Sur ce genre de remarques, la discussion tournait court et les deux camarades d'enfance comprenaient, chaque fois, qu'elles s'éloignaient davantage l'une de l'autre. Elles en souffraient, mais ne parvenaient plus à se rejoindre.

On était allés tous ensemble à Tarentaize, un dimanche, pour remercier M. Mauvezin, le Seigneur, la Vierge Marie et saluer les amis avant de fixer aux derniers jours d'octobre la cérémonie du mariage. La joie des Cintheaux, d'Agathe, des Lussaud, du curé ranima quelque peu l'enthousiasme matrimonial d'Armandine. Cependant, elle se fâcha presque lorsqu'elle découvrit son fiancé en contemplation devant le domaine des Landeyrat. Rudement, elle demanda :

— Qu'est-ce que tu fabriques ?

— Je regarde...

— Quoi ?

— La Désirade... Il avait du goût, ton père...

— Cesse de débiter des sottises, Nicolas !...

Toutefois, le feu couvait dans le quatuor. De retour à Valbenoîte, Eugénie, hargneuse, comme elle l'était toujours lorsqu'elle revenait de Tarentaize, attendit la fin du repas pour attaquer :

— Le père ne veut plus continuer. Il dit qu'il est très fatigué.

Elle attendit des questions qui ne vinrent pas. Elle insista :

— Il est prêt à tout remettre... Ma mère et lui vivraient dans ce qui était ma chambre.

Il n'y eut pas la moindre remarque. Eugénie s'emporta :

— J'ai l'impression de parler dans le vide, bon sang !

Gêné, son époux défendit l'auditoire :

— On t'écoute. Qu'est-ce que tu veux qu'on fasse de plus ?

— Joue pas les imbéciles, Charles ! Comme si tu ne savais pas que je souhaiterais que nous retournions au village et que tu y prennes la place de mon père !

— Moi ?

— Oui, toi !

— Non, mais tu me vois à la cambrousse ?

— Parfaitement ! Là-bas, tu ne serais plus un esclave qu'on peut renvoyer sur l'instant et sans lui fournir d'explications ! Un esclave qui se retrouve à la rue avec même pas de quoi manger !

Lebizot répliqua mollement :

— T'exagères un peu, Génie... et puis, dis donc, toi aussi t'es une esclave, non ?

— D'accord ! Seulement, moi, j'en ai assez ! J'étouffe ! Je veux respirer !

— Qui c'est qui t'en empêche ?

— Toi !

— Moi ?

— Parfaitement ! toi ! Je t'avertis, Charles : aujourd'hui j'annoncerai à ma tante que je m'en vais. Ses affaires ne marchent pas tellement en ce moment et elle sera peut-être contente d'avoir une employée de moins à payer. Dimanche, je monterai à Tarentaize et je ne redescendrai pas.

— Qu'est-ce que je deviens dans tout ça ?

— Je t'attendrai le temps qu'il faudra.

— Je risque de jamais te rejoindre...

— Ça sera tant pis pour toi !

Sur cette affirmation énergique, Eugénie se leva :

— Excuse-moi, Armandine, de te laisser le travail. Je suis à bout de nerfs. Bonsoir.

Quand sa femme se fut enfermée dans sa chambre, Lebizot gémit :

— Qu'est-ce qu'il lui prend ? Elle était pourtant heureuse de s'installer à Saint-Étienne...

Armandine expliqua :

— Elle ne supporte pas la ville. Elle ne songe plus qu'au calme de chez nous, au chant du coq, aux bavardages autour du bachat [1].

— Elle devient folle ou quoi ?

— Mais non, Charles, elle s'était crue destinée à la ville et elle se trompait.

— Quand même... Préférer la campagne à Saint-Étienne, c'est pas normal !

Pour la première fois, Cheminas intervint dans la discussion :

— Pourquoi ?

Ils le regardèrent avec des yeux ronds avant que Lebizot ne réponde :

— Nom d'un chien ! Je te comprends pas, Nicolas, avec ton « pourquoi » ?

— Pourquoi tu dis que ta femme se trompe ou qu'elle a tort, Charles ? D'après toi, on n'aurait pas le droit de préférer la tranquillité de l'existence à la

1. Petit bassin.

campagne au bruit de la ville ? Je vois pas en quoi ça serait plus idiot de labourer son champ le jour qu'on veut, à l'heure qu'on veut, au lieu de refaire toujours les mêmes gestes dans un atelier où on respire mal, où on est sans cesse surveillé, où à châ peu on oublie qu'on est un homme ?

Lebizot hocha la tête.

— Y a du vrai dans ce que tu racontes, Nicolas, mais c'est pas une raison pour...

Armandine l'interrompit sèchement :

— Non, ce n'est pas une raison pour voir la vie aux champs à travers les histoires d'Eugénie ! Soyez sûrs qu'elle aura tôt fait de rappliquer après quelques semaines.

Charles confessa :

— J'espère que tu vois juste parce que moi, je peux pas me passer d'elle.

— Bien entendu que je vois juste !

Cheminas revint dans le débat.

— J'en suis moins sûr que toi.

Armandine s'énerva :

— Qu'est-ce que tu as, aujourd'hui, à toujours me contredire ?

— Parce que tu te trompes. Eugénie reviendra pas.

— Qu'en sais-tu ?

— C'est pas une fille qui parle pour rien dire.

— Comme moi, peut-être ?

Nicolas haussa les épaules et ne répliqua pas.

Leur première querelle. Dans son lit, Armandine en tremblait de colère et de chagrin. Et tout cela à cause de cette sotte d'Eugénie, de son attachement à papa-maman et de ses rêveries champêtres. De quoi s'était mêlé son fiancé ? Il n'avait pas vécu à la campagne à part les quelques mois passés chez Chagnon et dans sa jeunesse. Alors, au nom de quoi donnait-il son avis, un avis que personne ne lui demandait, d'ailleurs ? Brusquement, la jeune fille se souvint de cet enthousiasme qui avait saisi Cheminas en contemplant le domaine des Landeyrat et l'espèce de ferveur avec laquelle il avait reçu l'histoire familiale de la Désirade.

Il ne faudrait pas que Nicolas allât s'imaginer

qu'elle, Armandine pourrait, le moment venu, imiter Eugénie. Il ne devait pas se mettre dans le crâne qu'il aurait la possibilité, un jour, de jouer les fermiers avec elle, en compagnie des Cintheaux. Armandine était née pour la ville. Elle savait qu'elle ne retournerait jamais vivre à Tarentaize, que cela plût ou non à son époux.

Au lendemain de ce petit drame, Eugénie sortit de sa chambre fraîche et souriante si bien que dans son entourage, chacun se persuada que sa profession de foi campagnarde de la veille n'avait été qu'une plaisanterie dont on ne comprenait pas les raisons. Cependant, le dimanche suivant, ainsi qu'elle l'avait annoncé, Eugénie monta dans la diligence avec ses bagages. Après avoir embrassé chacun, elle confia à son mari :

— Viens quand tu veux, Charles, tu seras toujours le bienvenu.

Au repas qui suivit le départ d'Eugénie, Lebizot, montrant la chaise où sa femme s'asseyait d'ordinaire, remarqua :

— Ça fait drôle...

* * *

Pour sauvegarder la réputation d'Armandine, les deux amis occupèrent l'appartement de Valbenoîte tandis que la jeune fille prenait la place de Nicolas chez la veuve qui l'hébergeait.

QUATRIÈME PARTIE

Le chemin perdu

1.

Mlle Marthe, bien qu'ayant promis sa présence, n'avait pas assisté au mariage d'Armandine et de Nicolas, non pour blesser son employée, mais pour éviter de rencontrer sa nièce à qui elle ne pardonnerait pas de longtemps son lâchage. Même en ce printemps de 1835, elle n'avait pas oublié. L'ingratitude d'Eugénie revenait sans cesse dans ses conversations avec Vétheuil ou avec la nouvelle Mme Cheminas.

— Parce qu'enfin, je ne l'ai pas arrachée de force à son village de bouseux ! Elle, d'abord, sa mère ensuite m'ont suppliée, tannée jusqu'à ce que j'accepte ! Je lui ai tout appris à cette gamine et c'est au moment où j'avais réussi à faire d'elle une jeune femme accomplie que, sans tambour ni trompette, elle m'a tiré sa révérence ! Vous trouvez que ce sont des manières, ça ?

Le journaliste et Armandine, qu'ils fussent ou non seuls avec la propriétaire du « Miroir de Paris », approuvaient mollement le blâme adressé à l'absente. Parfois, répondant à une question plus précise, Mme Cheminas cherchait des excuses — sans beaucoup insister — à son ex-collègue. Elle invoquait une incapacité à s'adapter dont Eugénie n'avait pas su triompher, une tendresse excessive envers les parents-refuge. Vraisemblablement avait-elle, en toute simplicité, confondu l'amour filial et le besoin d'être protégée contre un monde d'abord accepté puis refusé sans qu'il soit au pouvoir de personne de déceler les vraies causes des deux attitudes.

Vétheuil attribuait le coup de tête d'Eugénie au fait qu'elle n'aimait pas son mari et, à son insu peut-être, la cohabitation avec Lebizot lui était-elle devenue de plus en plus pénible. Le jour où elle en avait pris conscience, elle était partie.

Mlle Marthe crut bon d'ajouter, poussée par le désir secret d'excuser sa nièce :

— Il est vrai que ce n'était pas un mariage assorti. Du premier moment, j'ai deviné que cela tournerait mal.

Le journaliste voulut défendre celui qui l'avait sauvé des pattes de la police.

— Pourtant, Lebizot est un brave homme et un cœur d'or.

— Il n'empêche qu'elle était trop fine pour lui !

— Pas avant que vous ne l'ayez façonnée à votre idée !

— Bravo ! Dites donc que je suis responsable de ce mariage raté ?

Sans attendre la réponse, Mlle Marthe revint à Armandine :

— Que devient-il, ce balourd, maintenant que sa femme l'a plaqué ?

— Il est malheureux.

— Tiens donc !

— Il vit avec nous depuis le départ d'Eugénie. Ce n'est plus le même homme. Quand le temps le permet, chaque dimanche, il monte à Tarentaize et, comme jadis sa femme, il en revient, toutes les fois, plus abattu.

— Elle aura tout gâché, cette sotte !

* * *

Les premières chaleurs d'un été s'annonçant sévère mettaient de mauvaise humeur les habitants de Valbenoîte. On se levait, au matin, fatigué et prêt à s'en prendre à n'importe qui pour n'importe quoi. C'est dire que le moindre prétexte déclenchait des scènes de ménage à la maison, des altercations dans les ateliers, des querelles dans les magasins. Pour compliquer la situation, l'ami sérieux et inconnu de Mlle Marthe tomba gravement malade. Il mourut dans les derniers jours de juin, sans que la patronne du « Miroir de Paris » ait pu se rendre à son chevet, la femme légitime ayant remis la main sur la dépouille de l'infidèle. Vétheuil ne quittait presque plus celle qu'il aimait et qui en pleurait un autre. Armandine se sentait obscurément jalouse de ce chagrin, écho d'une passion qu'elle ne se croyait plus capable d'éprouver.

Le mariage de Cheminas et de Mlle Versillac, l'automne précédent, n'avait pas été exactement ce que cette dernière espérait. Bien sûr, la cérémonie s'était-elle déroulée selon les règles exigées par la religion et les gestes voulus par la tradition, mais Armandine n'avait pas ressenti cette joie la soulevant jadis quand elle envisageait son union avec Nicolas. Peut-être avait-elle trop rêvé ? Peut-être la longue absence de son fiancé avait-elle refroidi son enthousiasme ? Peut-être la vie commune avec les Lebizot lui avait-elle montré le côté esclave de la ménagère ? Peut-être, enfin, le départ d'Eugénie l'avait-elle affectée beaucoup plus qu'elle ne voulait en convenir ?

A Tarentaize, le village entier ou presque avait assisté au mariage et Agathe, avec Christine Cintheaux, était allée donner un coup de main à Mme Lussaud qui s'était chargée du repas. Parmi les invités, Mathieu Landeyrat ne quittait pas Armandine des yeux, à la grande colère de sa femme qui prétexta d'un malaise soudain pour rentrer chez elle sans que son mari s'inquiétât, si peu que ce fût, de son état. La nouvelle mariée, s'apercevant du manège, en éprouvait un réconfort certain. L'amour inébranlable de Mathieu lui rendait et lui conservait ses années d'autrefois. Cependant, à la base de l'humeur chagrine d'Armandine, il y avait le fait qu'Eugénie, depuis son retour au bercail, rajeunissait et embellissait. Finie la dame Lebizot de Valbenoîte au visage pâle, maussade. Aujourd'hui, elle respirait la joie de vivre et ne quittait pas Charles qui la couvait d'un regard adorateur. On eût pu croire, à les voir toutes les deux, que c'était

Eugénie qui se mariait tant elle apparaissait rayonnante.

Au cours de la danse qui suivit, Landeyrat chuchota à sa cavalière :

— Je sais que c'est pas le jour de te parler de ça, mais je veux que tu sois au courant que je t'aime et t'aimerai toujours. Alors, voilà, s'il arrivait un moment où tu serais dans la peine, et que t'aurais personne pour t'aider à t'en sortir, appelle-moi.

— Je le ferai.

— Tu le jures ?

— Je le jure parce que, pour moi, tu es mieux qu'un frère, Mathieu.

Les Cheminas passèrent leur nuit de noces dans un hôtel du Bessat à deux lieux de là, avec la complicité de César Bressac, voiturier, annonçant à tout le monde qu'il ramenait les époux à Saint-Étienne. Cette ruse empêcha les farceurs de faire irruption sur la minuit dans la chambre des nouveaux mariés, en leur apportant la « soupette », un mélange de vin blanc et de chocolat servi dans un pot de chambre.

Le lendemain, le nouveau couple était de retour à Tarentaize au grand dam des plaisantins dépités. A part Mathieu, aucun Tarentaizois ne trouvait grâce aux yeux d'Armandine. Elle les jugeait tous bêtes et grossiers en les comparant — injustement — à Mlle Marthe et à Vétheuil. La jeune Mme Cheminas avait goûté un malin plaisir à exposer aux Lussaud les raisons de l'absence de Mlle Marthe. On l'écouta attentivement et quand elle eut terminé, Mme Lussaud conclut :

— Marthe a toujours été une fieffée égoïste. Elle voudrait que chacun se sacrifie pour elle. Eugénie est plus heureuse ici qu'à Saint-Étienne et il y a que ça qui compte. Tu diras à Marthe que ses simagrées, on s'en fout !

Déçue et vexée, Armandine avait rejoint M. Mauvezin qui avait béni son union avec Nicolas.

— J'ai longuement causé avec ton mari, c'est un garçon de qualité. Toutefois, il me semble que quelque chose empêche ton époux d'être parfaitement heureux...

— Ah ?... et vous avez pu deviner ce que c'est ?

— Oui... il n'aime pas son métier.

— Qu'il en change !

— Pas facile... J'ai eu l'impression qu'il serait un bon paysan.

— Et moi, une bonne fermière, hein ?

— Tu as fait tes preuves, non ?

— Jamais ! Vous entendez ? jamais je ne reviendrai vivre ici !

— Tu as tort ! Regarde Eugénie.

— Une sotte !

— Alors, elle professe une sottise pleine de sagesse.

Furieuse, Armandine avait, grossièrement, tourné le dos au prêtre et était partie à la recherche de Nicolas qu'elle trouva dans le jardin des Lussaud en train d'examiner la pousse des derniers légumes de la saison. Elle demanda sèchement :

— Qu'est-ce que tu fais ici ?

En guise de réponse, d'un geste large, qui enveloppait tout le potager, il dit avec un bon sourire :

— C'est beau !

— Viens donc rejoindre nos amis au lieu de dire des bêtises !

L'abbé, Eugénie, Nicolas, Mathieu (bien qu'il n'en eût pas parlé) paraissaient conspirer afin de tenter de ramener Armandine à la terre. Ils en seraient pour leur frais et afin de couper court à toute nouvelle tentative, elle décida de rejoindre immédiatement Saint-Étienne. Charles monta, avec eux, dans la diligence, le cœur gros d'être obligé de laisser son Eugénie.

Avant qu'il ne réapparût après sa longue absence, Armandine craignait Nicolas et jamais n'aurait osé lui tenir tête ou mieux encore soutenir, d'un ton ferme, un avis contraire au sien. Depuis qu'il était revenu, il donnait l'impression — par instants — de vivre dans un autre monde. Sa femme n'avait plus peur de lui. Elle s'en félicitait et s'en irritait à la fois. Allait-elle devoir jouer avec son mari le rôle tenu jadis auprès de sa mère ? A leur retour de la montagne, quand ils furent couchés, Armandine prit la main de son mari dans la sienne.

— Nicolas...

— Oui ?

— Tu n'es pas heureux ?

— Si, puisque je t'aime.

— Tu m'aimes moi, je le sais, mais tu n'aimes pas ton métier.

— C'est vrai.

— Que souhaiterais-tu faire d'autre ?

— Si je te le dis, tu te fâcheras.

— Ne me parle pas de la campagne, surtout !

— Tu vois...

La jeune femme s'assit sur son lit.

— Nicolas, il faut que les choses soient claires entre nous : ni pour or ni pour argent, je ne retournerai vivre à Tarentaize. Bonne nuit !

Armandine sanglota longuement et sans bruit : son ménage commençait mal.

Un soir où Cheminas s'était rendu chez le coiffeur, son épouse se trouva seule avec Lebizot. Elle l'attaqua sans plus de façon :

— Charles, qu'est-ce qu'il a, mon mari ?

— Je comprends pas ce que tu...

— Allons donc ! tu comprends très bien au contraire ! Depuis qu'il est de retour parmi nous, Nicolas n'est plus le même, vrai ou non ?

— Vrai.

— Pourquoi ?

— Je pense qu'il a plus goût à ce qu'il fait.

— La passementerie ?

— La passementerie, les heures auxquelles on doit se soumettre, l'étroitesse de ce logement...

— Il te confie jamais à quoi il rêve ?

— Pas spécialement. Parfois, il me cause pas d'une matinée ou alors, c'est pour me chuchoter : « T'entends, le vent, vieux. Il vient de là-haut... » A mon idée, il a la même maladie qu'Eugénie.

— Seulement, moi, je ne m'appelle pas Lebizot et je ne me laisserai pas manœuvrer !

Charles haussa les épaules.

— Y a des choses qui dépassent la volonté.

— Pas la mienne !

Au bout d'un court instant, Lebizot ajouta :

— Pour se désennuyer, Nicolas va recommencer à s'occuper des syndicats.

— Si ça le distrait... Au fond, Charles, nous n'avons pas beaucoup de chance ni toi ni moi...

De ses noces, Armandine ne gardait que le souvenir banal d'une journée de fête.

* * *

Durant les fortes chaleurs de juillet qui poussaient nombre de Stéphanois à regretter d'avoir déserté la ferme familiale pour l'usine, Armandine annonça à son mari qu'elle était enceinte. Nicolas reçut la nouvelle sans manifester autrement ses sentiments. Il se contenta de remarquer :

— Espérons que ça sera un garçon et qu'il deviendra pas un esclave comme son père.

Lebizot, en apprenant la nouvelle, témoigna d'une joie beaucoup plus grande que le père.

— C'est Eugénie qui va être contente ! Si vous acceptez, on sera les parrains, nous deux. Votre garçon, on l'appellera Charles et il deviendra, à nos yeux, le gosse qu'on n'a pas été foutus de fabriquer.

Pour la première fois depuis un certain temps, chacun se coucha heureux dans le petit appartement de Valbenoîte.

Vers la fin du mois, Nicolas rentra, un soir, dans un état d'exaltation extraordinaire.

— Ça y est ! Ils ont recommencé !

Charles et Armandine regardèrent Cheminas sans comprendre le sens de ce qu'il annonçait. La jeune femme se reprit la première et s'enquit sèchement :

— Qui a recommencé quoi ?

— A essayer de se débarrasser du roi !

Animé d'une passion redonnant vie au Cheminas d'avant l'affaire de Lyon, Nicolas raconta l'attentat, la veille, à Paris, contre le roi et les siens par un certain Fieschi, un Corse.

— Malheureusement, aucun membre de la famille royale n'a été atteint. Seul, le maréchal Mortier a payé pour tout le monde. Il a été tué.

D'une voix durcie par la colère, Armandine lança :

— Payé quoi ?

— D'avoir servi le régime. L'ennui est que seize civils sont morts avec lui.

— Et ces pauvres gens, ils payaient quoi, eux ?

— Dans toutes les révolutions, des innocents trinquent !

— Ce n'était pas une révolution, Nicolas, mais un attentat !

Furieux, Nicolas sortit en grognant que les femmes ne comprendraient jamais rien à la politique. Quand on n'entendit plus son pas dans l'escalier, Armandine confia à son ami :

— Sa passion pour la République semble le reprendre... Un de ces jours, il va encore nous quitter...

— Ça m'étonnerait. Après les journées de Lyon, nous sommes hors de combat pour des années.

Ils se turent, plongés dans leurs souvenirs qui ne se ressemblaient pas.

* * *

Mlle Marthe aimait beaucoup Armandine sur qui elle avait reporté l'affection qu'elle refusait désormais à sa traîtresse de nièce. Elle se doutait que la jeune femme n'était pas heureuse comme elle eût souhaité l'être et ses rares confidences renforçaient la propriétaire du « Miroir de Paris » dans sa triste conviction.

Un après-midi où la clientèle féminine se tenait cloîtrée dans des pièces aux volets clos pour échapper à la chaleur du jour en attendant le soir, Armandine et Mlle Marthe se parlèrent à cœur ouvert, leur commune solitude les privant de ces confidents ou confidentes dont chacun a besoin, à un moment donné. Marthe expliqua que sa volonté de réussir lui avait fait consacrer au travail les heures que les autres mettent à bâtir leur vie sentimentale. Le temps était passé sans qu'elle s'en rendît compte et quand, enfin, elle avait pu s'installer en maîtresse dans ce « Miroir de Paris », il était trop tard pour pouvoir jouer les Juliette espérant rencontrer leur Roméo. Alors, le hasard l'avait mise en présence d'un homme aux tempes grisonnantes qui n'était pas heureux entre une épouse vieillissant mal et une fille qui en voulait à ses parents d'être trop âgés. Elle en éprouvait une humiliation certaine vis-à-vis de ses stupides compagnes comme de ses flirts aux vêtements ajustés et à la cervelle courte. Ce personnage — quasi mythique pour Armandine — qu'on appelait Arsène était sage, cultivé et, en dehors de son commerce, nourrissait une passion particulière pour la botanique, passion qu'il avait su faire partager à Mlle Marthe. Celle-ci trouvait dans l'association ou l'opposition de couleurs florales des motifs pour les chapeaux qui assuraient sa réputation. Tandis que sa femme, sans cesse dolente, migraineuse, passait ses dimanches dans un des fauteuils du salon et que sa fille se trouvait chez une amie où elle caquetait à cœur joie, M. Arsène et Mlle Marthe parcouraient en fiacre les environs de Saint-Étienne. Abandonnant la voiture qui avait ordre de les attendre, tous deux procédaient à d'amples cueillettes de fleurs champêtres ou montagnardes. Ensemble, toujours, ils se réfugiaient dans un coin tranquille où ils déposaient leur butin.

Alors, selon les endroits — champs, orée des bois, sous-bois — ils étalaient les fleurs devant eux et Marthe, sous le regard approbateur et amoureux de son compagnon, s'amusait à composer des garnitures pour des chapeaux printaniers donnant l'impression que les femmes de ce temps portaient un jardin sur la tête.

Si les amoureux s'étaient promenés au nord de Saint-Étienne, Marthe mêlait avec délicatesse la blancheur du liseron sauvage, de l'achillée mille-feuilles et de la pâquerette au rouge du coquelicot, des mignardises ou de l'herbe à Robert. Pour adoucir le heurt de ces teintes, elle avait recours au jaune du bouton d'or, de l'herbe aux oies ou du millepertuis, sans négliger pour autant le bleu du myosotis, de la campanule ou du bleuet.

Quand, au contraire, le couple gagnait le sud de la ville et les bois, Marthe commençait par ramasser des graminées : la canche flexueuse, le millet étalé, la luzule printanière dont elle entourerait les fleurs pour en amortir l'éclat. Les sous-bois clairs lui faisaient donner la préférence au blanc et c'est un gros bouquet de cette couleur qu'elle composait avec le muguet, le silène, l'anémone des bois, la clématite des haies, la reine des prés. Au milieu de cette blancheur, elle glissait les taches mauves des ancolies, de la marjolaine ou de l'herbe aux chats. Sur le pourtour de sa composition et à moitié dissimulé dans les graminées, le jaune de la ficaire alternait avec le bleu violet de la pervenche.

— Ainsi, concluait Marthe, femme sans mari, fille sans avenir, me voilà rendue à cette solitude qui m'épouvante.

— Et Vétheuil ?

Elle sourit à travers les larmes embuant son regard.

— Le pauvre... Il est ma dernière ressource.

— Il vous aime.

— Oh ! je sais !

— Vous, vous l'aimez ?

— Comme on aime un vieil ami dont on ne pourrait plus se passer. Je l'épouserai, sans doute, pour ne pas finir seule. Et toi, Armandine ?

— Quoi ? moi ?

— Je sais que tu n'es pas heureuse. Pourquoi ?

— Je ne peux pas l'expliquer.

— Voyons, tu y tenais à ton Nicolas ! Souviens-toi de la façon dont tu enrageais parce qu'il ne te courtisait pas ? Rappelle-toi ce que tu as souffert lorsqu'il est resté longtemps absent ? Quelle faute a-t-il commise, depuis ?

— Aucune.

— Dans ce cas, que lui reproches-tu ?

— De n'être plus ce qu'il était.

— Qu'entends-tu par là ?

— Il a changé... Il n'en avait pas le droit !

Mlle Marthe eut un très joli rire de gorge.

— Tout le monde change, mon petit, toi aussi tu as changé...

Rageusement, baissant la tête à la manière d'un mouton qui fait front, Armandine répliqua :

— Non ! moi, je n'ai pas changé ! Je suis la même que celle qu'il a vue, pour la première fois, à Tarentaize, la même que celle dont il savait l'amour, la même que celle qui l'a attendu en souffrant mille morts, la même que celle dont il est devenu l'époux, la même qui va lui donner un enfant !

— Mon Dieu ! c'est vrai ?

— Oui.

Mlle Marthe enlaça son employée et la serra contre elle.

— Seigneur ! Que je suis contente ! Au moins, tu auras un but dans la vie, à présent ! Si c'est un garçon, quel nom lui donneras-tu ?

— Charles.

— Et une fille ?

— Charlotte.

— Ton mari est d'accord ?

— Je l'ignore.

— Il ne s'intéresse pas au nom que portera son fils ou sa fille ?

— Non.

— Mais, à quoi s'intéresse-t-il, alors ?

— A la condition ouvrière, aux syndicats, à la lutte contre le roi et... à la terre.

Armandine conta, par le menu, cette soudaine passion de la campagne qui avait empoigné Nicolas après sa longue équipée lyonnaise. Elle dit qu'il avait approuvé le départ d'Eugénie et que — comme le beau-père qu'il n'avait pas connu — il ne cessait de penser à la Désirade, histoire familiale tournant à la légende et à laquelle, seuls, les enfants pouvaient croire.

— Il est fou ou quoi, ton mari ?

— Il voudrait que nous remontions à Tarentaize pour y vivre chichement de notre ferme.

— Tu ne vas pas te laisser convaincre au moins ?

— Soyez tranquille ! Qu'il aille jouer les ouvriers agricoles si ça lui chante ! Moi, personne ne me fera quitter la ville et je me sens capable d'élever mon enfant sans l'aide de quiconque ! Je ne retournerai à Tarentaize que pour y aller dormir au cimetière.

* * *

Sans joie exubérante, sans querelle majeure, on continua à vivre à Valbenoîte où Nicolas aidait sa femme à tenir le ménage afin qu'elle ne se fatiguât point. Il partait acheter ce dont le trio avait besoin, en compagnie de Lebizot, lorsqu'ils rentraient de l'atelier. Charles se montrait d'humeur changeante suivant le jour de la semaine. Selon qu'on approchait du dimanche ou qu'on s'en écartait, il était gai ou mélancolique. Il ne manquait jamais de monter à Tarentaize rejoindre sa femme et passer quelques-unes des heures dominicales en sa compagnie. Hélas ! le temps se gâtait en cette fin d'octobre et le moment viendrait vite où la neige fermerait les routes de montagne, transformant Eugénie en une princesse lointaine, soudain inaccessible. Lebizot souffrait de cette menace inéluctable. Il devenait grognon, parfois hargneux.

L'avant-dernière nuit du mois, Armandine qui sommeillait, fut réveillée par un bruit qui ressemblait à l'écho affaibli d'un coup de canon. Parce qu'il lui semblait impossible qu'on tirât le canon en pleine nuit, elle pensa au grondement lointain d'un gros orage. Elle se trompait. Il s'agissait d'un coup de grisou qui, à Méons — proche banlieue stéphanoise — venait de tuer cinq mineurs au puits Saint-Claude.

Ce jour-là, Cheminas rentra de l'atelier avec une figure dont une colère intérieure déformait les traits. Tout naturellement, sa femme lui demanda ce qu'il avait. En réponse, il s'emporta :

— Tous des misérables ! des assassins !

— Mais, Nicolas, après qui en as-tu ?

— Aux patrons, aux gouverneurs des équipes qui savaient l'existence d'une énorme masse de gaz inflammable et qui ont envoyé les mineurs travailler au fond, sans lampe de sûreté. Résultats : des morts, des veuves, des orphelins. Ce malheur provoque guère autre chose qu'une pitié passagère n'apportant rien à ceux qui sont dans la peine.

Placide, Lebizot remarqua :

— C'est vrai ce que tu dis, Nicolas, mais qu'est-ce qu'on y peut ?

— Se battre !

Armandine soupira :

— Voilà que ça le reprend !

— Je peux pas supporter l'injustice et l'égoïsme des riches !

— Seulement que ta femme soit malheureuse, tu le supportes parfaitement !

Il la contempla, surpris.

— De qui c'est que tu parles ?

— Oh ! Aurais-tu plusieurs femmes ?

— Non... alors, c'est toi qui es malheureuse ?

— Charles, as-tu déjà vu un pareil monstre ? Monsieur s'inquiète des misères des gens qu'il ne connaît pas et laisse mourir de chagrin ceux qui vivent à ses côtés ! Nicolas, écoute ce que je te dis : je ne tiendrai pas longtemps à ce régime parce que de tes manières, j'en ai assez ! assez ! assez !

Armandine renversa sa chaise et, en larmes, courut vers sa chambre. Cheminas demanda à son copain :

— A ton avis, qu'est-ce qu'elle a ?

Lebizot haussa ses grosses épaules.

— A mon idée, elle est amoureuse.

— De qui ?

— De toi, sacré pagnot ! et elle pense que toi, tu l'aimes déjà plus.

— Par exemple ! Charles, tu sais, toi, que je l'aime, mon Armandine ?

— Moi oui, mais elle ? Tu l'embrasses quasiment jamais, tu la mignotes pas, tu t'inquiètes pas du petit qu'elle porte. En somme, tu te conduis comme un étranger.

— C'est que je suis pas bien fort pour les cajoleries.

— T'as qu'à te forcer !

Nicolas se força et Armandine crut être revenue au

temps où ils se promenaient le soir, Cheminas et elle, amoureux qui n'osaient pas se confier qu'ils s'aimaient et ne savaient pas user de ces jolies phrases qu'on entend dans les chansons, dans les contes et que les vieux débitent durant les veillées. A croire que les pépés et les mémés, de leurs longues existences, ne se souviennent que de leurs émois amoureux.

Ainsi, l'année 1835 se termina-t-elle, pour les Cheminas, dans un bonheur retrouvé. Tout l'hiver, Lebizot scruta le ciel matinal en tentant de deviner quand il lui permettrait de rejoindre son Eugénie dont l'absence l'empêchait de trouver le moindre plaisir à la vie.

Les choses se gâtèrent à la fin de février 1836 lorsque Charles revint de sa première visite de l'année à Tarentaize. A son retour, ses amis lui trouvèrent la mine plus sombre que jamais. On s'enquit de ce qu'il avait et il répondit sur un ton qui surprit parce qu'inhabituel chez lui.

— Ce que j'ai, c'est qu'on peut pas continuer de cette façon ! Moi, ça me suffit pas d'être auprès d'Eugénie pendant quelques heures, chaque semaine, sans compter la neige qui nous empêche de nous voir durant cinq ou six mois. Non, c'est plus possible !

Nicolas posa la question qu'Armandine redoutait :

— Le moyen d'agir autrement si Eugénie veut rester là-haut ?

— Y en a qu'un de moyen...

Armandine crut que son cœur s'arrêtait de battre. Bien avant Cheminas, elle avait deviné la réponse et supputait déjà le mal qu'elle leur infligerait.

— ... c'est de la rejoindre définitivement.

— Tu veux dire que...

— Je veux dire que j'envoie foutre la passementerie, les passementiers, les chefs d'atelier, les fabricants, les mutuellistes et les ferrandiniers ! Je redeviens un homme libre ! T'entends, Nicolas ? libre ! Le père Lussaud m'attend pour me céder sa place. Qu'est-ce que je pourrais souhaiter de mieux ?

— Rien, répliqua Cheminas, convaincu.

— J'aurais dû comprendre plus tôt qu'Eugénie avait raison et qu'il faut être perdu de Dieu pour s'entêter à rester à la ville quand on peut habiter la campagne. Il est vrai que j'ai jamais été bien malin.

Sèchement, Mme Cheminas ajouta :

— Je ne crois pas que tu le sois davantage, aujourd'hui !

— Pourquoi tu me parles de cette façon, Armandine ?

— Parce que tu es stupide de vouloir abandonner un métier où l'on gagne jusqu'à des trois francs par jour afin d'aller t'enterrer dans la montagne avec ses hivers qui ne finissent pas !

— Il y a Eugénie...

— Si elle avait tellement tenu à toi, elle serait restée à tes côtés !

Nicolas intervint :

— C'est pas joli ce que tu racontes, femme.

— Toi, tais-toi !

Lebizot conclut brutalement le débat :

— Que je sois idiot ou non, que ça plaise ou pas, je pars dimanche et je reviendrai pas !

* * *

Quand Charles eut regagné sa chambre et les Cheminas la leur, Armandine donna libre cours à la colère qui l'étouffait. Elle déclara que leur ami (qui ne l'était, déjà, plus tellement) se montrait aussi sot que sa femme avec qui il était décidément né pour s'entendre, qu'il fallait n'avoir pas subi les brouillards et les pluies d'automne, les froidures de l'hiver mettant aux fenêtres des fleurs de gel qui empêchaient de voir au dehors, pour chanter les charmes de l'existence campagnarde ! Sans doute, il y avait le printemps et l'été mais durant ces deux saisons réputées privilégiées, les travaux astreignants interdisaient les promenades et le parfum des fleurs champêtres ne pouvait lutter contre l'odeur puissante émanant des étables qu'on récurait ou du fumier entreposé près de la ferme. Lorsque épuisée par sa harangue Armandine se tut, Nicolas se contenta de résumer son opinion dans une remarque laconique :

— Il y a la liberté !

La jeune épouse qui se figurait avoir marqué un point décisif dut reprendre le combat tel Napoléon à Waterloo quand il se fut convaincu que Grouchy n'arriverait plus à temps. Toutefois, en dépit de ce qu'elle ressentait, Armandine s'efforça de s'exprimer calmement :

— La liberté de crever de faim, oui ! et l'enfant qui va naître, ça t'arrive d'y penser ? Tu souhaiterais qu'il devienne un de ces rustauds parmi lesquels j'ai été élevée ? Si je suis partie à la ville, c'est justement pour m'arracher à ce milieu, pour ne pas mener la vie de bête de somme que ma grand-mère a vécue, écrasée par le travail. J'ai voulu échapper à ce qui m'était promis et tu voudrais que je retourne à l'esclavage, toi qui parles sans cesse de liberté ? Nicolas, je t'aime comme au premier jour, mais je préférerais me séparer de toi plutôt que de regagner Tarentaize ! Notre fils ne sera quelqu'un que s'il grandit à la ville.

— Si, lui, il préfère la montagne ?

— Je saurai lui en faire passer le goût !

— Et la Désirade ?

— Ah ! Fiche-moi la paix avec ces sottises ! Jamais je n'aurais dû te raconter !

— Une belle histoire, tout de même, la Désirade, non ?

— Belle ou pas belle, te voilà prévenu. Bonsoir !

Elle lui tourna le dos et feignit de s'endormir très vite pour mettre un terme à une discussion sans issue. Ils ne pouvaient pas, d'ailleurs, se comprendre. Elle, elle voyait l'existence à travers ses tristes souvenirs, la mort de son père, du grand-père, de sa mère, de sa grand-mère et aussi les moments difficiles où elle avait dû assumer la marche du petit domaine. A ses yeux, les chagrins difficilement supportés, les responsabilités encourues et qui, parfois, la dépassaient, dressaient entre elle et la campagne une barrière inventée et pourtant plus pesante que si elle avait existé réellement. En tout cas, une barrière qu'elle était résolue à ne plus franchir. Pour Cheminas, les travaux des champs l'avaient arraché au cauchemar de Lyon et de ses morts. Ils lui avaient aussi permis d'échapper aux gendarmes. C'est pourquoi, à ses yeux, la campagne devenait une sorte de refuge où l'on était libre de parler et d'agir à sa guise au lieu de s'épuiser dans la touffeur d'un atelier où il se trouvait toujours quelqu'un pour vous écouter exprimer dangereusement votre opinion. Partant de prémisses faussées quant à leur interprétation, les deux époux ne pouvaient pas se comprendre. A partir de cette nuit-là, ils perdirent la confiance que, jusqu'ici, ils s'accordaient mutuellement.

* * *

Vers la mi-avril, Armandine sentit que la naissance de son bébé ne tarderait pas. Amélie Rosebuche — la releveuse [1] — consultée, déclara, après examen, que l'événement aurait lieu dans les derniers jours du mois et que Valbenoîte compterait un garçon de plus. Il n'y avait aucun doute à avoir quant au sexe de l'enfant puisqu'il naîtrait en lune descendante.

Armandine se prépara à son futur rôle de mère avec application et Nicolas se montra si prévenant à son égard, s'ingéniant à lui éviter le moindre effort, qu'elle se figura, tout de bon, avoir retrouvé son amoureux de jadis. Une semaine avant d'arriver au terme, Mlle Marthe autorisa son employée à rester chez elle où Cheminas lui ingurgita à longueur de journée, du bouillon de poule où avait infusé du thym, ce qui — comme chacun sait — donne un excellent lait à la maman. Quand son époux était au travail, Armandine se traînait jusqu'à l'abbaye pour prier la Sainte Vierge de lui accorder une délivrance facile. Marie l'exauça car le 26 avril 1836, l'accouchement d'un petit garçon se passa le mieux du monde. L'harmonie régnant à nouveau dans le couple, Armandine renonça à appeler son fils Joseph (comme elle en avait un temps eu l'intention, tout de suite après le départ de Lebizot) et lui donna le nom de

1. Accoucheuse.

son parrain, Charles, chose promise depuis longtemps. Mlle Marthe serait la marraine.

Soixante-douze heures après son entrée dans le monde, Charles-Honoré-Florentin fut conduit sur les fonts baptismaux — enveloppé dans un grand châle en cachemire prêté par la marraine — dans les bras d'Amélie Rosebuche, tandis que la mère, pour obéir à la tradition demeurait chez elle. Au retour de la cérémonie, Mlle Marthe portait le bébé tandis que Lebizot jetait des poignées de dragées aux gosses qui, reconnaissants, criaient en cadence : « Il vivra ! il vivra ! il vivra ! »

Des femmes de Valbenoîte étaient venues préparer le repas que les Cheminas offraient à leurs invités : Charles et Mlle Marthe, le parrain et la marraine, Eugénie et Vétheuil, Amélie Rosebuche. Heureuse, Armandine se persuada que son ménage prenait un nouveau départ.

* * *

Sans doute, Nicolas et sa femme avaient-ils ressenti (pas pour les mêmes raisons) un léger pincement au cœur lorsque les Lebizot étaient repartis vers Tarentaize. Cheminas se contenta de remarquer, en se penchant sur le berceau :

— Il aurait été plus facile à élever là-haut...

Armandine se cabra aussitôt :

— Charles n'est pas le seul bébé dans cette ville, que je sache !

Nicolas n'insista pas.

Lorsque l'enfant eut un an, on commença à le montrer et notamment au « Miroir de Paris ». Le père semblait s'intéresser à son petit bonhomme, ce qui rendait la mère très fière et lui faisait envisager l'avenir avec optimisme. Le malheur voulut qu'en ce printemps de 1837, une crise commerciale des plus graves fit fermer bien des ateliers de passementiers, réduisant ces derniers au chômage. De nouveau, la colère se mit à gronder parmi les ouvriers.

Naturellement, Nicolas, à la tête des mécontents,

dénonçait l'insouciance du pouvoir qui préférait accorder des aumônes aux chômeurs, plutôt que de réorganiser le travail. Cheminas et ses amis réclamaient une réforme de la hiérarchie de l'effort où une minorité, pour augmenter ses bénéfices, n'hésitait pas à laisser crever de faim une majorité démunie. Ils tentèrent de s'opposer à l'ouverture d'ateliers nationaux où chaque travailleur sans ouvrage et sans ressource recevait une pelle, une pioche et, pour un franc par jour, procédait aux réfections nécessaires dans les rues et sur les places qui en avaient le plus besoin. On se heurta aux gardes nationaux, on échangea des horions et Nicolas rentra chez lui pour qu'on puisse soigner sa pommette gauche qu'un coup de crosse de fusil avait fait éclater. Tout en pansant la plaie, Armandine admonestait son mari :

— Quand comprendras-tu donc que toi et tes copains, vous ne pouvez rien contre leur discipline et leurs fusils ? Ce n'est pas à Saint-Étienne, mais à Paris qu'on renversera le roi !

Cheminas, en lui-même, se rendait aux raisons de sa femme. Pourtant, c'était plus fort que lui : pour vivre, il lui fallait se persuader que ses camarades lyonnais n'étaient pas morts pour rien. Il y parvenait de plus en plus difficilement.

La première dent de Charles-Honoré-Florentin, qui apparut à sa mâchoire supérieure, fut — selon les on-dit ayant force de loi à Valbenoîte — considérée comme un excellent présage. Pour célébrer cet événement, ô combien important, Cheminas — malgré la dépense que cela impliquait — décida d'emmener Armandine à la fête du quartier de la Richelandière où la municipalité, ne lésinant pas sur les moyens, avait engagé troupes de ligne, artilleurs et cavaliers pour reconstituer le passage du pont d'Arcole et la prise du plateau de Rivoli. L'entrée coûtait deux francs, mais après le spectacle, on pourrait danser toute la nuit. Les Cheminas emportèrent, dans une musette, du pain, du saucisson et du vin afin de limiter les frais. Les organisateurs de la fête et les commerçants y prenant part, justifiaient les prix élevés par la ristourne qui en serait faite aux chômeurs.

Au bout d'une heure, Armandine ne regrettait plus la dépense un peu folle consentie par son mari tant le spectacle était merveilleux. Ah ! ce n'était pas à Tarentaize qu'on eût pu espérer assister à pareille réjouissance ! Le bonheur que ressentait la jeune femme se doublait, vilainement, du plaisir qu'elle aurait à décrire aux Lebizot ce qu'elle avait vu. Au fond de son cœur, elle souhaitait qu'ils aient, alors, du regret d'avoir quitté Saint-Étienne.

Moyennant trente centimes, Nicolas avait loué une chaise pour sa compagne et l'avait installée au bord de la gorge taillée dans les collines l'entourant. Ainsi, elle surplombait un ravin où coulait de l'eau qu'avec un peu de bonne volonté, on pouvait prendre (selon le programme) pour les marais d'Arcole, tandis que l'espèce de replat herbeux, entouré par la forêt de résineux, devenait le plateau de Rivoli. Toute la garnison était mobilisée et on avait demandé au gouverneur militaire de Lyon de prêter ses artilleurs et ses cavaliers.

Le passage du pont d'Arcole galvanisa les innombrables spectateurs, surtout quand Bonaparte brandissant le drapeau tricolore se jeta sous le feu de l'ennemi, entraînant ses troupes et rejetant les Autrichiens dans les marais inventés. Comme un seul homme, la foule cria « Vive l'Empereur ! » Les autorités, gênées, feignirent de n'avoir rien entendu et la police, devenue brusquement sourde, n'intervint pas. La prise du plateau de Rivoli parut un peu fade après le passage du pont d'Arcole.

On mangea et ceux qui n'avaient pas eu la sagesse d'apporter leur casse-croûte durent payer le pain jusqu'à vingt-cinq sous ! Les débitants de boissons réussirent d'excellentes recettes. Cependant, tout cela n'avait aucune importance tant on était heureux et fier d'appartenir au même peuple que celui dont on venait de voir évoluer les soldats. Quelques-uns crurent bon de crier « A bas la royauté ! ». Ils furent aussitôt soutenus par ceux qui chantaient que la République les appelait. Les uns et les autres ne furent plus entendus lorsque des milliers de voix — au dépit de Nicolas et des officiels — entonnèrent « Veillons au salut de l'Empire. » Intelligemment, un des adjoints au maire donna l'ordre aux orchestres de jouer une mazurka. Aussitôt, les couples se formèrent et, oubliant Bonaparte et Louis-Philippe, se lancèrent dans les tourbillons de la danse.

— Les Français... commenta Nicolas, en haussant les épaules.

* * *

L'Amélie Rosebuche aimait s'occuper le plus longtemps possible des enfants qu'elle aidait à mettre au monde et, parmi ceux-là, elle s'était attachée particulièrement à Charles-Honoré. Le bébé se montrait facile à vivre et quand la vieille femme penchait sur le berceau son visage ridé, le petit riait et essayait de lui attraper le nez de ses menottes encore malhabiles. Or, pour la première fois, ce soir-là, Charles se montrait grognon. Il pleurait — pas bien fort — par à-coups, comme sous l'emprise d'une courte et violente douleur. Depuis que ses parents étaient partis pour la Richelandière, le bébé avait vomi deux fois. L'Amélie pensa que sa mère lui avait donné à manger quelque chose qui n'avait pas passé. Elle tenta d'endormir le petit en lui chantant une comptine que les gosses psalmodiaient dans la région d'Annonay dont elle était originaire. Malgré ses septante ans, elle avait gardé une voix très jeune

Trois gendarmes sur un pont
Qui pêchaient de gros poissons
La corde casse
L'enfant qui trépasse
Ne pleurez pas, madame
Vous en aurez bien d'autres
Ils auront les pieds jaunes
Des souliers de maroquins
Retire-toi petit coquin[1].

1. P. CHARRIÉ, *Le Folklore du Haut-Vivarais*, Librairie Guénégaud, 10 rue de l'Odéon, 75006 Paris.

La dame Rosebuche eut un soupir de délivrance quand les Cheminas rentrèrent de leur escapade historique. Fatiguée mais contente, Armandine s'enquit :

— Tout est allé comme vous le vouliez, madame Amélie ?

— C'est-à-dire que le petit, il a été malade... Il se ressemblait quasiment plus.

— Mon Dieu ! Nicolas, va vite chercher le médecin.

Le père se rendit en grande hâte chez le docteur Mavielle, un excellent homme qui s'occupait surtout des enfants. Presque toujours désarmé par la maladie, il en enterrait plus qu'il n'en sauvait, cependant il faisait de son mieux et on lui en savait gré. Le médecin palpa longuement Charles-Honoré.

— Il a de la fièvre... Pourquoi ? Je l'ignore... Il faut d'abord tenter de la chasser. Biberons d'eau sucrée toutes les trois heures. Ce ne sera peut-être rien à moins que...

— A moins que ?

— A moins que vous ne vous aperceviez qu'il a du mal à tourner la tête ou que des taches rouges n'apparaissent sur son corps.

— Ça serait grave, alors ?

— Très grave, madame.

— Vous ne voulez pas dire qu'il serait en danger de...

— Si, madame... A demain matin, vers sept heures.

Toute la nuit, ils se relayèrent au chevet du bébé, épiant les mouvements de son cou et l'apparition de stigmates sanglants sur le petit corps. Vers quatre heures du matin, Nicolas découvrit les premières griffes d'un rouge vif zébrant la poitrine et le ventre de l'enfant qui gardait les yeux clos et semblait avoir un cou en bois. Cheminas sut alors que son fils allait mourir. Il hésita à réveiller sa femme puis décida de n'en rien faire. A quoi bon ?

Nicolas ne quitta plus des yeux le minuscule visage. Il y suivait une étonnante transformation. Comme modelés par une main puissante et lourde, les traits — à peine esquissés jusqu'ici — prenaient lentement un relief curieux qui vieillissait la petite figure à une vitesse effrayante. Le père remarqua, au fur et à mesure que passaient les minutes, que le bébé ressemblait de plus en plus aux morts que Cheminas avait rencontrés dans les rues lyonnaises. Une sorte d'étonnante fraternité unit les vieux et les jeunes qui abandonnent notre monde. Un moment, Nicolas ne se rendit plus compte s'il était témoin du décès de son enfant ou s'il surveillait les ultimes instants de Marie, de Laurent, d'Amédée, de Marius, de Joseph ou d'Étienne...

A l'aube, l'enfant qui, depuis longtemps, n'avait pas relevé les paupières, ouvrit tout grand les yeux, donna l'impression de regarder son père d'un air grave, sévère même et poussa un énorme soupir. La cloche de l'abbaye de Valbenoîte se mit à sonner. Ses derniers tintements vibraient encore dans l'air matinal quand Charles-Honoré mourut.

Dans les heures qui suivirent, l'Amélie Rosebuche confia à celles qui l'écoutaient, que le garçon des Cheminas était mort d'une pleurésie de la tête[1] et qu'on aurait dû, comme autrefois, lui appliquer des briques chaudes sur le crâne et sur le corps.

* * *

Moins dégagée qu'elle ne se le figurait des superstitions traditionnelles ayant enchanté ou maltraité son enfance et parce qu'elle n'admettait pas le naturel de la mort de son petit, Armandine voulut y voir un effet douloureux de la colère divine. En abandonnant Tarentaize, avait-elle déplu à Dieu qui la punissait de si cruelle façon ? Nicolas avait beau lui démontrer la sottise de pareille opinion et lui prouver qu'en raisonnant de la sorte, elle offensait le Seigneur à qui elle attribuait de sordides préoccupations et de médiocres

1. Méningite.

pensées, rien n'y faisait. La pauvre mère ne pouvait être éclairée sur son malheur que par un homme d'Église, mais à Valbenoîte, aucun membre du clergé ne connaissant son histoire ne pouvait comprendre son remords et, par conséquent, l'en délivrer.

N'osant pas scandaliser ses défunts, Armandine, contre son gré, fit enterrer Charles-Honoré à Tarentaize. Son mari l'avait assurée que le petit devait dormir parmi les siens, dans le pays de ses aïeux. Au début, la jeune femme avait très mal pris le conseil :

— Si tu crois que je ne te vois pas venir avec tes gros sabots ! Dis-le ! Mais dis-le donc que si nous étions retournés à la ferme, notre Charles serait encore vivant !

— Je le pense, en effet.

— Tu es sans pitié, hein ?

— Au contraire, je te plains de tout mon cœur.

— Menteur !

Alors, il avait quitté la pièce et Armandine avait eu honte de ses paroles.

A Tarentaize, lors de l'enterrement, les époux Cheminas avaient conduit le deuil. Les Lebizot, au nom de leur vieille amitié, s'étaient joints à eux, puis les Lussaud qui considéraient Armandine un peu comme leur autre fille et entendaient la soutenir dans une aussi dure épreuve. Mathieu Landeyrat se tenait très près. Sa femme n'était pas venue. Le reste du village suivait en une longue procession noire que la pente pénible escaladant la colline du cimetière fragmentait en tronçons. La cérémonie terminée, Mme Cheminas demanda à M. Mauvezin — qui avait eu bien du mal à grimper jusqu'à l'enclos des morts — la faveur d'un entretien et maintenant que, dans la sacristie, elle se trouvait devant lui, elle ne savait pas par où commencer.

— Tu désires te confesser ?

— Non.

— Alors, que puis-je faire, ma pauvre petite ?

D'un trait, elle raconta sa crainte que Dieu n'ait pris

Charles-Honoré pour la punir d'avoir quitté son village.

Le prêtre leva la main.

— Tais-toi ! C'est impie ce que tu dis là ! De quel droit oses-tu attribuer à Dieu, qui est tout amour, des pensées aussi basses ? Je comprends que la mort de ton fils te plonge dans un douloureux désarroi, cependant, tu dois te persuader que le Seigneur n'exerce jamais de vengeance et s'Il a cru bon de rappeler à Lui ton enfant, c'est pour servir des desseins que, ni toi ni moi, ne pouvons deviner ni comprendre. De quelle vanité ne témoignerais-tu pas, Armandine, en estimant que le Ciel s'intéresse à ta personne au point d'intervenir dans ta vie privée ? Tu ne seras pas jugée sur le lieu que tu habites, seulement sur la manière dont tu t'y comporteras. Alors, ne va pas inventer des contes qui t'empêcheraient de vivre comme tu l'entends et comme ton mari l'accepte.

— C'est que, justement, mon père, Nicolas accepte mal...

— Vous devez vous efforcer, tous deux, de marcher la main dans la main et d'un pas égal. Maintenant, si tu tiens à connaître mon sentiment, je te dirai ma conviction que tu t'es trompée en t'installant à Saint-Étienne. Sans doute, si j'en juge par ton élégance, tu t'es facilement adaptée à l'existence citadine. Il n'empêche que je demeure persuadé que ton bonheur, moins clinquant peut-être, mais plus facile, plus solide, était ici, parmi nous qui t'avons vue naître, grandir et qui t'aimons. Quand je songe à ton avenir, je me rappelle le Petit Chaperon rouge qui, à cause des fleurs et des papillons, avait déserté le sentier connu menant chez sa grand-mère et ne retrouva le chemin perdu que pour aller à la mort. Je me figure que toi aussi, Armandine, sans en prendre clairement conscience, tu es à la recherche de ton chemin perdu qui ne menait pas à la mort, celui-là, mais à l'existence paisible que t'offrait ton village. Peut-être le retrouveras-tu, un jour ?

* *

Les paroles de M. Mauvezin avaient ramené le calme dans le cœur d'Armandine en apaisant sa conscience et, du coup, Nicolas et elle communiaient dans un même chagrin qui cimentait leur couple.

Vers le milieu d'août, Armandine, dormant mal depuis la disparition de son bébé, réveilla Nicolas :

— Je sens une drôle d'odeur...

Cheminas s'assit sur son lit et respira longuement. Pas convaincu, il se leva et s'en fut ouvrir la fenêtre. L'odeur, qu'on ne pouvait plus nier, sauta dans la pièce. Une odeur fade et puissante d'eau croupie et de boue.

— On doit curer quelque fosse...

— A cette heure-là ?

— Il y a toujours des originaux, tu sais...

La jeune femme leva un doigt pour imposer silence à son époux et le forcer à écouter.

— Et ça ?

Ça, c'était une sorte de grondement sourd qui ressemblait à un tonnerre lointain mais continu. Les Cheminas ne comprenaient pas. Dans les demeures voisines, des lumières s'allumaient aux fenêtres. L'inquiétude commençait à s'imposer. Soudain, un puissant remugle apporta la puanteur du flot charriant des immondices et Armandine cria :

— Le Furan !

La grande inondation qui devait, brutalement, meurtrir Saint-Étienne, débutait. L'eau envahit Valbenoîte avec discrétion. Des caves furent noyées et des rez-de-chaussée, ce qui réserva de mauvaises surprises aux gens qui, sortant de leurs maisons, se retrouvaient trempés jusqu'aux chevilles. Le grand malheur s'abattit ailleurs. Le ruisseau inoffensif qu'était le Furan à l'ordinaire, mué soudain — à la suite des pluies torrentielles — en une vague furieuse, bouleversait tout sur son passage, étendant son lac boueux sur le centre de la ville depuis la place Badouillère jusqu'à la place Marengo. Après une courte accalmie, la pluie recommença à tomber, alimentant de nouveau la colère du Furan qui emporta de pauvres gens acharnés à vouloir sauver quelques pièces de leur mobilier. Les dommages subis par la vieille cité furent considérables et au lendemain de la catastrophe, Nicolas voulant voir ce qu'il en était, resta stupéfait devant le spectacle désolé qui s'offrait à lui. Les eaux, en se retirant, abandonnaient de pitoyables épaves au milieu desquelles on découvrit des cadavres d'hommes et de femmes serrant encore, dans leurs mains raidies, le dossier d'une chaise ou le pied d'un guéridon.

La misère causée par l'inondation s'ajouta à celle apportée par la crise de la rubannerie. Les âmes les plus fortes vacillèrent, les moins courageuses s'abandonnèrent à leur sort. Comme toujours, lorsque les mangeoires sont vides, les chevaux se battent. Dans les ménages aux tables peu garnies, on buvait beaucoup et, souvent, on finissait par se cogner dessus. La police était fort occupée. L'année 1837 se terminait mal, aussi les fêtes furent-elles moroses. La plupart des ouvriers ne possédaient pas l'argent nécessaire pour festoyer et les gens ayant perdu quelqu'un des leurs, se contentèrent de se saouler dans les cabarets où les agents effectuaient de fréquentes visites, tandis que les femmes, fidèles à l'église de leur quartier, se perdaient dans des prières auxquelles elles s'efforçaient d'attribuer la force bénéfique qu'elles en espéraient.

* * *

La crise persistant, les débuts de 1838 ne furent pas meilleurs que ceux de l'année précédente. Les cœurs sensibles de Saint-Étienne, en vue de soulager les souffrances des plus démunis, organisèrent une vente aux enchères où la foule se pressa, nombreuse. Les Stéphanois fortunés se montrèrent généreux et on raconta à Cheminas qu'on avait donné jusqu'à sept francs pour une tabatière, trois francs pour un bouquet de violettes, presque quarante pour une paire de bretelles. Comme le reconnaissait l'Amélie Rosebuche, « y a de braves gens, même chez les riches ».

Les Cheminas n'étaient pas remontés à Tarentaize depuis l'enterrement de Charles-Honoré. Christine

Cintheaux descendait apporter les comptes de la ferme. Nicolas et Armandine menaient une existence paisible. Il semblait que les orages ayant secoué le ménage fussent définitivement apaisés. Cheminas continuait à exercer, sans joie, son métier de passementier. Armandine avait repris sa place au « Miroir de Paris » après son deuil et lorsqu'on eut procédé aux réparations nécessitées dans le magasin par la crue du Furan. La jeune femme avait l'impression que son mari était moins agité par sa passion républicaine qu'autrefois. Cependant, il se mit en colère lorsque son épouse déclara son intention de se rendre au *Te Deum* célébré en l'église Saint-Étienne pour remercier Dieu d'avoir permis l'heureuse délivrance de Madame la duchesse d'Orléans qui venait de donner un fils au dauphin.

— Mais, bon Dieu ! en quoi ça te regarde, les histoires de ces gens-là ?

— C'est mon affaire à moi et rien qu'à moi !

— T'oublies que je suis ton mari !

— Tu es mon mari, d'accord, mais je ne suis pas ta servante !

— Ah là là ! Les femmes, vous êtes toutes les mêmes !

— Ça signifie quoi ?

— Que vous avez tôt fait d'oublier !

Si Nicolas s'était arrêté là, la querelle eût tourné court. Malheureusement, aucun ne voulait céder. D'un ton pointu, Armandine réclama des explications.

— Par exemple ?

— Tu te rappelles plus que ton père a été assassiné par les hommes du roi ? Il est vrai que tu t'en fiches comme tu te moques de son vieux rêve de la Désirade !

— Nous y voilà ! Seulement, tu peux raconter ce que tu veux, la Désirade, c'est fini ! Quant à la ferme, si tu continues à m'embêter, je la vends !

Pourquoi Armandine avait-elle cru bon de ne pas dire la vérité, ce qui aurait évité une dispute ? La jeune femme ne se rendait pas de son plein gré au *Te Deum.* Elle y allait pour le compte de Mlle Marthe qui lui avait avoué :

— Si on me voit à l'église, une partie de ma

clientèle, celle des républicains et des bonapartistes, me croira inféodée aux Orléans. Si on ne m'y voit pas, l'autre partie de ma clientèle, les monarchistes, en déduira que je suis une opposante au régime. Dans les deux cas, cela risque d'être très mauvais pour mes affaires. Au contraire, si tu me représentes, chacun me sera reconnaissant de mon absence et de ta présence.

En foi de quoi, le 7 septembre 1838, Armandine Cheminas s'était jointe aux Stéphanois qui assistaient à l'office, en compagnie du préfet de la Loire venu spécialement de Montbrison, du sous-préfet de Saint-Étienne, des autorités municipales, de la magistrature et de l'état-major de la garnison. On chanta la gloire et la bonté du Seigneur ayant permis la naissance d'un petit prince qui, un jour, monterait sur le trône de France.

La brouille des époux Cheminas eût duré longtemps — étant aussi entêtés l'un que l'autre — si Mlle Marthe n'y avait mis fin en annonçant, pour novembre, son mariage avec Vétheuil. L'heure était venue pour elle, confia-t-elle à son employée, de faire une fin. Quant au journaliste, il baignait dans une joie si longuement espérée.

Pour marquer leur nouvelle réconciliation, les Cheminas s'en furent se promener rue du Général-Foy. On venait d'y remplacer les lanternes à huile supposées donner de la lumière, par un éclairage au gaz qui transformait le décor nocturne de cette artère en une véritable féerie dont les curieux ne se lassaient pas.

Au soir de ce jour mémorable, dans le lit qu'ils partageaient depuis leur mariage, Armandine chuchota à son époux :

— L'autre soir, c'était pour te faire enrager que je t'ai menacé de vendre la ferme.

— Vrai ?

— Jamais je ne vendrai la ferme. Je tiens à ce que nous la laissions à notre fils ou à notre fille.

— Si nous avons de nouveau un enfant.

— Nous en aurons un... au printemps prochain.

Ce fut de cette façon que Nicolas apprit qu'il serait père pour la seconde fois.

* * *

Vers la fin du mois d'octobre, une lettre d'Eugénie apporta la nouvelle de la mort d'Agathe. Armandine pleura beaucoup. Elle fit enterrer la vieille servante dans le caveau des Versillac. Elle avait si longtemps fait partie de la famille qu'il n'aurait été ni juste ni décent de l'en écarter après son décès. Les Cintheaux déclarèrent qu'il était inutile de la remplacer à la ferme. Ce court voyage à Tarentaize n'arrangea pas le moral d'Armandine. Parce qu'elle n'avait pas vu certains de ses amis depuis pas mal de temps, sa mémoire leur conservait des traits qui, hélas ! ne se révélaient pas immuables. Leur vieillissement lui parut trahison. Papa Lussaud, devenu presque impotent, se déplaçait difficilement et son épouse incarnait le personnage classique de la grand-mère, malheureusement privée de petits-enfants. Les Cintheaux continuaient à former un couple solide bien que, pour eux aussi, la jeunesse ne fût plus qu'un souvenir. Quant à Mathieu Landeyrat, il jouissait d'une vilaine réputation d'ivrogne. Il avait beaucoup épaissi et perdu ses cheveux. Le visage enflammé par une couperose s'étendant mois après mois, il vous regardait avec des yeux sans cesse embués de larmes et dont la lumière s'éteignait dans les poches paraissant soutenir les globes oculaires. Ainsi qu'il en avait l'habitude, lorsqu'il apprenait la présence d'Armandine au village, il s'arrangea pour la rencontrer. Ce coup-ci, il s'était planté devant elle, en demandant :

— T'as vu à quoi je ressemble, maintenant ?

Il n'avait pas attendu de réponse pour ajouter :

— A cause de toi, Armandine. Du jour où tu m'as dit que tu voulais pas de moi, j'ai su que j'étais foutu.

— Il y a Sophie...

Il haussa les épaules.

— Je peux pas la supporter. Alors, pour oublier, je me saoule.

— Ce n'est pas très malin...

— Je suis pas bien malin, non plus...

— Et ta ferme ?

— Je m'en fous...

— Tu devrais penser à ton grand-père...

— Il est mort.

Sur ce, il lui tourna le dos et s'éloigna à grands pas. Cette rencontre chagrina profondément Armandine.

Un autre encore qui avait beaucoup changé, c'était M. Mauvezin. Il est vrai que pour lui, l'âge s'avérait le plus grand ennemi. Il reçut Armandine avec la bonté qu'il avait sans cesse témoigné à son égard. Il se réjouit d'apprendre que le couple Cheminas n'avait plus de problème et qu'à nouveau, un bébé allait parfaire leur union. Avant qu'elle ne le quitte, le prêtre confia à sa visiteuse :

— Ta venue m'a causé bien du plaisir... Je crois que, maintenant, tu regardes l'avenir avec des yeux plus clairs... Te reverrai-je ? Je l'ignore... Au cas où Dieu ne me le permettrait pas, sache que j'aurai souhaité, jusqu'au bout, que tu retrouves enfin le chemin perdu.

Armandine n'était pas certaine d'avoir jamais parfaitement compris ce que le vieux curé de Tarentaize voulait lui laisser entendre avec son histoire de chemin perdu. Pour elle, elle n'avait absolument pas l'impression de s'être égarée dans la vie. Elle ne voyait pas pourquoi, sous prétexte qu'elle était née à la campagne, elle aurait dû y rester toute son existence ! Elle avait toujours eu l'ambition de s'élever dans l'échelle sociale. Que M. Mauvezin s'en rendît compte ou non, travailler au « Miroir de Paris » s'affirmait plus reluisant que de curer l'étable ou donner le grain aux poules. Personne, pour autant qu'Armandine le sût, n'avait reproché à Mlle Marthe de s'être établie à Saint-Étienne, bien qu'elle ait vu le jour à Tarentaize, comme Mme Cheminas. Il est vrai que si, matériellement, elle avait réussi, il n'en était pas ainsi dans ses aventures sentimentales, mais pourquoi en accuser la ville ? Il n'y avait qu'à regarder ce que devenait Mathieu Landeyrat quoi qu'il vécût au milieu des champs ! Quand on se laisse engluer dans ce genre de raisonnement, on finit toujours par se mettre soi-même en question. Armandine pouvait-elle se dire heureuse ? Son premier mouvement fut de se répondre par l'affirmative puis, comme elle était honnête et ne voulait pas se mentir, elle convint que si elle était heureuse, elle ne goûtait pas le bonheur dont elle avait rêvé en s'éloignant de son village.

Quant à Cheminas, il changeait de caractère sitôt qu'il descendait de la diligence à Tarentaize. Bien qu'il ne parlât pas de sa joie d'être là, sa femme s'en apercevait et en montrait du dépit. Dans la ferme, il courait d'une pièce à l'autre, dehors il ne cessait d'examiner les vaches que pour tâter les reins des lapins et vivait de beaux moments à contempler la Désirade. Il se figurait que nul ne remarquait son manège, reflet de son plaisir profond à se trouver loin de l'atelier.

Contre son gré, au terme de cette journée, Armandine devait reconnaître que les seuls semblant tout à fait heureux étaient Eugénie et Charles. La fille des Lussaud avait retrouvé sa gaieté d'autrefois, ce qui la rajeunissait au point qu'elle paraissait être, de loin, la cadette de son amie de toujours. Pour Lebizot, il s'était littéralement fondu dans le décor et s'affirmait plus tarentaizois que les autochtones.

Armandine avait pris soin de ne pas faire part de ses observations à son mari.

* * *

Au début de l'année 1839, on apprit, à Valbenoîte, la mort de M. Mauvezin. La neige, tombée en abondance sur les routes de montagne, interdisait la circulation si bien que le prêtre était enterré depuis plus de huit jours lorsque la lettre d'Eugénie parvint à Armandine. Les yeux pleins de larmes, Mme Cheminas y lut que le vieux pasteur s'était éteint sans souffrance serrant dans sa main droite un petit crucifix que, durant sa brève agonie, il n'avait cessé de porter à ses lèvres. Mme Lussaud, qui l'avait assisté jusqu'au bout, rapportait qu'elle avait dû faire très attention pour attraper les mots que le mourant chuchotait. Elle avait cru saisir quelque chose ne signifiant rien pour elle, quelque chose comme : chemin tordu ou perdu.

Ainsi, Armandine sut que, fidèle à sa promesse, M. Mauvezin s'était soucié d'elle jusqu'au terme de son existence. Pour s'épargner la possibilité d'un remords, elle mit ce souci répété sur le compte de la marotte d'un vieillard qui n'acceptait pas le départ d'une paroisienne dont il se voulait fier, mais qu'il ne comprenait pas.

* * *

La taille d'Armandine s'arrondissait visiblement lorsque Mlle Marthe la retint un jour après la fermeture pour la mettre au courant de ses intentions.

— Tu penses bien que Vétheuil et moi, on n'est plus en âge d'avoir des enfants. Donc, pas d'héritier naturel. Je comptais laisser mon bien à Eugénie, mais après la façon dont cette ingrate s'est conduite, j'ai décidé, avec l'approbation de mon mari, que ce sera toi qui hériteras du « Miroir de Paris ».

— Vous n'y pensez pas !

— J'y pense tellement que j'ai pris rendez-vous avec le notaire. Si c'est Vétheuil qui s'en va le premier, il n'y aura rien de changé à la situation présente jusqu'à ma mort. Si, au contraire, je décède avant lui, il deviendra directeur propriétaire du magasin dont tu seras gérante et il n'aura pas le droit de vendre. Lorsque nous aurons disparu tous les deux, l'affaire te reviendra.

Armandine, pleurant toutes les larmes de son corps, n'eut pas la force de remercier Mlle Marthe et se contenta de se jeter dans ses bras.

En rentrant à Valbenoîte, elle mit Nicolas au courant de l'incroyable générosité de sa patronne. Le mari qui voyait dans cette nouvelle la condamnation définitive de son rêve d'une installation à la campagne, ne manifesta pas l'enthousiasme que sa femme attendait, ce qui la mit en colère car elle discernait dans l'indifférence conjugale un blâme mal dissimulé. Elle s'emporta et, selon son habitude, Cheminas, refusant le combat, quitta la place. Armandine n'en pouvait plus respirer tant l'indignation l'étouffait. Une idée, toutefois, l'apaisa : le pauvre M. Mauvezin s'était lourdement trompé ! Quelle dérision, quel aveuglement de parler de chemin perdu lorsque celui que la prétendue égarée empruntait, conduisait à la propriété, sans bourse délier, du « Miroir de Paris » ! Une seule ombre ternissait très légèrement la joie d'Armandine : peut-être que si elle avait renoncé à la ville, Charles-Honoré ne serait pas mort ?

Durant les dimanches de mai, Nicolas loua un fiacre et se fit transporter, avec sa femme, jusqu'à la place Marengo — orgueil de Saint-Étienne — où, l'après-midi, à partir de six heures, la musique du 56e de ligne tenant garnison à Saint-Étienne tentait d'initier la foule aux beautés d'harmonies légères qui enchantaient les cœurs tendres et amollissaient les esprits blasés. Les Cheminas prenaient un plaisir extrême à ces concerts en plein air et souvent, en rentrant, Armandine ne pouvait se tenir de dire à son mari :

— Ce n'est pas à Tarentaize qu'on a de pareilles distractions !

Parce qu'elle était proche de son terme, Nicolas ne répondait pas.

Le 25 mai, Eugénie écrivit pour annoncer que la cure du village était enfin pourvu et que M. Ribeyre, le nouveau directeur de la paroisse, un homme d'une quarantaine d'années, avait réussi, d'emblée, à gagner la sympathie de ses ouailles en célébrant sa première messe pour le repos de l'âme de M. Mauvezin.

Le 30 mai, aidée de la fidèle Amélie Rosebuche, Armandine mit au monde une petite fille que, d'accord avec son époux, elle décida d'appeler Charlotte (en l'honneur de son parrain Lebizot), Élodie (en souvenir de la grand-mère) et Hermine, prénom que portait la mère de Nicolas.

Charlotte fut baptisée à Tarentaize et tout se serait bien passé si Armandine n'avait surpris Lebizot qui, montrant son potager à Nicolas, tapait sur l'épaule de celui-ci en disant :

— Je te plains, mon pauvre vieux...

Sur le moment, la jeune femme n'intervint pas, ne posa pas de question. Ce ne fut que le soir, à Saint-Étienne, Charlotte repue et endormie, le court dîner expédié, qu'Armandine demanda :

— Tout à l'heure, Lebizot te plaignait...

— Je ne comprends pas...

— Oh ! si... dans le jardin... Il t'a assuré qu'il te plaignait. Pour quelles raisons ?

— Toujours la même chose.

— C'est-à-dire ?

— Bah ! tu connais ses idées... A ses yeux, on peut pas vivre ailleurs qu'à la campagne.

— C'est aussi ton avis, bien sûr ?

— Tu le sais, alors, revenons pas là-dessus. A quoi ça servirait ?

La querelle qui couvait tourna court et la vie reprit, paisible, à Valbenoîte, une vie centrée sur Charlotte pour qui, à cause de son frère disparu, on ne cessait de trembler. Le couple ne montait plus que très rarement à Tarentaize, Armandine redoutant l'influence de Charles sur son mari et souffrant, sans pouvoir se confier à personne, de constater, chaque fois, que les incroyables retrouvailles d'Eugénie et de sa jeunesse s'affirmaient totales au fur et à mesure que le temps s'écoulait. Mme Cheminas s'en desséchait de jalousie et sentait qu'elle ne tarderait pas à haïr son amie de toujours.

Mme Vétheuil, ayant fermé sa boutique à une heure, ce 9 septembre, s'apprêtait à passer dans l'atelier afin d'y déjeuner sommairement en compagnie d'Armandine lorsque, par la porte de derrière, surgit un Vétheuil très excité. Il se laissa tomber sur une chaise en gémissant :

— Une horreur !... une véritable horreur !

Les femmes affolées se précipitèrent sur le journaliste effondré, l'obligèrent à boire, lui tapotèrent les joues jusqu'à ce qu'il ait recouvré son sang-froid et soit capable d'expliquer les raisons de son émoi :

— Figurez-vous que ce matin, vers onze heures, au Puits-Neuf, sur la côte Thiollière, alors que les mineurs descendaient dans les galeries, un gamin a ouvert sa lampe de sûreté — allez savoir pourquoi — et tout a sauté ! Le gouverneur et ses trois fils sont tombés dans le puisard. Vingt-cinq morts ! Et ça, parce qu'on ne veut pas dépenser l'argent nécessaire à la ventilation des mines ! Les égoïsmes n'ont pas besoin de guerre pour tuer !

Au soir, Armandine se demandant comment Nicolas prendrait la chose, préféra en parler la première :

— Tu es au courant du coup de grisou du Puits-Neuf ?

— Oui. Qu'est-ce que ça peut nous foutre ?

— Mais...

— C'est le prix qu'il faut payer pour habiter une bonne ville ! De plus, ce sont les autres qui casquent ! Vingt-cinq ouvriers qui crèvent ! Quelle importance pourvu que tu vendes tes chapeaux à celles dont les maris paient les caprices avec l'argent économisé sur les cadavres des pauvres ? Il arrive qu'il faille quand même payer sa dette et la ville vous tue votre enfant sans que vous puissiez le défendre !

— Tais-toi !

— Encore heureux si elle vous permet d'en élever un !

— Tu n'as pas le droit !

— De quoi faire ?

— De me reprocher une indifférence inventée à l'égard de ces malheureux du Puits-Neuf ! ni d'insinuer que Charles est mort parce que je n'ai pas voulu retourner vivre à la campagne ! Mais, si vraiment tu t'y plais tant à Tarentaize, vas-y ! Tu dirigeras la ferme avec les Cintheaux et tu retrouveras tes Lebizot ! J'aime mieux me passer d'un époux qui ne me prête pas attention, plutôt que d'avoir, sans cesse, à mes côtés un accusateur d'une totale mauvaise foi !

Nicolas secoua la tête et déclara, avec une amertume qui fêlait sa voix :

— Tu sais parfaitement que c'est impossible ! J'ai accepté d'être forçat. Je crèverai à la chaîne, voilà mon avenir. Parlons-en plus jamais, ça sera préférable et recommence pas à me dire que je peux m'en aller, j'en ai que trop envie, par moments.

Ils comprirent, tous deux, ce soir-là, qu'il s'était creusé entre eux un fossé que rien ne semblait plus devoir combler.

2.

Avec le temps, les Cheminas s'enlisaient dans un quotidien sans le moindre imprévu. Les jours succédaient aux jours, dans une indifférence absolue. Charlotte poussait bien entre les mains de l'Amélie Rosebuche à qui on n'avait, honnêtement, pas tenu rigueur de la mort du petit Charles. Armandine aimait sa fille sans éprouver pour autant une tendresse délirante. A dire le vrai, la jeune femme ne se sentait complètement heureuse qu'au « Miroir de Paris », sa future propriété. Au contraire, Nicolas, le soir, aimait à jouer avec son bébé. A table, les époux parlaient peu. Les bavardages autour des chapeaux laissant le mari indifférent, et les histoires d'atelier ennuyant la femme, ils n'avaient, l'un et l'autre, pas grand-chose à se raconter. A la belle saison et le plus souvent possible, Cheminas montait à Tarentaize, seul. Armandine ne s'intéressait plus du tout au village et laissait à son compagnon le soin de régler les affaires de la ferme avec les Cintheaux. Au retour de son époux, elle ne lui posait aucune question sur les amis de sa jeunesse. Il semblait qu'elle voulait rompre avec son passé pour devenir complètement une dame de la ville. Depuis longtemps, elle ne se souciait plus de ce que M. Mauvezin appelait le chemin perdu. Attendrie, elle haussait les épaules en songeant au vieux prêtre qu'elle avait aimé et qui l'avait aimée. Comment avait-il pu se tromper d'une manière aussi totale sur son compte ? Comment n'avait-il pas deviné qu'elle n'était restée à la ferme que pour Louise d'abord, pour Élodie ensuite ? Comment n'avait-il pas compris que sitôt libérée, elle s'en irait ? Elle décida qu'on se trompe toujours sur les gens qu'on aime parce que, inconsciemment, on les croit tels qu'on souhaiterait qu'ils soient.

* * *

Chacun voyant midi à sa porte, de l'année 1840, Armandine ne retint ni le premier anniversaire de sa fille, ni le mariage de la reine Victoria d'Angleterre, ni les réussites africaines de la France, ni le transfert des cendres de Napoléon aux Invalides, mais seulement le beau cadeau que lui avait fait Mlle Marthe, pour ses trente ans : un fauteuil d'orchestre au théâtre municipal afin d'y voir jouer *Horace,* avec dans le rôle de Camille le prodige de l'époque, Mlle Rachel, la très jeune comédienne qui, à dix-sept ans, avait été engagée au Théâtre-Français. Vétheuil se rappelait avoir souvent rencontré l'actrice en herbe quand elle aidait ses parents dans leur boutique de la rue Neuve, lorsque la famille habita quelque temps Saint-Étienne.

Le mari de Mlle Marthe avait réussi — alors que la location était arrêtée — à se procurer quatre places. Ainsi qu'il fallait s'y attendre, Nicolas refusa l'invitation. Il préférait l'appel chanté des bergers rassemblant leurs troupeaux aux déclamations émouvantes des tragédiennes les plus réputées.

Jamais Armandine n'oublierait la violence des imprécations que lançait cette actrice précocement hors du commun. Sa voix hachée par la fureur, Rachel donnait des frissons d'angoisse aux spectatrices, en même temps qu'elle leur mettait les larmes aux yeux dès qu'oubliant sa haine vengeresse, elle redevenait une femme amoureuse. L'auditoire enthousiasmé jeta des fleurs sur la scène et dans les jours qui suivirent, un fabricant astucieux créa le velours « Rachel ».

Pendant que son épouse se laissait fasciner par le monde lumineux du théâtre, Nicolas veillait sur Charlotte. Il contemplait tendrement le petit visage à peine formé dont les traits incertains pouvaient prêter à n'importe quel développement imaginaire. Que deviendraient cette bouche ourlée de rose, ce nez minuscule, ces oreilles translucides, ce cou à la fragilité émouvante, ces mains aux doigts encore malhabiles et tout cela baignant dans une pureté que son côté éphémère rendait poignante ?

Quand Armandine rentra, surexcitée, elle voulut confier ses impressions à Cheminas, mais ce dernier montra tout net que ce sujet ne l'intéressait pas. Boudeuse, sa femme gagna le lit conjugal sans demander des nouvelles de Charlotte que son mari avait couchée. Dans la chambre, Armandine grogna :

— Évidemment, le théâtre et toi...

— Ne parle pas si fort, tu risques de réveiller la petite.

— Dis tout de suite que je suis une mauvaise mère préférant aller applaudir des artistes au lieu de s'occuper de son enfant !

Nicolas hocha la tête.

— Tu vas chercher...

Ils s'endormirent en se tournant le dos.

* * *

Les semaines, les mois passèrent. Pareils à deux navires ancrés définitivement au port, les époux Cheminas gagnaient leur maturité en se laissant glisser au long du temps et en regardant grandir Charlotte.

A l'étonnement de sa femme, un dimanche soir, en rentrant de la campagne, Nicolas déclara :

— Je ne remonterai plus à Tarentaize.

— Par exemple ! Qu'est-ce qui te prend ?

— Je suis jaloux.

— Toi ! Jaloux ? et de qui ou de quoi, Seigneur ?

— Du bonheur des autres.

– Je ne comprends pas ?...

— Eugénie et Charles.

— Ah ! encore eux.

Cheminas n'avait jamais autant parlé qu'il le fit alors.

— C'est le soir que c'est le plus dur... Quand arrive l'heure de remonter dans la diligence, il me semble toujours que je viens à peine d'arriver. Je vois les portes se refermer sur des bonheurs tranquilles. Je suis malheureux de ne pas être un de ces paysans qui mangent leur soupe en regardant leurs gosses et qui parlent des travaux à venir avec leur femme. Au fur et à mesure que la voiture s'éloigne, je regarde les champs, les bois disparaître à un à un. J'ai plus le courage de subir ça. Je préfère rester dans mon coin. Chacun a son destin. Le mien, c'est de vivre dans un atelier sans air, parce qu'on y a besoin de place pour les métiers. Les hommes, on s'en fout !

— Nicolas, as-tu pensé que la soupe que mangent les paysans que tu envies, a été préparée par une femme qui ne connaît pas une minute de repos, même le dimanche ? Non seulement il lui faut faire la cuisine, veiller sur les enfants, mais encore s'occuper des bêtes pendant que son époux joue aux cartes ou aux boules chez Lussaud ? Sa seule distraction, c'est la messe dominicale. Alors, si tu es un esclave, qu'est-ce qu'elle est, elle ? Et puis, Nicolas, tu oublies que l'hiver, si tu ne peux pas monter là-haut à cause de la neige, les paysans, eux, doivent la subir, claquemurés dans leurs fermes.

— C'est inutile de discuter, nous réussirons pas à nous convaincre. Gustave Cintheaux continuera à nous écrire, par l'intermédiaire de Charles ou d'Eugénie, pour ce qui est de la ferme.

— Je t'ai déjà proposé, une fois, d'aller t'installer à Tarentaize.

— C'est pas possible.

— Pourquoi ?

— Parce que je peux pas me passer de toi et de Charlotte.

Il y avait longtemps qu'Armandine n'avait regardé aussi tendrement son mari. A dire vrai, Nicolas n'était pas complètement sincère. Sans doute, chérissait-il sa femme et sa fille, sans doute, conservait-il au cœur le regret de ne pas vivre à la campagne, mais surtout il venait de rencontrer un copain d'autrefois, Gustave Lespinoy.

Ce Lespinoy avait déjà été, à plusieurs reprises, en prison pour des motifs politiques. Il nourrissait une hostilité viscérale contre les Orléans coupables, à ses yeux, d'avoir brisé le grand élan populaire de 1830 et assassiné la trop jeune République. La police le tenait à l'œil. Le chef d'atelier Pichon le protégeait comme il avait protégé Cheminas en 1834.

A l'automne de 1841, quand on sut l'attentat manqué contre le duc d'Aumale, Cheminas grogna plus haut qu'il ne l'aurait dû :

— On n'arrivera donc jamais à les démolir !

Un ouvrier, qu'on soupçonnait être une « mouche », protesta :

— Tu regrettes qu'on n'ait pas assassiné le fils de notre roi ?

Avant que Nicolas n'ait pu répondre, Lespinoy s'interposait :

— Ce que le camarade regrette ou non, ça te regarde pas !

L'autre, gêné, affecta une désinvolture qu'on sentait forcée.

— Moi, ce que j'en disais, hein ?

— Ouais, toutefois je préfère te prévenir que, si Cheminas a des ennuis, on te laissera pas le loisir de t'en réjouir et un coup de couteau entre les côtes, ça pardonne pas.

Le mouchard s'était éloigné et Lespinoy avait serré le bras de Cheminas en murmurant :

— T'en fais pas, les copains finiront bien par leur régler leur compte à ces Orléans de malheur !

Depuis ce jour, Nicolas et Gustave étaient redevenus inséparables et pour rencontrer son ami, le dimanche, Cheminas avait renoncé à ses voyages. Repris par sa passion républicaine, le mari d'Armandine recommençait à croire à une révolution possible et victorieuse. Il se voulait résolu à ne pas ménager ses efforts et prêt à consentir tous les sacrifices pour aider à la réalisation de son rêve.

En juillet 1842, les deux amis applaudirent à la mort

accidentelle du duc d'Orléans. Armandine, indignée par l'air satisfait de son mari, lui reprocha son attitude :

— Tu n'as pas honte, Nicolas, de te réjouir de la mort d'un chrétien ?

— Quelqu'un s'est-il soucié de la mort de notre garçon ?

— Je ne sais pas et je ne vois pas le rapport. Cependant, ce dont je suis sûre, c'est que personne ne s'en est réjoui.

* * *

Au début de mai 1845, Charlotte fut emmenée à Tarentaize pour y fêter ses six ans. Son parrain et sa marraine la comblèrent de cadeaux et on obligea sa mère à jurer — avec l'assentissement de M. le curé — que la petite viendrait, le moment venu, faire sa première communion au village de sa maman.

Les commencements de l'année suivante furent endeuillés par la catastrophe ferroviaire du 1er mars. Au tunnel de Pierre-Bénite, une locomotive de secours frappa de plein fouet celle tractant le convoi parti de Saint-Étienne et qui avait une heure et demie de retard. On retira treize morts des décombres et, parmi eux, Armand Vétheuil que son journal envoyait ce dimanche-là à Lyon.

Marthe ne s'inquiéta de ne pas voir rentrer son mari que vers la minuit. D'abord furieuse, elle pensa qu'il avait festoyé avec ses collègues lyonnais et qu'il avait été incapable de monter dans le train. Elle s'endormit en se promettant de parler du pays à l'époux noceur lorsqu'il réintégrerait le domicile conjugal. Ensuite, quand au matin, Marthe constata que son compagnon n'était pas rentré, elle commença à avoir peur. Elle s'en fut ouvrir son magasin, exposa ses craintes à Armandine et fila au journal. Tout de suite, elle fut frappée par l'atmosphère qui y régnait. Un ami de Vétheuil qui la vit, se précipita vers elle et lui prit les mains, en balbutiant, les larmes aux yeux :

— Ma pauvre amie...

Affolée, elle gémit :
— Quoi ? qu'est-ce qu'il y a ?
— Vous... vous n'êtes pas au courant ?
— Mais au courant de quoi ?
Son interlocuteur lui présenta la feuille où l'on annonçait la catastrophe en un gros titre. Incompréhensive, elle s'enquit :
— Et alors ?
— Il y a eu treize morts.
Elle devina :
— Vous ne voulez pas me dire...
— Malheureusement, si, madame... M. le Directeur va vous recevoir.
— A quoi bon ? Armand n'est plus et je reste seule, monsieur. Aucune consolation ne changera quoi que ce soit à cela.
Une voiture ramena Marthe au « Miroir de Paris » où, avec son amie, elle put pleurer à son aise.
— Tu vois, Armandine, je n'ai aimé que deux hommes dans ma vie et la mort me les a pris tous les deux, me vouant à une solitude qui sera désormais mon lot jusqu'au bout.
— Je suis là... je serai toujours là si Dieu le permet.
— Je sais et je t'en remercie. Veille sur Nicolas et sur Charlotte afin de les garder auprès de toi. Un gentil garçon, mon Armand, n'est-ce pas ?
— Le plus gentil qu'on puisse imaginer.
— Et puis il m'a aimée si longtemps sans rien demander en échange. Il était toujours là. Il me consolait quand j'avais de la peine causée par un autre. Il cachait son chagrin lorsque, inconsciente, je le torturais avec le récit de mes escapades amoureuses. Désormais, je n'aurai plus sa tendresse pour me réchauffer.
Armand Vétheuil eut de belles obsèques et ils furent nombreux à l'accompagner jusqu'au cimetière du Crêt de Roc. Les Lebizot étaient venus de Tarentaize, ce qui toucha la veuve, mais ne la poussa point à modifier son testament. Armandine jugea qu'Eugénie avait perdu sa grâce citadine si patiemment acquise et que la soupe au chou, le saucisson et les pommes de terre avaient

alourdi sa silhouette. Toutefois, elle se voulut assez honnête envers elle-même pour reconnaître que le couple continuait à avoir l'air très heureux. Le temps lui dura qu'ils reprissent la diligence pour Tarentaize.

Quelques jours après l'enterrement de Vétheuil, Marthe emmena son employée chez le notaire pour en faire son associée.

— Maintenant qu'il n'y a plus que nous deux, à quoi bon attendre ? Si le malheur voulait que tu partes avant moi, je laisserais tout à Charlotte.

Cette visite faite, Armandine, couchée, goûta des minutes merveilleuses. Elle était copropriétaire du « Miroir de Paris » ! Qui aurait envisagé une telle réussite quand, il y a quatorze ans, elle partait pour Saint-Étienne ? Pauvre M. Mauvezin ! Si là où il se trouvait, il pouvait voir ce qu'il advenait de la petite fille qu'il avait particulièrement aimée, il devait admettre qu'il s'était totalement trompé en parlant des chemins perdus alors qu'elle avait emprunté un chemin de gloire ! Elle se demanda de quelle façon les Lussaud et les Lebizot allaient réagir. Cependant, elle les savait assez honnêtes, tous, pour deviner qu'ils s'inclineraient devant la décision de Marthe, prévisible du jour où Eugénie l'avait abandonnée.

Mme Cheminas, en dépit de l'envie qu'elle en avait, ne parla point de sa nouvelle fortune à son mari trop préoccupé de l'émancipation de la classe ouvrière pour s'intéresser aux joies égoïstes de sa femme. Quand Armandine se plaignait de sa quasi-indifférence au sort des siens, il répliquait que, n'ayant pu échapper aux terribles contraintes d'un métier qu'il détestait, et ne pouvant vivre à la campagne, le seul moyen d'être heureux, il l'avait trouvé dans la lutte ouvrière. Dans ces moments-là, Mme Cheminas rompait le débat afin d'éviter une querelle majeure et sans cesse renaissante à propos de leurs existences, pour celle-ci réussie, pour celui-là ratée.

* * *

Le printemps de 1846 s'annonçait beau. Déjà, les platanes de la place Marengo mettaient leurs premières feuilles, si fragiles qu'on craignait sans cesse qu'au moindre coup de vent, les branches ne soient dépouillées. Malgré la douceur presqu'anormale de la température, la ville ne se laissait pas aller à cette euphorie qui, en pareille occasion, fait chanter les rues artisanes des vieux quartiers. La grève des mineurs, qui venait d'éclater et qu'on savait devoir être dure, appesantissait l'atmosphère.

Il y avait plusieurs jours que les esprits s'échauffaient dans les mines de la commune d'Outre-Furan. Cela avait commencé par le renvoi d'un gouverneur — Ogier — qui avait refusé de transmettre à ses compagnons, des offres — qu'il jugeait insuffisantes — en matière de salaire. Puis les choses s'étaient arrangées, Ogier ayant été réintégré. Cheminas, ainsi que Lespinoy, en avaient éprouvé une profonde amertume. Cependant, tenaces, ils avaient abandonné leur atelier et s'en étaient allés prêcher la résistance aux mineurs. Ces deux-là, on les voyait partout, courant à la sortie des puits où ils haranguaient les travailleurs. On avait tenté de les expulser. Cette malheureuse initiative policière avait déclenché de courtes et violentes bagarres.

Le dimanche 18 mars, Armandine ne vit quasiment pas son mari. Avec Lespinoy, Nicolas passait de café en café pour exciter la hargne des ouvriers. En agissant de la sorte, il avait le sentiment de venger un peu ses amis canuts assassinés douze ans plus tôt. Il y avait du romantique en Cheminas. C'était, il est vrai, l'époque où l'on mourait, en chantant, sur des barricades inutiles. Quand Cheminas réintégra Valbenoîte à la nuit tombée, il sentait le vin et sa femme lui interdit d'embrasser Charlotte.

* * *

L'aube montait doucement sur Valbenoîte. Cette lumière tout neuve faisait émerger les toits de l'ombre avant de se glisser le long des murs et d'achever sa conquête par les rues. Armandine avait rejoint son mari dans la cuisine. Prêt à sortir, il mangeait du pain et du fromage. Il mâchait avec la lenteur de quelqu'un ne pensant qu'à la nourriture qu'il avale :

— Tu t'es levé de bonne heure...

— Oui.

— Tu ne te rends pas à l'atelier ?

— Non.

— Tu vas chez les mineurs ?

— Oui.

— En quoi leurs affaires te regardent-elles ?

— Partout où les ouvriers sont maltraités, j'ai ma place.

— A cause ?

— A cause de mes copains morts en défendant les mêmes idées.

Il se versa un verre de vin qu'il but à petites gorgées.

— Nicolas... quand je te vois agir comme en ce moment, je regrette que tu ne te sois pas installé à Tarentaize.

— A qui la faute ? Tu n'as pas voulu qu'on vive parmi les bêtes et les arbres, tu as préféré que je demeure à la botte des fabricants... C'est pour moi, pour mes compagnons d'atelier que je me bats. Allez, à ce soir.

— Tu as oublié, Nicolas, que tu as une femme et une fille.

— Non, mais je veux qu'elles soient fières de moi, que je sois plus, à leurs yeux, qu'un simple passementier condamné à une obéissance sans répit. Je veux pouvoir — sans éprouver la moindre honte — parler, plus tard, à Charlotte, de la Désirade.

Tandis que résonnait le pas de Cheminas dans l'escalier, Armandine eut l'impression — après l'ultime remarque de l'homme — qu'en dépit des années les séparant, son père, Honoré, tendait la main à son époux.

L'aube avait cédé la place à un matin lumineux. Tout appelait à la joie et déjà, ceux et celles exerçant de petits métiers ambulants se mettaient en route. Lespinoy attendait son ami à Châteaucreux. Côte à côte, ils filèrent vers les puits de mine d'Outre-Furan où l'agitation ouvrière était la plus forte. Les mineurs avaient appris, en quelques jours, à connaître Cheminas et son copain. Ils devinaient que ces hommes-là savaient de quoi ils parlaient quand ils maudissaient les patrons sans âme, une police à la solde des riches, une magistrature qui se déshonorait par sa servilité envers le pouvoir. Les grévistes s'éparpillèrent dans tout le bassin houiller de la commune d'Outre-Furan et, tour à tour, firent abandonner les puits aux mineurs. La foule fut galvanisée par l'annonce que les policiers avaient arrêté cinq jeunes grévistes et qu'ils les tenaient enfermés dans une cellule du puits de la Grande-Pompe, situé sur une hauteur, à l'est de la ville. On s'y rua.

Le Procureur du roi et ses sbires crurent leur dernière heure venue quand ils virent monter vers eux la masse hurlante des mineurs et de leurs compagnons. Avec ses policiers, il s'enferma derrière la grille isolant la casemate où étaient gardés les prisonniers en attendant leur transfert. Le maire de la commune d'Outre-Furan — M. Neyron — personnage unanimement respecté pour sa droiture, sa bonté, sa charité, essaya de parlementer avec ces gens en colère. Ceux à qui le maire s'adressait le comprenaient et sentaient fondre leur ardeur belliqueuse mais, sitôt que le magistrat avait le dos tourné, Cheminas et Lespinoy reprenaient les choses en main et, de guerre lasse, devant l'inutilité de ses efforts dans l'espoir de ramener le calme, M. Neyron se retira. La meute — naïvement convaincue que sa colère la libérerait de sa misère — respirait lourdement à la façon d'un fauve inquiet. Chacun fortifiait son voisin dans ses résolutions. Des propositions stupidement disproportionnées fusaient de-ci, de-là. Soudain, quelqu'un lança :

— On va quand même pas laisser nos gars aux mains des flics !

Le Procureur du roi comprit que les événements risquaient de se compliquer très vite. C'était un magistrat courageux et de devoir. Il s'adressa au commissaire de police qui l'accompagnait.

— Ordonnez à vos hommes de ne tirer que si ces fous réussissent à défoncer la barrière.

— Je crains qu'il ne soit, alors, bien tard pour nous !

— Peut-être, Monsieur, mais pas pour la loi.

Les grévistes savaient que les policiers obéiraient à leur chef et ils hésitaient. Toutefois, ils étaient si nombreux... Celui-ci fit un pas en avant, celui-là suivit, puis des files entières s'ébranlèrent. Le Procureur songea à sa femme et à ses enfants. Le commissaire marmonna un *Ave Maria.* Ses hommes ne pensaient pas. La masse entière se mettait en marche lorsque, soudain, elle s'immobilisa sans qu'aucun ordre ait été lancé. Tous et toutes, comme figés sur place, écoutaient. Ils écoutaient un bruit dont l'écho glaça le sang des moins courageux et fit battre plus vite le cœur des plus hardis, l'écho du pas cadencé d'une troupe militaire. Dès lors, les grévistes ne s'occupèrent plus des prisonniers, ni de leurs gardiens. Tendus, ils regardaient vers le bord du plateau formant le sommet de la butte d'où le chemin descend sur Saint-Étienne. Brusquement apparut, paraissant s'élever sur l'horizon, le général commandant la garnison, monté sur un cheval nerveux. A sa suite, soixante lignards semblaient sortir — par rangs de trois — du vide. D'abord les fusils, puis les shakos et enfin les soldats. Devant le général, la masse humaine s'écarta, silencieuse. La troupe se plaça sur deux lignes parallèles. Au bout de cette rangée de fantassins en armes, il y avait la porte derrière laquelle le Procureur et ses compagnons remerciaient le Ciel avec ferveur. Dans l'espace délimité par les soldats, le général s'avança, promenant sur la foule un regard méprisant. Il commanda d'une voix éclatante de charger les fusils. Le claquement des culasses résonna dans un silence profond. Le commissaire somma légalement les grévistes de se retirer. Personne ne bougea. On fit sortir les cinq prisonniers que les policiers encadrèrent pour les conduire au bas de la côte que surmonte le puits de la Grande-Pompe.

Des femmes hurlèrent à la foule :

— Espèces de lâches ! Vous permettez qu'on emmène vos frères ?

Aussitôt, une grêle de cailloux s'abattit sur les soldats et plus encore sur le général qui prit très mal la chose. Des lignards tirèrent et deux mineurs tombèrent. Affolée, l'assistance se dispersa. Les militaires purent alors s'engager dans la descente, suivis par des grévistes et leurs compagnes qui vociféraient des injures en continuant à jeter des pierres. Exaspérés, des soldats se retournèrent et firent feu. Bientôt, des corps jonchèrent le terrain. Nicolas se revit à la Croix-Rousse, enjambant les cadavres de ses camarades morts. Le sourire de Marie... Une énorme colère le souleva. Il cria aux gens qui l'entouraient :

— Alors, ils vont partir comme ça !

Il courut derrière les soldats, Lespinoy à son côté. Il entendait le souffle rauque de ceux et celles qui le suivaient. Cheminas ne savait plus bien où il se trouvait. Sans qu'aucun de ses compagnons s'en doutât, il n'était plus dans une rue d'Outre-Furan, mais à Lyon et Marius Andrein, le vieil Amédée Savin, Joseph Belluire, Laurent Caumiers, Étienne Darnac l'entouraient. Du seuil de leurs pauvres bicoques, des ménagères les encourageaient. Au passage, parmi elles, il se figura reconnaître Marie et l'indomptable Juliette.

La troupe, traînant derrière ses guêtres un cortège hurlant, défilait devant la mairie, lorsqu'une jeune femme très visiblement enceinte, sortit de sa maison et au comble de la surexcitation, hurla des insultes aux fantassins puis, à court de vocabulaire, jeta le fer à repasser qu'elle tenait à la main sur le soldat le plus proche. Atteint à la tête, le garçon s'écroula. Le camarade qui se tenait à son côté, ajusta l'assaillante et, d'une balle, la tua raide. A la vue de ce meurtre, Lespinoy bondit, rattrapa l'assassin, puis d'un coup de barre à mine, lui écrasa son shako et lui cassa la tête. L'ami de Cheminas mourut sous les baïonnettes. Nicolas fut brusquement ramené au temps présent. Non ! On n'allait pas de nouveau massacrer ses amis sans qu'il réagisse. Comme un fou, il se rua sur le dernier rang de la troupe et se mit à cogner à droite, à gauche, pochant l'œil de celui-ci, écrasant le nez de celui-là, fendant les lèvres de cet autre. Un court instant, surpris, les soldats frappèrent à leur tour l'époux d'Armandine. Ils frappèrent trop fort parce qu'ils avaient peur...

Des femmes, agenouillées auprès de l'agonisant abandonné au milieu de la rue, s'étonnèrent du sourire qui jouait sur les lèvres tuméfiées. On devina que le mourant disait quelque chose. Une fillette se pencha sur la bouche de Nicolas. Très vite, elle se releva pour annoncer :

— Il appelle une Marie...

* * *

Mme Vétheuil gardait Charlotte chez elle. A travers le chagrin réel que lui causait la mort de Cheminas, perçait la lumière réconfortante d'une consolation : désormais, plus rien ni personne ne la séparerait d'Armandine et, sans que quiconque s'y opposât, elle serait la grand-mère de l'enfant.

En la seule compagnie d'Amélie Rosebuche, Armandine veille au chevet du lit où repose Nicolas. On a bandé le crâne brisé du mort pour qu'il fasse un défunt présentable. Un médecin d'Outre-Furan ayant vu tomber Cheminas s'était inutilement porté à son secours. En le fouillant, il découvrit son identité et son adresse. Des mineurs transportèrent le corps à Valbenoîte tandis que Pichon — le chef d'atelier de Cheminas et de Lespinoy — prévenu, s'était rendu au « Miroir de Paris ».

Le fabricant, pour qui travaillaient les deux morts, avait regimbé devant l'attitude de Pichon qui déclarait vouloir sortir une heure.

— Quoi ! Vous partez ?

— Une course urgente.

— Il n'y a pas de...

— Oui, quand il s'agit d'apprendre à une femme qu'on vient de lui tuer son mari. A tout à l'heure, Monsieur. En attendant, je me permets de vous conseiller de vous retirer au plus tôt, les esprits sont très échauffés.

Armandine subit le choc mieux qu'on aurait pu le

craindre. Depuis que son époux s'était replongé dans les batailles politiques, elle n'avait cessé de redouter ce qui arrivait aujourd'hui. Heureusement qu'elle avait Marthe pour l'aider en un pareil moment. Veuves toutes deux, elles savaient qu'elles feraient front commun contre la solitude.

On pouvait prévoir que les autorités ne mèneraient pas une enquête poussée, chacun espérant qu'on oublierait, le plus vite possible, cette sanglante aventure dont ni le général ni le Procureur n'étaient très fiers.

* * *

Maintenant, un chapelet entre les doigts, Armandine regarde ce visage que la mort lui rend, peu à peu, étranger. Elle doit se cramponner à ses souvenirs afin que la camarde n'imprime pas dans sa mémoire la figure qu'elle est en train de sculpter et qui n'est pas celle de Nicolas. Débitant ses *Ave Maria,* Amélie ressemble à un gros bourdon. Sa présence énerve la veuve, mais cédant aux peurs traditionnelles, elle craint de rester seule, en tête à tête avec le cadavre qui est, pourtant, celui d'un mari qu'elle aimait. Fermant les yeux, elle le revoit à l'automne de 1831, lorsqu'il était apparu pour la première fois sur son seuil, en compagnie de Charles. Dieu qu'elle l'avait trouvé beau, et comme Mathieu Landeyrat semblait lourdaud comparé à lui ! Du premier moment, elle avait deviné qu'elle ferait sa vie avec cet homme ou qu'elle demeurerait fille. De tous ces rêves, de toutes ces grandes espérances, que restait-il, sinon un mort déjà si loin d'elle, un mort qui emportait, par des chemins ignorés, le secret de ce qu'il avait été, le souvenir de ce qu'elle avait été ?

Les larmes que verse Armandine sont un peu pour lui, beaucoup pour elle. A trente-six ans, elle en a fini avec son existence de femme. Elle n'aura plus de compagnon auprès d'elle, quel que soit le nombre d'années que Dieu garde encore en réserve à son compte. Dès l'instant où elle a pris pied au « Miroir de

Paris » elle a compris, contrairement à ce dont elle se voulait persuadée, qu'elle n'était pas une amoureuse, mais une femme d'affaires. Aucune tendresse n'aurait pu la combler d'une joie comparable à celle offerte par Marthe lui annonçant que le magasin serait à elle, un jour. Même Charlotte... Armandine refuse d'être, avant tout, une mère et elle se félicite de ce que son amie se soit si profondément attachée à la petite.

La lumière tremblante de la bougie sur la table de nuit donne à Nicolas une fausse existence. Sous la clarté incertaine, les traits semblent s'animer. Impression fugitive que dissipe une attention plus sévère et qui renaît sans cesse. Amélie somnole. Quand elle émerge de sa torpeur, son regard glisse sur celui qu'elle est supposée veiller et ce qu'elle contemple, n'éveille pas de pitié dans son cœur pour les Cheminas, mais bien pour ses propres défunts auxquels, d'ordinaire, elle pense peu.

Armandine médite sur le dur destin des femmes de son clan à qui le bonheur conjugal est toujours mesuré dans le temps. Elles doivent, très vite, faire l'apprentissage de la solitude qui, à une heure ou à une autre, les ensevelit. Le Ciel semble se complaire dans ce châtiment qui n'en finit pas puisqu'il ne laisse vivre que les filles de la tribu, des filles qui paraissent apporter le veuvage dans leur berceau.

* * *

A cause de la Désirade, illusion à laquelle il ajoutait foi, Armandine avait fait enterrer Cheminas — sans famille — parmi les siens, à Tarentaize.

Pendant que, sous les voûtes de la petite église, montait le chant farouche du *Dies irae,* ils étaient plusieurs dans l'assistance à se rappeler Louise, Élodie, Anselme et même Honoré. A la place de la veuve priant près du cercueil, de vieilles femmes reconnaissaient la veuve d'hier — Louise Versillac — accompagnée d'une petite fille vêtue de noir qui, aujourd'hui, prenant la place de sa mère, pleurait comme elle un époux disparu.

Tous les fidèles de l'amitié étaient présents : les Lussaud, les Cintheaux, Mathieu Landeyrat, les Lebizot et tous les Tarentaizois qui, n'aimant pas particulièrement Armandine, priaient, celle-ci pour Élodie, celle-là pour Ambroise, cet autre pour Honoré, des défunts qu'on continuait à estimer. Au cimetière, il y eut les baisers chaleureux des compagnes et compagnons d'une jeunesse enfuie. Les seuls qui touchèrent le cœur d'Armandine, furent les vieux. Ils venaient à elle, avec leurs gestes gourds, leurs paupières rougies, leurs jambes mal assurées, s'appuyant sur des cannes décorées par eux au couteau, tandis que, garçonnets, ils gardaient les vaches pendant que la Prusse, la Russie et l'Autriche se partageaient la Pologne. Dans leurs mains terreuses, crevassées, qui ressemblaient à des pattes griffues, ils prenaient celles d'Armandine et, faisant appel aux ultimes ressources de leur mémoire pour prononcer les mots qu'ils estimaient devoir être prononcés, ils disaient d'une voix hachée par l'asthme :

— On est de cœur... A cause que t'es d'ici... la pauvre Élodie... (ou le pauvre Ambroise) on se souvient... une sacrée femme... (ou un homme comme on n'en fait plus).

Tous hochaient la tête pour scander leurs paroles qui les ramenaient vers le temps enfui. Les femmes embrassaient la jeune veuve. Armandine, sentant sous ses lèvres ces peaux parcheminées et creusées de sillons profonds, avait l'impression de baiser une terre labourée. Puis ils s'éloignaient et, se soutenant mutuellement, ils vacillaient, titubaient sur le chemin défoncé.

Le curé, après avoir béni le cercueil, avait échangé avec la veuve quelques phrases inspirées par la courtoisie :

— M. Mauvezin, Madame, vous tenait en profonde estime et vous était, paraît-il, très attaché. Cette affection, de la part d'un prêtre tel que lui, est garante de la qualité de votre âme. Vous m'honoreriez si vous m'accordiez un peu de la confiance dont bénéficiait mon prédécesseur.

— J'aimais beaucoup M. Mauvezin qui a été une sorte de père pour l'orpheline que je fus. Je vous remercie de m'avoir parlé de lui en ces termes. Cela m'est un réconfort.

* * *

Armandine est restée seule au cimetière. Les Lussaud, les Cintheaux l'attendent et le pauvre Mathieu doit guetter son passage. Elle n'a envie de voir personne. Elle reste là, incapable de décider ce qu'elle doit faire. Cependant, tout s'affirmait très simple jusqu'au moment où le nouveau curé lui avait parlé de M. Mauvezin. C'est vrai qu'il l'aimait, toutefois sa tendresse ne l'avait pas empêché de se tromper complètement sur son compte. Il n'y avait jamais eu de chemin perdu, seulement un beau et large chemin qu'elle suivait depuis des années et qui l'avait menée à la réussite. En elle-même, elle faillit ajouter : et au bonheur. Elle se retint à temps car il n'était pas exact qu'elle ait connu le bonheur imaginé autrefois. Quelle importance ? Chacun a les joies qu'il mérite ou qu'il conquiert et le bonheur d'Eugénie, celui des Cintheaux ne ressemblaient pas à ce qu'elle ambitionnait : la considération et l'argent. Ces fermes, dont les toits s'étalaient à ses pieds avec leurs cheminées fumantes, représentaient la douceur de vivre pour ses parents et la matérialisaient encore pour les Lussaud ou les Cintheaux. Pas pour elle !

Armandine hausse les épaules. Pourquoi ne s'écarte-t-elle pas de ce lieu clos où son propre passé dort avec celles et ceux qui l'ont aimée, ceux et celles sans qui, longtemps, elle s'était convaincue ne pas pouvoir vivre ? Appuyée contre la grille, elle se confond avec le mur et, d'en bas, nul ne la voit. Pourtant, elle a envie de partir et les visites nécessaires rendues, de remonter dans la diligence de Saint-Étienne. Mais elle ne parvient pas à s'arracher à cette force obscure qui la retient. Elle lève son visage vers un ciel bleu où défilent lentement d'épais nuages à la blancheur éclatante. L'un d'eux dessine le profil d'Élodie coiffée de son bonnet. Celui qui le suit, offre la silhouette d'Ambroise fumant la pipe dans son fauteuil. La lumière saoûle la jeune femme dont le regard, ramené vers le sol, est plein d'éclaboussures dorées.

Armandine se décide enfin à partir lorsque l'écho d'une violente querelle retient son attention. Le bruit provient de la ferme des Landeyrat... Mathieu a dû encore trop boire. Elle scrute le domaine de son ancien amoureux. Un bel ensemble... La Désirade. Pour quelles raisons son père s'était-il égaré dans ces divagations le conduisant à attribuer un nom nouveau à un bien qui ne lui appartenait pas ? Pourquoi les gens qui l'entouraient et l'aimaient ne l'avaient-ils pas détourné de cette folie ? Et par quelles incroyables voies la passion du père avait-elle empoigné un gendre dont il n'avait pu soupçonner l'existence ? Était-il possible qu'Élodie et Ambroise aient nourri, en secret, une aussi folle illusion ? De quelle façon des caractères aussi peu semblables que celui de son père, de ses grand-parents, de son mariavaient-ils communié dans un rêve identique ? Tout doucement, Armandine comprend : la Désirade n'est rien d'autre que la passion de la terre, la joie quotidienne de vivre tranquille parmi les siens, sur son champ, proche de ses bêtes. Le chemin dont parlait M. Mauvezin partait de la ferme où la jeune veuve était née et menait tout droit à cette existence paisible où Dieu et la nature régnaient. Ce chemin-là, la fillette d'autrefois l'avait oublié, sitôt qu'elle avait vu la ville.

Armandine pleure doucement et le vent léger qui se lève, sèche ses larmes sur son visage. Nicolas, lui, avait trouvé le chemin qu'elle avait perdu. Elle, elle avait refusé de l'y accompagner et son refus avait tué son compagnon comme il avait peut-être tué son petit garçon.

* * *

Durant tout l'après-midi, Armandine se battit contre elle-même. Rester ou partir ? Les plaisirs de la ville ou les quiètes douceurs de la campagne ? L'agitation des salles de spectacles ou la douceur des soirées près de l'âtre ? Ce fut un dur et inutile combat. A cinq heures, Mme Veuve Cheminas repartait pour Saint-Étienne, sachant que — désormais — elle n'essaierait plus jamais de retrouver le chemin perdu.